U0695081

宋元明清说唱词话研究

韩志强　李雪梅　于红　著

山西出版传媒集团
山西人民出版社

图书在版编目（CIP）数据

宋元明清说唱词话研究 / 韩志强, 李雪梅, 于红著. 一太原：山西人民出版社，2023.2
ISBN 978-7-203-12542-6

Ⅰ. ①宋…　Ⅱ. ①韩…　②李…　③于…　Ⅲ. ①说唱文学－古典文学研究－中国－宋元时期②说唱文学－古典文学研究－中国－明清时代　Ⅳ. ①I207.7

中国国家版本馆CIP数据核字(2023)第008920号

宋元明清说唱词话研究

著　　者： 韩志强　李雪梅　于　红
责任编辑： 吕绘元
复　　审： 刘小玲
终　　审： 李　颖
装帧设计： 中尚图

出 版 者： **山西出版传媒集团 · 山西人民出版社**
地　　址： 太原市建设南路 21 号
邮　　编： 030012
发行营销： 0351-4922220　4955996　4956039　4922127（传真）
天猫官网： https://sxrmcbs.tmall.com　电话：0351-4922159
E-mail： sxskcb@163.com 发行部
sxskcb@126.com 总编室
网　　址： www.sxskcb.com

经 销 者： **山西出版传媒集团 · 山西人民出版社**
承 印 厂： 天津中印联印务有限公司

开　　本： 710mm × 1000mm　1/16
印　　张： 24.5
字　　数： 500 千字
版　　次： 2023 年 2 月 第1 版
印　　次： 2023 年 2 月 第1 次印刷
书　　号： ISBN 978-7-203-12542-6
定　　价： 98.00 元

如有印装质量问题请与本社联系调换

目录

绪　论

1967年上海嘉定县城东公社澄桥生产大队宣家生产队墓葬中出土了明成化刊本说唱词话，为我们今天的俗文学研究打开了一扇研究中国古代说唱词话的窗口。这一窗口对接了20世纪初敦煌文献中说唱文学变文、词文的发现，再通过前延后续，为我们架设起从先秦《诗经》四言叙事长诗—两汉南北朝乐府（《孔雀东南飞》《木兰辞》）五言叙事长诗—隋唐五代宋变文、词文七言叙事长诗—元明清民国至今说唱词话七言、十言叙事长诗等汉民族叙事长诗的历史长桥。中国古代说唱词话历史脉络的贯通，是20世纪中国文学史、中国俗文学史研究中的一项重要发现，不仅对古代长篇说唱文学这一宝贵文化遗产做了历史总结，也为我们现今及以后的说唱文学研究与创新开辟出新的途径。

一、顾颉刚对说唱词话学术价值的定位

1929年2月，顾颉刚为姚逸之编述的《湖南唱本提要》[①]作序时，曾有这样一段论述：

> 这几年来，我多到了几处地方，看见各地方的形形色色的唱本，屡屡打动我去搜集的兴味。我总觉得它们是一种可以研究的东西，倘使我们不注目于文章的好坏上而注目于民俗的材料上，那么唱本的内涵实在比歌谣为复杂。歌谣固然有天趣，但是它大都偏向于抒情方面；要在里边求出民间的风俗习惯宗教信仰以及民众们脑中的历史，它实在及不上

① 按：经笔者考察论证，《湖南唱本提要》收入的91种唱本均属于本书的研究对象——说唱词话（详见第八章）。

> 唱本，唱本是民众里的知识阶级作成的，他们尽量把自己所有的知识写在唱本里，他们会保存祖先口传下来的故事，他们会清楚的认识下级社会的生活而表现他们的意欲要求，他们会略具戏剧的雏形而使戏剧作家有取资的方便，并且从唱本进一步便是长篇的弹词和大鼓书，所以唱本也是这些史诗的辅佐。[①]

顾颉刚作此序言时，并不知道这批“形形色色的唱本”即是说唱词话（明成化刊本说唱词话1967年才从墓葬中出土并逐渐为人所知，顾颉刚去世于1980年，应知道明成化刊本说唱词话，但他并未就此现象再进行过探讨）。唱本应来自底层知识分子的初级创作，难免会良莠不齐，白字俗字连篇，结构也不会精致圆满，读唱本自然不如读诗有品位，诗歌创作是经诗人千锤百炼留下来的，诗人们在作诗过程中删除丢弃的诗歌数量可能更多，进入诗集流传至今的只是一小部分，如清代咸丰时翰林学士董文焕曾在其日记中自述：“此余壬子迄己未八年所作也，挞杂数十纸，漫无伦次。或家塾课余之作，或街途纪游之什。酒酣耳热，丹书之邮亭垩壁，稿即随手散去。其存者，则多草之计簿。”[②]而顾颉刚拿当时正是研究热门的歌谣与唱本进行比较，认为歌谣来自底层民众的口头创作，但大都偏于即兴抒情，要想从民间作品中寻求更为深层一些的东西，唱本的优势明显高于歌谣，唱本中体现着“民众里的知识阶级”的思想与愿望，真实且珍贵，而且它们是在优胜劣汰的环境中产生并传播的，口传下来的故事往往也会被文字记录下来，代代加工，层层累积，这类作品往往具有长久的延续性、传播性、听读性、趣味性，属于唱本中的精华。顾颉刚敏锐地意识到唱本作为曲艺品种，与戏曲之间的天然勾连关系，而且唱本的进一步形式是长篇弹词与大鼓书。“史诗的辅佐”这一论断非常重要，唱本作为史诗的有利补充，其所反映的社会历史、文化民俗

① 姚逸之编述：《湖南唱本提要》，广州：国立中山大学语言历史研究所，铅印本，1929年，第1—2页。

② （清）董文焕著、李豫点校：《砚樵山房诗稿》，太原：山西古籍出版社，2007年，第9页。

等内容，正能体现它所处时代的典型特征。

顾颉刚随后又对《湖南唱本提要》中介绍的91种唱本的结构、句式、正文体式、内容展开了全面分析，可以说，他的这些观点，为我们今天进行相关研究提供了重要的学术借鉴。

二、研究成果创新之处与学术价值

首先，明成化刊本说唱词话从墓葬中出土，其重要意义在于让人们知道明代有一种叫作说唱词话的曲艺现象，令人抱憾的是，明代史料中至今未发现任何史料可以佐证这一曲艺现象，但这些从墓葬中出土的说唱词话作品为我们寻找此前此后的同类型、同内容曲艺提供了标准。

其次，我们以此标准进行前溯领域研究，已经获得了前人未曾涉及的丰硕成果：一是发现了明成化刊本说唱词话与唐五代宋词文、传文、部分变文之间紧密的承继关系；二是通过稽考元代史料中关于元代面戏表演活动的记载，结合田野调查，发现了元代说唱词话的表演原貌——安徽贵池傩戏，并对其展开了文本考证与表演形式考察，其中有些问题仍需进一步探源，但我们已在孙楷第、赵景深、叶德均、郑振铎、汪庆正等学界前辈的研究基础上，初步敲开了通往元代说唱词话的大门。

我们以明成化刊本说唱词话这一标准进行后续领域研究，获得了另一批前人未曾涉及的丰硕收获：一是发现明成化刊本说唱词话以木刻翻印本、石印本、铅印本、手抄本形式继续流行于清代，这些本子的内容、体式整体都是在原明成化刊本说唱词话的基础上稍微改动而成，既然明成化刊本说唱词话文本上明确标明了说唱词话名称，那么清代这些作品也可以被定义为清代说唱词话。二是根据唐五代宋说唱词话（唐五代词文、传文、部分变文）—元代说唱词话—明成化刊本说唱词话的结构与正文体式，推衍出一套完整的清代至今说唱词话的结构与正文体式，具体包括以下九种套式：正文全部七字句（含换韵不换韵）唱词、正文全部十字句（含换韵不换韵）唱词、正文七字句唱词夹杂说白、正文十字句唱词夹杂说白、正文七字句十字句唱词夹杂说白、正文四句五五七五格、正文五句五五五五五格、正文五句七七七七七格、正文五句三三七七七格。这里说的七字句是纯粹七字句唱词，不多一字，也不少一字；十字句也是纯粹十字句唱词，不多一字，也不少一字，且是三三四格。按照这些套式，我们不仅找到了明成化刊本说唱词话的清代手抄本与翻印本（石印、铅印本），也找到了其他没有标明是说唱词话的同性质文本。到目前为止，我们收集到的说唱词话文献已达500余种。

通过研究，我们发现这些清代说唱词话虽然都没有标明是说唱词话，但它们确实是明成化刊本说唱词话的后裔群体，它们都混杂在唱本名称下讲唱长篇故事，都有几乎一样的开篇（“自从盘古开天地”）与结语唱词。从古到今的汉族长篇叙事诗源于何时、如何流传、传至何时，这些问题的初步答案在我们对以上唱本、说唱词话的逐步研究中慢慢呈现。唱本的形式、内容非常杂乱，南方沿长江流域地区有弹词、木鱼书、潮州歌册、小调、山歌、鼓词等非常多的曲艺文本和表演形式，但具体到说唱词话，它在清代至今的民间传播中，往往俗称唱书。

我们针对唱书这一名称及上述正文体式展开实地探研，发现唱书流行于整个沿长江流域的南方省份，包括上海、江苏、浙江、安徽、江西、湖北、湖南、四川、云南、贵州及广西，同时也发现唱书在各地的形成和发展途径并不相同，如云贵地区的唱书来自洪武“征南调北”军屯，四川唱书来自湖南、湖北，安徽唱书来自对元代说唱艺术（如面戏）的继承，江浙沪一带的唱书既发源于本地，又有与两湖等地的交流。整体来看，湖北、湖南、江西、广西应是唱书的重要发源地，究其原因，极可能与山歌、茶歌、孝歌、跳丧歌、夜歌等这些当地风俗的流传有关。当然，说唱词话在民间流传至今，同一故事，其因地而异的文本、表演、功能目的及创作原因，也是我们的研究重点与难点，希望随着研究的深入与资料的充实，我们的研究角度能更加拓展开来。

随着文献资料的丰富与田野调查的深入，我们接触的信息越来越多，需要思考的问题也越来越多，一幅幅中国古代至今的民众生活画卷如万花筒般呈现在我们眼前，这些原本不为学界所关注的文学现象，由明成化刊本说唱词话牵引而出，流传至今，以唱书形态在各地的非物质文化遗产队伍中熠熠生辉。

三、说唱词话概念阐释

戏曲曲艺领域权威辞书《中国大百科全书·戏曲曲艺》《中国戏曲曲艺词典》等均对词话进行过详细界定和概念阐释，兹将本书中的说唱词话概念与辞书中的词话概念进行比较并展开分析。

（一）本书中的说唱词话概念

说唱词话，词指唱词，话指说话、说白。"说唱"两字既指艺术表演形式，也指文本文学形式，均涵盖唱词与说白两个方面。唱词以诗赞体为主，没有乐曲、词调、骈俪的词。创作者、表演者、受众主要是汉族底层民众，创作者一般是民间口头说唱艺人、识字的底层知识分子，受众则为底层民众，表演形式随时代和地域的变迁发生变化，清代主要的表演形式是艺人或识字人群、爱好者的清唱（干板说唱），也偶有使用乐器伴奏的，曲调简单，循环往复。

说唱词话是渊源于唐五代宋词文、传文、部分变文，定名于元，承传于明，兴盛于清，传递至今的一种说唱现象，主要流行于南方沿长江流域的上海、浙江、江苏、安徽、江西、广西、湖北、湖南、四川、云南、贵州共11个省份。唱词是严格的齐言体（纯七言、五言、十言、四句五五七五格、五句五五五五五格、五句七七七七七格、五句三三七七七格），结构有纯唱词、唱词与说白组合两种。题材广泛，反映社会现实内容，与宋元话本宝卷，元明弹词鼓词，清代广东木鱼书、潮州歌册、子弟书等曲艺有显著区别。自清代以来，有些地域的说唱词话随时代变迁转变为戏曲，如上海、苏州一带的落地唱书转变为越剧，四川说唱词话的部分曲目转变为川剧等。

（二）对权威辞典中词话概念的商榷

1. 笔者认为《中国大百科全书·戏曲曲艺》中"词话"一词应改为"说唱词话"

明成化刊本说唱词话《花关索传》卷首边题有"说唱足本"。《石郎驸马传》

封面有“说唱词话传”，卷首边题有“说唱全相”。《包待制出身传》卷首边题有“全相说唱”。《包待制陈州粜米记》卷首边题有“全相说唱”。《仁宗认母传》卷首边题有“全相说唱”。《包待制断歪乌盆传》封面有“全相说唱”。《包龙图断白虎精传》卷首边题有“说唱”。《师官受妻刘都赛上元十五夜看灯传》卷首边题有“全相说唱”。《包龙图断曹国舅传》卷首边题有“说唱”。《张文贵传》卷首边题有“全相说唱”。《莺哥行孝义传》封面题有“说唱足本词话”。《开宗义富贵孝义传》卷首边题有“全相说唱”。从以上可知，除了《薛仁贵跨海征辽故事》，明成化刊本说唱词话其余作品都出现有“说唱词话”或“说唱”字样。另《元史》《大元通制条格》等元代文献中出现了关于说唱词话表演形式的“演唱词话”“自般词传”“般说词话”“般唱词话”等词语，说明词话本身不仅是文学作品，更重要的是表演艺术，故笔者认为“词话”二字欠缺“说唱”含义，这种曲艺现象的名称应以“说唱词话”四字为妥。

《中国大百科全书·戏曲曲艺》“词话”定义：

> 词话，盛兴于元、明两代的说唱艺术形式。一般认为渊源于唐、五代的词文，直接继承于宋代的说话伎艺。词话的名称，不见于宋、金文献，只在《元史·刑法志》和《通制条格·杂令》中才有关于禁止民间子弟“演唱词话”“搬唱词话”的禁令。元陶宗仪《辍耕录》：“宋有戏曲、唱浑、词说。”有的研究者认为词说即是词话。明人钱希言《桐薪》《狯言》说宋朝有《灯花婆婆》《紫罗盖头》词话；清初钱曾《也是园书目》著录宋人词话《灯花婆婆》等12种。对此，近代学者有不同见解。叶德均《宋元明讲唱文学》一书认为这些都是后人以元、明两代沿袭的名称加于宋人话本之上的，不能考实为宋代即有词话之称。胡士莹《词话考释》一文则认为“宋元话本，有所谓词话者，其体实兼乐曲与诗赞二者”，并将宋人以鼓子词体制写的《刎颈鸳鸯会》，及诸宫调、说唱货郎儿、陶真、弹唱因缘等宋、金、元的说唱伎艺都归于词话之属。这种说法与孙楷第《词话考》中认为词话的“词”字应包括词调之词、偈赞

之词、骈俪之词见解相一致。

元代的词话没有完整的作品流传下来，只在元杂剧中可以见到引用词话之处，如《元曲选》中就有92种在全剧之末引用词话，作为诉词、断词，或全剧的总结。另外，在杂剧的曲文中也有直接引用词话的唱词。这些引用的词话都是七字句、攒十字，也间有一些杂言，但都是诗赞体之词。由此可见，元代词话的唱词是以诗赞体为主，并没有乐曲、词调、骈俪的词。这与近年发现的明成化刊本说唱词话16种，及明万历刻本《大唐秦王词话》的唱词是一致的。叶德均认为词话的词应作“文词”或“唱词”的广义解释，而以诗赞词为主，是符合实际的。元人杂剧中引用词话之多，反映了民间说唱艺术与戏曲艺术的互相影响，同时也反映了元代词话的盛行。明代词话继续流行，根据现在所能见到的作品而言，有长篇作品，也有中、短篇作品，题材相当广泛。《大唐秦王词话》是一部长篇讲史作品；另外据近代学者的考证，著名的长篇小说《水浒传》《三国演义》《封神演义》在明代初叶都有词话本。1967年发现的明成化刊本说唱词话，篇幅都比较短，题材属于传奇、公案、灵怪一类的为多。又如《古今小说》中的《李秀卿义结黄贞女》是由词话本《贩香记》改编的，《警世通言》中的《苏知县罗衫再合》是由唱本《苏知县报冤》改编的，可知原作篇幅不长。

随着明代说唱艺术的发展，品种名称也日趋繁多，有的沿用宋代陶真的名称，有的沿用元代词话的名称，而“说词”“唱词”“文词说唱”“打谈”“门词”“门事”“盲词”“瞽词”等都是明代所创，称谓虽然不同，实际都是指词话而言。明代中叶以后，词话的说唱伎艺逐渐发展演变为弹词和鼓词两个系统，取代了词话的名称。[①]

① 中国大百科全书总编辑委员会《戏曲曲艺》编辑委员会:《中国大百科全书·戏曲曲艺》，北京：中国大百科全书出版社，1983 年，第 47—48 页。

2. 笔者对上述“词话”定义中部分内容的商榷

元陶宗仪《辍耕录》中的“词说”，因未发现其他史料涉及具体解释，不详其所指。笔者认为“宋朝有《灯花婆婆》《紫罗盖头》词话”，“宋人词话《灯花婆婆》等12种”，都是宋代话本，不是说唱词话。

胡士莹《词话考释》中的观点，笔者认为过于笼统，说唱词话就是单一的诗赞体，没有乐曲和词调。宋人鼓子词、诸宫调、说唱货郎儿、弹唱因缘，不是说唱词话，宋人鼓子词应是北方鼓词的祖先，诸宫调应是元杂剧的先声，说唱货郎儿是宋元时期由货郎挑担售货声（说唱词）发展而成的一种说唱艺术，弹唱因缘属于一种独立的说唱文本与说唱艺术形式，金元说唱伎艺内容包括众多，不能都归于说唱词话，应各有归属。

至于“陶真”一词，最早见于南宋《西湖老人繁胜录》，书中记载了临安当时的十三军大教场等宽阔场所，“路岐人在内作场”，演出中有陶真：“唱涯词只引子弟，听陶真尽是村人。”可见南宋时已有陶真表演流行。到了明代，嘉靖二十六年（1547）成书的郎瑛《七修类稿》卷二十二有这样的记载：“闾阎陶真之本之起，亦曰：‘太祖太宗真宗帝，四帝仁宗有道君。’”说明当时“陶真之本”与明成化刊本说唱词话相似。明成化刊本说唱词话中《张文贵传》开篇第一、二句就是“太祖太宗真宗帝，四帝仁宗有道君”，另《包龙图断白虎精传》开篇第五、六句，《师官受妻刘都赛上元十五夜看灯传》开篇第十一、十二句，《包龙图断曹国舅传》开篇第十三、十四句，《包待制断歪乌盆传》开篇第五、六句，也都是“太祖太宗真宗帝，四帝仁宗有道君”。明田汝成《西湖游览志余》初刻于嘉靖二十六年（1547），记载当时“杭州男女瞽者，多学琵琶，唱古今小说、平话，以觅衣食，谓之陶真”，并引明初瞿宗吉《过汴梁诗》：“陌头盲女无愁恨，能拨琵琶说赵家。”说明明代杭州与汴梁（今开封）都有盲者唱陶真“以觅衣食”。

以上三例，说明陶真在明代仍然流行，陶真本子与明成化刊本说唱词话本子相似，表演形式之一是男女瞽者弹着琵琶进行演唱，以此作为谋生手段。此外，南宋的涯词，是和陶真相对的一种曲艺形式，还是属于陶真中的雅词（疑“涯词”是“雅词”同音之误），尚无相关史料进一步佐证，存此待考。

3. 笔者对《中国大百科全书·戏曲曲艺》“词话”引用《宋元明讲唱文学》内容的商榷

叶德均在《宋元明讲唱文学》中认为，元代的词话没有完整的作品流传下来，但散见于元杂剧，如《元曲选》100种中就有92种引用了词话，这些引用的词话都是七字句、攒十字，也间有一些杂言，但都是诗赞体唱词。

关于叶德均的这一论述，赵景深在看到明成化刊本说唱词话后谈了自己的一些看法：“汪文（1973年《文物》第十一期发表了汪庆正的《记文学戏曲和版画史上的一次重要发现》一文）云：‘元代杂剧中大量引用词话的唱词，更说明了词话对于元杂剧发展的影响之大。’这话也是引用《宋元明讲唱文学》的。我不同意原文和汪文的看法。……应该说，类似词话的极少。极大部分都在每种近末尾处，大都是三二二的七字句，而不是词话那样二二三的七字句。例如原书所举的《魔合罗》，‘李德昌本为躲灾，贩南昌多有钱物’，这类句子绝对不是词话的句子。这同汪文所举的‘太祖太宗真宗帝，四帝仁宗有道君’是完全不同的。”[①]

叶德均去世于1956年，非常遗憾没有看到1967年明成化刊本说唱词话的出土，所以在确定元代说唱词话的形式时难免有误。

4. 笔者对长篇讲史作品《大唐秦王词话》文体的商榷

笔者认为，第一，《大唐秦王词话》是一部文人仿照说唱词话编撰的长篇讲史作品，与明成化刊本说唱词话有同有异，结构说唱相间，七字句、三三四格十字句唱词也与说唱词话相同，但其按64回编撰，并有回目，这和北方鼓词相同，但与说唱词话不同；第二，其卷首有作者朋友或知情人士撰写的《唐秦王本传叙》，叙述故事内容，介绍作者信息，说唱词话中未见这种形式，北方鼓词中时有见到；第三，其每回回首有诗词或赋，回末有吟诗收尾，北方鼓词往往在卷首出现《西江月》或其他词调、诗，偶尔有赋，章回小说回末往往有吟诗收尾。《大唐秦王词话》除三三四格十字句像说唱词话外，整体更像是北方鼓词。

---

① 赵景深：《曲艺丛谈》，北京：中国曲艺出版社，1982年，第11页。

5. 笔者对说唱词话在明中叶以后演变问题的商榷

笔者认为，明代中叶以后，说唱词话伎艺并没有逐渐发展演变为弹词和鼓词两个系统，而是继续流行，到清代达到极盛，经民国传递至今，如由云南腾冲唱书人尹家显创作，1944年11月由腾冲县宏文印社石印出版的说唱词话《雪耻记》；又如云南昭通唱书人浦承刚2014年编撰的《昭通唱书》3册本（内收说唱词话46篇，分为革命先烈志士、民国风云人物、乌蒙贤达、昭通风土人情，另附昭通小调58种、昭通曲谱29种）。北方鼓词和南方弹词从明代开始就有明显的发展轨迹可查，其正文文本体式、结构、传播方式、创作者、受众、传播区域等都与说唱词话有明显区别。

第一章　唐五代宋说唱词话

中国古代说唱词话的最早源头，目前可追溯至唐五代宋，与敦煌文献中的唐五代宋词文《捉季布传文》有关，故以此作为起点展开研究。

第一节　现存唐五代宋《捉季布传文》卷子

敦煌文献中的《捉季布传文》，现存十种不同版本的卷子，分藏英法图书馆，按王重民所编叙录分别是：

1. 伯3697号，640句，4474字，全，称为原卷。
2. 伯2747号，126句，881字，残，称为甲卷。
3. 伯2648号，194句，13352字，残，称为乙卷。
4. 伯3386号，27句，189字，残，称为丙卷。
5. 伯3197号，396句，2772字，残，称为丁卷。
6. 斯5440号，240句，1680字，残，称为戊卷。
7. 斯2056号，238句，残，称为己卷。
8. 斯5439号，453句，残，称为庚卷。
9. 斯5441号，较全，称为辛卷。
10. 斯1156号，133句，残，称为壬卷。[①]

这十种中，原卷句子文字是完整的。丙卷末尾有“维大晋天福七年壬寅岁七

---

① 王重民原编、黄永武新编：《敦煌古籍叙录新编》（第 17 册），台北：新文丰出版社，1986 年，第 101—102 页。

月廿二日三界寺学士郎张富□[①]记”，应是抄录者抄录此篇时的具体时间。辛卷末尾有“太平兴国三年戊寅岁四月十日记，汜孔目学仕郎阴奴儿手自写季布一卷”。

“太平兴国”是北宋太宗赵匡义的年号。从上面末尾题署年号可知，《捉季布传文》抄写流传的年代约在五代至北宋初年。《捉季布传文》十种卷子中，卷首标题，卷首第一、二行，卷末正文，卷末边题中多有出现“传文”“词文”“词人”字样。如伯3697号（原卷）卷首第一竖行有标题“捉季布传文”五字，卷首第二竖行有“大汉三年楚将季布骂阵汉王羞耻群臣拔马收军词文”字样，卷末有“具说《汉书》修制了，莫道词人唱不真”句；伯3386号（丙卷）卷末有“大汉三年季布骂阵词文一卷”字样；斯2056号（已卷）卷首有“大汉三年楚将季布骂阵汉王羞耻群臣拔马收军词文”字样；斯5439号（庚卷）卷末有“季布歌一卷 季布歌”字样；斯5441号（辛卷）卷末有“大汉三年季布骂阵词文一卷”字样；故《捉季布传文》即唐五代宋传文或词文。至于“词人”，则是编撰者或说唱者的自称。虽然在十种卷子中均无唐时期的年号，但是冯文开《声音的再发现:〈捉季布传文〉知识考古》[②]一文，根据美国学者理查德·鲍曼的表演理论，从特殊的代码、形象的语言、平行式、特殊的程式诸方面针对《捉季布传文》进行了系列的文体考察论证，认为《捉季布传文》应是唐代创作的词文，故我们对《捉季布传文》的创作和流行时间可大致得出这样一个推论：创作于唐代，流行于唐五代宋时期。

第二节 《捉季布传文》主要情节

《捉季布传文》[③]具体情节如下：大汉三年，楚将季布骂阵，汉王刘邦被骂得羞愧无颜，群臣则拔马收军逃跑了，汉王刘邦立下誓言：“若得片云遮顶上，楚

① 按：本书所有引用原文脱字或漫漶不清处，均以□表示。

② 冯文开：《声音的再发现：〈捉季布传文〉知识考古》，《民俗研究》2010年第1期，第190—199页。

③ 《捉季布传文》原文均引自黄征、张涌泉校注：《敦煌变文校注》，北京：中华书局，1997年，第91—98页。

将投来总安存。唯有季布钟离末，火炙油煎未是迍。”[①]事情发展正如刘邦所言：“后至五年冬十月，会垓灭楚静烟尘。项羽乌江而自刎，当时四塞绝风云。”“楚家败将来投汉，汉王与赏尽垂恩。唯有季布钟离末，始知口是祸之门。”刘邦犹记当初季布骂阵一事，“遂令出敕于天下，遣捉奸凶搜逆臣”。季布“遂入历山溪谷内，偷生避死隐藏身。夜则村墅偷餐馔，晓入山林伴兽群”。某夜，他偷入故人周氏家“初更乍黑人行少，越墙直入马坊门。更深潜入堂阶下，花药园中影树身”，周氏夫妇听到有响动，起立望门问道：“阶下为当是鬼神？若是生人须早语，忽然是鬼奔丘坟。问着不言惊动仆，利剑钢刀必损君。”季布大胆回言：“只是旧时亲分义，夜送千金来与君。”周氏接纳了季布，把他藏匿在墙壁里，每日和往常一样去公门办事，四周邻居不知闻，他嘱咐妻子每日按时送饭，“礼同翁伯好供承”。此时刘邦因让诸州郡搜寻季布没有消息，又派专使到各处督促并再次发布了捉拿季布的敕令，如有人收留季布“藏隐一餐停一宿，灭族诛家尽六亲”。

周氏听后很害怕，听说新来的专使叫朱解，就把这些消息告诉了季布，季布得知是朱解，“点头微笑两眉分”。“若是别人忧性命，朱解之徒何足论。见论无能虚受福，心粗阙武又亏文。直饶堕却千金赏，遮莫高堆万铤银。皇威敕牒虽严迅，播尘扬土也无因。既交朱解来寻捉，有计隈衣出得身。”周氏不解，季布继续解释：“兀发剪头披短褐，假作家生一贱人。但道兖州庄上客，随君出入往来频。待伊朱解回归日，口马行头卖仆身。朱解忽然来买口，商量莫共苦争论。忽然买仆身将去，擎鞭执帽不辞辛。天饶得见高皇面，由如病鹤再凌云。”周氏遂按季布计划去施行，季布则“言讫捻刀和泪剪，占顶遮眉长短匀。炭染为疮烟肉色，吞炭移音语不真。出门入户随周氏，邻家信道典仓身”。朱解作为专史来东齐督促寻季布之事，某日散步来到市门，见一奴隶身长六尺，“遍身肉色似烟熏”，他“神迷鬼惑生心买”。周氏介绍这本是我家奴隶，因家中缺钱，“百金即卖救家

① 按：唱书、说唱词话来自民间，文本中多有用字不规范或语意不通现象，本书中所有关于唱书、说唱词话的引文均遵循底本，不做擅改，旨在求实存真。

贫”，此奴“偏切按摩能柔软，好衣绁折着香熏。送言传语兼识字，曾交伴恋入庠门。若说乘骑能结绾，曾向庄头牧马群”，朱解“遂给价钱而买得，当时便遣涉风尘”。

朱解带着季布不旬日回朝，上奏高皇东齐没有季布，高皇感其劳累劝他“歇息归私第”。朱解回到家里宴请亲朋好友庆贺他便宜买了个典仓，闲时和典仓论今古，闷时在堂前话典坟，并和夫人商量赐予典仓朱家姓氏，收其为骨肉，让家人称其为“大郎君”。这位典仓“试教骑马捻球杖，忽然击拂便过人。马上盘枪兼弄剑，弯弓倍射胜陵君。勒辔邀鞍双走马，跷身独立似生神。挥鞭再骋堂堂貌，敲镫重夸檀檀身。南北盘旋如掣电，东西怀协似风云。”朱解对其产生了怀疑，难道买了一位“楚家臣”？

朱解私下问典仓出身，典仓道出原委：“楚王辩士英雄将，汉帝怨家季布身。”朱解担忧“一门骨肉尽遭迍”。季布看出朱解心思，献上一计供其采纳：“明日厅堂排酒馔，朝下总呼诸大臣。座中但说东齐事，道仆愆尤罪过频。仆即出头亲乞命，脱祸除殃必有门。”

第二天，朱解将侯婴和萧何请到家中，酒酣乐响时季布从幕中走出，向二位“起居再拜叙寒温”，并表达了自己对骂阵汉王刘邦的后悔，侯、萧二相上前参见，“忆昔挥鞭骂阵日，头牟锁甲气如云。奈何今日遭摧伏，貌改身移作贱人。争那高皇酬恨切，仆且如何救得君？”季布请两位上奏高皇：“为立千金搜季布，家家图赏罢耕耘。陛下舍愆休寻捉，免其金玉感黎民。”侯、萧依言上奏，高皇大惊：“民惟邦本须慈惠，本固邦宁在养人。朕为旧仇荒国土，荏苒教他四海贫。依卿所奏休寻捉，解冤释结罢言论。”侯婴告诉季布，季布又请他再奏高皇，若季布“结集狂兵侵汉土，边方未免动烟尘。陛下千金诏召取，必能匡佐作忠臣”。侯婴依言再奏，高皇闻言大悦：“依卿所奏千金召，山河为誓典功勋。”

季布知道后修表撰文上奏高皇：“罪臣不杀将金诏，感恩激切卒难申。乞臣残命归农业，生死荣华九族忻。”但高皇一见季布，突然想起骂阵情形，遂令武士齐擒捉，“与朕煎熬不用存”，季布在殿上高声喊道：“圣明天子堪匡佐，谩语君王何足论。分明出敕千金诏，赚到朝门却杀臣。臣罪受诛虽本分，陛下争堪后世闻。”高皇听得此言语：“赐卿锦帛并珍玉，兼拜齐州为太守。放卿衣锦归乡井，光荣禄重贵宗卿。”季布谢恩后，“密报先谢朱解德，明明答谢濮阳恩。敲镫讴歌归本去，摇鞭喜得脱风尘”。

第三节　《捉季布传文》故事来源

《捉季布传文》是否正像末尾所说，“具说《汉书》修制了”，是从《汉书》取材整理并重新创作而成的呢？

我们先对《捉季布传文》与《史记》的相关部分进行比较分析。

《捉季布传文》（以下简称《传文》）有七大主要情节：

第一，季布叫阵骂汉王。《史记》载：“季布者，楚人也。为气任侠，有名于楚。项籍使将兵，数窘汉王。”

第二，汉王发誓夺得江山后对季布进行处罚。《史记》中未见。

第三，项羽灭，汉立，汉高皇刘邦敕令捉季布。《史记》载：“及项羽灭，高祖购求布千金。敢有舍匿，罪及三族。”

第四，周氏接纳季布，二人设计应付朱解寻捉。《史记》载：“季布匿濮阳周氏。周氏曰：‘汉购将军急，迹且至臣家，将军能听臣，臣敢献计；即不能，愿先自刭。’季布许之。乃髡钳季布，衣褐衣，置广柳车中，并与其家僮数十人，之鲁朱家所卖之。”

《传文》中季布与周氏为旧相识，因此才去找周氏并藏匿于其家，刘邦派使者追捕季布时，周氏告知季布使者是朱解，季布给周氏出谋划策。《史记》中则是周氏设计好方案让季布听从，这一点上情节不同。

第五，朱解买奴不知奴是季布，《史记》载：“朱家心知是季布，乃买而置之田。诫其子曰：‘田事听此奴，必与同食。’”《传文》用了很大篇幅渲染朱解不知，并将季布的名字改为“大郎君”，令听众发笑，并设计出一个很大的悬念——如果最后朱解知道是季布，他会怎样处理。

第六，朱解知是季布后，季布设计脱困，朱解具体实施。《史记》："朱家乃乘轺车之洛阳，见汝阴侯滕公。滕公留朱家饮数日。因谓滕公曰：'季布何大罪，而上求之急也？'滕公曰：'布数为项羽窘上，上怨之，故必欲得之。'朱家曰：'君视季布何如人也？'曰：'贤者也。'朱家曰：'臣各为其主用，季布为项籍用，职耳。项氏臣可尽诛邪？今上始得天下，独以己之私怨求一人，何示天下之不广也！且以季布之贤而汉求之急如此，此不北走胡即南走越耳。夫忌壮士以资敌国，此伍子胥所以鞭荆平王之墓也。君何不从容为上言邪？'汝阴侯滕公心知朱家大侠，意季布匿其所，乃许曰：'诺。'待间，果言如朱家指。上乃赦季布。"

第七，季布见高皇，被拜太守并衣锦还乡，得圆满结局。《史记》载："当是时，诸公皆多季布能摧刚为柔，朱家亦以此名闻当世。季布召见，谢，上拜为郎中。"

通过正史和《传文》的比较，可以看出正史侧重于史实的平铺直叙，没有太多的曲折、夸张、悬念、情感成分，而作为文学作品的词文，却将创作重心置于主要人物季布身上，突出了他勇敢、乐观、机智、随机应变的性格特点，而正史将这些特点用"摧刚为柔"四字概括。正史中将朱家的大侠谋算、滕公的为人、刘邦的大度、周氏的相助与周密计划都平面地展现出来，而在《传文》中，季布在作者编写设置的悬念中一步步变成了齐州太守，具有一种特殊的创作魅力。

《汉书·季布传》载："季布，楚人也，为任侠有名，项籍使将兵，数窘汉王。项籍灭，高祖购求布千金，敢有舍匿，罪三族。布匿濮阳周氏，周氏曰：'汉求将军急，迹且至臣家，能听臣，臣敢进计；即否，愿先自刭。'布许之。乃髡钳布，衣褐，置广柳车中，并与其家僮数十人，之鲁朱家所卖之。朱家心知其季布也，买置田舍。乃之洛阳见汝阴侯滕公，说曰：'季布何罪？臣各为其主用，职耳。项氏臣岂可尽诛邪？今上始得天下，而以私怨求一人，何示不广也！且以季布之贤，汉求之急如此，此不北走胡，南走越耳。夫忌壮士以资敌国，此伍子胥所以鞭荆平之墓也。君何不从容为上言之？'滕公心知朱家大侠，意布匿其所，乃许诺。侍间，果言如朱家指。上乃赦布。当是时，诸公皆多布能摧刚为柔，朱家亦以此名闻当世，布召见，谢，拜郎中。"

从上面内容来看，《汉书·季布传》是据《史记·季布传》敷衍而来，将《传文》与《史记》《汉书》中的《季布传》情节相比较，可知《传文》的源头是“词人”按照《史记》《汉书》中《季布传》的资料改编而成。

第四节　宋元时期流传的其他季布说唱故事

《捉季布传文》同类故事，在宋元时期勾栏瓦肆的平话表演中也有讲说，如元至治年间《新刊全相平话前汉书续集》卷上中这样叙述：

第三日，汉王升殿，聚大臣，放赦遍行天下。子房、萧何等众官上贺：“自垓下灭楚之后，有功者封官，无功者受赏，天下亦定。”汉王曰：“未定。”子房奏曰：“臣不达上意。”王曰：“虽然楚灭，朕恨二人，不得，吾乃不安。”子房曰：“何人？”帝曰：“楚臣司马钟离末、季布二人未获，朕仇不解。”子房奏曰：“惧者乃项王也，今楚灭，何愁二匹夫乎？我王降诏遍行天下，若藏钟离末、季布者，灭九族；若获到官，千金赏万户侯。”子房奏毕，高祖即行圣旨诏行天下，拘刷钟离末、季布二人。不因行此圣旨，致使君臣失义，信有十大功劳，变作斩鬼。

今有富民朱长者，闲坐自思，汉王行诏刷钟离末、季布二人，若有隐藏之家，九族遭诛。今家中有一人，遂唤问之：“尔莫非钟离末、季布乎？”其人言曰：“然。”长者心乱，布曰：“佐楚之将，与汉冤仇，今日楚灭，无处安身，自货其身于宅中，今闻汉王诏书，千金赏万户侯，布乃谢主公恩养一载，缚布到官，愿主公请功行赏。”长者曰：“既足下国之将，吾争忍受此之名利，你且只隐吾宅中，今长安我探虚实。”长者谒夏侯婴，到长安，共婴相见。婴曰：“恩兄何来？”朱公曰：“吾有少事告尊兄。”婴曰：“何事？”朱公曰：“今季布见在我宅中，如何救之？”婴半晌不语，多时，告：“兄可休忧虑。”茶饭酒毕，至来日，百官朝帝。夏侯婴出班奏曰："王可寻思？"帝曰："但奏，寡人随之。""臣问帝诏遍行天下，拘刷钟离末、季布二人，至今不得；切恐刷得紧急，别生事端，如之奈何？莫若陛下放赦二人，决得其人。"帝曰："善。"即日遍行大赦，书云："楚之臣钟离末、季布二人，赦到投首到官者无罪，官职依旧封之；如一月出者，依封，月外出者，复罪如先，依诏治罪。"婴出朝到宅，见长者，朱公问："奏帝如何？"婴言："帝与之专赦二人。"朱公既得言，回说与季布，乃谢长者，长者修书与季布见夏侯婴。次日，见汉王，奏曰："有季布投赦来谢恩。"汉王大喜，即宣季布至。王曰："卿既为亡国之臣，合当万死，是各佐其主，今放大赦，免卿等二人。卿在楚封右司马，今依楚封，为汉司马。"季布顿首再拜："臣乃亡国之臣，礼当万死，今谢陛下圣恩，却依楚封官职，无可报王之恩。"①

这段平话讲述的主要情节如下：一是汉立，汉王大赦天下，下诏捉拿钟离末、季布。二是富民朱长者得知家中有季布，没有献出，而是设计为其解脱，找夏侯婴想办法，夏侯婴游说刘邦，刘邦大赦二人。三是季布见刘邦，并被封为汉司马，谢恩上任。从朱长者的那段情节来看，基本是按照《史纪》中的记载稍做改编而来，朱长者即《史记》中的朱家、《捉季布传文》中的朱解。

平话的语言风格侧重于平铺直叙，没有词文中的讲唱韵语带来的节奏感，二者阅读效果迥异。

第五节　《捉季布传文》撰者及编撰流行时代

《捉季布传文》现存十种不同版本的卷子，除斯5439号（庚卷）末尾出现季布歌外，其他整卷与残卷出现的都是词文、传文两种名称。

① （元）佚名：《全相平话五种》，杭州：浙江人民美术出版社，2017年，第282—284页。

有些论著中将《捉季布传文》称为变文，笔者认为不妥，现存十种卷子的《捉季布传文》内容中并没有出现“变文”二字，日本学者荒见泰史在《敦煌变文写本的研究》中曾提到变文和词文是说唱文学中不同的两类，不能以变文统称之。“周绍良氏在《谈唐代民间文学》（1963）里，把敦煌的讲唱文学作品按文学形式、文体分类，根据原卷写本的标题可细分为变文、讲经文、词文、诗话、话本、赋、缘起，变文只是其中的一类……把讲唱体这种文体作为‘变文’的特征是不严密的，有不少例外，譬如跟讲唱体作品文体不同的赋体、韵文体、文言体的散文等写本题名上，也写有‘变’‘变文’，这一类变文的特征显然不符合上述的定义。虽然现存的题名变文中，讲唱体作品占大多数，但是把讲唱体这一文体特征作为变文的定义中的一环，排斥其他体裁的作品，似不够妥当。”[①]

笔者认为，《捉季布传文》这类说唱作品可称为词文、传文，还可称为说唱词话，具体分析如下：明成化刊本说唱词话《张文贵传》卷上末尾云：“前本词文唱了毕，听唱后本事缘因。”说明明成化刊本说唱词话的编撰者、说唱者将《张文贵传》演唱底本称作词文。《捉季布传文》卷首一段白话“大汉三年楚将季布骂阵汉王羞耻群臣拔马收军词文”，说明其编撰者、说唱者将《捉季布传文》的演唱底本称作词文。另《捉季布传文》除卷首一段白话外，全部640句是纯七言句，隔句押韵，共320韵，通押真欣部韵；明成化刊本说唱词话《包龙图断白虎精传》没有白话，全部878句是纯七言句，隔句押韵，共439韵，通押真欣部韵，这两部作品应属同一种说唱文学体裁，均可以称之为说唱词话或词文、传文。

关于《捉季布传文》的作者，张鸿勋指出，《捉季布传文》十种卷子均未署作者姓名，全篇文辞浅近易懂，适合一般民众欣赏。另外，作者将《史记·游侠列传》中的郭解、朱家合并为“朱解”一名，其极有可能是一名下层文士或粗通文墨的说唱艺人。

关于《捉季布传文》的创作年代，《捉季布传文》中出现两处称濮阳周氏为

① ［日］荒见泰史：《敦煌变文写本的研究》，北京：中华书局，2010年，第5—7页。

“院长”，如“院长不须相恐吓”“自嗟告其周院长”，唐代李肇《国史补》卷下有院长的解释，即“外郎、御史、遗补相呼为院长”。唐赵璘《因话录》卷五解释，当时院长是对御史台下台院、殿院、察院三院之长的尊称。至于《捉季布传文》中的周院长，应是指县衙青吏。另斯1156号（壬卷）背有“天福肆年十四日记，沙弥庆度”。张鸿勋据此考证，《捉季布传文》的创作年代下限应在晚唐五代时期①，故《捉季布传文》可称为唐五代宋说唱词话。

通过比较正文形式，可将《捉季布传文》与明成化刊本说唱词话和元代说唱词话紧密联系起来：

正文前有一段白话，如伯3697号（原卷）卷首云“大汉三年楚将季布骂阵汉王羞耻群臣拔马收军词文”。白话之后正文直至末尾全部是七字句组成。七字句末尾隔句押韵，或押同韵，或押邻韵。这一正文形式，可为我们判断唐宋至今的词文、传文、说唱词话正文形式提供参照实例。

第六节　唐五代宋词文、传文及部分变文的体制特征

关于敦煌叙事文学分类情况，李骞认为：“敦煌叙事文学分类的情况可以看出敦煌现存的叙事民间文学作品是多种多样的，而且每一种形式都有其独具的特征，并有其形成演变的历史。故此，决不能用‘变文’一种形式概括反映着多种文艺形式的存在，当然，也不能用‘变文’这一种形式形成演变的历史来代替这多种形式演变发展的历史。正因为这样，过去把这多种的复杂的文学形式统称为‘变文’是不合乎唐代民间文艺多种形式存在的实际的，这样，企图用‘变文’形成的历史，来反映唐代民间多种文艺形式发展演变的历史和过程

① 张鸿勋：《陇上学人文存：张鸿勋卷》，兰州：甘肃人民出版社，2015年，第79—80页。

也是不科学的。”[①]

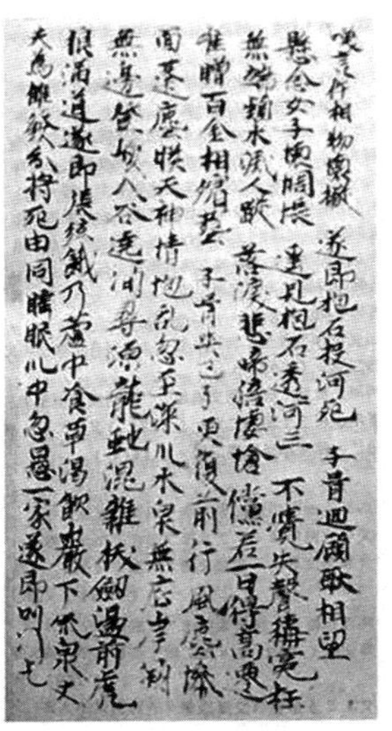

图1–1《伍子胥变文》

笔者认为，唐五代宋时期，除了《捉季布传文》这一种属于词文、传文外，敦煌文献变文中其他散韵组合、说唱兼行的篇目，也应属于词文、传文，如《董永变文》、《季布诗咏》（残卷）、《百鸟名》、《伍子胥变文》、《孟姜女变文》、《孟姜女小曲》、《汉将王陵变》、《李陵变文》、《王昭君变文》、《张议潮变文》、《张淮深变文》、《破魔变》、《降魔变文》、《大目乾连冥间救母变文》（以下简称《目连救母变文》）、《目连变文》等。[②]

由表1–1我们可以看到前述16种唐五代宋变文一些共同的文体特征：

第一，16种变文都是纯唱或以唱为主兼有说白的文体结构，即使是《捉季布传文》这样的纯唱词文体结构，卷首也有简单的说白文字。《董永变文》《孟姜女小曲》虽然也是纯唱词，但这两者可能均属于变文残卷，王重民曾言《董永变文》：“文义有不衔接处，则以仅录唱词，而略其说白也，敦煌所出变文，此例甚多。”[③]何根海、王兆乾认为《孟姜女小曲》：“乍看来，它不过是两支小曲，故一直被作为‘敦煌小曲’看待，但与傩戏剧本对照，就可以断定它是长篇说唱中的两个片段。”[④]除这3种外，其余变文都是以唱为主兼有说白的文体结构。

---

① 李骞：《敦煌变文、话本论文集》，沈阳：辽宁大学中文系，油印本，1984年，第5页。
② 黄征、张涌泉校注：《敦煌变文校注》，北京：中华书局，1997年。
③ 王重民原编、黄永武新编：《敦煌古籍叙录新编》（第18册），台北：新文丰出版社，1986年，第1页。
④ 何根海、王兆乾：《在假面的背后：安徽贵池傩文化研究》，合肥：安徽大学出版社，2000年，第177页。

表1-1 唐五代宋词文、传文及部分变文文体特征表

词文名称	正文文体结构	韵语句格特征	创作、流传时间	正文唱白例证及是否有表演使用插图遗留例证	内容类别
《捉季布传文》	全篇由纯七字句唱词组成	偶句押韵，一韵到底	创作于唐，流传于五代宋时	（唱）昔时楚汉定西秦，未辨龙蛇立二君。连年战败江河沸，累岁相持日月昏。……若论骂阵身登贵，万古千秋只一人。具说《汉书》修制了，莫道词人唱不真。① *②出现创作、表演者“词人”，全篇无表演使用插图遗留例证	历史人物传记故事
《董永变文》	全篇纯七字句唱词	偶句押韵，一韵到底		（唱）人生在世审思量，暂时吵闹有何方。……因此不知天上事，总为董仲觅阿娘。③ * 全篇无表演使用插图遗留例证	民间传说故事
《季布诗咏》（残卷）	全篇由说白与唱词组成。卷首简短说白，其后接七字句唱词至末尾，唱词中出现两处五字句唱词	每段唱词偶句押韵，连续转韵	流传于五代	（白）高皇帝诏得韩信，于彭城垓下做一阵，楚灭汉盈。张良见韩信煞人教多。张良奏曰：“臣且唱楚歌，散却楚军。”歌曰：（唱）张良奉命入中营，处分儿郎速暂听。……恰至三更调练熟，四畔齐唱楚歌声。词曰：（唱）今年萧率度濠梁，玉霜芬芬满涧霜。……千金不博老头春，醉卧阶前忘却贫。……④ * 全篇无表演使用插图遗留例证	历史人物传记故事

① 黄征、张涌泉校注：《敦煌变文校注》，北京：中华书局，1997 年，第 91、98 页。

② 全稿所有表格中，* 后文字均为笔者所加按语。

③ 黄征、张涌泉校注：《敦煌变文校注》，北京：中华书局，1997 年，第 174—175 页。

④ 黄征、张涌泉校注：《敦煌变文校注》，北京：中华书局，1997 年，第 1197 页。

续表

词文名称	正文文体结构	韵语句格特征	创作、流传时间	正文唱白例证及是否有表演使用插图遗留例证	内容类别
《百鸟名》	全篇由说白与唱词组成。卷首简短说白，其后接七字句唱词，唱词末为简短说白，再接三三七七七格唱词	每段唱词偶句押韵，或每段押一韵，或段中有转韵	创作于唐，流传于五代、北宋初年	（白）是时二月向尽，才始三春，百鸟林中而弄翼，鱼玩水而跃鳞。……是时诸鸟即至，雨集云奔，排备仪仗，一仿人君。……（唱）翠碧鸟为纨坛侍御，鹞子为游弈将军。苍鹰作六军神策，孔雀王专知禁门。…… （白）鸳鸯作伴，对对双飞，奉符追唤，不敢延迟，从此是鸟即至，亦不相违。（唱）淘河鸟，脚趣趚，寻常傍水觅鱼吃。野鸭遥见角鸱来，刺头水底觅不得。白鸚鹉，赤鸡赤，身上毛衣有五色，两两三三傍水波，向日遥观真锦翼……青雀儿，色能青，毛衣五色甚□明。闻道凤凰林里现，皆来拜舞在天庭。① * 全篇无表演使用插图遗留例证	民间传说故事，拟人化故事

① 黄征、张涌泉校注：《敦煌变文校注》，北京：中华书局，1997 年，第 1207—1208 页。

续表

词文名称	正文文体结构	韵语句格特征	创作、流传时间	正文唱白例证及是否有表演使用插图遗留例证	内容类别
《伍子胥变文》	全篇由七字句唱词与说白组成，说白由俗语和四六句混合而成，说白与唱词内容前后衔接	每段唱词偶句押韵，或每段用一韵，或段中有转韵	唐末	（白）子胥行至莽荡山间，按剑悲歌而叹曰： （唱）子胥发分乃长吁，大丈夫屈厄何嗟叹！天网恢恢道路穷，使我恓惶没投窜。…… （白）女子泊沙于水，举头忽见一人，行步獐狂。……① * 全篇说白与唱词相衔接处，有“王曰”“叹曰”“答曰”“子曰”“祭曰”“歌曰”八处，另有“竞拟追收，以贪重赏”“不敢前荡，限形即立”“敢欲邀君一食”“共弟前身何罪，受此孤恓”“遂即叩门乞食”“君莫急急路遥长”衔接处六处。全篇无表演使用插图遗留例证	历史人物传记故事

① 黄征、张涌泉校注：《敦煌变文校注》，北京：中华书局，1997 年，第 3 页。

续表

词文名称	正文文体结构	韵语句格特征	创作、流传时间	正文唱白例证及是否有表演使用插图遗留例证	内容类别
《孟姜女变文》	全篇由七字句、五字句唱词与说白组成，说白用俗语，说白内容是对唱词内容的补充或重复	每段唱词偶句押韵，或每段用一韵，或段中有转韵	唐代	（唱）劳贵珍重送寒衣，未委将何可报得？……妇人决烈感山河，大哭即得长城倒。古诗曰：陇上悲云起，旷野哭声哀。若道人无感，长城何为颓？石壁千寻裂，山河一向迴。不应城崩倒，总为妇人来。塞外岂中论，寒心不忍开。 （白）哭之以毕，心神哀失。懊恼其夫，掩从亡没。叹此贞心，更加愤郁。[1] * 全篇说白与五言、七言唱词衔接处无任何特殊标志，如“古诗曰”后接五言唱词，“选其夫骨”“君若有神，儿当接引”等后接七言唱词，全篇无表演使用插图遗留例证	民间传说故事

① 黄征、张涌泉校注：《敦煌变文校注》，北京：中华书局，1997 年，第 61 页。

续表

词文名称	正文文体结构	韵语句格特征	创作、流传时间	正文唱白例证及是否有表演使用插图遗留例证	内容类别
《孟姜女小曲》（变文留下的部分唱词，收入《敦煌曲校录》中）	全篇由三三七七七格唱词组成	偶句韵，有转韵	唐代	孟姜女，杞梁妻，一去燕山更不归。造得寒衣无人送，不免自家送征衣。长城路，实难行，乳酪山下雪纷纷。吃酒只为隔饭病，愿身强健早还归。堂前立，拜辞娘，不觉眼中泪千行。劝你耶娘少怅望，为吃他官家重衣粮。辞父娘了，入妻房，莫将生分向耶娘。君去前程但努力，不敢放慢向公婆。[①] * 全篇无表演使用插图遗留例证	民间传说故事

① 任二北：《敦煌曲校录》，太原：山西人民出版社，2018 年，第 82 页。

续表

词文名称	正文文体结构	韵语句格特征	创作、流传时间	正文唱白例证及是否有表演使用插图遗留例证	内容类别
《汉将王陵变》	全篇由七字句唱词与说白组成，说白用俗语。唱词内容是对说白情节的简略重复	每段唱词偶句押韵，或每段一韵，或段中转韵	五代	（白）应是楚将闻者，可不肝肠寸断，若为陈说：（唱）苦见陵母不招儿，遂教转队苦陵迟。扑枷卧于枪下倒，失声不觉唤娇儿。① * 全篇出现“二将辞王，便往斫营处。从此一铺，便是变初”“二将斫营处，谨为陈说”“便往却回，而为转说”“说其本情处，若为陈说”“其母遂为陈说”“可不肝肠寸断，若为陈说”“其时天地失瑕无光，而为陈说”“祭礼处若为陈说”“《汉八年楚灭汉兴王陵变》一铺，天福四年八月十六日孔目官阎物成写记”等套语。雕塑一套、画一幅都称为一铺。“从此”是至此、到此之义，均是艺人配合插图讲唱变文时的表演遗留例证	历史人物传记故事

① 黄征、张涌泉校注：《敦煌变文校注》，北京：中华书局，1997 年，第 70 页。

续表

词文名称	正文文体结构	韵语句格特征	创作、流传时间	正文唱白例证及是否有表演使用插图遗留例证	内容类别
《王昭君变文》	全篇由五字句、七字句唱词与说白组成，说白用俗语。唱词内容将说白内容细密化	每段唱词偶句押韵，或每段用一韵，或段中有转韵	唐代	（唱）贱妾倘期蕃里死，远恨家人招取魂。 （白）汉女愁吟，蕃王笑和，宁知惆怅，何别声哀。管弦马上横弹，节会途间常奏。侍从寂寞，如同丧孝之家。…… （唱）传闻突厥本同威，每唤昭君作贵妃。呼名更号烟脂氏，独恐他嫌礼度微。…… （唱）妾嫁来沙漠，经冬向晚时。和鸣以合调，翼以当威仪。① * 全篇凡说白与唱词相衔接处均有套语出现，应是艺人指着画图讲唱变文时的遗留标志。全篇分上下卷，遗留标志四处。另有“上卷立铺毕，此入下卷”，应是变文艺人指着画图唱完上卷唱词后，准备下卷前的提示语。由此可证此变文当时是有说白和画图的，艺人翻动卷子时而说白，时而指着卷子上的画图演唱	历史人物传记故事

① 黄征、张涌泉校注：《敦煌变文校注》，北京：中华书局，1997年，第156—158页。

续表

词文名称	正文文体结构	韵语句格特征	创作、流传时间	正文唱白例证及是否有表演使用插图遗留例证	内容类别
《李陵变文》	全篇由七字句唱词与说白组成，说白用俗语，说白与唱词内容前后衔接	每段唱词偶句押韵，每段或用一韵，或段中转韵	唐代	（白）前头火着，后底火灭，看李陵共单于火中战处：（唱）陵军髇髇向前催，虏骑芬芬逐后来。阵云海内初交合，朔气燕南望不开。此时粮尽兵初饿，早已战他人力破。遂被单于放火烧，欲走知从若边过？① * 说白与唱词衔接处总有套语出现，如“某某处，若为陈说”，在指着某处准备说唱前，还出现了指示观众看图的“看李陵共单于火中战处”“且看李陵共兵士别处若为陈说”等，说明艺人表演指着画图唱	历史人物传记故事
《张议潮变文》	全篇由七字句唱词与说白组成，说白用俗语。唱词是对说白内容的详细补充与重复	每段唱词偶句押韵，每段或用一韵，或段中转韵	内容记唐大中十一年（857）前后事，创作、流传应在此之后	（白）汉军勇猛而乘势，曳戟冲山直进前。蕃戎胆怯奔南北，汉将雄豪百当千处：（唱）忽闻犬戎起狼心，叛逆西同把险林。星夜排兵奔疾道，此时用命总须擒。② * 全篇中出现了表演使用插图遗留例证，如“汉将雄豪百当千处”即同“某某处，若为陈说”	历史人物传记故事

① 黄征、张涌泉校注：《敦煌变文校注》，北京：中华书局，1997年，第129页。
② 黄征、张涌泉校注：《敦煌变文校注》，北京：中华书局，1997年，第180页。

续表

词文名称	正文文体结构	韵语句格特征	创作、流传时间	正文唱白例证及是否有表演使用插图遗留例证	内容类别
《张淮深变文》	全篇由七字句唱词与说白组成，说白用俗语。唱词是对说白内容的详细补充与重复	每段唱词偶句押韵，或用一韵，或段中转韵	内容记唐乾符至中和年间事，创作、流传应在此之后	（白）尚书捧读诏书，东望帝乡，不觉流涕处，若为陈说：（唱）皇华西上赴龙庭，驲骑骈阗出凤城。诏命貂冠加九锡，虎旗龙节曜双旌。① * 全篇中出现了表演使用插图遗留例证，如“写表闻天处，若为”“不觉流涕处，若为陈说”“如何分袂处，若为陈说”“天假雄威处，若为陈说”等	历史人物传记故事
《破魔变》	全篇由七言唱词与说白组成。斯3491号②保留与说唱内容相应插图，是艺人讲唱变文时配有画图（变相）的确证	唱词每段偶句押韵，不断转韵	后晋	（白）君不见生来死去，似蚁循环；为衣为食，如蚕作茧。假使有拔山举鼎之士，终埋在三尺土中…… （唱）一世似风灯虚没没，百年如春梦苦忙忙。……遮莫金银盈库藏，死时争肯与君将？……③ * 全篇无表演使用插图遗留例证，但斯3491号保留有与说唱内容相应插图，故此卷应为变文艺人讲唱变文的底本，插图即是艺人演唱唱词时所指画图之遗留例证	佛经故事。据佛教《贤愚经》卷十《须达起精舍品第四十一》编撰而成

① 黄征、张涌泉校注：《敦煌变文校注》，北京：中华书局，1997年，第192页。

② 按：《敦煌变文集》中存《破魔变》两种，分别为伯2187号与斯3491号，伯2187号首尾完全无缺，前题作《降魔变押座文》，后题作《破魔变一卷》，因与另一《降魔变文》区别，故用后题。斯3491号卷前段载“功德意生天缘”，后段载“破魔变文”。

③ 黄征、张涌泉校注：《敦煌变文校注》，北京：中华书局，1997年，第531页。

续表

词文名称	正文文体结构	韵语句格特征	创作、流传时间	正文唱白例证及是否有表演使用插图遗留例证	内容类别
《降魔变文》	全篇由说白与七字句唱词组成。唱词是对说白内容的重复与评论。伯4524号保留与说唱内容相应的插图（变相），是变文讲唱配有画图的确证	每段唱词偶句押韵，或通押一韵，或整段不断换韵	约唐五代	（白）须达叹之既了，如来天耳遥闻。他心即知，万里殊无障隔。……悲喜交集处若为陈说：（唱）须达佛心□开悟，眼中泪落数千行。弟子生居邪见地，终朝积罪事魔王。伏愿天师受我请，降福舍卫作桥梁。① *说白与唱词衔接处，多为“沉吟嗟叹曰”“舍利弗共长者商度处若为”“免善事之留难处，若为”“看布金处，若为”等，全篇只有两处没有套语，另出现“且看某某，若为陈说”套语，应都是艺人指着画图向听众演唱变文唱词前的一些套语，可证当时艺人表演变文，一方面依照说白叙述故事情节，另一方面还要指着画图用唱词重复演唱说白内容，这样不仅使听众加强记忆，也可使听讲过程显得活泼不呆板，避免听众不耐烦。这种表演艺术不仅成为佛教对佛家弟子和佛众宣教的有力工具，也有助于佛教徒进入俗讲领域	佛经人物故事。据佛教《贤愚经》卷十《须达起精舍品第四十一》编撰而成

① 黄征、张涌泉校注：《敦煌变文校注》，北京：中华书局，1997年，第554页。

续表

词文名称	正文文体结构	韵语句格特征	创作、流传时间	正文唱白例证及是否有表演使用插图遗留例证	内容类别
《目连救母变文》	全篇由唱词与说白组成（七字句唱词为主，偶有五字句唱词和三三七七七格唱词）。唱词不仅是对说白内容简单重复，而且推进、拓展情节内容。斯2614号有标题《大目乾连冥间救母变文并图一卷并序》，可知此变文除卷子外，还有画图一卷，应是艺人表演变文之底本	每段唱词偶句押韵，不断转韵	五代后梁时期（卷子末尾有写卷日期“贞明七年”字样，“贞明”是后梁皇帝朱瑱的年号）	（唱）罗卜自从父母没，礼泣三周复制毕。闻乐不乐损形容，食旨不甘伤筋骨。…… （白）当时目连于双林树下，证得阿罗汉果。……[①] * 正文中出现“目连向前问其事由之处”“目连问其事由之处”“问阿娘消息处”“便向诸地狱寻觅阿娘之处”“支支节节皆零落处”“即逢守道罗刹问处”“白言世尊处”等句，均为艺人演唱变文时的套语。除演唱底本外，还有演唱时使用图画的遗留文字例证	佛经人物故事。据西晋月氏三藏竺法护译《佛说盂兰盆经》演绎编成

① 黄征、张涌泉校注：《敦煌变文校注》，北京：中华书局，1997年，第1024—1025页。

续表

词文名称	正文文体结构	韵语句格特征	创作、流传时间	正文唱白例证及是否有表演使用插图遗留例证	内容类别
《目连变文》	全篇由七字句唱词与说白组成，唱词是对说白内容的重复	唱词偶句入韵，每段一韵	唐五代	（白）目连道："贫道生自下界，长自阎浮。母是青提夫人，父名拘离长者。"…… （唱）长者闻言情怆悲，始知和尚是亲儿。互诉寒温相借问，不觉号咷泪双垂。……① * 说白与唱词的部分衔接处有"借问娘娘趣向甚处""说母所生之处"套语，此卷原先应有图画供变文艺人讲唱使用，这些套语即遗留例证	

第二，偶句押韵，一韵到底，每段押一韵，段间转韵。押韵是唱词必不可少的特点。总的来说，表1–1中16种变文的押韵情况有两类：一类是全篇唱词"偶句押韵，一韵到底"；一类是全篇唱词"偶句押韵，或每段一韵，各段换韵，或每段段间转韵"。

第三，《捉季布传文》《董永变文》是纯七字句唱词，《百鸟名》《孟姜女小曲》是三三七七七格唱词，这是变文中比较特殊的一种唱词形式，何根海、王兆乾认为这是较早的民间歌谣体，是七言诗之先声。"《宋书・乐志》收有《拂舞歌行》五篇，其中《淮南王篇》据崔豹《古今注》云，系'淮南小山之所作'，当系汉人作品，歌词为'淮南王，自言尊，百尺高楼与天连，后园凿井银作床，金瓶素绠汲寒浆'。唐徐坚等所撰《初学记》卷七标名为古舞歌诗收录，可见这种体裁汉代便已在民间滥觞，并已与歌舞相配合。"②

① 黄征、张涌泉校注：《敦煌变文校注》，北京：中华书局，1997年，第1072页。

② 何根海、王兆乾：《在假面的背后：安徽贵池傩文化研究》，合肥：安徽大学出版社，2000年，第178页。

五字句唱词主要出现在《孟姜女变文》《王昭君变文》中，《目连救母变文》中偶有出现。另外，变文的说白中，有些是当时流行的四六文，有些是当时通用的白话俗语，《伍子胥变文》说白就是俗语和四六文混合而成，而《汉将王陵变》《王昭君变文》《李陵变文》《张议潮变文》《张淮深变文》《破魔变》《降魔变文》《目连救母变文》《目连变文》说白则仅白话俗语，尤其值得注意的是，佛教变文说白使用的都是白话俗语，说明变文体制和白话俗语已经成为当时佛教通过俗讲传递教义时使用的重要工具。

第四，《捉季布传文》末尾出现了表演者自称“词人”，末尾出现了“具说《汉书》修制了，莫道词人唱不真”，一方面说明这部传文是“词人”根据《汉书》加工编撰而成，另一方面亦可知此传文的表演方式是由表演者从头到尾单独演唱。由于现存词文、传文仅此一部，从卷首来看，作为开场语言的押座文没有出现，仅出现了作为演唱底本名称的“大汉三年楚将季布骂阵汉王羞耻群臣拔马收军词文”，与末尾“大汉三年季布骂阵词文一卷”前后呼应，其作用正与当时文字被抄写在卷轴装文本上的原始目的相吻合——将整篇文字抄写在粘贴得很长的卷轴纸张上，从上到下、从右往左竖写，开篇、末尾均要写标题，这样无论卷轴装如何打开都能看到此卷子的标题，所以卷首的长说白句子不是押座文。

何为押座文？指艺人开场前的自我介绍。如《八相押座文》：“我拟请佛，恐人坐多时，便拟说经。愿不愿？愿者检心合掌待。西方还有白银台，四众听法心总开。愿闻法者合掌着，都将经题唱将来。”[①]至于《捉季布传文》“词人”的具体表演情况、演唱场所、演唱目的，尚待新资料出现才能进一步补充。

第五，《捉季布传文》全篇未发现变文艺人指着画图进行演唱的情况，但表1–1中如《汉将王陵变》《王昭君变文》《李陵变文》《张议潮变文》《张淮深变文》《破魔变》《降魔变文》《目连救母变文》《目连变文》都出现了类似“某某处，若为陈说”“看某某处，若为陈说”“且看某某处，若为陈说”“上卷立铺毕，此入下卷”“《汉八年楚灭汉兴王陵变》一铺”等固定套语。这些套语说明了两个

---

① 黄征、张涌泉校注：《敦煌变文校注》，北京：中华书局，1997年，第1140页。

问题：

首先，当时变文卷子上的唱词是艺人指着画图进行表演时使用的，这种画图卷子当时被称为变相，《目连救母变文》斯2614号标题《大目乾连冥间救母变文并图一卷并序》，伯2319号卷端题《大目乾连冥间救母变文一卷》，[①]说明变文文字卷子和画图卷子两者或是分开的卷轴，或是合在一起的卷轴；也有的卷轴正面是画图，背面则抄写有与画图相应的唱词，如《降魔变文》伯4524号“全卷为图，即《降魔变文》画卷也，卷背写唱词”[②]。

其次，这一现象说明变文艺人的演唱方式是时而叙事性说白，时而指着画图演唱。变文讲唱艺人既有僧人，也有民间艺人，如唐代吉师老的诗歌《看蜀女转昭君变》云：“妖姬未着石榴裙，自道家连锦水濆。檀口解知千载事，清词堪叹九秋文。翠眉颦处楚边月，画卷开时塞外云。说尽绮罗当日恨，昭君传意向文君。”这是吉师老亲眼所见四川女艺人演唱《王昭君变文》的现场情况。“画卷开时塞外云”，即指艺人打开画卷时观众看到的塞外景致。诗题中的“转”与“变”，应是当时民间艺人讲唱变文的一种表演形式，“转”有旋转打开卷子表演之义；“昭君变”既指《王昭君变文》，也指《王昭君变相》，唐代的画图和卷子都是卷轴装，都是抄写上去的文字和直接画上去的图画，故“转”字包含了旋转打开和表演两层意思。诗中的女艺人在开场的押座文中提及自己来自蜀地（“锦水濆”指锦江，即岷江流经成都的一段河流，也称府内河），她将历史故事娓娓道来，将情感融入了自己的思乡与流浪生涯中。

“画卷开时塞外云”引出了“说尽绮罗当日恨”，从现存《王昭君变文》情节中可知何为“当日恨”，王昭君未至塞北时曾想：“居塞北之人，不知江海有万斛之船；居江南之人，也不知塞北有千日之雪。”当她踏上塞北土地时，才真正领略到了“千日之雪”：

行经数月，途程向尽，归家啼遥。迅昔不停，即至牙帐。更无城

① 黄征、张涌泉校注：《敦煌变文校注》，北京：中华书局，1997年，第1038—1039页。
② 黄征、张涌泉校注：《敦煌变文校注》，北京：中华书局，1997年，第568页。

郭，空有山川。地僻多风，黄羊野马，日见千群万群；口口瓣瓶，时逢十队五队。以契丹为东界，吐蕃作西邻；北倚穷荒，南临大汉。当心而坐，其富如云。毡裘之帐，每日调弓，孤格之军，终朝错箭。将斗战为业，以猎射为能。不蚕而衣，不田而食。既无谷麦，啾肉充粮。少有丝麻，织毛为服。夫突厥法用，贵壮贱老，憎女忧男。怀鸟兽之心，负犬戎之意。冬天逐暖，即向山南；夏月寻凉，便居山北。何惭尺璧，宁谢寸阴。直为作处，伽陀人多出来掘强。若道一时一饷，犹可安排；岁久月深，如何可度！……

单于见明妃不乐，唯传一箭，号令攒军。且有赤狄白狄，黄头紫头，知策明妃，皆来庆贺。须臾命骡口柘驼，丛丛作舞，仓牛乱歌。百姓知单于意，单于识百姓心，良日可惜，吉日难逢，遂拜昭君为烟脂皇后。①

《王昭君变文》传递出王昭君初至塞上的真切心态：虽有单于和塞外百姓的尊敬爱戴，但远离汉宫汉君、故国故乡，充斥于她心间诉之不尽的，是绵长而悠远的愁与恨。

变文的讲唱者除了前面提到的民间女艺人外，还有佛教僧徒，如《破魔变》结尾："小僧愿讲功德经，更祝仆射万万年。"可知这是"小僧"为仆射讲唱后的回向语，或者说是祝福语。这些既讲唱变文，也讲唱经文的僧徒叫作俗讲僧，如日本圆仁《入唐求法巡礼行记》中记载，唐会昌元年（841）长安俗讲僧有文溆、海岸、体虚、光影等大德法师，更有靠四处讲唱《破魔变》《维摩诘经讲经文》以求衣食温饱的普通僧徒。伯4980号卷子中就有衣食无着、祈求布施的俗讲僧留下的诉苦诗，诗云：

远辞萧寺来相谒，总把衷肠斩切说。一回吟了一伤心，一遍言时一

① 黄征、张涌泉校注：《敦煌变文校注》，北京：中华书局，1997年，第156—157页。

气咽。

话苦辛，申恳切，数个师僧门刃列。只为全无一事衣，如何御彼三冬雪。

或秋深，严凝月，萧寺寒风声切切。囊中青缗一个无，身上故衣千处结。

最伤情，难申说，杖笠三冬皆总阙。寒窗冷慑一无衣，如何御彼三冬雪。

被蝉声，耳边聒，讲席绊萦身又阙。大业鸿名都未成，禅体衣单难可说。

座更阑，灯残灭，讨义寻文愁万结。抱膝炉前火一星，如何御彼三冬雪。①

诗中俗讲僧哀叹秋过冬临，自己旅居外地，身无分文，一再重复“如何御彼三冬雪”，可见生活十分困窘。

讲唱变文的僧徒和艺人的表演场所主要包括以下几处：

第一处：寺院。唐代寺院不仅是宗教活动场所，也是大众消闲娱乐场所，寺院中廊壁上绘制有经变画图，殿堂里有各色彩塑与园林花草，环境适宜。唐时演出百戏的戏场多设置于寺院。宋代钱易《南部新书》记载：“长安戏场，多集于慈恩，小者在青龙，其次荐福、永寿。尼讲盛于保唐，名德聚之安国，士大夫之家入道尽在咸宜。”②宋代黄休复撰《茅亭客话》卷四“李聋僧”条曾记载：

伪蜀广都县三圣院僧辞远，姓李氏。薄有文学，多记诵。其师曰思鉴，愚僧也。辞远多鄙其师云：“可惜辞远作此僧弟子！”行坐念《后土夫人变》，师正之，愈甚，全无资礼。一日，大叫转变次，空中有人掌

① 潘重规：《敦煌变文集新书》，台北：文津出版社，1983年，第827页。
② 张鸿勋：《敦煌俗文学研究》，兰州：甘肃教育出版社，2002年，第30页。

其耳，遂聩。二十余年，至圣朝开宝中，住成都义井院。[①]

第二处：变场。见唐代段成式《酉阳杂俎》前集卷五“怪术”篇：

院僧顾弟子煮新茗，巡将匝，而不及李秀才。陆不平，曰：“茶未及李秀才何也？”僧笑曰：“如此秀才，亦要知茶味！且以余茶饮之。”邻院僧曰：“李秀才乃术士，座主不可轻言。”僧人言：“不逞子弟，何所惮！”……僧复大言：“望酒旗、玩变场者，岂有佳者乎？”[②]

这里的“变场”，即是变文演出的专门场所，系当时一种大众娱乐场所，“不逞子弟”即为非作歹子弟。

第三处：要路，即街头闹市。《太平广记》卷二六九“宋昱韦儇”条云：

杨国忠为剑南，召募使远赴滇南，粮少路险，常无回者。其剑南行人，每岁令宋昱、韦儇为御史，迫促郡县征之。人知必死，郡县无以应命。乃设诡计，诈令僧设斋，或于要路转变，其众中有单贫者，即缚之。置密室中，授以絮衣，连枷作队，急递赴役。[③]

唐开元二年（714），因这种在街头闹市观演变文的现象已成风气，官府恐怕聚众出事，遂敕令禁止：“广场角抵，长袖从风，聚而观之，浸以成俗……尤宜禁止。”[④]

第四处：私人宅邸。变文在此处的演出，往往是在日暮时进行。《八相变》篇末存有一位僧人在说唱末尾的话语，正说明他身处私人宅邸进行表演。“况说如来八相，三秋未尽根原，略以标名，并题示目。今且日光西下，座久延时。盈

① 张鸿勋：《敦煌俗文学研究》，兰州：甘肃教育出版社，2002 年，第 32 页。
② 张鸿勋：《敦煌俗文学研究》，兰州：甘肃教育出版社，2002 年，第 35 页。
③ （宋）李昉等：《太平广记》，北京：中华书局，1961 年，第 2109 页。
④ （宋）王溥：《唐会要》，上海：上海古籍出版社，2006 年，第 731 页。

场并是英奇人，阖郡皆怀文雅操。众中俊哲，艺晓千端。忽滞淹藏，后无一出。伏望府主允从，则是光扬佛日，恩矣恩矣。”①

第五处：宫廷。唐代郭湜《高力士外传》中叙唐玄宗自蜀返回长安后，以太上皇居西内，闲暇无聊，以“讲经、论议、转变、说话”等消磨时光。

变文的受众，上至天子，下及市人、村民，可见其传播面之广泛深入。

第七节　唐五代宋词文、传文及部分变文的思想内涵

唐五代宋词文、传文及部分变文中纯为宗教性内容的作品有《降魔变文》《目连救母变文》等，而非宗教性内容的作品又可分为两大类：一是基本没有掺杂宗教性内容，如《捉季布传文》《季布诗咏》《百鸟名》《孟姜女小曲》《王昭君变文》《汉将王陵变》《张议潮变文》《张淮深变文》《李陵变文》；二是掺杂了部分宗教性内容，如《董永变文》《伍子胥变文》《孟姜女变文》。

一、基本没有掺杂宗教性内容的变文

（一）《王昭君变文》中对汉胡和好的企盼

千百年来，昭君出塞、昭君和番已成为民族团结的历史象征，《王昭君变文》末尾唱词：

> 嫖姚有惧于猃狁，卫霍怯于强胡。不嫁昭君，紫塞难为运策定。单于欲别，攀恋拜路跪，嗟呼！身殁于蕃里，魂兮岂忘京都。空留一塚齐

① 黄征、张涌泉校注：《敦煌变文校注》，北京：中华书局，1997年，第514页。

天地，岸兀青山万载孤。[①]

作品整体内容不乏悲剧色彩，如昭君远嫁匈奴之原因：“昭君一度登山，千回下泪。慈母只今何在？君王不见追来，当嫁单于，谁望喜乐？良由画匠，捉妾陵持。遂使望断黄沙，悲连紫塞，长辞赤县，永别神州。”[②]昭君至单于所居之地后，被拜为“烟脂皇后”，塞外风俗与汉宫迥异，单于见昭君思乡不乐，遂传箭告知诸番，“非时出猎，围绕烟脂山，用昭君作心，万里攒军，千兵逐兽”。昭君既登高岭，愁思使生遂指天叹帝乡而曰处，若为陈说：“假使边庭突厥宠，终归不及汉王怜。”之后愁盈若海，因此得病，渐加羸瘦，作遗言：“妾死若留故地葬，临时请报汉王知。”[③]单于夫妻义重，千般求术，然昭君终不治。细析此作，悲剧色彩中又隐含着一股壮气。单于在昭君死后，脱却天子之服，还着庶人之裳，披发临丧，魁渠并至，不胜悲切，表奏汉庭。葬事一依番法，单于亲送，部落皆来，坟高数尺，号称青冢。单于唱：“寒风入帐声犹苦，晓日临行哭未央。昔日同眠夜即短，如今独寝觉天长。何期远远离京兆，不忆冥冥卧朔方。早知死若埋沙里，悔不教君还帝乡。”“棺椁穹庐，更别方圆。千里之内，以伐樵薪，周匝一川，不案口马。且有奔驼勃律，阿宝蕃人，膳主牦牛，兼能杀马。酝五百瓮酒，杀十万口羊，退犊燖驼，饮食盈川，人伦若海。一百里铺氍毹毛毯，踏上而行，五百里铺金银胡瓶，下脚无处。单于亲降，部落皆来。倾国成仪，乃葬昭君处若为陈说……”[④]

汉使凭吊后，单于的唱词极富深意：“丘山义重恩难舍，江海情深不可齐。一从别汉归连北，万里长怀灞岸西。”[⑤]清代尤侗曾评昭君出塞：“世人多作《昭君怨》，余独非之。观匈奴遣使请一女子，帝谓后宫欲至单于者起。昭君喟然而叹，越席而起，其毅然勇往，略无难色，所以愧汉天子，而实毛延寿之罪也。假使昭君终不自荐，一白头老宫人耳……岂若可汉阏氏，夜郎自大哉……不然，上阳、

① 黄征、张涌泉校注：《敦煌变文校注》，北京：中华书局，1997年，第160页。
② 黄征、张涌泉校注：《敦煌变文校注》，北京：中华书局，1997年，第157—158页。
③ 黄征、张涌泉校注：《敦煌变文校注》，北京：中华书局，1997年，第158页。
④ 黄征、张涌泉校注：《敦煌变文校注》，北京：中华书局，1997年，第159页。
⑤ 黄征、张涌泉校注：《敦煌变文校注》，北京：中华书局，1997年，第160页。

长信埋没红颜者几何？内人斜冢累累，何如三尺青坟，尚供古今才人唏嘘凭吊也哉？”①在呼和浩特附近和包头出土的西汉晚期古建材料中，也曾发现“单于和亲千秋万岁安乐未央”12字砖和“长乐未央”瓦当，说明长城沿线各族民众对昭君出塞的热情颂扬，对汉胡和好、边境和平的企盼。从昭君出塞的史传起源、故事流传以及她生前身后乃至今日的影响，我们不难看出：千百年来，王昭君出塞和亲，已成为一种民族团结友好的象征。

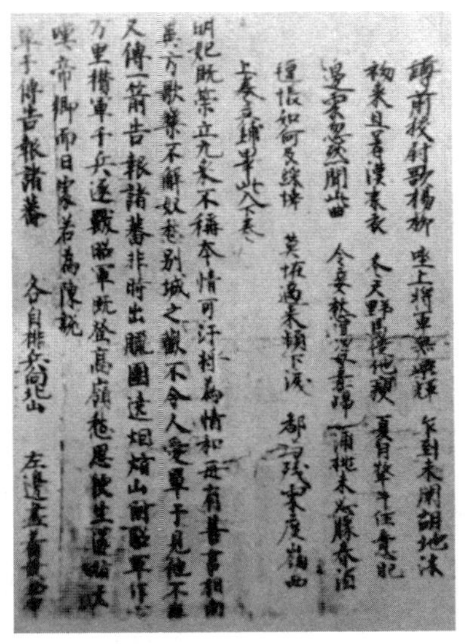

图1-2《王昭君变文》

（二）《汉将王陵变》中的儒家忠孝观念

《汉将王陵变》的主要情节为：楚汉两军荥阳对峙，汉军屡战屡败，为了鼓舞士气，王陵与灌婴奏请偷袭楚营，一夜之间将楚军杀死5万人，伤20万人。项羽大怒，用钟离末计，到绥州茶城村捉得王陵母，命其招降王陵，王陵母不肯。刘邦命卢绾到楚营递战书，卢绾得知王陵母被捉，转语王陵去救母。王陵邀卢绾同去，至两军边界，卢绾先去楚军处打听消息，王陵母闻之，唯恐其子偕来，同此一死，遂对项羽假称修书招儿，借项羽宝剑自刎于项羽与卢绾之前。卢绾回告

① 王重民原编、黄永武新编：《敦煌古籍叙录新编》（第17册），台北：新文丰出版社，1986年，第428页。

王陵，王陵痛之，刘邦命人绘其真容，赠一国太夫人，盛为祭奠。王陵母魂魄升天，在空中乘黑云感谢刘邦。王陵母事迹最早见于《史记·陈丞相世家》，后见于班固《汉书·王陵传》，且王陵母在《续列女传》中入卷八《节义传》。变文名为王陵，实为忠烈的王陵母立传，由此反映儒家忠孝思想之真谛。自春秋战国以来，儒家之忠孝思想发展强劲，忠侧重于庙堂，孝侧重于家庭，王陵对刘邦之忠、对母之孝，王陵母自刎而死之忠，均强烈体现出母子二人的忠孝思想。

（三）《张议潮变文》《张淮深变文》中的爱国情怀

《张议潮变文》讲唱三事：第一记吐浑王鸠集吐蕃犯沙州，张议潮引军取疾路由州西南进师，至西同附近，吐蕃众逃走，张议潮追逐千里，直抵退浑国内决战，斩其宰相，唱大乐凯旋。第二记回鹘、吐浑居纳职县，频来抄劫伊州，大中十年（856）六月张议潮亲讨之，大胜而归。第三记大中十年（856），大唐差册立回鹘使御史中丞王瑞章持节北入回鹘，行至雪山南畔，为叛乱回鹘千余骑劫夺国信，使者与其属各自逃奔。张议潮怒，拟讨之，未果。至大中十一年（857）八月，伊州刺史王和清使报，有背叛回鹘500余帐，首领翟都督等将回鹘百姓已到伊州侧，张议潮率兵击之。

《张议潮变文》盖为“军府设斋会时，僧徒宣唱时事赞颂军府之功者也”[①]。唐自至德、乾元以后，尽失河陇，历百余年不能克复。至大中时，值吐蕃之衰，方得渐次收复，瓜沙十一州，均由张议潮统领，极大地稳定了河西局势。

《张淮深变文》讲述唐乾符至中和年间，沙州西桐所发生的战事：安西回鹘叛乱，尚书攻破之，并擒获千余人，执于囹圄。尚书派使者奏捷京华，皇帝以回鹘子孙流落，旅居安西，念其先世曾有盟约，让尚书将此次擒获者释放以示厚遇，并派左散骑常侍李众甫、供奉官李全伟、品官杨继瑀等上下九使“远涉流沙，诏赐尚书，兼加重锡”，并带金银器皿、锦绣琼珍等物赏赐尚书。天使回程，尚书修表谢恩，“生降回鹘，尽放归回”。谁料“蜂虿有毒，豺性难驯”，天使刚过酒泉，回鹘王子“领兵西来，犯我疆场”。尚书亲点精兵，“尽令卧鼓倒戈，人

① 王重民原编、黄永武新编：《敦煌古籍叙录新编》（第 17 册），台北：新文丰出版社，1986 年，第 39 页。

马衔枚。东风猎猎，微动尘埃；六龙才过，暂不空回。先锋远探，后骑相催；铁□千队，战马云飞；分兵十道，齐突穹庐；鼙鼓大振，白刃交麾；匈奴丧胆，獐窜周诸；头随剑落，满路僵尸”[①]，尚书凯旋；这里的尚书即张淮深。

两部作品均属于当时艺人编撰讲唱的时事新闻类作品，内容均具有一定的史料参考价值，折射出张议潮、张淮深收复并捍卫大唐国土、维护国家统一的爱国情怀。

此外，《捉季布传文》《季布诗咏》《百鸟名》《孟姜女小曲》这些作品也基本没有掺杂宗教性内容，但反映出比较复杂的思想内涵。《捉季布传文》突出了季布的机智勇敢以及他尽己所能寻求生机的奋斗精神，同时烘托出汉高祖不计旧怨，心系天下百姓的宽广胸怀，其左右辅佐进谏之人皆为良臣，从侧面反映出西汉帝国初建时期的蓬勃朝气。《季布诗咏》表面写张良，实质写季布，高国藩曾这样解释：“《季布诗咏》全篇从忠孝节义、天命等儒家学说出发，利用其作为封建社会传统观念的势力，从各方面对季布进行劝说。从中我们可以看出，张良的苦心劝归，确实对季布具有很大的压力和诱惑力。但是，从全篇来看，并未写季布就范，他仍然继续不投降，楚军败后逃跑了。所以《季布诗咏》的艺术特征，是从劝降的侧面，表现了季布的豪侠气概和前期的忠贞不渝的品格思想。”[②]

《百鸟名》全文65句，500余言，篇幅非常短小，但从其深层意蕴及流变考察，其内容反映出深厚的历史文化积淀与中华民族的某些原始文化精神，对于后世同类型作品的影响极为深远。《孟姜女小曲》则描摹了杞梁与新婚妻子难舍难分的恩爱之情，更塑造出不辞辛苦远送寒衣的孟姜女形象，为此故事在后世的延伸创作打下了基础。

---

① 黄征、张涌泉校注：《敦煌变文校注》，北京：中华书局，1997 年，第 191—193 页。
② 高国藩：《敦煌俗文化学》，上海：生活·读书·新知三联书店，1999 年，第 539 页。

二、掺杂了部分宗教性内容的变文

表1–2 《董永变文》《伍子胥变文》《孟姜女变文》所涉宗教性内容一览[①]

变文名称	作品所涉宗教内容
《董永变文》	第一处：郎君如今行孝仪，见君行孝感天堂。数内一人归下界，暂到浊恶至他乡。帝释宫中亲处分，便遣奴等共填偿。不弃人微同千载，便与相逐事阿郎。 第二处：娘子便即乘云去，临别吩咐小儿郎。 第三处：董永放儿觅母去，往行直至孙膑傍。夫子将身来筮卦："此人多应觅阿娘。"阿耨池边澡浴来，先于树下隐潜藏。三个女人同作伴，奔波直至水边傍。脱却天衣便入水，中心抱取紫衣裳。此者便是董仲母，此时羞见小儿郎。我儿幼小争知处，孙膑必有好阴阳。阿娘拟收孩儿养，我儿不宜住此方。将取金瓶归下界，捻取金瓶孙膑傍。天火忽然前头现，先生失脚走忙忙。将为当时总烧却，检寻却得六十张。因此不知天上事，总为董仲觅阿娘
《伍子胥变文》	第一处：伍子胥离开阿姊后继续前行，行得二十余里，遂乃眼润耳热，遂即画地而卜，占见外甥来趁。用水头上禳之，将竹插于腰下，又用木屐倒着，并画地户天门，遂即卧于芦中，咒而言曰："捉我者殃，趁我者亡，急急如律令！"子胥的两个外甥子安、子永"至家有一人食处，知是胥舅，不顾母之孔怀，遂即生恶意奔逐"。"我若见楚帝取赏，必得高迁。逆贼今既至门，何因不捉。"行可十里，遂即息于道傍。子永少解阴阳，遂即画地而卜，"占见阿舅头上有水，定落河傍；腰间有竹，冢墓成荒，木屐倒着，不进彷徨。若着此卦，必定身亡；不假寻觅，废我还乡"。子胥屈节看文，乃见外甥不趁，遂即奔走，星夜不停。 第二处：渔人渡子胥过吴江，渡到江中，子胥脱宝剑相酬，渔人不受，子胥言："虽是君王宝物，知欲如何！"遂掷剑于江中，放神光而焕烂。剑乃三涌三没，水上翩翩。江神遥闻剑吼，战悼涌沸腾波，鱼鳖忙怕攒泥，鱼龙奔波透出。江神以手捧之，惧怕乃相分付。剑既离水，鱼鳖跳梁。日月贞明，山林皎亮。云开雾歇，霞散烟流。岸树迎宾，江风送客。 第三处：吴王让伍子胥解梦，子胥说："王梦见殿上神光者有大人至，城头郁郁苍苍者荆棘被，南壁下有匣，北壁下有筐者王失位；城门交兵战者越军至，血流东南者尸遍地。王军国灭，都缘宰彼之言"

① 变文作品的具体引文均出自黄征、张涌泉校注：《敦煌变文校注》，北京：中华书局，1997 年。

续表

变文名称	作品所涉宗教性内容
《孟姜女变文》	第一处：劳贵珍重送寒衣，未委将何可报得？执别之时言不久，拟于朝暮再还乡。谁谓忽遭槌杵祸，魂销命尽塞垣亡。当别已后到长城，当作之官相苦尅。命尽便被筑城中，游魂散漫随荆棘。劳贵远道故相看，冒涉风霜损气力。千万珍重早归还，贫兵地下常相忆。 第二处：一一捻取自看之，咬指取血从头试。若是儿夫血入骨，不是杞梁血相离。果报认得却回还，幸愿不须相违弃……如许髑髅，家俱何郡？因取夫回，为君传信。君若有神，儿当接引……魂灵答应杞梁妻，我等并是名家子，被秦差充筑城卒，辛苦不禁俱役死。铺尸野外断知闻，春冬镇卧黄沙里。为报闺中哀怨人，努力招魂存祭祀。此言为记在心怀，见我耶娘方便说

（一）《董永变文》中的儒佛道三教思想

整体而言，《董永变文》的内容既折射出宗教对民众思想教化的作用，也明确涉及了妇女婚姻自由这一问题，由此反映出唐代大一统国家的繁荣昌盛、博大胸怀与开放精神。变文内容中出现了善恶童子、董永、董仲、天女、天衣、天堂、下界、帝释宫、孙膑、筮卦、阿耨池、金瓶、天火等儒佛道三教名称，具体情节中体现出的善有善报、恶有恶报思想，源自中国本土传统的世俗伦理道德观念，而唐五代时期的儒佛道三教思想，均与此观念联系密切。

儒教以世俗的善恶伦理道德为价值取向，强调现世报思想。作品中具体展现了儒家伦理道德的核心——孝。卷首“大众志心须净听，先须孝顺阿耶娘”，董永卖身葬父母，即是“孝顺阿耶娘”的具体实例，而代表天堂的天女，在孝义精神感召下，从天堂到人世来现报董永的孝与善，不仅帮助董永偿还了卖身债务，且与他共同生活并生子董仲，“不孝有三，无后为大”，生子这一情节是孝善观念之延伸。即使最后董仲未能与母亲相聚天堂，但他在孙膑帮助下见到生母，也是孝善观念的再次延伸以及儒家现世报思想的圆满结局。

佛教中也有现世报思想，但并非唯一，还有来世报、他世报思想。董永卖身葬父母行孝义，在佛教来说即是善果。《道德经》第七十九章云：“天道无亲，常与善人。”《太平经》云：“说善者自兴，恶者自病，吉凶之事，皆出于身。”由此可知，道教特别重视并相信现世报。道教的天堂或称天庭，玉皇大帝居于此处，天庭也讲善恶报，也有善恶簿。《董永变文》卷首所云：“好事坏事皆抄录，善恶童子每抄将。”正说明人间一切都在天庭掌握之中。董永卖身葬父母是善事，应有好报，所以天庭派天女帮助他，报应结束后天女返回天堂。孙膑作为道家的代表人物，欲更圆满此事，遂占卜后告诉董仲其母去处，董仲母子相见，但玉皇大帝用天火逼回天女，并烧毁孙膑卦书令其再不能“问天上之事”，由此亦可见佛道二教的矛盾之处。

（二）《伍子胥变文》中的鬼神信仰崇拜

《伍子胥变文》的内容涉及占卜、解梦术的实际应用，反映出世俗的鬼神信仰崇拜，若从儒家宗族观念方面来说，则与儒家孝烈思想相表里。

变文中“画地而卜”“咒而言曰”等词语与中国古老的占卜术以及道士在施展法术时所使用的语言有关，“以木画地而卜”在中国汉代及汉代以前是常用的一种占卜方法。伍子胥使用这种占卜方法，并根据其所得卦象和爻辞“占见外甥来趁”。“急急如律令”本是汉代公文中常用结语词，意为立即遵照命令去施行，此处伍子胥要表达的是：“捉我者遭殃，追我者死亡，尔等迅速执行命令！”“尔等”应指鬼神。同样，伍子胥二甥之一也懂阴阳术，“画地而卜”后占得伍子胥已有准备，遂不再追赶。

《伍子胥变文》中，伍子胥将宝剑投江后，“江神以手捧之”，明显属于鬼神崇拜。篇末又出现解梦情节，自春秋战国始，官方和民间都非常重视解梦，战国时期关于解梦已形成一套较为完整的理论。如《诗经》《黄帝内经》中都对梦的形成进行了研究论述，并对后世出现的《周公解梦全书》《搜神记》《占梦书》等产生了较大影响。

《伍子胥变文》中出现的世俗鬼神信仰思想与本土道教信仰具有密切的关系。刘休业先生曾这样谈：“我感到伍子胥为父兄复仇，乃春秋末年大报仇之一，可与后来儒家宗族观念相表里，故其故事能与儒家思想相提并论。盖宗族观念愈深，社会对他的同情心愈大，因为他是‘孝子’‘烈士’，故他虽覆灭祖国，后人却都原谅。又因后来他受奸人之谗，身死吴灭，用悲剧结尾，益使人难忘。”[①]

（三）《孟姜女变文》中的魂魄不散观念

《孟姜女变文》主要反映世俗鬼神崇拜及人死后魂魄不散的观念，既叙写了孟姜女不辞千辛万苦独自寻夫葬夫的悲惨遭遇，也颂扬了中国古代妇女的坚贞精神。作品内容虽不完整，但整体上可反映出夫妇二人的恩爱之情与“皇天忽尔逆人情，贱妾同向长城死”的生死同归精神。

孟姜女孤身千里给丈夫送寒衣，来到长城脚下只见城墙不见人。夜里，丈夫的魂灵托梦于她，孟姜女醒后大哭，将长城哭倒，现出骸骨纵横，她找到丈夫骸骨后准备带回家乡埋葬，看到周围几个髑髅，于心不忍，泣问居家何处，愿代为传言。她祭奠了这些髑髅后，背着丈夫的骸骨悲伤返乡。

与《孟姜女变文》同时出现的唐代小说故事，有《琱玉集》卷十二第四“杞良妻泣崩城”条引《同贤记》载：“杞良，秦始皇时北筑长城，避役逃走，因入孟起后园树下。起女仲姿浴于池中，仰见杞良而唤之。问曰：‘君是何人，因何在此？’对曰：‘吾姓杞名良，是燕人也。但以从役而筑长城，不堪辛苦，遂逃于此。’仲姿曰：‘请为君妻。’良曰：‘娘子生于长者，处于深宫，容貌艳丽，焉为役人之匹？’仲姿曰：‘女人之体不得再见丈夫，君勿辞。’遂以状陈父，而父许之。夫妇礼毕，良往作所。”这一内容可作为《孟姜女变文》之补充，其中女性对待婚姻的态度和做法均有助于我们更全面地了解唐代妇女的精神面貌。

---

① 王重民原编、黄永武新编：《敦煌古籍叙录新编》（第 17 册），台北：新文丰出版社，1986 年，第 5 页。

第二章　元代说唱词话

第一节　叶德均《宋元明讲唱文学》中的元代说唱词话

元代说唱词话在《元史》和《元典章》中都有记载，但至今未见有流传文本。

叶德均《宋元明讲唱文学》中有一节《〈诗赞系讲唱文学〉（中）：词话》，从三方面谈到了元代说唱词话：

第一方面，词话总的概念，叶德均认为："词话是元明时称讲唱文学的名称，它除了增加十字句外，和陶真并没有什么不同，它在元明时最为兴盛，到了明末就分化为鼓词、弹词两类。"

第二方面，明代诸圣邻《大唐秦王词话》和杨慎《历代史略十段锦词话》就是用七言和十言诗赞的，这就是明代的说唱词话。

第三方面，虽然现在看不到完整的元代说唱词话，但元杂剧中出现了散见的元代说唱词话残留语言，杂剧中常有整段的七言或十言（间用五言、八言、九言等杂言）诗赞体的唱词，或用"诗云""词云""诉词云""断云"，其作用是叙述和总结，如《张鼎智勘魔合罗》第三折"旦诉词云"："哥哥停嗔息怒，听妾身从头分诉，李德昌本为躲灾，贩南昌多有钱物；他来到庙中困歇，不承望感的病促，到家中七窍内迸流鲜血，知他是怎生服毒？进入门当下身亡，慌的我去叫小叔叔。他道我暗地里养着奸夫，将毒药药的亲夫身故。"又《临江驿潇湘夜雨》第四折张天觉的白："一者是心中不足，二者是神思恍惚，恰合眼父子相逢，正诉说当年间阻，忽然的好梦惊回，是何处凄凉如许？响玎珰铁马鸣金，只疑是冷飕飕寒砧捣杵，错猜做空阶下蛩絮西窗，遥想到长天外雁归南浦；我沉吟罢仔细听，原来是唤醒人狂风骤雨……孩儿也你如今在世为人，还是他身归地府？不知富贵荣华？也不知遭驱被掳？白头爷孤馆里思量：天那！我那青春女在何方受苦？我分咐兴儿来，你休要大惊小怪的，可怎生又惊觉老夫！”叶德均认为元杂剧中出现大量的七言句和三三四格十言句，而十言句通常以为始于俗讲。

据叶德均统计，现存元及明初杂剧144本，绝大多数是有词话的，以通行的《元曲选》为例，100种中有词话的计92种，占90%以上。全剧末引用词话的风气，明代永乐、宣德间朱有燉著杂剧时还继续用。①

叶德均于1956年去世，没有看到1967年明成化刊本说唱词话从墓葬中出土，所以他关于说唱词话的论述有些是不妥当的。“词话是元明时称讲唱文学的名称”无误，但“除了增加十字句外，和陶真并没有什么不同”，但陶真是什么，原貌如何，至今学界没有定论。“它在元明时最为兴盛”无误，“到了明末就分化为鼓词、弹词”有待商榷，从笔者目前掌握的资料来看，说唱词话在明末、清代、民国以至现当代还在流传，非物质文化遗产中的唱书即是说唱词话的变种，鼓词是北方主要曲艺之一，弹词是南方主要曲艺之一，两者和说唱词话的表演方式、正文结构、内容特色、接受群体、传播目的等都不同，来源和传播路径也不同，故有误。

叶德均关于现存说唱词话文本的论断也需进一步商榷，明杨慎《历代史略十段锦词话》全书分十段，故称为十段锦，是讲史的说唱文学作品，每段有段目：总说、说三代、说秦汉、说三分两晋、说南北史、说五胡乱华、说隋唐五代史、说宋史、说辽金夏、说元史，每段均以词开始，词牌名称各段不同，有【西江月】【南乡子】【临江仙】等，接着是大段的七言句，有时也出现十字句，如“三分国事至多不相统制，赌神通凭手段各用能人”等，最后以【西江月】结束。虽然七字句和三三四格十字句类似说唱词话，但各段前后出现的词牌如【西江月】等，以及正文分段、段目，在说唱词话正文结构中从未见过。《大唐秦王词话》

① 叶德均：《宋元明讲唱文学》，北京：商务印书馆，2015年，第36—41页。

则是正文分卷分回，六卷的开篇分别是卷一至卷三词牌、卷四赋、卷五词牌、卷六诗，虽七字句、三三四格十字句类似说唱词话，但正文结构既仿杨慎，又像鼓词，并非真正的民间说唱词话。

关于元杂剧中散见的元代说唱词话，叶德均所举例子也并不妥。第一，我们从明成化刊本说唱词话中可以看到的“词”主要是指唱词，“话”才是指说白。第二，说唱词话的唱词无论十字句还是七字句，都非常严格，但叶德均所举例子中出现七言、十言以外的多字句或少字句。第三，笔者认为，这些散见的文字不是说唱词话，即使是，也已经过元杂剧创作者更改，并非说唱词话原貌。第四，叶德均所举例子中元代说唱词话的七字句唱词和说唱词话的七字句唱词字格不同，这一点，赵景深也谈到了，他认为《元曲选》中类似词话的极少。极大部分都在每种近末尾处，大都是三二二的七字句，而不是词话那样二二三的七字句。例如原书所举的《魔合罗》，“李德昌本为躲灾，贩南昌多有钱物”，这类句子绝对不是词话的句子。这同汪文所举的“太祖太宗真宗帝，四帝仁宗有道君”是完全不同的。①

什么是元代说唱词话？我们在分析明成化刊本说唱词话原貌的基础上，着眼于《元史》《元典章》中记载的元代说唱词话原始资料，并结合安徽贵池实地考察傩戏的情况来做具体阐述。

第二节　元代史料中说唱词话的记载

说唱词话这一名称，元代之前的文献中无迹可寻，至《元史》《元典章》和《大元通制条格》中，才出现了禁止民间子弟“自搬词传”“演唱词话”“般唱词话”的记载。

《元史·刑法志·刑法四·禁令》：

① 赵景深：《曲艺丛谈》，北京：中国曲艺出版社，1982年，第11页。

诸民间子弟，不务正业，辄于城市坊镇，演唱词话，教习杂戏，聚众淫谑，并禁治之。①

《元典章·刑部十九·杂禁·禁学散乐词传》：

至元十一年十一月二十六日，中书兵刑部承奉中书省札付据大司农司呈河北河南道巡行劝农官申：顺天路束鹿县镇头店，见人家内聚约百人，自搬词传，动乐饮酒。为此，本县官司取讫社长田秀井、田拗驴等各人招伏，不合纵令侄男等攒钱置面戏等物，量情断罪外，本司看详，除系籍正色乐人外，其余农民、市户、良家子弟，若有不务本业，学习散乐、般说词话人等，并行禁约，是为长便，乞照详事。都省准呈，除已札付大司农禁约外，仰依上施行。②

《大元通制条格·杂令·搬词》：

至元十一年十一月，中书省大司农司呈河南河北道巡行劝农官申：顺天路束鹿县镇头店，聚约百人，般唱词话。社长田秀井等约量断罪外，本司看详，除系籍正色乐人外，其余农民市户良家子弟，若有不务正业，习学散乐，般唱词话，并行禁约。都省准呈。③

这三则史料叙述了同一件事情，元至元十一年（1274）十一月，河南河北道巡行劝农官在顺天路束鹿县镇头店村发现约有百人聚集，一面“般唱词话”，一面“动乐饮酒”。于是将镇头店两社长田秀井、田拗驴等人抓捕并“量情断罪”。两人招认曾让村民攒钱购置了面戏表演所需的面具等物，聚集进行说唱表演活动。劝农官不仅当即处理了这一事件，而且将此事原委及处理情况呈送中书省大

① （明）宋濂等：《元史》，北京：中华书局，1976年，第2685页。
② （元）佚名：《沈刻元典章》，北京：中国书店，2010年，第834页。
③ （元）佚名：《大元通制条格》，台北：文海出版社，1984年，第720—721页。

司农司。大司农司立即颁布在全国范围内禁止“般唱词话”的命令。元代社会基层行政组织之一为社，每社50家为准，设一社长，超过百家，则增一社长。社长负责劝督社民务勤农业，不致堕废，并负有监督严禁聚众集会之责。镇头店社长是田秀井、田拗驴二人，村子当在百家以上，聚众做社，自然会引起不小的关注。

中书省这道禁令是在元至元十一年（1274）十一月发出的，村民们为什么要在这个时间聚集起来“般唱词话”呢？元至元十一年（1274）十一月二十三日是农历冬至，《元典章》史料中大司农司颁布禁约的日期是“至元十一年十一月二十六日”，这与元代官员处理京畿要地敏感事件的效率有关，故镇头店“般唱词话”事件发生的时间应距“十一月二十六日”很近，当在十一月二十三日冬至当日或前后几日。

元世祖至元八年（1271）将国号改大元，元至元十一年（1274）六月，元世祖下诏进攻南宋；九月，伯颜率军出征，故元代统治者对当时的北方地区，尤其是京畿地区的聚众集会非常敏感，束鹿县属顺天路，是元朝核心管辖区域。元至元七年（1270）二月，元政府“立司农司，以参知政事张文谦为卿，设四道巡行劝农司”[①]，四道包括山东东西道、河东陕西道、山北东西道、河北河南道。随着疆域扩大，劝农使逐渐增多，同年“十二月丙申朔，改司农司为大司农司，添设巡行劝农使、副各四员。以御史中丞孛罗兼大司农卿”[②]。元至元十二年（1275）四月，“罢随路巡行劝农官，以其事入提刑按察司”[③]。可见巡行劝农司官员的职责表面是劝农，实际是查访维稳，权力很大，可随时处理突发事件。

镇头店民众之所以选在冬至“般唱词话”，是因为在古代中国，冬至被认为是一年中最为重要的节日，民间有“冬至大如年”的说法，与元旦、寒食并称三大节，又被称为亚岁。唐代的冬至，皇帝要祭天祭祖，民间也要“备办饮食”“享祀先祖”，祈祷添岁。北宋时期，人们对冬至比唐代更为重视，冬至在民

① （明）宋濂等：《元史》，北京：中华书局，1976年，第128页。
② （明）宋濂等：《元史》，北京：中华书局，1976年，第132页。
③ （明）宋濂等：《元史》，北京：中华书局，1976年，第166页。

间生活中的地位甚至超过了元日。

宋代宫廷冬至的祭祀仪式隆重，声势浩大。《东京梦华录》卷十“冬至”记载有皇帝当日亲至太庙祭祖的情形：

是夜宿太庙，喝探警严如宿殿仪，至三更，车驾行事，执事皆宗室，宫架乐作，主在殿上东南隅西面立，有一朱漆金字牌曰“皇帝位”，然后奉神主出室，亦奏中严外辨，逐室行礼毕，甲马仪仗车辂，番衮出南薰门。①

祭祖后，皇帝还要赴郊坛行礼祭天：

坛上设二黄褥，位北面南，曰“昊天上帝”，东南面曰“太祖皇帝”……坛前设宫架乐。②

待奏乐歌舞完毕后：

礼直官奏请驾登坛，前导官皆躬身，侧引至坛止。惟大礼使登之，先正北一位拜，跪酒……跪酒毕，中书舍人读册，左右两人举册而跪读……南壝门外去坛百余步，有燎炉，高丈许，诸物上台，一人点唱入炉焚之。坛三层，回踏道之间，有十二龛，祭十二宫神，内壝外祭百星，执事与陪祠官皆面北立班。宫架乐罢，鼓吹未作，外内数十万众肃然，唯闻轻风环佩之声，一赞者喝曰“赞一拜”，皆拜，礼毕。③

---

① （宋）孟元老等：《东京梦华录》（外四种），上海：上海古典文学出版社，1956 年，第 58 页。

② （宋）孟元老等：《东京梦华录》（外四种），上海：上海古典文学出版社，1956 年，第 59 页。

③ （宋）孟元老等：《东京梦华录》（外四种），上海：上海古典文学出版社，1956 年，第 59—60 页。

元代皇家在冬至一直保留着南郊祀事的传统，民间也保留着宋代备办饮食、享祀先祖的习俗，由此我们不难理解在元至元十一年（1274）十一月冬至当日或前后几日，顺天路束鹿县镇头店会出现聚约百人的“般唱词话”表演活动。

第三节　创作于元代的安徽贵池傩戏原始文本——以《章文选》为例

何根海、王兆乾在整理安徽贵池的刘、叶、姚、汪、潘等姓家族收藏的标有“傩神古调”“嚎啕戏会”的傩戏手写本《刘文龙赶考》《孟姜女寻夫记》《花关索》《陈州粜米记》《章文选》《薛仁贵征东记》《摇钱树》《宋仁宗不认母》时，曾提到关于安徽贵池文本创作年代的四个问题：

一是《刘文龙赶考》《孟姜女寻夫记》《陈州粜米记》的故事，宋元南戏中原先皆有，但是剧本已经亡佚。二是剧本中保存了明代的一些口语，如“叵耐”“则个”“罗皂”“唱喏”等。剧本中还有许多宋元时代的俗写字，如“恶”[①]“恠”“炒”“燉”等。三是殷村姚姓抄本所敬的戏神（龙神，亦称嚎啕之神）中，有一末、二净、三生、四旦、五丑、六外、七贴旦、八小生八个行当，而桑林坑汪为善光绪戊寅年（1878）所抄《请洋神簿》（“洋”为“阳”之误写）中，却只有六个行当，没有七贴旦、八小生。两抄本均以末净为首，不以生旦为首，似为南戏的行当排列，近于早期的弋阳目连班。四是演出时，剧中人全部戴面具，戏前戏后均有近似宋代瓦舍伎艺的舞蹈、吉祥词（致语口号），颇具宋杂剧的遗风。[②]

何根海、王兆乾谈到的这四个问题，都涉及这三种抄本的创作年代。笔者认为这三种抄本的原始文本应创作于元代，传抄过程中又加入了一些明代的通用口语，但其演出形式和内容基本没有大的变化，所以我们今天能够看到其中所隐含

---

① 按：本书中凡无法正常输入的异体字，均以图片造字完成。

② 何根海、王兆乾：《在假面的背后：安徽贵池傩文化研究》，合肥：安徽大学出版社，2000 年 . 第 241—243 页。

的元代社会记忆。

傩戏文本现存两种《章文选》①（又称《章文显》，以下统一用《章文选一》《章文选二》作为两种版本的简称）从版本内容和文字来分析，二者均应创作于元代。

《章文选二》中：刘氏女因反抗抢婚而被鲁大王打死，章文选去乡亲李知县处告状，李知县听他告的是郑州鲁大王，说："他是王亲鲁国舅，我是小知县，怎么断得他？我这里与你黄金三十五两，你上东京求些细小名利，早早回乡。"章文选又往包丞相处告状，包公经过一番波折，将鲁大王处斩。杨知府告知包公："打死王亲，理合申奏朝廷，若不申奏，久后犯法恐有连累不便。"包公即去"帝京城"见仁宗。包公向仁宗陈述皇亲鲁国舅所犯罪行，仁宗先是"稳坐龙庭不作声"，后开言："当初倚靠王亲戚，自家人弄自家人。喝骂王亲无道理，这般作怪不非轻。他这等无理作恶之人，丞相回去与我急快斩了，免得后人再敢为非。"包公顺势告仁宗："王亲被我将缸按倒，放火焚了。"仁宗见木已成舟，只得息事宁人。可知鲁大王有皇亲身份，犯了罪连仁宗皇帝也要斟酌几分。《章文选》讲的是宋代故事，但如果仔细梳理其文本内容，我们不难感受到其中强烈的元代社会气息。

《章文选一》第三出：

> （鲁白）你与我做媒人，我少了第三宫夫人。他若嫁与我，头戴珠冠白面，脚踏无缝的毡鞋。他要千箱万箦，我有万箦千箱。他丈夫若要高官贵职，随我一路上东京，便有贵职高官。他丈夫要妻小，我宫内有二十四等秀女，凭他拣选一个。

《章文选二》第五出"鲁大王"中，也叙述相似情节：

① 两种《章文选》原文均引自王兆乾：《安徽贵池傩戏剧本选》，台北：台北财团法人施合郑民俗文化基金会，1995 年，第 434—520 页。

（净白）杨公与我做个好媒人。他若嫁与我，头戴珠冠，脚踏无缝毡鞋。他要千箱万柜，我有万柜千箱。他丈夫若要贵职高官，随我一路上东京，便有贵职高官。他丈夫若要妻小，我宫内有二十四对秀女，凭他捡选一个。这礼事就要回话。

“无缝毡鞋”，应是蒙古人、色目人等北方游牧民族常穿的一种较为华贵的鞋子或靴子。

南宋诗人郑思肖的《心史·大义集》之《绝句十首》其八：“鬃笠毡靴搭护衣，金牌骏马走如飞。十三门里秋光冷，谁梦朝天喝道归。（行在十三门。搭护，胡衣名，金牌，胡爵）。”[①]由原注可知“毡靴”当指蒙古人穿的靴子。

元代汉族妇女沿袭北宋的缠足习惯，皆穿弓鞋。元杂剧与南戏中多有对女子穿弓鞋的描述，如王实甫《西厢记》第四本第一折中：

（末唱）[煞尾]下香阶，懒步苍苔，动人处弓鞋凤头窄。[②]

施惠《幽闺记》第二十一出“隆兰遇强”中：

（旦唱）[水红花]路滑霜重步难抬。（跌介，生扶介）（旦）小小弓鞋，其实难挨。[③]

鲁大王对习穿弓鞋的汉族有夫之妇强行逼婚，却以极具游牧民族特色的无缝毡鞋为诱惑，很显然他的身份应是元代蒙古或色目贵族，《章文选》两种版本的创作时代当在元代。

---

① （宋）郑思肖：《心史》// 北京图书馆古籍出版编辑组：《北京图书馆古籍珍本丛刊》（第 90 册），北京：书目文献出版社，1998 年，第 890 页。

② （元）王实甫：《西厢记》// 王季思：《全元戏曲》（第 2 卷），北京：人民文学出版社，1999 年，第 287 页。

③ （元）施惠：《王瑞兰闺怨拜月亭》// 王季思：《全元戏曲》（第 9 卷），北京：人民文学出版社，1999 年，第 482 页。

《章文选》两种版本中出现的抢亲、换亲情节，也正是元代的一种社会现象。蒙古民族的婚姻风俗与中原不同，在纷争不断的社会大背景下，蒙古各部落争抢美女是常事。铁木真的父亲也速该从蔑儿乞人部抢来了诃额伦，即后来铁木真的母亲。数年后，铁木真的妻子孛儿帖被蔑儿乞人抢走，铁木真在他人协助下夺回妻子不久，孛儿帖就生下了他们的长子术赤。铁木真的次子察合台曾在父亲面前直斥术赤为“蔑儿乞种”，认为他不能继承汗位。《蒙古秘史》卷三第一百二十三节载，阿勒坛、忽察儿、撒察别乞共同商议好，对铁木真说：“立你做可汗！铁木真你做了可汗啊！众敌当前，我们愿做先锋冲上阵去，把姿色姣好的闺女贵妇，把明亮宽敞的宫帐房屋，拿来给你！”① “成吉思汗之妻妾近五百人，诸妾皆得之于各国俘虏或蒙古妇女之中者。”②

所以，在一路向北征服中原的过程中，将汉族百姓掠夺为自己的奴隶，抢夺中原女人为自己妻妾，抢夺财物为自己的私有财产，也已成为当时蒙古贵族与将士攻城略地的奖赏促进剂。《章文选》两种版本的作者，显然是将对赵宋王朝的怀念与对蒙古统治者欺压汉人的不满情绪融入了作品中。

《章文选》两种版本中，也出现了一些宋元时期的俗字，由此亦可推断其创作时间。

《章文选二》第十四出“鲁大王”中：

（净白）我看你这二客人，行也是公人，坐也是公人，莫非是包㐮子差来的？叫手下与我搜检明白。

当从两公人脚底搜出公文后：

（鲁大王白）包㐮子好无道理，他在东京，我在西京，我又不占他

① （元）佚名著、札奇斯钦译注：《蒙古秘史新译并注释》，台北：联经出版事业公司，1979 年，第 143 页。

② [瑞典] 多桑著、冯承钧译：《多桑蒙古史》，北京：中华书局，2004 年，第 175 页。

的妻小，他因何差人来拿我？叫手下将这二客人与我一顿打死，与他门板两片、铜钉八条，放落水中。包䒭子有福，逆水上东京，包䒭子无福，顺水下海去。

这里的“䒭”字，音“矮”，系宋元俗写字。“宋赵与时《宾退录》载：‘吴虎臣《漫录》云：婺州下俚有俗字，如以䒭为矮，𡗶为斋，讼谍文案亦然。’”

《章文选一》第九出“奏朝”中：

（王白）自古道：一子受王恩，全家食天禄。丞相，你是国家之本，他是国家之亲，岂不知端的？安意何为？他这等无理作悪违法之人，丞相回去与我急快斩了，免得后人再敢为非。

这里的“悪”即“恶”字，也是宋代流行的俗写字，“此字见于江阴北宋刻板之《金光明经》及苏州瑞光寺塔藏《金光明经》残卷”[①]。

《章文选二》第十七出“包丞相”中：

（包白）打死一人饶得你，打死三人饶不得你。董朝、薛霸，将皇亲缸燉火炢而死。（手下白）晓得。（唱）八对金瓜齐下手，遍身剥得赤淋淋。缸儿燉来火儿炢，一身麻骨化成灰。老鼠逃在牛角里，四只猫儿打住门。（白）禀上老爷，皇亲缸燉火炢而死矣了。

“炢”字读若“呼”，水中煮物之义；“燉”字读若“旱”，锅上干烤之义，均为宋元俗字，在此均指火刑。

《章文选》两种版本均为何根海、王兆乾收集到的贵池地区傩戏戏本的清代手抄本，这两种手抄本均出现了“无缝毡鞋”语词和一些宋元时期俗字，通过这

① 何根海、王兆乾：《在假面的背后：安徽贵池傩文化研究》，合肥：安徽大学出版社，2000 年，第 242 页。

些，笔者认为能够说明以下三个问题：

第一，贵池傩戏文本在传抄、保存的过程中，有严格的程序与仪式（必须由族中专人负责抄写，抄写不许改样和变字，一个傩神会只抄写一部，叫作总稿。总稿不可随意放置，每年傩神会演出结束后，要收置到面具箱中并放回阁楼上保存，直到第二年腊月开始准备正月的演出时，才再次取出），所以这些傩戏文本除了特殊情况，一般和前代保存的本子在字句格式上基本一致，由此可以看出创作者最初的原稿风格和编撰特色。

第二，如果《章文选》两种版本的编撰者是明代作者，明代作者或后代传抄者不可能将宋元时期俗字与蒙元民族习用语编撰进去。这两个本子的编撰时代无疑是元，后代传抄时，依样照抄。

第三，《章文选》两种版本中，百花女宁死不从，体现了宋代妇女的贞节观，同时也体现了蒙元贵族为所欲为的态度，这正说明《章文选》既不是宋代作品也不是明代作品，而是元代初期的作品。

何根海、王兆乾也谈到《章文选》与说唱词话的关系问题，《章文选》两种版本中，唱词皆为七字句。情节类似南戏《袁文正还魂记》和元杂剧《包待制智斩鲁斋郎》，大约是同一题材在不同地区、不同艺术种类的作品。上海嘉定宣氏墓葬中未发现有《章文选》唱本，但明成化刊说唱词话《包龙图断曹国舅传》中的一段唱词却提到了这个故事："在朝曾断陶国丈，郑州曾断鲁官人。大虫勾来偿人命，也曾窑内断乌盆。"其中"郑州曾断鲁官人"，就是指《章文选》两种版本所讲的故事。

《章文选一》开篇：

> 自从盘古分天地，置立乾坤武共文。几个文王都有道，几个无道帝王君。也有忠臣理国将，也有皇家败国臣。太宗太祖都有道，仁宗皇帝有道君。要风便把风来到，要雨便把雨来临。……

七言句唱词与明成化刊本说唱词话中的《花关索出身传》《包待制出身传》

等如出一辙，用韵也相同。

明成化刊本《包待制出身传》中，包拯所使用的法械不是传说中的三口铡，而是几种不同的枷。宋朝《事实类苑》卷二十一“官政治绩·枷三等”载：

旧制枷惟二等，以二十五斤、二十斤为限。景德初，陈纲提点河北路刑狱，上言请制杖罪枷十五斤为三等。诏可其奏，遂为常法。①

《章文选二》中对三等枷的描写是：

包白：“叫手下，与我前去将头一等枷，四十五斤枷，枷了杨知府；第二等枷，三十五斤枷，枷了张通判；第三等枷，二十五斤枷，枷了李知县。”

枷分三等，但比宋代法律记载的重量各加了十斤，这里出现的“通判”，正是宋代官职。

明成化刊本《包待制陈州粜米记》描写了包公的枷、棒等八般法物：

若要包公陈州去，八般法物要随身。松木大枷松木棒，要断百姓不平人。黑漆大枷黑漆棒，要断官豪宰相家。黄木大枷黄木棒，要断皇亲共国亲。桃木大枷桃木棒，夜间灯下断鬼神。又要皇纛旗一面，斩砍皇亲剑一根。②

《章文选二》：

黄木枷来黄木棍，要断皇亲共国亲。栗木枷来栗木棍，要断陈州三

---

① （宋）江少虞：《事实类苑》//（景印）文渊阁《四库全书》（第 874 册），台北，商务印书馆，1986 年，第 178 页。

② 朱一玄校点：《明成化说唱词话丛刊》，郑州：中州古籍出版社，1997 年，第 129 页。

县人。桃木枷来桃木棍，日断阳来夜断阴。独脚皂罗旗一面，斩断皇亲剑一根。

《章文选》与《包待制陈州粜米记》中关于包公的枷、棒等八般法物的描写基本相似。且《章文选》中出现的桃木、栗木应更早，唐马贽《云仙杂记》引《从容录》云："凡门以栗木为关者，夜可远盗。"说明傩戏《章文选》文本出自元代。

赵景深认为包待制是元曲对包拯的习惯称呼，明代则改为包龙图。何根海、王兆乾认为《章文选》与明成化刊本《包待制出身传》相似。由此可见，其原始文本应"早于明代就已经在民间流传了，与元杂剧《包待制智斩鲁斋郎》的创作时期不相上下，或者更早"[①]。因此，我们可以将《章文选》称为元代说唱词话。

第四节 安徽贵池傩事活动仪程

安徽贵池傩事活动全过程，都是围绕面具来进行，面具成为整个傩事活动的核心。贵池面具被称为脸子、龙神、嚎啕神圣、傩神、菩萨、菩老，抄本封面则写着"鲍老""老郎"等。地方志叫社神，各家族制作的面具不等，多者48枚，少者也有13枚，皆为木制。面具佩戴有半脸、满脸之分，有的地方角色要唱高腔，嘴为了不被阻挡，就斜戴于额头，若只表演不唱或傩舞时，即将面具全部扣在脸上。面具有统一的摆放程序，每当举行仪式和傩戏演出时，各村都要把面具从面具箱里取出来，用酒和毛巾擦洗干净，再按神的品阶高低排列在竹子编的晒箕上。此晒箕专放面具，称脸床、龙床，脸床或放

图2–1 元代《虾湖姚傩戏剧曲本》封面

① 何根海、王兆乾：《在假面的背后：安徽贵池傩文化研究》，合肥：安徽大学出版社，2000年，第258—261页。

舞台靠出场的一侧，或放礼堂神案上，排列顺序都按总稿规定次序摆放。面具人物的身份如殷村姚的有皇帝、武官、圣帝、文官，萧女、孟女、吉婆、梅香、唐叔、赵虎，老回、二回、三回、小回、童子，财神、土地、包公、周仓、杨兴、张龙，父老、文龙、杞梁、宋中，老和尚、小和尚、三和尚等，具体分类如下：一是专设家族或村民最为崇拜的神像作为众神代表加以供奉，如南山刘的关羽、社公；邱村柯的二郎神、钟馗、土地等。二是傩戏傩舞中的主要角色，值得注意的是每个村傩舞面具角色中总要出现回族形象以及与其相关的舞蹈。笔者认为，这与贵池傩戏最早出现的年代联系密切。

贵池傩戏有一套完整的傩事活动仪程：

首先，迎神下架。正月初六将祠堂布置一新，抬龙床的四人大轿子（已经装饰完毕，称为龙亭，精工细作，塔式三层，外雕金龙盘柱）摆在靠近天井前的祠堂中央部位。初六夜半子时到初七凌晨，家族长辈和傩神会执事人将面具箱从祠堂阁楼的神幔中抬下安置在祠堂正中，会首舞动新制五色伞，嘴里念念有词，同时祠堂舞台上有人一锣一鼓有节奏地不断敲击出咚咚嘡的声响（击打的人一炷香一轮换），这样的节奏一直保持到正月十五傩事活动结束。执事人将面具箱打开，面具露出来，两箱子靠在一起，箱子两侧的“日”“月”两字面向台头，将“二十四位嚎啕戏神”的牌位放在箱前，点上两支长明烛和一炷香，再把五色伞靠在两箱内侧，形成天穹覆盖之势。天亮时分，开始用铳放炮和放鞭炮，以示本年傩事活动开始。

中午或下午，演戏的村庄（本村专用一堂面具箱，迎神就是从祠堂出去绕村子一圈再回到祠堂；若几个村子合用一堂面具箱，则从这个村子的祠堂送到另一个村子的祠堂）除了妇女外几乎全村出动，儿童组成的彩旗队，有“帅”字、开道、蜈蚣、五色等各式各样的彩旗。另外，还有开道锣、细乐队、响乐队、斧钺、瓜锤、肃静牌、回避牌、高灯、低灯、罗伞等，簇拥着面具箱或龙亭和五色伞，浩荡前行，一路铳炮声不断。这些仪仗又称銮驾，所以迎神又称启銮、启驾。[①]

其次，请阳神。傩戏演出前，一定要举行请阳神仪式。阳神即阳坛诸神，阴神即地府诸神，阴神不在邀请之列。请阳神也说明这里民众的信仰是巫信仰，有着强烈的功利性，寄希望于近期和现世报，不同于佛教寄希望于来生。晚饭时间，村中鸣锣三遍为号，各户将早已准备好的三牲盘，献于面具神案前的长条桌上。三牲，即一刀肉（或猪头尾）、一尾鱼、一只公鸡，均未经烹煮。上面盖一张红纸或者用红纸剪的“福”“寿”字，另备酒一壶、茶一盏。满堂香烟缭绕，鞭炮声不断。锣鼓声中，献供者依次斟酒、礼拜。献供后，各户男丁和儿童各捧香一支，面向祠堂或会场大门，开始请阳神。家族长辈或会首念请阳神词，每当念至“一心拜请”，众人向空叩拜、作揖，所请的神是从池州府（现贵池市）至本村一路的山川、土地、桥梁、庙宇、社坛土地之神，词文念毕，各户立即撤供，抢先撤供盘出大门的，当年大吉大利。

再次，社坛起圣。请阳神的同时，族中长辈提灯引路，后面有仪仗队簇拥着面具箱（或龙亭）和五色伞（伞不停转动）沿着代代相传的小路前往本社社坛起圣。社坛多设在祖田、水口、古树、山旁，由石块垒成，或置石板、树石碑等。在这里献三牲、烧香纸，由长辈念起圣词，众人叩拜，或者将词文写于表纸，念毕烧掉，然后返回祠堂，演出傩舞和傩戏的各角色各就各位，开始进行仪式性表演和正戏表演。

最后，送神。一般一个与会村只演一夜，驱邪逐疫被安排在最后。如奄门刘最后的逐疫为圣帝登殿，关羽接受玉帝册封，命周仓舞大刀驱邪逐疫，周仓则下台在天井里舞刀，村里的人不等大刀戏演完，立刻跑步送神。送神后，面具按一定次序放回箱子内，放置于戏台正中。到第二天即十六那天，由长辈将面具擦拭干净，按固定摆位放入面具箱，行简单仪式后，送上阁楼，拉上幔帐。傩事活动至此结束。[②]

---

① 何根海、王兆乾：《在假面的背后：安徽贵池傩文化研究》，合肥：安徽大学出版社，2000 年，第 30—31 页。

② 何根海、王兆乾：《在假面的背后：安徽贵池傩文化研究》，合肥：安徽大学出版社，2000 年，第 31—34 页。

第五节　傩戏仪式性表演中的元代社会记忆

王兆乾认为："面具虽然被认为是神的象征，但它却是静态的，必须通过人体才能表现神的品格和行为。这是面具有别于其他神偶的一大特点，神灵借助人体为其依附，借助于面具为其表象，以改变人体的本来面貌。"①

美国社会学学者保罗·康纳顿曾这样说："如果说有什么社会记忆的话，那我就要争辩说，我们可能会在纪念仪式上找到它。但是，纪念仪式只有在它们是操演的时候，它们才能被证明是纪念性的。"②

安徽贵池各家族现在所演出的傩戏剧目主要有《刘文龙》《孟姜女》《章文选》《摇钱记》《陈州放粮》《花关索》《薛仁贵征东》《包公犁田》《宋仁宗不认母》《包公出身》十部。从内容的时代性可以看出，《孟姜女》是先秦的，《刘文龙》是汉朝的，《花关索》是三国的，《薛仁贵征东》是唐朝的，《章文选》《摇钱记》《陈州放粮》《包公犁田》《宋仁宗不认母》《包公出身》是宋朝的。傩戏内容最晚是宋代故事，当地人称《孟姜女》为范家戏，《刘文龙》为刘家戏，《花关索》为关家戏，《薛仁贵征东》为薛家戏，《陈州粜米》《摇钱记》《包公犁田》《宋仁宗不认母》《章文选》《包公出身》为包家戏，贵池南山刘刘甫生说："我们这里

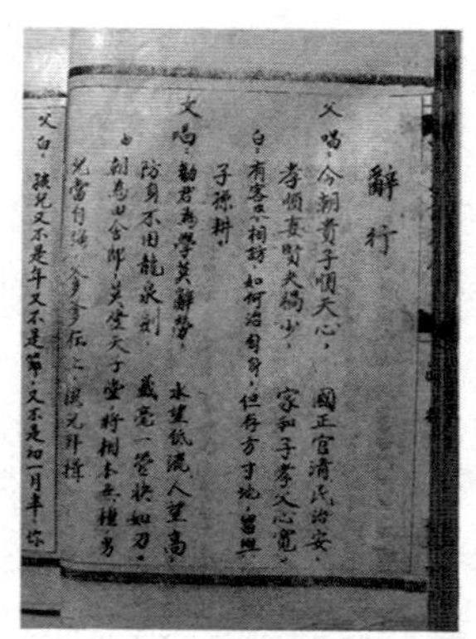

图2–2　《虾湖姚傩戏曲本·刘文龙》内页

① 何根海、王兆乾：《在假面的背后：安徽贵池傩文化研究》，合肥：安徽大学出版社，2000 年，第 37 页。

② [美] 保罗·康纳顿著、纳日碧力戈译：《社会如何记忆》，上海：上海人民出版社，2000 年，第 5 页。

的傩戏历来就被称之为‘赵家香火’。”[①] “赵家香火”不仅局限于北宋、南宋王朝，也有秦、汉、唐的影子。秦、汉、唐、宋是中国历史上汉民族作为统治者最为强盛的朝代，这四个朝代均可称为汉家王朝，“赵家香火”即是“汉家香火”。当地之所以将傩戏称为香火，有传承延续祖先事业之意，亦有追思接续汉族王朝之意。我们从这些傩戏戏本与演出中是否能够确定它们的创作年代？下面进行具体分析。

纪念仪式（当且仅当）在具有操演作用的时候，才能证明它有纪念性。“它们重演过去，以具象的外观，常常包括重新体验和模拟当时的情景或境遇，重演过去之回归”[②]，被保罗·康纳顿称为“体化（incorporating）实践”。安徽贵池民众使用面具在年节初七至十五演出相关“赵家香火”的祭祖傩戏，元代镇头店村民用面戏形式在冬至举行祭祀先祖、祈祷来年的活动，都使用了面具。安徽贵池傩戏的面具多是汉家王朝人物形象，镇头店村民都是汉族民众，使用的面具也不会是其他民族人物形象。为什么使用面具，而不是真人装扮？“戴假面具是为了立即和冥界幽灵有直接联系，在此直接联系期间，当事人的个性和他代表的那个神灵的个性，合二为一。只要当事人和舞蹈者戴着这些面具，而且根据他们遮盖面孔这样一个事实，他们不仅是死者的代表，他们还‘变成’这些面具所表现的祖先——此时此刻，他们实际上‘变成’死者和他们的祖先。在这样的古老仪式中，重复性手势演现了关于双重存在的观念：彼界的居民用不着离开自己的世界就可以重新出现在此界，只要我们知道如何回忆他们。”[③]正是面具将这些民众带入了冥界，使得他们能够通过面具之灵性与祖先对话，并在对话中感谢祖先在过去的一年里给予的护佑，并希望在未来生活中得到更多的护佑和帮助。在元代特殊的时代背景下，祭祖更有着一种隐微的情感投射。

---

① 何根海、王兆乾：《在假面的背后：安徽贵池傩文化研究》，合肥：安徽大学出版社，2000 年，第 121 页。

② [美]保罗·康纳顿著、纳日碧力戈译：《社会如何记忆》，上海：上海人民出版社，2000 年，第 91 页。

③ [美]保罗·康纳顿著、纳日碧力戈译：《社会如何记忆》，上海：上海人民出版社，2000 年，第 79 页。

安徽贵池傩戏表演有独特的身体操演：当戴面具的演员出场后，总有一位或两位“先生”坐在后场，手捧戏本进行指挥。“先生”既担任台上的喊断、提词、帮唱、检场，如搬桌椅、摆蒲墩等事务，也负责引戏上场。“这种被称为‘先生’的人，是对傩事活动的礼仪程序、戏剧演出最为熟悉并且在家族内较有威望的人，也是对傩神信仰比较虔诚的人。”①比如，姚姓演出的《陈州放粮》《宋仁宗不认母》和曹姓演出的《刘文龙》，一位或两位“先生”要坐在台上，按照剧本从头至尾高声演唱。唱到哪个角色，哪个角色出场。角色若有唱词或动作，则扮此角色的演员动作一下。②

这里“先生”所念唱的总稿即戏本，均是齐言体唱词（即说唱词话体唱词）改编的早期南戏戏本，这些戏本不一定皆用戏曲代言体演出，用叙述体的第三人称仍然可以进行演出，因为在傩戏演出过程中，戴面具的演员始终不说话，说唱、念唱的总是坐在舞台或平地演出场所后方的“先生”。

安徽贵池傩戏戏本是世代手抄的本子，在传抄的过程中，即使原先文字有差错，也照抄不误，且这些抄本一般秘不外传，或由家族长辈和会首保存，或置放于面具箱里，逢年节演出时才拿出来使用，因此呈现一定的神秘性和原始性。这些抄本也许从它被创作的那个时期开始，就“被不可改变地固定下来，其撰写过程就此截止”。作为刻写实践，原真性保留了傩戏的唱词，为现代人确定其刻写时间提供了较为准确的依据。

元代戏曲有杂剧和南戏，安徽属于南戏表演区域，傩戏戏本整体上和明成化刊本说唱词话一样，齐言体唱词与说白相间，但部分作品也呈现出早于明成化刊本说唱词话的南戏代言体形式：一是每出戏之前均由两个末角“报台”开场，如星田王、谢二姓抄本《摇钱记》抄本“报台”云：“借问后棚子弟，今晚搬演谁家故事，那本戏文？”还保留着南戏初期在瓦舍搭棚演出的语言习惯。到了明代，

① 何根海、王兆乾：《在假面的背后：安徽贵池傩文化研究》，合肥：安徽大学出版社，2000 年，第 139 页。

② 何根海、王兆乾：《在假面的背后：安徽贵池傩文化研究》，合肥：安徽大学出版社，2000 年，第 139—140 页。

南戏已经发展成“高台教化”的大戏，虽然文人改编的传奇里还保持“报台”这一形式，但“后棚子弟”已经改成“后台子弟”了。[①]二是均以“出”为划分单位，少者10出，如《章文选一》；多者40出，如《孟姜女寻夫记》。三是部分作品的下场诗将原先齐言体唱词和说白部分略作改编，加进了角色唱白名称，如《章文选一》中“文唱”、“文白”、“刘唱”（刘是章文选妻）、“刘白”等。四是部分作品中加入了表示科介的动作词，如“生、旦上同唱”“同下”“净上引”等。五是请阳神词中所请行业祖师，有一末、二净、三生、四旦、五丑、六外共六个行当。正规南戏为一生、二旦、三末、四净、五丑、六贴、七外共七个行当，南戏到了明传奇阶段后，才逐渐把主要行当转为生旦，这里则呈现出以净末为先的宋元杂剧和早期南戏的角色特点。

第六节　傩舞《打赤鸟》仪式性表演中的元代社会记忆

安徽贵池各村傩神会傩舞节目有《舞伞》《打赤鸟》《舞古老钱》《滚球灯》《舞财神》《魁星点斗》《跳土地》《踩马》《舞狮》《钟馗捉小鬼》《花关索战鲍三娘》《舞刀》等，其中《打赤鸟》几乎是每个村落都要有的傩舞节目，而且傩戏面具中多有回族形象。

傩戏的回族元素与民族迁徙有关，据历史学家白寿彝分析，自1219年成吉思汗开始西侵，到1258年旭烈兀攻陷巴格达，蒙古贵族先后征服葱岭以西、黑海以东信仰伊斯兰教的各民族。随着每次战争的胜利，大量的被征服者迁徙到东方来。在他们中间，有的是被俘虏的工匠，有的是被签发的百姓，也有的是携带家族部属投降的上层分子。同时，由于东西交通大开，一些西方商人自愿来到中

① 何根海、王兆乾：《在假面的背后：安徽贵池傩文化研究》，合肥：安徽大学出版社，2000年，第121页。

国。回族的第一个来源就是13世纪初叶开始东来的中亚细亚各族人、波斯人和阿拉伯人。

表2-1 《元典章》“科举条制”蒙古、色目、汉人、南人科选人数及地域分布表[①]

地＼人	大都	上都	河东	真定等	东平等	山东	辽阳	河南	陕西	甘肃	岭北	江浙	江西	湖广	四川	云南	征东
蒙古	15	6	5	5	5	4	5	5	5	3	3	5	3	3	1	1	1
色目	10	4	4	5	4	5	2	5	3	1		10		7	3	3	
汉人	10	4	7	11	9	7	2	9	5	2	1				5	2	1
南人								7				28	22	18			

元代科举除按人口多少来划分外，还按四等人来区分。从表2-1看，色目人（包括东来的各种人在内，回族是其中最重要的成分）地位高于汉人与南人，低于蒙古人，江浙地区的色目人、南人比例最高，分别达到10人和28人。贵池在元代属江浙行省池州路管辖，所以也居住着众多的色目人，安徽贵池傩戏呈现出大量回族因素，应与这一社会现象有关。笔者认为，随着元朝统治者退出历史舞台，大批回族人口或随军队退出此地，或迁移到其他地区。因此，进入明朝汉人统治时期后，安徽贵池地区就只有很少的回族人口居住了。

这种社会现象在贵池傩戏中也有众多映射，傩舞《打赤鸟》中出现了元代蒙古人和色目人的身影，其中刘街姚姓傩舞唱词：

我是官人（家）小舍人，官人差我放飞禽。放了飞禽回家去，回家封我大官人。

二十年前小后生，手拿弹弓沿路行，见了飞禽便要打，打个鹦哥献主人。

① （元）佚名：《沈刻元典章》，北京：中国书店，2010年，第480—481页。

家有千口，全靠弹弓在手，昨日打一百，今朝打了九十九。

赤鸟赤鸟，害我禾苗，穿胸一箭，打了回去过元宵。[①]

姚街虾湖姚傩舞唱词将第一段“小舍人”改成了“小侍人”，稍有不同。“我是官人（家）小舍人”一段：“官人”“舍人”是元杂剧中常出现的一种称谓，宋元时期指富贵之人，或是对显贵子弟、贵族随从、官奴、下属的俗称。官人指元代达官显贵，这里使用第一人称叙述，显然是官人下属或官奴随从的自述。

《马可·波罗游记》中写道：“当大可汗听到这个消息，他一点也不心惊，仍旧像以往的聪明和勇敢，去准备他的人马……他聚集了不下三十六万骑兵和十万步兵……他召集的这三十六万骑兵不过是他的放鹰人或是左右侍人。”[②]可知，蒙元贵族手下常豢养着一大批放鹰人或侍人，这些放鹰人负责蒙元贵族家中的猎鹰工作，侍人则是随从一类人员，这些人员也可以称为舍人、小舍人。放飞禽指管理飞禽，并非放生之义。《元典章·打捕》中有《休卖海青鹰鹘》《禁捕鵞鹅鹘》《禁打捕秃鹫》，《元典章·飞放》中有《军官休飞放》《禁约飞放》《题名放鹰》等许多禁止“打捕”“放鹰”的禁令，[③]可见在元代，“放鹰”现象普遍。

“二十年前小后生，手拿弹弓沿路行”“家有千口，全靠弹弓在手”，只有元代的蒙元贵族才有这样的家庭规模，他们带随从手拿弹弓边游玩边打飞禽，是日常玩乐的一种方式。

在元杂剧《包待制智斩鲁斋郎》中，蒙古贵族鲁斋郎闲游时，用弹弓打黄莺儿，谁知却打住了孔目张珪家小孩，由此引发了鲁斋郎夺妻事件。可见弹弓是元代贵族出外狩猎游玩经常使用的一种工具，打的主要是鹦哥等飞禽。《元史·刑法志》亦有记载：“诸都城小民，造弹弓及执者杖七十七，没其家财之半……诸汉人

① 何根海、王兆乾：《在假面的背后：安徽贵池傩文化研究》，合肥：安徽大学出版社，2000 年，第 47 页。

② [意]马可·波罗著、苏桂梅译：《马可·波罗游记》，北京：中国对外翻译出版公司，2012 年，第 145 页。

③ （元）佚名：《沈刻元典章》，北京：中国书店，2010 年，第 572—575 页。

执兵器者，禁之。”[①]“赤鸟赤鸟，害我禾苗”一段中，“禾苗”指庄稼。笔者认为，元代蒙古和色目贵族不务农事，前面表述的是元代贵族日常社会生活场景，这一段则出现了用箭打赤鸟现象，成群的鸟儿到田地里觅食，与农人抢夺丰收果实，只有打了赤鸟，才能保住粮食颗粒归仓，才能过上一个快乐的元宵节。《打赤鸟》不仅呈现出元代蒙古色目贵族的社会生活场景，而且也寄托着当时汉族老百姓对丰年的热切期望。

多元民族文化现象在贵池傩戏、傩舞中的呈现，正说明了其中也保留着原始傩戏在其产生时代——元代的社会记忆。这种社会记忆与纪念仪式中所遗留的元代社会记忆相互印证。

安徽贵池傩戏文本与正戏表演形式、剧目名称、面具、正戏演出前的傩舞等都包含着明显的元代说唱词话因素，与元代史料中所记载的元代说唱词话资料暗合，尽管考证资料还有一些欠缺，但笔者认为，我们已经找到了元代说唱词话遗留文本。

① （明）宋濂等：《元史》，北京：中华书局，1976年，第253页。

第三章　明成化刊本说唱词话

第一节　明成化刊本说唱词话的出土、收购、入藏与出版

关于明成化刊本说唱词话的出土、收购、入藏与出版等具体情况，主要有三位当事人宣稼生、俞子林、沈津的回忆文章涉及。

宣稼生在《一辈子收购古旧书》中曾回忆："记得1972年7月，我和同事在嘉定新华书店柜台一角，坐等生意上门。此前几日，我们已经在嘉定小城各处贴出了海报，并通过有线广播'广而告之'。当时的有线广播能通到每个生产队（村），是传播信息最有力的工具，'喇叭一响，群众全知晓'，此言一点不虚。那天上午，一位农民将旧报纸包着的一包东西放在了我的面前。打开报纸，我不禁一怔：是一套古旧书，共十二本，其中的一本已被'血水'（棺内有机物）黏结成了'砖块'，打不开了。我翻开一本'面相'尚好的，'成化永顺堂刊'的字样赫然在目！是明版的珍贵书籍，我心头不由一喜。忙询问售书人，此书哪里来的，因何出售。该农民据实而告：此书是当年'破四旧'时挖坟墩头（古墓）挖出来的，当时出土的还有女子化妆的镜箱、梳子等物。这些出土之物当即送往嘉定博物馆，博物馆留下了镜箱、梳子等物，此套书却没有收下。农民只得又将此书带回家中，倒是心中仍存惜古物之心，没有将此书丢掉，而是置于一竹篮内，悬于猪棚横梁。前几日他听得广播，所以又将此套书送来，试试运气。我当即收下了除一册'砖块'外的这套明成化刊印的唱本。我对同事说：'收到好东西了，是明版的唱本。'心情激动，立即就给单位打电话汇报了此事。第二天，单

位就派了古籍版本专家王兆文来到嘉定，并将此唱本带回了店里。次日，领导打电话，要我速回上海汇报情况。我回到单位，即被告知：此唱本经顾廷龙、赵景深、韩振刚、王兆文、马栋臣、韩士保等专家鉴定，确认是海内孤本，价值非凡。领导要我再次速返嘉定，将退给农民的‘砖块’也一并收回，因文博专家可用技术修复。二话没说，我又去了嘉定，到新华书店借了部自行车，踏了两个多小时，赶到宣家村这户农民家中，收购了最后的那一册。后来，这套珍贵的明版《说唱词话》全部无偿送交给了上海博物馆，并于1979年6月印行出版。此书上交后，有一日，赵景深教授来我们书店，正逢书店召开员工大会，领导就请赵景深来讲讲这套唱本的价值。赵景深神情兴奋，在台上有说有唱就讲了起来。后来他还对此唱本著有专文论述，认为这套唱本的发现，将‘说唱词话’的有载历史上推了二百年。另外，赵景深认为这套唱本对版画史和简体字的研究都极有价值。”①

俞子林在《明成化永顺堂刻本说唱词话的发现与研究》一文中也曾回忆道：“1972年6月，上海书店收购员宣稼生和同伴受书店委托到上海市区以外的地方去收购古旧书。他们先来到嘉定县新华书店借的一个角落作为收购平台，又去县城各处去张贴收购古旧书的海报，但是，几天下来，基本没有什么收获。当地的一位同志提出了一个建议，说这样做其实仅仅是城里识字的人能够知道，但是农村的人或者不识字的人根本就不会知晓，现在村子里大喇叭作用很大，连接到村里的各家各户，你们不妨试试，宣稼生就和同伴与县有线广播站联系了一下，将上海书店收购古书的消息向全县广播了出去。

“果然有了效果，过了一两天，有一个城东公社社员拿着一包书来到县新华书店来问询收购旧书的事情，宣稼生将那包打开后，看到是一批线装古书，有的可以翻阅，有的则成了‘书饼’。当他翻阅看到古书书牌上有‘成化永顺堂刊’字样，就意识到这是明版书，上面都是七字句、十字句或者与白话相间，这可能就是郑振铎先生给他们讲课时提到的民间说唱唱本，存世十分稀少，就马上

---

① 宣稼生：《一辈子收购古旧书》，《新民晚报》，2007 年 4 月 22 日。

挑拣了一些能翻阅的留下，那个‘书饼’，即和污秽杂物凝聚在一起的古书，认为没有什么价值，就让那位社员带走了。到了晚上，宣稼生就把收到明版书的消息告诉了书店领导，第二天，书店就派老收购员王兆文到这里了解情况，王兆文看后，就立即和宣稼生带着这批明版书回上海进行汇报。书店领导和许多老收购员孙武勋、韩振刚、韩士保、王肇恩、马栋臣再次看了这些明版书后，都认为很珍贵，让宣稼生赶回嘉定，把那揭不开的‘书饼’也一并搜集回来。宣稼生回到嘉定，从县新华书店借了一辆自行车，到城东公社找到了那位农民，那位农民已经将‘书饼’抛到柴草堆里，宣稼生从草堆里找到了那个‘书饼’，给了那位农民一些钱将其收购了。当他问起相关情况时，那位农民告诉宣稼生他叫宣奎元，1967年城东公社澄桥大队宣家生产队平整土地修建猪圈时，竟然挖开了一座古墓，当时这所古墓中还出土了一些石头碑刻、瓷碗等物，宣奎元从棺材尸体旁边拿到了一个妇女的梳妆匣子和那些书，他曾经将这些东西送到县博物馆，博物馆的工作人员将匣子留下了，而把那包古书让他带走，认为没有什么价值。宣奎元带回家里后，觉得扔了怪可惜的，就把这些书放到一个小竹篮里，挂在猪棚顶上。过了几年，从广播喇叭里听到上海书店收购古旧书的消息，他就抱着试试看的心情，来到县新华书店和宣稼生接上了头。

“后来上海市文管会派考古人员到这批古书的出土地点，即嘉定县城东公社澄桥大队宣家生产队进行了调研考察，那里是一处明代墓葬群，占地约十余亩，三面环水，称为‘宣坟浜’‘宣家坟’‘老坟泾’，墓道前有牌坊、石翁仲、石狻猊等，主墓居中，东西侧有墓三排，据出土墓志，这里埋葬者均为宣氏一门，最早为宣德，最晚为正德。古书约是在曾任西安府同知的宣昶夫妇墓中所出土者，根据有三：第一是因为古书中有以旧公文纸改做封面封底的，其中《莺歌行孝义传》一册的半张公文纸上的文字是：‘西安府同知顾□成化二十三年十月初七日知县□陈言救荒弭事’，并盖有‘三原县印’，按：三原县明代属于西安府；第二是出土墓志有一块《处士宣汝旸夫妇合葬墓志》，上记‘有弟汝昭任西安同知’，《嘉定县志》也有‘宣昶墓在城东门外春桥东南宣坟浜’的记载；第三是宣奎元记得当时古书是西面一个墓穴中出土的，放在棺材内头部上面，旁有墓匣，内装木梳等，棺木上曾见有一个‘宜’字，考古人员推测：古代墓葬体制，西面为女穴，‘宜’应是‘宜人’，明制命妇封号五品为宜人，与宣昶官职相符，《万历嘉定县志》记载宣昶为成化四年（1468）举人，曾任惠州府同知、西安府同知，后因其后辈某事件所牵连处置不当，愤而辞职回乡。后有学者认为‘明成化刊本说唱词话’书牌记中出现‘书林’二字，故应当是福建‘建安’刻本。笔者根据这些资料推测，这批古书是宣昶在惠州府同知或在嘉定时购买，后西安同知任上或回到嘉定来时，用西安府公文纸对这些古书封面封底进行了加装保护。”①

沈津在《明成化说唱词话》一文中谈道：“1968年夏天的某日下午，我接到上海古籍书店韩振刚先生的电话，说是他们最近收到一部书，因为是从棺材里发现的，所以觉得有点‘恶心’，能否请上海图书馆利用设备帮忙消毒。由于上图善本组和古籍书店的关系一直相处得很好，凡是他们所收到的古籍善本，基本上都送上图供我们挑选，以便补充馆藏，有时潘景祁、瞿凤起二先生也会携我去古籍书店选一些善本书，所以互相之间很熟。同时上图的夹层书库（普通线装书库）办公室里面有一间装有紫外线消毒设备，所以我答应了。半小时不到，韩振刚、高振川先生就骑自行车来了，他们带来了一包书籍，打开后，我发现有的已成饼状，有的尚可翻阅。韩、高二先生说，这部书是他们的同事从嘉定乡下收来的，原为农民挖宅基地，棺木呈现，后掘开后发现书在尸体头部旁，看着这几百年的古书，有点心理障碍，所以想先消消毒，并想请顾廷龙、潘景祁、瞿凤起三先生鉴定一下，是什么版本，过去见过否，价值如何。所以消毒后，我即将韩、高二先生带到上图食堂旁边的‘俱乐部’乒乓桌旁，然后去请顾、潘、瞿三先生。那时，上海图书馆比较乱，行政工作和对外开放基本上处于停顿状态，两派互打‘内战’，而顾、潘、瞿三先生都靠边审查，在‘牛棚’学习、劳动。顾先生等来到后，韩、高简单地介绍了情况，三先生细细翻看了这包书，皆认为过去从未见过，是极难得的好书。顾先生还让我去大书库（基藏书库）里调阅郑振铎

① 俞子林：《明成化永顺堂刻本说唱词话的发现与研究》，《出版史料》，2010年第1期，第24—25页。

的《中国俗文学史》，看看郑先生有无提及。后来我告顾先生，郑著里没有涉及此类书。在韩、高离开后，顾先生即将我拉到一旁，说此书很重要，是研究中国俗文学史、戏曲史和版画史的重要材料。顾先生并要我尽快打电话给上海博物馆老上海组的杨嘉祐先生，告诉他这部书是上海嘉定县出土的'地下发掘物'，要由上海市文物管理委员会出面，将书收归公家保管，我马上照办了。二日后，杨嘉祐先生打来电话，说他已持文管会的介绍信去过上海古籍书店，并出示国务院有关部门颁布的有关文物法令，即凡地下发掘物一律归国家所有，任何个人、集体都不得保存并应上缴有关部门保管，并说，在上海古籍书店领导配合下，书已带回文管会。

"上海市文管会在收得《说唱词话》后，一直存放在库房，那时的形势和气候都不适宜公开这部书。因为不久就是清理阶级队伍，所谓的'革命大批判'等令人十分不安的'触及人们灵魂'的形势。直到20世纪70年代初，业务工作才陆续得到解冻。由于这部《说唱词话》深埋在地下棺材里数百年，受到微生物的侵袭，品相大为受损，有的书页已无法揭开，有的就是一块硬邦邦的'书饼'。为了维护这部难得的善本，于是在1972年7月，由上海文管会及上海博物馆出面，请上海图书馆协助，物色专业修补人员进行修复，最后决定暂借上海图书馆古籍修补组潘美娣女士前去上博，当时参与修复的工作人员还有复旦大学图书馆的二位专业人员。此项修复工作，前后共三个月之久，在修复工作中，先对这些书做了前期处理，如洗、蒸等必要的工序，处理一部分，即修一部分，直到最后全部修复，并以金镶玉装订成书。

"所以说，上海古籍书店专业收购人员在嘉定县收得此《说唱词话》的时间应在1967年夏天，而不是1972年的夏天。如1972年夏天得到的话，在修复时间上就赶得太紧了，于理也说不过去。而顾先生在1970年秋，即由上海市文物图书清理小组借调，前去从事抄家图书的清理工作，直至1972年10月方回上海图书馆工作。

"此书修复完成后，原来不堪入目的'书饼'，变得焕然一新，以旧复旧的传统修补方式又一次得到完美的验证，也即1973年，上海博物馆将此书命名为《明成化说唱词话丛刊》16种附《白兔记》传奇1种……用上海市文物管理委员会、上海博物馆的名义'供有关方面专业工作者进一步研究'而内部影印出版，封面题签以及出版说明、目录，均由书法家承名世先生用唐人写经体书写。在'出版说明'中也明确写道：'一九六七年上海市嘉定县出土了一批明成化说唱词话和传奇刻本。'

"1979年6月又由北京文物出版社据以重新影印出版，因此，此《说唱词话丛刊》有二种版本，分别为上博版和文物版。至于《丛刊》学术价值的叙述，在70年代初期，即由汪庆正及赵景深先生分别以《记文学戏曲和版画史上的一次重要发现》《谈明成化刊本'说唱词话'》为题，先后发表在《文物》杂志上。

"《说唱词话》也是明初北方地区小说插图艺术的仅见物证，但罗伟（国文）说'这批刊印于明成化年间的说唱词话和传奇中的插图，是我国现存最早的戏曲小说的插图版画'，则似有不妥。按，我国现存最早的戏曲小说的插图版画，尚有元代刊印的《新编连相搜神广记》二集（元至正间建安刻本）、《新刊全相三分事略》三卷（元至元三十一年建安李氏书堂刻本）、《全相平话五种》（元至治间建安虞氏刻本），三种小说之插图中后二种是上图下文的形式。由于现存的明代早于成化刻本小说尚没有插图的佐证，那将《说唱词话》视为明代'现存最早的戏曲小说的插图版画'是可以说得过去的。"[①]

唐友波撰文否定了沈津所说上海古籍书店收购明成化刊本说唱词话的时间是1968年的说法，他认为沈先生谈道："顾先生在1970年秋，即由上海市文物图书清理小组借调，前去从事抄家图书的清理工作，直至1972年10月方回上海图书馆工作。"这里有误，"事实上，1972年6、7月份，顾廷龙先生刚好就是在上海图书馆'工作'，因为《顾廷龙年谱》第573页，1972年'七月十三日，致章元善信'有云：'龙在文物图书清理小组工作，已逾二年，近以馆中有突击检理资料之役，招回工作，亦已月余，俟告段落，当再返回。'所以这就不是问题了。但是可能恰恰就是这个问题误导了沈先生就整个事件记忆的时间判断"。

---

① 沈津：《书丛老蠹鱼》，北京：中华书局，2011年，第235页。

据此，唐友波的结论是：明成化刊本说唱词话入藏上海博物馆（上海文管会）在1972年7月。至于收购的过程往返波折，许多回忆文章均有详细的描述，此点并无异议。嘉定地处郊县，如果还要加上送上海图书馆鉴定、上海文管会联络等市内的运转，以当时的通信及交通便利水平情况考虑，即使“最近”的话，“二宣”（宣稼生、宣奎元）的第一次聚首恐怕也是1972年6月的事了。①

笔者认为，经过三位当事人的回忆以及唐友波的资料，明成化刊本说唱词话的出土、收购、入藏与出版的具体情况，应该说已有了一个较为清晰的脉络，这也为我们进一步深入探讨明成化刊本说唱词话提供了重要的前期参考资料。

第二节　明成化刊本说唱词话起首、结尾特征

明成化刊本说唱词话起首、结尾特征，可从现存文本中举例进行具体分析。②

表3–1　明成化刊本说唱词话起首、结尾特征

篇名	起首	结尾
《花关索传》	自从盘古分天地，三皇五帝夏商君。周朝伐纣兴天下，代代相承八百春。周烈（厉）王时天下乱，春秋烈（列）国互相吞。秦皇独霸诸侯城，焚典坑儒丧圣文。 * 此起首一直唱到“汉未（末）三分刘献帝，管了山河社稷臣。关西反了黄巾贼，魏蜀吴割汉乾坤”才接正文。起首的说唱词话惯用语往往历数王朝更迭，有助于民间受众了解历史常识，同时也便于说唱者的长期表演	说与太行十二将，领军依旧去山中。莫在西川沉埋将，不说刘王手下人。包（鲍）氏三娘归山去，还去庄中士（事）二亲。盖世功名磨已尽，兵离将败一场空。唱尽古今名列传，召得少年英雄将。重扁（编）全集新词传，有忠有孝后流传。 * 此结尾交代故事结局，并用说唱词话惯用语收尾，其他作品也多为此种格式

① 唐友波：《关于“成化说唱词话”收购及归藏时间的考订》，《上海文博论丛》，2013年第2期，第86页。

② 明成化刊本说唱词话作品的具体引文均出自朱一玄校点：《明成化刊本说唱词话》，郑州：中州古籍出版社，1997年。

续表

篇名	起首	结尾
《石郎驸马传》	自从盘古分天地，三皇五帝治乾坤。五帝三皇天差下，都是天官上界星。差下一星来治国，护做人皇管万民。听唱后唐李天子，掌管山河社稷臣。天子每日升金殿，朝官文武两边分。 * 此起首在很短的开场语言后直接进入故事主要情节中，有助于受众立即被说唱表演吸引	三军人马都交（叫）赏，每人一个马蹄金。加官封职都休唱，三军大赏莫谈论。唱尽一本忠良话，奉劝多人仔细听。只为姑嫂争八拜，一国山河换主人。编成一部石驸马，说与高贤论话人。记了古人说得好，两句言语说得真。果是妻贤夫祸少，官清国正万民安。奉劝人家姑共嫂，莫学官家李圣人。贤孝人家听得唱，姑嫂两个不相争。不贤痴人听得唱，由（犹）如对牛操瑶琴。劝君莫作亏心事，天地不错半毫分。古往今来多有此，流传于后世人闻
《薛仁贵跨海征辽故事》	三皇五帝夏商周，秦汉三分吴魏刘。晋宋齐梁南北史，隋唐五代宋金收。话说昔日唐太宗即位，真（贞）观十八年，天下太平，诸国来朝……昌黑飞去其纱，面上有八句左边：叵耐唐天子，贪财世不休。杀兄在前殿，囚父后宫愁。饶你江山广，通无四百州。吾当只一阵，遍地血浇流。吾今说与李世民，三台八位论元（原）因。面刺海东伯济使，现藏猛将有名人。 * 此起首进入正题很快，七言唱词直接衔接说白，五言、七言唱词交替现象在明成化刊本说唱词话中仅见于此篇	苏文好手人无敌，仁贵高强真个能。满营喝彩一双将，盖世能强两个人。 （诗曰）凛凛身躯胆气雄，扶持唐世定辽东。能降海外烟尘静，因在天山三箭中。 * 此结尾并没有其他说唱词话的惯用语，而是将薛仁贵、盖苏文都赞扬一番后结束，在说唱词话中比较特殊。此外，这部说唱词话由15部分组成，即起首、房玄龄杜如晦谏帝征辽东、宣敬德不伏老去征东、太宗探看叔保（宝）病、太宗作梦征辽东、仁贵妻柳氏嘱咐夫投军、唐太宗御笔写诏征东、秦王排总管、太宗看海、太宗过海、太宗到辽东海岸、薛仁贵告御状、唐太宗受准御状、莫利支怎生披挂、薛仁贵怎生披挂。卷首题“新刊全相唐薛仁贵跨海征辽故事”，卷首牌记页仅存上半页，题“北京新刊”，卷末有牌记“成化辛卯永顺堂刊”

续表

篇名	起首	结尾
《包待制出身传》	休唱三皇并五帝，且唱仁宗有道君。四十二年为天子，经过几度拜郊恩。十度拜郊三十载，四度明堂十二春。四十二年兴社稷，只靠朝中武共文。文有清官包待制，武有西河狄将军。但是两班文共武，创立仁宗定太平。 * 此起首直接说唱宋仁宗时期的故事，在明代包公系列说唱词话和此后其他系列说唱词话中属于常见现象	八个保官齐来到，保奏包公做府君。相公坐定开封府，社稷山河似掌平。年年诸邦来进奉，岁岁外国进珠珍。听唱包龙图一本，留传劝谕世间人
《包待制陈州粜米记》	太祖太宗王有道，真宗三帝改咸平。四帝仁宗登宝殿，佛保天差罗汉身。仁宗七宝真罗汉，二班文武上方星。文官护国金篱帐，武将江山玉版门。 * 此起首直接从宋朝唱起，与《包待制出身传》风格一致	水上灯笼彻底亮，照得陈州三县明。唱罢古今名烈传，留传世上鉴贤明。劝君休做亏心事，暗有神明世有刑。饶你人心似铁硬，官法如炉化作尘。发恶劝人归善道，只要人心似水平。今日新传词话本，劝君本等莫欺人。陈州三县人嗟叹，不得包公不太平
《仁宗认母传》	太祖太宗真宗帝，仁宗天子治乾坤。一十二岁登金殿，万民安业立明君。四十二年风雨顺，三年一度拜郊文。十度拜郊三十载，四拜明堂十二春。壮（牡）丹花下藏狮子，芭蕉叶下卧麒麟。听说文官包丞相，清名正直理条文。 * 此起首直接进入正题	当初冤仇如山重，番（翻）作恩情似海深。你若害人终自害，亏心陷了郭官人。唯将恩人李皇后，将恩报答赵明君。清明正直包丞相，贪财爱宝姓王人。劝君莫作不平事，莫使机谋坑陷人。暗损他人人不见，自有神明作证明。离地三尺虚空见，瞒得人时暗有神。天地三光来照耀，日月星辰作证明。世人只有存阴德，莫使机关暗损人。才人编就好词话，高贤君子愿须听。负心人见收心转，收心人学李夫人。心生一善如来佛，便是如来佛世尊。不用持斋并受戒，好把心肠自忖论。好本仁宗来认母，不曾瞒得半毫分。湛湛青天不可欺，未曾举意早先知。善恶到头终有报，只争来早与来迟

续表

篇名	起首	结尾
《包待制断歪乌盆传》	自从盘古分天地，几朝天子几朝臣。几朝君王多有道，几朝无道帝王君。太祖太宗真宗帝，四帝仁宗有道君。四十二年真命主，佛补（辅）天差治万民。王有道时臣有德，至今朝内出贤人。文官只说包丞相，武官只说狄将军。 * 此起首不仅出现了明代包公系列说唱词话惯用语，也出现了其他说唱词话的惯用语，如“自从盘古分天地”	劝君莫作亏心事，日月三光作证盟。孝顺之人天助福，五（忤）逆之人佛也嗔。暗内损人人不见，谁知空里有神明？不信只看杨大客，尸灵变作丑乌盆。亏了龙图包待制，与他讨得命和魂。作善逢善人自用，作恶天公不顺清。黄（皇）天报应无差错，不曾差了半毫分。善有善报终须报，恶有恶报祸来侵。莫道虚空无神道，霹雳雷声何处明（鸣）。编成一本《乌盆传》，流传与后世人闻
《包龙图断曹国舅传》	自从盘古分天地，多少文官共武臣。三皇五帝今何在？眼前不见旧时人。描龙须是描龙手，画凤须还画凤人。描龙画凤年年在，不见描龙画凤人。春去夏来秋又到，残冬才过又逢春。光阴似箭催人老，日月如梭不暂停。太祖太宗真宗帝，四帝仁宗有道君。仁宗七宝真罗汉，两班文武上方星。年登十二交王位，专靠朝中武共文。文官只说包丞相，武官好个狄将军。只为两班文武好，创立仁宗致太平。 * 此起首不仅出现了明代说唱词话中常用起首唱词“自从盘古分天地”，而且出现了明代包公说唱词话系列特有的唱词，说明明代说唱词话的起首往往有一些常用套语，说唱艺人一般是在这些套语的基础上根据故事具体内容适当增减而开场	上合天心无私曲，下合地府不亏人。中合人间无差错，件件依条断得青（清）。杀人偿命从来有，欠债还钱自古闻。唱尽一本曹国旧（舅），欺心犯了姓包人。今唱此书当了毕，将来呈上众人听。湛湛青天不可欺，未曾举意早先知。劝君莫作亏心事，古往今来放过谁？ * 明代说唱词话中惯用“湛湛”四句唱词
《张文贵传》	太祖太宗真宗帝，四帝仁宗有道君。四十□□□□□，经过几度拜郊恩。十度拜郊三十载，四拜□□□□□。王有道时臣有德，至今朝内出贤人。文官□□□□□，武将江山玉叛（板）门。天下太平民安乐，家家□□□□□。且唱君王千万岁，子孙代代坐龙庭。仁宗□□□□□，百姓歌欢贺太平	劝人莫作□□□，天地神祇作证明。人若好□天降福，若行歹事□□侵。世人莫学杨小二，谋人财宝陷人心。为人若还行好事，天地自有福星临。惟有秀才张文贵，谁知死后再还魂？今唱此书当了毕，将来呈上众贤听

续表

篇名	起首	结尾
《包龙图断白虎精传》	自从盘古分天地，几朝天子几朝臣？几朝君王多有道？几朝无道帝王君？太祖太宗真宗帝，四帝仁宗有道君。四十二年真命主，佛补（辅）天差有道君。王有道时臣有德，至今朝内出贤人。文官只说包丞相，武官好个姓杨人。皇王亲正（政）贤人助，八方无事绝刀兵	命里有时只是有，命里无时莫强求。金银财宝家中有，任儿快活过时辰。爷娘与你寻妻子，村中寻个少年人。取得一妻多伶俐，如鱼似水各相亲。夫妻二人多快乐，流传世上尽知闻。奉劝贤良君子道，莫学贪花恋色人。今唱此书当了毕，将来呈上贵人听。元华赴选上东京，白云山里遇妖精。此精吃了张观主，龙图勾到斩其身
《师官受妻刘都赛上元十五夜看灯传》	自从盘古分天地，三皇五帝治乾坤。有道官家传万载，无道官家乱排臣。一句题起官家话，二题古记万年春。莫唱前皇并后帝，话唱中华大宋君。一帝有道赵太祖，运玄过位太宗君。太祖太宗真宗帝，四帝仁宗有道君。仁宗七宝真罗汉，佛补（辅）天差治万民。东南日照千年殿，西北风飘万岁亭。望高墩上生青草，八方无事绝烟尘	不是南衙包丞相，谁人□得赵皇亲？师相上了高头马，出了东京一座城。□□□有州官接，逢县便有县官迎。在路行程都休唱，□□□西京一座中。选拣良时并吉日，河南上任治军民。□□一本新词话，将来呈上贵人听
《莺歌行孝义传》	自从盘古分天地，三皇五帝到如今。也有英雄护国将，多少亡家败国人。前后汉朝休要说，廿四唐朝莫理论。休把古诗来劝世，莫将闲话答途程。惜竹莫挑阑（拦）路笋，爱松莫折叶头枝。相逢武士呈刀剑，若遇贤才便作诗。三贞九列（烈）从古有，二十四孝古来闻。……莫把古人多论说，听说一本小莺儿。飞禽上（尚）且行孝顺，世人心意不思惟。虽作鸟儿行大孝，至今天下尽闻知。 * 此起首以古代孝理念为切入点，引出唐朝鸟儿行孝的故事，题材特殊，后人将其归入志怪故事，与前面讲史、公案故事风格不同	莺儿得到观音殿，磻陀石上理毛衣。众僧道士闻知得，忙将果子喂莺儿。各寺修行人传说，不论近远尽闻知。烧香善信来相见，至心礼拜不交（叫）轻。宿世有缘得见面，目（有）缘得见白莺儿。满山排设来供养，或在东时或在西。千年万岁随缘过，便道修行过几时。或时又想亲娘母，殿前拜问大慈悲。我在此间多快乐，不知父母在何期。观音当时将言说，莺儿听我说因伊（依）。你今父母西天去，华乐仙宫过几时。小莺见说低头拜，谢其菩萨度回身

续表

篇名	起首	结尾
《开宗义富贵孝义传》	自从盘古分天地，世间多有不均平。金轮王八万四千岁，神农皇帝一千春。彭祖年登八百岁，诸人不勉（免）命归云（阴）。……休把古人来劝世，且唱开家孝义门。孝文皇帝登龙位，佛补（辅）天差有道君。四海罢战民安乐，八方无事绝烟尘。 * 此起首除了惯用语“自从盘古分天地”外，讲了行孝故事，最后才转入正题	度得开家成佛果，直往西方见世尊。绕佛三遭低头拜，合掌前来拜世尊。感得如来真实说，度了开家一满门。开公便做弥勒佛，善才（财）童子众儿孙。开公白日升天界，尽做灵山会上人。我佛如来真实说，只因行孝得超升。唱与善男并善女，因缘会上作人伦。莫因些小闲言语，伤其骨肉弟兄情。妻子有言须详论，若信闲言便不清。儿孙孝顺家和睦，媳妇堂前敬大人。今唱文书当了毕，将来呈上贵人听

通过明成化刊本说唱词话起首与结尾的文句列表，我们可以归纳其特征如下：

明成化刊本说唱词话起首部分可分为两类：第一类起首唱词为“自从盘古分天地”，如《花关索传》《石郎驸马传》《包待制断歪乌盆传》《包龙图断曹国舅传》《包龙图断白虎精传》《师官受妻刘都赛上元十五夜看灯记》《莺歌行孝义传》《开宗义富贵孝义传》八种。第二类起首唱词为“三皇五帝夏商周”（《薛仁贵跨海征辽故事》）、“休唱三皇并五帝，且唱仁宗有道君”（《包待制出身传》）、“太祖太宗真宗帝”（《仁宗认母传》《张文贵传》）等。第一类起首唱词为通用类，第二类起首唱词为杂用类，从整体来看，明成化刊本说唱词话中的起首唱词以通用类为主，杂用类为辅。其结尾唱词基本是总结正文内容，用劝诫语言收尾，突出表现说唱词话的教育性与抚慰性。此外，正文起首、结尾唱词均为七言，未出现白话。

图3–1　明成化刊本说唱词话《石郎驸马传》书名页

明成化刊本说唱词话起首、结尾特征，为我们考察明代说唱词话以及明代前后（唐五代宋元与清民国）说唱词话起首、结尾的特征提供了前溯后续的重要参考资料。

第三节　明成化刊本说唱词话正文体式特征

明成化刊本说唱词话正文体式有四种：

第一种正文体式，从头到尾全部由七言唱词组成，如《包龙图断白虎精传》：

> 自从盘古分天地，几朝天子几朝臣？几朝君王多有道？几朝无道帝王君？太祖太宗真宗帝，四帝仁宗有道君。……
>
> ……三月初三开南省，广招天下读书人。元华见了心欢喜，要将书笔跳龙门。求得一官并半职，改换门风作贵厅。……
>
> ……龙图当时升厅坐，喝叫放了道童身。便叫秀才来发落，你今也是犯条人。枉做读书为君子，贪花恋色不成人。偷骗虎精为夫妇，今朝得罪不非轻。……今唱此书当了毕，将来呈上贵人听。①

第二种正文体式，由七言唱词和白话相间组成，《石郎驸马传》《包待制陈州粜米记》《仁宗认母传》《包待制断歪乌盆传》《包龙图断曹国舅传》《张文贵传》《师官受妻刘都赛上元十五夜看灯传》《开宗义富贵孝义传》等即是，如《师官受妻刘都赛上元十五夜看灯传》：

> 自从盘古分天地，三皇五帝治乾坤。有道官家传万载，无道官家乱排臣。……
>
> ……天下军州都来看，闹起西京一座城。话说娘子刘都赛，正在香房里面存。两个梅香抄定手，娘子今且听元（原）因。

---

① 朱一玄校点：《明成化说唱词话丛刊》，郑州：中州古籍出版社，1997年，第252—262页。

（说）两个梅香抄手当胸，上前告禀："娘子，好叫你知道：今有本城鳌山寺里，有一座逍遥宝架灯，说道乾坤稀有，世上无双。天下府卫州县，尽皆来看此灯。你却如何不去看耍？"娘子见说，心中欢喜，与梅香道言："此灯想是希奇。待我禀伏婆婆，收拾去看。"

（唱）梅香抄手前来说，娘子今且愿知闻。鳌山寺里红灯挂，户户家家去看灯。……

……张公来到高厅上，抄手前来说事因。俯伏跪在厅阶下，连声叫屈两三声。张公当时将言说，□场祸事海来深。[①]

第三种正文体式，由七言唱词、五言"诗曰"、七言"诗曰"和白话组成，这种情况比较特殊，如《莺歌行孝义传》：

（说）这王婆言："儿子，你将朱红笼，放这莺儿在内，更把一个碧玉环儿，将三尺绒系（丝）线，缚住莺儿脚，碧玉环坠住，开笼万无一失。"小莺被缚住，苦中添苦，吟诗一首。

（诗曰）可耐绒丝线，将来系缚儿。眼中珠泪下，搜破锦毛衣。

（唱）小莺诗罢心中苦，两行珠泪湿毛衣。捉住自身由（犹）自可，思忆亲娘忍肚肌（饥）。莫唱小莺心内苦，母莺窠内等多时。儿行一里娘千里，娘忆亲儿无尽期。[②]……

（说）这猎户听得莺儿吟诗骂王一、王二，思量也做几句骂其莺儿，不知如何？

（诗曰）欢者欢来悲者悲，莫管他家吃不肥。卖你身钱还家去，买柴籴米养孩儿。

（唱）小莺听得将言骂，王一王二你须知。即愿你家长不易，子孙代代做贫人。交（叫）你后来无投奔，父南子北去求人。即愿你身遭横

---

① 朱一玄校点：《明成化说唱词话丛刊》，郑州：中州古籍出版社，1997 年，第 265、275 页。

② 朱一玄校点：《明成化说唱词话丛刊》，郑州：中州古籍出版社，1997 年，第 293、295 页。

事，妻儿改嫁别人身。[①]

第四种正文体式，由五言、七言、十言唱词（三三四格）和白话相间组成，并且将说唱词话分成独立的小部分，《薛仁贵跨海征辽故事》即分成起首、房玄龄杜如晦谏帝征辽东、宣敬德不伏老去征东、太宗探看叔保（宝）病、太宗作梦征辽东、仁贵妻柳氏嘱咐夫投军、唐太宗御笔写诏征东、秦王排总管、太宗看海、太宗过海、太宗到辽东海岸、薛仁贵告御状、唐太宗受准御状、莫利支怎生披挂、薛仁贵怎生披挂15部分，如：

……帝曰："赦卿无罪。"昌黑飞去其纱，面上有八句左边：叵耐唐天子，贪财世不休。杀兄在前殿，囚父后宫愁。饶你江山广，通无四百州。吾当只一阵，遍地血浇流。吾今说与李世民，三台八位论元（原）因。面刺海东伯济使，现藏猛将有名人。把总摧军都元帅，宣牌挂印葛苏文。……

（说）太宗见了大怒，遂宣众文武两班："今高丽国好生无礼，抢劫了进奉宝物，毁骂大邦。今朕起兵征伐，谁敢前去？"……

（诗曰）刚气昂昂谁可挡，扶持唐世一英雄。曾思跨海征辽日，此将先君第一功。欲破高丽平海水，全凭老将尉迟恭。

（攒十字）胡敬德，听说罢，眉头紧皱；不由人，添烦恼，暗里伤情。想前唐，自不巧，年成慌乱；有六十，单四处，各起烟尘。宣李靖，好阴阳，能知祸福；有微臣，曾夸口，杀尽胡人。领唐军，四十万，前去征进；杀胡人，番王将，无千无数。[②]

《花关索传》虽然属于此种体式，但没有将说唱词话分成独立的小部分，而是由《出身传》《认父传》《下西川传》《贬云南传》四部分组成。

① 朱一玄校点：《明成化说唱词话丛刊》，郑州：中州古籍出版社，1997年，第295页。
② 朱一玄校点：《明成化说唱词话丛刊》，郑州：中州古籍出版社，1997年，第89—90页。

另如《花关索传》中的攒十字：

（攒十字）带（戴）一顶，四缝盔，争光火强；穿一副，黄龙甲，耀日争先。披一领，茜罗袍，得红血药（染）；系一条，狮蛮带，兽口生云。弯一张，黄花弓，稍（鞘）长把矩（短）；插一弧，狼牙箭，点点今（金）星。悬一条，竹节鞭，马龙摆尾；背一口，玄武剑，亮彻如艮（银）。捻一条，黄龙枪，兵如猛兽；骑一匹，怪劣马，抢出庄门。[①]

这里的攒十字描写人物穿戴与动作，属于说书的“赞”类。

再如《薛仁贵跨海征辽故事》：

柳金定，又定手，从头细说；劝丈夫，薛仁贵，且放宽心。乾属阳，坤属阴，天地配会；人生在，阳世间，男女同婚。盘古王，分天地，传留己（几）代；有三皇，和五帝，起立为君。想当初，在家中，粗心大胆；一时间，错计较，初出房门。数九天，下大雪，雪霜交冷；我见你，无衣穿，慈悲伤心。脱衣服，与你穿，重重嘱付（咐）；休交（叫）人，失（识）破了，辱没家门。不觉他，一时间，交（叫）人失（识）破；有哥哥，和嫂嫂，打骂奴身。多亏了，老母亲，将奴发送；到你家，无奈何，与你成亲。少吃的，少穿的，都不打紧；只顾得，长在家，夫妇相因。猛听得，高丽国，奸臣作反；普天下，一个个，要去当军。去当军，初出外，小心在意；莫贪花，休恋酒，莫爱他人。又贪花，又恋酒，眠花卧柳；暗地想，着人家，害了残生。你若是，不听我，他乡横死；丢下我，年己（纪）小，独自单身。见老的，叫爷娘，尊他为父；休似你，在家中，冲撞别人。见金银，和财宝，贪心休恋；见小的，叫哥哥，让他为尊。赤的金，白的银，都不打紧；吃饭时，和酒肉，尽让他人。你敬我，我敬你，夫妻恩爱；谢神明，无疾病，胜直（值）千金。你志诚，

---

① 朱一玄校点：《明成化说唱词话丛刊》，郑州：中州古籍出版社，1997 年，第 7 页。

我志诚，坚心守分；赛三贞，和九烈，万古留名。[①]

这里的攒十字不是“赞”类，整体是柳金定对薛仁贵的临别嘱托，唱词目的不同。

值得注意的是明成化刊本说唱词话与宝卷中的攒十字相同，均为三三四格：

如《秦雪梅宝卷》：

王妈妈，听的问，回言便诉；叫老爷，你再上，听我言因。到他家，见亲父，将书呈上；看罢书，他就说，这事难从。他又说，他女儿，千金之体；怎肯嫁，贫书生，白身之人。若要娶，除非是，商淋病重；那时就，将小姐，送上府门。叫老爷，从今后，再休望想；我说的，句句话，都是实情。[②]

明成化刊本说唱词话的发现，其起首、结尾文句特征和正文体式特征，为我们前溯唐五代宋元和后寻清民国至今说唱词话奠定了基础，同时也为深入研究说唱词话的唱词、内容、版本流变、思想以及与其他曲艺曲种的关系打开了一扇新的窗户。

第四节　明成化刊本说唱词话与唐五代宋词文、传文及部分变文的衔接关系

除了1967年在上海嘉定墓葬中出土的明成化刊本说唱词话文本实物外，到目前为止，明代史料中尚未发现明确记载明代说唱词话文本与表演形式的资料。我们从出土的明成化刊本说唱词话文本中，了解到在明代存在着说唱词话这样一种

① 朱一玄校点：《明成化说唱词话丛刊》，郑州：中州古籍出版社，1997 年，第 94 页。
② 佚名：《秦雪梅宝卷》，清道光十九年（1839）抄本，第 23 页上。

文学艺术形式，那么这种形式是在明代才开始出现，还是出现在明之前呢？从前文元代说唱词话中可知：《元史》《元典章》《大元通制条格》等元代史料中，确实记载有这样一种表演活动，其名称有词话、自搬词传、演唱词话、散乐词传、面戏、般说词话、搬词、般唱词话等，较为杂乱。从史料中“面戏”二字可知，元代说唱词话的表演形式类似戏剧，且是一种戴着面具、说唱相兼的戏剧表演形式。

元代史料中真实记载了说唱词话表演活动，明代存在说唱词话文本，是否元代就是这种说唱词话的产生源头呢？我们试对唐五代宋词文、传文及部分变文与明成化刊本说唱词话的文本体制特征进行比较：

表3–2 明成化刊本说唱词话与唐五代宋词文、传文及部分变文文本体制特征比较

	唐五代宋词文、传文及部分变文	明成化刊本说唱词话
唱词句式	五言、七言、三三七七七格	七言、十言（三三四格）
唱词韵式	偶句押韵，一韵到底；分段押韵，每段或押一韵，或每段有转韵	偶句押韵，一韵到底或不断转韵
散说语言	口语、口语兼四六句	口语
文本结构	词文、传文为纯唱词形式，部分变文为唱词与散说相兼形式，也有纯唱词形式。部分变文原先应有配图（或插入正文中，或绘制于正文背面，或单独绘制成一卷）。现存变文文本的插图中，很少发现有榜题，但是敦煌壁画中出现榜题，如第六十一窟壁画《五台山图》	有纯唱词形式，有唱词与散说相兼形式，另有正文分为独立的小部分，每一部分下或是纯唱词形式，或是唱词与散说相兼形式，还有唱词散说相兼并加入众多五言、七言、诗曰成分的形式。 所有明成化刊本说唱词话均有插图，或每页上1/3处为画图，下2/3处为文字，或插图在正文文字中，未见插图放置正文前或书末现象。明成化刊本说唱词话13种，除《莺哥行孝义传》有图未有榜题外，其他插图皆有榜题
表演顺序	直接演述故事，艺人在讲唱过程前后应有押座文和解座文，且部分变文在讲述过程中配有画图，画图被称为变相	不详

续表

	唐五代宋词文、传文及部分变文	明成化刊本说唱词话
题材内容	历史人物故事、当时人物故事、民间故事、佛经故事、英雄故事	历史人物故事、包公类公案故事、民间故事、儒佛道三教合一故事。历史人物故事均取材于前代
思想	儒佛道三教合一思想、忠孝节义思想、妇女反抗精神	儒佛道三教合一思想、忠孝节义思想，未涉及妇女反抗精神

由表3-2可知，明成化刊本说唱词话与唐五代宋词文、传文及部分变文的衔接关系如下：

第一，唱词句式，明成化刊本说唱词话的唱词句式中没有出现三三七七七格句式和五言句式，主要是七言句式，另外还增加了十言句式。这个句式同变文在宋元时期的嫡系子孙宝卷所使用的十言句式是一样的，也是三三四格，但是宝卷和说唱词话之间有一点截然不同：宝卷与佛教、道教、民间秘密宗教关系密切，内容涉及教派传播，开篇、结尾也充满宗教色彩，如开篇往往首先出现宗教教义和“举香赞”等，结尾则带有佛教回向特点，所以宝卷和说唱词话从宗教性内容、形式及所传播思想都可以区别开来。值得注意的是，明成化刊本说唱词话唱词中出现的七言、十言与唐五代宋传文、词文及部分变文的唱词出现的五言、七言、三三七七七格形式都叫齐言体句式，字数要求非常严格，不像杂言体句式，虽以七言为主，但经常出现多字句与少字句。

第二，唱词韵式，明成化刊本说唱词话是偶句押韵，一韵到底，或偶句押韵，不断转韵两种类型。下面用平水韵来查考其中韵字所属韵部情况。

《包龙图断白虎精传》唱词卷首30个押韵点的韵字所属韵部情况：

臣（十一真）、君（十二文）、君（十二文）、人（十一真）、人（十一真）、兵（八庚）、平（八庚）、麟（十一真）、阴（十二侵）、根（十三元）、清（八庚）、身（十一真）、银（十一真）、人（十一真）、文（十二文）、闻（十二文）、春（十一真）、吟（十二侵）、明（八庚）、君（十二文）、人（十一真）、门（十三元）、厅（九青）、名（八庚）、人（十一真）、亲（十一真）、身（十一真）、京（八庚）、程（八庚）、纷（十二文）。①

这段唱词是偶句押韵，一韵到底，唱词中使用的这个韵很宽泛，包含了八庚、九青、十一真、十二侵、十二文、十三元，这些韵部整体是邻近韵部，可以通押。

《莺哥行孝义传》唱词卷首28个押韵点的韵字所属韵部情况：

今（十二侵）、人（十一真）、论（十三元）、程（八庚）、枝（四支）、诗（四支）、闻（十二文）、闻（十二文）、星（九青）、移（四支）、痴（四支）、思（四支）、妻（八齐）、期（四支）、人（十一真）、儿（四支）、惟（四支）、知（四支）、民（十一真）、兵（八庚）、经（九青）、人（十一真）、闻（十二文）、奇（四支）、垂（四支）、奇（四支）、依（五微）、枝（四支）。②

从这些韵部情况可以看出，十二侵、十一真、十三元、八庚是一韵，四支是一韵，十二文、九青是一韵，四支、八齐是一韵，十一真是一韵，四支是一韵，十一真、八庚、九青、十二文是一韵，四支、五微是一韵。这段唱词在不断转韵，且每一韵常和其他邻近韵部通押组成一韵。

通过以上例证分析，明成化刊本说唱词话中唱词所使用的韵式有偶句押韵，一韵到底，或偶句押韵，唱词不断转韵两种类型。需要注意的是：一韵到底是指这个韵部和邻近韵部可以通押，组合可称为一韵，这和明清时期的十三辙相互呼应。如《包龙图断白虎精传》卷首押韵韵式中有平水韵的八庚、九青、十一真、十二侵、十二文、十三元，在十三辙中，第十是言前辙，包含了以上韵部中的十三元；第十一是人辰辙，包含了以上韵部中的十一真、十二侵、十二文；第十三是中东辙，包含了以上韵部中的八庚、九青。

不仅如此，平水韵上平中的一东、二冬、三江、十五删，下平中的一先、十蒸、十三覃、十四盐、十五咸，也可分别归于十三辙，分别是言前辙包含了上平十五删，下平一先、十三覃、十四盐、十五咸；江阳辙包含了三江；中东辙包含

---

① 朱一玄校点：《明成化说唱词话丛刊》，郑州：中州古籍出版社，1997年，第252页。
② 朱一玄校点：《明成化说唱词话丛刊》，郑州：中州古籍出版社，1997年，第289页。

了一东、二冬、十蒸。以上明成化刊本说唱词话的押韵例子，说明民间艺人在创作和表演时，其押韵所属字和韵部通押范围皆比较宽泛。

这种押韵情况和唐五代宋词文、传文及部分变文的押韵情况又有什么关系呢？

《捉季布传文》卷首30个押韵点的韵字所属韵部情况：

君（十二文）、昏（十三元）、云（十二文）、尊（十三元）、军（十二文）、吞（十三元）、巡（十一真）、身（十一真）、辰（十一真）、人（十一真）、军（十二文）、臣（十一真）、军（十二文）、人（十一真）、云（十二文）、身（十一真）、尘（十一真）、钧（十一真）、裙（十二文）、坤（十三元）、人（十一真）、村（十三元）、贫（十一真）、真（十一真）、麟（十一真）、分（十二文）、恩（十三元）、因（十一真）、闻（十二文）、臣（十一真）。[①]

整体在十一真、十二文、十三元之间通押，未涉及其他韵部，到明成化刊本说唱词话，押韵的韵部逐渐放宽。十一真、十二文、十三元在十三辙中属于言前辙、人辰辙，邻近可通押。没有见到江阳辙、中东辙与言前辙、人辰辙通押的情况。

《汉将王陵变》卷首23个押韵点的韵字所属韵部情况：

年（一先）、前（一先）、弦（一先）、翻（十三元）、鞍（十四寒）、场（七阳）、疮（七阳）、霜（七阳）、王（七阳）、情（八庚）、营（八庚）、迎（八庚）、悬（一先）、言（十三元）、年（一先）、更（八庚）、千（一先）、延（一先）、叫（十八啸）、老（十九皓）、悄（十七筱）、号（四豪）、道（十九皓）。[②]

偶句押韵，段中出现换韵。这里一先、十三元、八庚、七阳属于可通押的一韵，而十八啸、十九皓、十七筱、四豪属于可通押的一韵。

《王昭君变文》唱词押韵情况为：每段以一韵为主，一韵到底。

---

① 王重民原编、黄永武新编：《敦煌古籍叙录新编》（第17册），台北：新文丰出版社，1986年，第276页。

② 王重民原编、黄永武新编：《敦煌古籍叙录新编》（第17册），台北：新文丰出版社，1986年，第411页。

微（五微）、绯（五微）、旗（五微）、围（五微）、危（五微）、辉（五微）、衣（五微）、肥（五微）、归（五微）、帏（五微）、西（八齐），这段五微、八齐通押为一韵。[①]

山（十五删）、团（十四寒）、川（一先）、关（十五删）、千（一先）、连（一先）、年（一先）、前（一先）、泉（一先）、传（一先）、穿（一先）、怜（一先）、膻（一先）、烟（一先）、边（一先），这段十五删、十四寒、一先通押为一韵。[②]

忙（七阳）、王（七阳）、丧（七阳）、裳（七阳）、香（七阳）、妆（七阳）、场（七阳）、殃（七阳）、长（七阳）、乡（七阳）、方（七阳），这段七阳为一韵。[③]

情（八庚）、轻（八庚）、行（八庚）、兵（八庚）、坑（八庚）、声（八庚）、生（八庚）、倾（八庚）、平（八庚）、名（八庚）、城（八庚），这段八庚为一韵。[④]

若与十三辙相对照，五微、八齐属于十三辙的灰堆辙、一七辙，这两个辙通押；十五删、十四寒、一先，均属于十三辙的言前辙，三个韵部可通押；七阳属于十三辙的江阳辙；八庚属于十三辙的人辰辙。

明成化刊本说唱词话的韵部通押范围和唐五代词文、传文及部分变文基本一致。

第三，散说语言，词文、传文及部分变文有口语，也有四六句和口语相兼的现象，而明成化刊本说唱词话的散说部分已经全部变成了口语形式，如《石郎驸马传》中的说白：

（说）这李皇天子，一见众臣所奏，心中欢喜，面长精神，并不烦

---

① 王重民原编、黄永武新编：《敦煌古籍叙录新编》（第17册），台北：新文丰出版社，1986年，第442页。

② 王重民原编、黄永武新编：《敦煌古籍叙录新编》（第17册），台北：新文丰出版社，1986年，第443页。

③ 王重民原编、黄永武新编：《敦煌古籍叙录新编》（第17册），台北：新文丰出版社，1986年，第446页。

④ 王重民原编、黄永武新编：《敦煌古籍叙录新编》（第17册），台北：新文丰出版社，1986年，第447页。

恼。此时，天子便起龙身，相邀丞相，赐绣墩对坐，御酒三杯，话分两头，怡（且）说一事。前正宫皇后，原是风流门下之女，住在水食巷内，有名张行首。父是张教师。此女子小名唤做张三女，生得西施无比赛，犹如白雪对银盆。①

再如《莺哥行孝义传》中的说白：

（说）这小莺辰戌丑未生下，定当子父分离。其莺学得看经，念佛，作赋，吟诗。莺父忽然去采果子与莺母吃，被人见了，一人传与十人，十人传与百人："好个雪白莺哥，在此被人捉了，不当稳便。"莺父听得，便飞往南园去，不幸又撞见两个打猎人王一、王二，莺父自思："古人云：'大凡人出去，不用苦叮咛。'"②

而《伍子胥变文》中的说白：

若有失乡之客，登岫岭以思家，乘茶（楂）之滨，指参辰而为正（止）。岷山一住，似虎狼盘旋，渍渍如鼓角之声，并无船可渡。经余再宿，隐匿芦中。波上唯见一人，唱讴歌而拨棹，手持轮钩，欲似鱼（渔）人，即出芦中，乃唤言："执钩乘船之仕，暂屈就岸相看，勿辞乏劳，幸愿存情相顾。"鱼人闻唤，当即寻声，芦中忽见一人，便即摇船就岸。收轮卷索，息棹停竿，随流水上，翩翩歌清风而问曰："君子今欲何去，迥在江傍浦侧，不见乘船泛客，又无伴侣肃（萧）然。为当流浪飘蓬，独立穷舟旅岸。纵使求船觅渡，在此寂绝舟船；不耻下末愚夫，愿请具陈心事。"③

---

① 朱一玄校点：《明成化说唱词话丛刊》，郑州：中州古籍出版社，1997年，第69页。
② 朱一玄校点：《明成化说唱词话丛刊》，郑州：中州古籍出版社，1997年，第290页。
③ 王重民原编、黄永武新编：《敦煌古籍叙录新编》（第17册），台北：新文丰出版社，1986年，第80页。

唐五代宋时期之所以出现四六句与口语相兼的现象，是因受到南北朝文风的影响，而元明时期的曲艺、戏曲说唱已脱离此窠臼，基本用白话口语形式进行表演，且这种风气也直接进入了文人创作的小说文本。

第四，文本结构，明成化刊本说唱词话有四种形式：一是正文纯唱词形式，如《包龙图断白虎精传》，其形式与唐五代宋《捉季布传文》《董永变文》相同；二是正文唱词与说白相兼形式，如《花关索传》与《包待制出身传》《包待制陈州粜米记》《仁宗认母传》《包待制断歪乌盆传》《包龙图断曹国舅传》《张文贵传》《师官受妻刘都赛上元十五夜看灯传》等，这种形式与唐五代宋《伍子胥变文》《王昭君变文》《张议潮变文》《张淮深变文》《汉将王陵变》《李陵变文》《孟姜女变文》《目连救母变文》《降魔变文》等相同；三是正文分成独立的小部分，每一部分由唱词和说白组成，如《薛仁贵跨海征辽故事》；四是正文由唱词和说白组成，文中加入了大量的五言、七言、诗曰或佛教的颂曰。后两种组成在唐五代宋词文、传文及部分变文中未见。

现存明成化刊本说唱词话均有插图，《花关索传》插图是放在每页上1/3处，下2/3处为文字，其他如《石郎驸马传》《薛仁贵跨海征辽故事》的插图都是穿插在正文中，且除了《莺哥行孝义传》插图未有榜题外，其他插图皆有榜题，榜题题写形式同敦煌壁画。唐五代宋的部分变文正文中遗留有“看……处”“且看……处”“若为陈说”等文字，应是对应当时民间艺人或俗讲僧一边指着画图一边表演的情景，也说明当时部分变文是配图的，现存《降魔变文》就有与文字相配的画图遗留，明成化刊本说唱词话的插图形式应是继承自唐五代宋部分变文。

第五，表演方式，相关明成化刊本说唱词话的表演方式，目前还没有发现相关记载，说唱艺人是否类似唐五代宋变文艺人，指着画图演唱，有待进一步研究。

第六，题材内容，明成化刊本说唱词话涉及四类：第一类是历史人物故事，如《花关索传》，历史资料中所见稀少，应主要依据历代传说敷衍而成。唐五代宋《孟姜女变文》等与此同类。另如《石郎驸马传》《薛仁贵跨海征辽故事》，主要依靠史传资料，参考民间历代传说组成。这一类也可以在唐五代宋词文、传文及部分变文中的《捉季布传文》《伍子胥变文》《王昭君变文》《汉将王陵变》找到源头。第二类是包公类公案故事，这一类是明成化刊本说唱词话的重点题材内容，在唐五代宋词文、传文及部分变文中未见类似题材。第三类是三教合一故事，如《莺哥行孝义传》《开宗义富贵孝义传》，唐五代宋《董永变文》同此类，《目连救母变文》《降魔变文》也和此类有关联。值得注意的是，明成化说唱词话都是前代的故事，和本朝没有关系。

第七，作品思想，现存明成化刊本说唱词话中没有像《张议潮变文》《张淮深变文》这类直接涉及当时人物事件的作品，多是通过历史人物故事来反映现实，最为集中的就是通过包公类故事来反映现实。包公类故事先是大量出现在元代戏曲中，这一现象与当时社会环境及异族统治有直接关系。明代作为汉族统治者的王朝，为什么会在讲唱文学中大量出现包公类故事呢？朱万曙认为这是明代前期，封建统治者在意识形态领域加强控制的结果。这些作品不是出自封建文人之手，而是出自民间艺人、底层文人，它们直接反映了底层民众的思想。首先，这些作品大胆揭露了皇亲国戚、大小官员残害百姓的罪行，表达了底层民众对他们行为的愤慨和痛恨；其次，反映出当时统治阶级内部各种次序的混乱；再次，创作者大量描写包公铁面无私、疾恶如仇，敢于和皇亲国戚及各种黑暗势力进行坚决斗争，既表达了底层民众对包公的尊崇，又传递出他们对国泰民安的真实渴求。明代出现的包公类故事，与元代不同的是“包公面对的邪恶势力更为强大”[①]“包公被赋予的权力加大了”[②]，底层民众希望有更多像包公这样拥有极大权力的清官出现，为他们主持公道，这也从侧面反映了明代日趋激化的阶级矛盾。

《莺哥行孝义传》记述了小莺儿行孝义的故事。陇西一棵娑婆树上住着一家莺儿，小莺儿父亲被猎人用弹弓打死，母亲去寻夫也被猎人用弹弓打瞎了双眼，小莺儿会飞后，就到南园采荔枝给母亲吃，但也被猎人捕获。它在猎人家、知府

---

① 朱万曙：《包公故事源流考述》，合肥：安徽文艺出版社，1995 年，第 72 页。
② 朱万曙：《包公故事源流考述》，合肥：安徽文艺出版社，1995 年，第 73 页。

家都受到不公正的待遇。最后，知府将小莺儿献给皇帝，小莺儿告诉皇帝自己的遭遇后被皇帝释放，小莺儿拜谢皇帝，飞回家乡寻找母亲骨骸。玉帝知道后差凤凰率领百禽下界协助小莺儿安葬母亲。小莺儿葬母后随观音去了南海，其父母也超升到西天。

《开宗义富贵孝义传》记述汉朝孝文皇帝时，宁州有一开家，十七代行孝义感动了玉帝，就赐他家一棵娑婆树。开公让匠人用此树做了两扇门，两扇门变化无穷，惊动了孝文皇帝，皇帝在宰相怂恿下刁难开公。玉皇大帝夜晚降下天符牒，托梦孝文皇帝，皇帝宽宥了开公。最后，开公一家在灵山佛世尊的帮助下，满门得超升。

这两个故事都涉及儒教的行孝义、道教的玉皇大帝、佛教的灵山佛世尊，最后都是从佛而去，全家超升。体现出三教合一思想，儒家孝义是基础，最后通过道教和佛教得以超升天界，有劝人信道、信佛的意味。

《花关索传》末尾云："重编全集新词传，有忠有孝后流传。"讲述刘关张结义后，张飞为断关羽后路，去杀关羽全家，只留下了嫂嫂胡金定（因身怀有孕得以存活），金定生下儿子，在花家、关家、索家三家教养下成人，故名花关索。花关索历经千辛万苦去蜀国找到伯伯刘备、叔叔张飞，此后一心为蜀国征战。此后，关羽在荆州兵败被吴王杀死，张飞在阆州被小军张达刺死，刘备派姜维去找花关索，花关索为父亲和叔叔报了仇。不久，刘备因思念关张病死，诸葛亮重返卧龙岗修行，花关索得知后气病而死。《三国演义》以刘备为正统，《花关索传》颂扬的是关家的忠孝思想，二者观念一致。

《薛仁贵跨海征辽故事》末云："唐朝若得双良将，愁甚江山不太平。"体现出保家卫国的思想。《石郎驸马传》末云："妻贤夫祸少，官清国正万民安。"反映了家和国正万事兴思想，这两部皆是根据史传和传说编撰而成。

《花关索传》和《薛仁贵跨海征辽故事》均属于征战题材，流溢出忠孝思想。明成化刊本说唱词话整体反映出的忠孝思想、儒佛道三教合一思想，在唐五代宋词文、传文及部分变文中都可以找到渊源。

《董永变文》讲的是董永行孝义的故事，董永最后较为圆满的结局，是和天界道教的主宰、佛教帝释天分不开的。天女帮董永还清欠债，为他生下儿子后回到天上。董永请道教的孙膑为董仲找母亲，董仲找到了母亲，但天界不允许他们母子生活在一起，用天火阻隔母子，还把孙膑的道术也毁掉一半。董永行儒教的孝义又和天界、人世的佛道思想交织在一起。

《目连救母变文》是佛教教义改编的故事，目连最后目标的实现和圆满的结局，与自己修行成为阿罗汉以及世尊的帮助分不开，其中又加入了儒家的孝义思想，此后的传播力和影响力可想而知。《降魔变文》也是根据佛教教义改编，深度阐释了“魔高一尺，道高一丈”的哲理。

明成化刊本说唱词话中没有出现如《孟姜女变文》《王昭君变文》这样反映妇女生活的作品，《石郎驸马传》故事由姑嫂争斗引发宫廷动乱，虽与女性有关，但与《孟姜女变文》《王昭君变文》主旨截然不同。

明代说唱词话继承自唐五代宋词文、传文及部分变文，虽然在当时的历史资料中未见说唱词话名称，但其雏形已经在当时的文本与表演传递过程中初现。经过数百年的传承发展，到明代才奠定了说唱词话较为坚实的根基，形成了它的基础概念——说唱词话是文本与口头说唱表演结合在一起的一种文学艺术形式，产生于唐五代宋，定名于元，发展于明。唱词是七言、五言、十言、三三七七七格等，说白用口语，文本结构有纯唱词和唱词与说白相兼两种形式，其题材内容、表演形式随时代发展和地域变迁不断发生变化。

第四章　清代说唱词话

第一节　清代说唱词话与明成化刊本说唱词话的衔接关系

清代说唱词话与明成化刊本说唱词话的衔接关系可以从以下六个方面具体说明：

第一，唱词句式，明成化刊本说唱词话唱词句式有七言、五言、十言3种，清代说唱词话唱词句式在七言、五言、十言的基础上又新增了四句五五七五格、五句五五五五五格、五句七七七七七格，另还继承和保留了唐五代宋部分变文的五句三三七七七格句式，但无论是唐五代宋词文、传文以及部分变文，还是明成化刊本说唱词话以及清代说唱词话，它们都有一个共同的唱词句式特点——这些唱词句式都称之为齐言体，即唱词句式定格后，其每句唱词字数均按句式定格，不多一字不少一字，句式循环不再改变。

第二，唱词韵式，偶句押韵，或一韵到底，或段中有转韵，这里的一韵是包含通押各韵在内组成的一韵。

清道光年间抄本《白娘娘取仙草救夫还魂全传》，卷首15个押韵点押韵情况：

自从盘古分天地，三皇五帝治乾坤。秦汉唐朝都不唱，再唱宋朝有道君。大宋天子登龙位，国泰民安乐太平。说起浙江杭州府，西湖相面只庄情。姓许名仙年十八，未有门当户对亲。只因父母双亡早，丢下姐弟两个人。姐姐出嫁陈门去，丢下区区一个人。本处有一王员外，开个生熟药材行。央人说合他家去，习举生意店中存。将近过了三年正，忙忙碌碌不消停。春光明媚天光好，要到西湖散心情。许仙即忙来打扮，浑身上下换衣衫。头戴占巾乌簇簇，身穿油真海绿青。手拿一把诗画扇，悠悠走出店房门。许仙貌美多齐正，诗歌风流俊雅人。①

按照平水韵，坤（十三元）、君（十二文）、平（八庚）、情（八庚）、亲（十一真）、人（十一真）、人（十一真）、行（八庚）、存（十三元）、停（九青）、情（八庚）、衫（十五咸）、青（九青）、门（十三元）、人（十一真）所划分的八庚、九青、十一真、十二文、十三元、十五咸皆可通押。在明清十三辙中分别属如下韵部：第十辙是言前辙（十三元、十五咸），第十一辙是人辰辙（十一真、十二文），第十二辙是江阳辙，第十三辙是中东辙（八庚、九青）。

又如清咸丰八年（1858）刻本《龙袍记》“图财害命”一段，段首42个押韵点押韵情况：

前卷略提婚姻事，今将三卷接前因。主仆二人商议定，春香便对公子明。小姐见你品行正，愿将终生托付君。书生闻言心思忖，低下头来口问心。莫非行的桃花运，处处得遇美佳人。已曾定下殷小姐，又许冬梅女钗裙。不如推送不应允，那有姊妹结朱陈。爹爹收我为义子，甚似同胞共乳人。若还二老知此事，还说为兄乱人伦。小姐回言兄请听，你姓李来奴姓林。目下虽然改了姓，异日还是姓李人。你今倘若不依允，龙袍不还是把凭。香保再三推不脱，尊声贤妹听分明。倘若爹妈知道了，怕的不允这婚姻。小姐回言无妨事，只要兄长来应承。纵然爹妈不依允，千斤担儿我认承。香保只得说尊令，小姐要他拜神明。二人当天来拜过，山盟海誓效良姻。春香忙把酒宴摆，二人并坐饮杯巡。洗罢告别下楼去，春香送入书房门。香保微代三分醉，看见春香欲火蒸。面似

① 傅惜华编：《白蛇传集》，上海：上海出版公司，1955 年，第 159 页。

荷花初出水，樱桃小口露朱唇。十指尖尖如嫩笋，足下金莲一丁丁。才子看罢实难禁，那知佳人更有心。公子叫道春香姐，为何不出书房门。春香闻言微微笑，公子那知奴的心。虽然你的婚姻就，亏奴从中来说成。奴虽微贱名门女，自小扶持小姐身。明是主仆暗姊妹，二人共胆又同心。不嫌丫鬟身微贱，三生石上点黄金。公子听说心欢喜，好个知情有趣人。只要姐姐不嫌弃，学生愿效小张生。二人书房拜天地，效了西厢一段情。不言二人偷情事，再说殷府桂英身。殷林二家是亲眷，来来往往姑表亲。林府姑娘生辰日，桂英拜寿过府门。随代冬梅到林府，天官夫妇喜欢心。桂英小姐拜过寿，林府千金出厅迎。姊妹写手绣楼上，春香捧茶到来临。一杯香茶放落盏，林家小姐把话明。多承姐姐来光降，恕妹未曾来远迎。小妹时常心里欠，玩耍几日再回程。①

因（十一真）、明（八庚）、君（十二文）、心（十二侵）、人（十一真）、裙（十二文）、陈（十一真）、人（十一真）、伦（十一真）、林（十二侵）、人（十一真）、凭（十蒸）、明（八庚）、姻（十一真）、承（十蒸）、承（十蒸）、明（八庚）、姻（十一真）、巡（十一真）、门（十三元）、蒸（十蒸）、唇（十一真）、丁（八庚）、心（十二侵）、门（十三元）、心（十二侵）、成（八庚）、身（十一真）、心（十二侵）、金（十二侵）、人（十一真）、生（八庚）、情（八庚）、身（十一真）、亲（十一真）、门（十三元）、心（十二侵）、迎（八庚）、临（十二侵）、明（八庚）、迎（八庚）、程（八庚）。

这里由八庚、十蒸、十一真、十二文、十二侵、十三元组成一韵，韵部可通押。在明清十三辙中分别属于如下韵部：第十辙是言前辙（平水韵十三元），第十一辙是人辰辙（平水韵十一真、十二侵、十二文），第十二辙是江阳辙，第十三辙是中东辙（平水韵八庚、十蒸）。

清光绪二十五年（1899）刻本《绣针记》，卷首18个押韵点押韵情况：

① 佚名：《龙袍记》，清咸丰八年（1858）刻本，第25—27页。

话分两京十三省，单表嘉兴府内人。嘉兴有个柳员外，谷米千仓不可论。东书县对西书县，南边亭对北边亭。龙凤桥下桃花景，一路鲜花摆上亭。不唱员外多积善，且表公子孝文身。孝文公子已长大，取得美女张秀英。夫妇今年三十岁，不生男女接后嗣。孝文书房双流泪，受气连连不绝声。娘子上前将言说，夫君烦恼为何因。孝文两眼双流泪，我妻有事未知因。夫妻同年三十岁，并无男女接后嗣。娘子有来将言说，夫君你好不聪明。男人当家女插花，无男无女似成仙。孝文听得又来说，我妻你且全不知。后生成仙容易做，夫妻年老靠何人。娘子且把言来说，夫君听我说言法。若要男女接后嗣，曹王庙中把香焚。孝文见说心中喜，香蜡纸陌点完成。①

人（十一真）、论（十三元）、亭（九青）、亭（九青）、身（十一真）、英（八庚）、嗣（四寘）、声（八庚）、因（十一真）、因（十一真）、嗣（四寘）、明（八庚）、仙（一先）、知（四支）、人（十一真）、法（十七洽）、焚（十二文）、成（八庚）。

这里由一先、八庚、九青、十一真、十二文、十三元、一先、四寘、四支组成一韵，韵部可通押。在明清十三辙中分别属于如下韵部：第十辙是言前辙（十三元、一先），第十一辙是人辰辙（十一真、十二侵、十二文），第十二辙是江阳辙，第十三辙是中东辙（八庚、九青），四寘、四支属于十三辙的一七辙，十七洽属于十三辙的发花辙，从这里可以看出，一七辙、发花辙也可以和言前辙、人辰辙、中东辙等通押。

清代组成一韵通押的范围更加广泛，押韵的形式仍然是偶句押韵，或一韵到底，或段中有转韵。

第三，散说语言，清代说唱词话沿袭自明成化刊本说唱词话，正文中说白皆是口语，这些口语也呈现出方言特色。

① 佚名：《绣针记》，清光绪二十五年（1899）中湘杨文星堂刻本，第1—2页。

如《王化买父》片段：

婆娘来把王化扯，王化低头自思存。权且在此过一夜，明日天明便登程。行程有了几日正，望见东京一座城。无心观看山河景，进了东京大成门。

（白）话说王化进的城中，天色已晚了，要到刘文俊又迟了，正寻饭店，饭店俱已关了门，只有到老虎店中，尚未关门，灯烛辉煌，这店家是谁？乃是刘文俊一义兄在此开了此店。王化正要投店，只见店小二上前问道："客人是贩珠宝的？"王化彼时答应："是下书字的。"刘老虎听错，只说是贩珠子的，忙吩咐店小二："快将那客人请进，送到上房里去安宿。"王化只得同店小二一路走入中堂，刘老虎遂即吩咐不可轻视与他，快打灯笼送他到上房去。①

第四，文本结构，明成化刊本说唱词话文本结构，除了纯唱词的《包龙图断白虎精传》外，其余皆为唱词与说白相间构成形式。清代说唱词话中，唱词与说白相间构成形式基本与明成化刊本说唱词话相同，但是纯唱词文本结构发生了较大变化，不仅有纯七言唱词与《包龙图断白虎精传》相同，而且还出现了纯四句五五七五格、纯五句五五五五五格、纯五句七七七七七格、纯五句三三七七七格四种纯唱词文本结构。这些结构也和唐五代词文、传文、部分变文，明成化刊本说唱词话以及元代说唱词话中的纯七字句唱词一样，都叫作齐言体唱词。这些纯唱词文本结构的出现，和地方曲艺、戏曲中的唱词结构有密切关系。

纯四句五五七五格唱词，如湖北武昌盲人唱书组演唱的唱书《梁祝姻缘》：

嫂嫂把话论，冷笑两三声，姑娘杭州攻书文，怕的身不稳。英台听此语，扯住嫂嫂衣，二人同到花园里，与嫂说担得。英台好伶俐，对嫂把话提，三尺红绫交给你，将它埋树底。我若有二意，红绫烂成泥，红

① 佚名：《王化买父》，清光绪十五年（1889）刻本，第5页。

绫倘若是好的，我可对得起。二人赌下气，辞别杭州去，收拾打扮已完毕，登程把身起。英台攻书文，哪知嫂嫂狠，每日暗中毒计生，泼水烂红绫。嫂嫂心不服，泼水几茶壶，不讲嫂嫂用计毒，再把英台述。[①]

纯五句七七七七七格唱词，如清江西唱书抄本《阮淮川》：

新买一本阮淮川，与姐姻缘前世生，不用文才题诗对，不用媒人把贰传，千里姻缘一线牵。住居黄沙阮家村，黄沙源里有多声，父母生我天排定，口食皇恩走南京，单管糟糠及户门。[②]

如清江西唱书刻本《吴燕花》（又名《柯子书与吴燕花》）：

新买一本吴燕花，想起子书配燕花，红粉佳人休变老，风流浪子莫教贫，喜可教人枉度春。烟花美貌最风流，路途撞遇一书友，相逢好似曾相识，到老终无怨恨心，燕花结婚在松林。[③]

清湖北唱书抄本《双合莲》：

崇阳有本《双合莲》，几句新文（闻）不多言，乐人唱来也快乐，愁人常来也新鲜，慢慢唱来有根源。西乡有个桂花泉，一港清水荫良田，青山绿水谁不爱，一姓胡门百十烟，两堂经馆读圣贤。[④]

纯五句三三七七七格唱词，如安徽贵池傩戏《刘文龙》：

---

① 湖北武昌盲人唱书组：《梁祝姻缘》，1980 年，第 2 页。
② 佚名：《阮淮川》，清江西唱书抄本，第 1 页。
③ 佚名：《吴燕花》，清江西唱书刻本，第 1 页。
④ 佚名：《双合莲》，清湖北唱书抄本，第 2 页。

第一出：

（文唱）明窗下，十余年，满腹文章饱万千，闻得汉朝开南选，便将纸笔去求官。[①]

第二出：

（文唱）告爹爹，放宽心，我去长安赴选门，一举状元金榜上，官门改做贵高厅。

（老唱）我儿听，听我言，你去求官便转回，多只三年少两载，父母年老望儿还。

（文唱）告爹爹，放宽心，我去求官便转还，多只三年少两载，若还及第早回程。[②]

湖南唱书《太平王反南京》也是纯五句三三七七七格唱词，而纯五句五五五五五格唱词仅在《湖南唱本提要》中被提及，未见实例。

第五，题材内容，清代说唱词话除了包公类故事（《包公出身龙图公案》《除妖传》《包丞相出身传》《包断刘金狗传》《包丞相乌盆记》《五鼠闹东京》《八宝山》《包公奇案》《钓金龟双钉记全传》《荷包记》《双包记》《包丞相斩曹国舅》《鲤鱼记》《包公断案伍盈春》《钉耙记》等）、历史人物故事（罗成、薛仁贵、杨家将、赵匡胤、吕蒙正等）、民间传说故事（《梁祝》《秦香莲》《白蛇传》《西厢记》《白兔记》《赵五娘》《琵琶记》《斩窦娥》等）、民间行孝义故事（《戏孝琵琶》《二十四孝》《姜安安送米三孝记》《张孝打凤凰记》《郭三娘割股》《董永行孝》《目连救母报孝记》）外，还出现了清代君臣私访故事（乾隆帝、马清官、魏

① 王兆乾辑校：《安徽贵池傩戏剧本选》，台北，财团法人施合郑民俗文化基金会，1995年，第61页。

② 王兆乾辑校：《安徽贵池傩戏剧本选》，台北，财团法人施合郑民俗文化基金会，1995年，第65—66页。

大人、陶大人、赵大人、刘贵成、道光帝、于成龙、喻抚院、彭玉麟等）、本朝农民起义故事（西乡反、钟九闹漕、向大人、太平王反南京、长发贼破南京、田思群等）、佛道人物故事（《达摩传》《雪山记》《目连救母》《香山全传》《仙鹤传》），以及大量婚姻爱情故事和社会伦理道德故事（《庵堂相会》《风筝记》《掉银记》《仙鹤缘》《双合莲》《翠花记》《卖瓜记》《金镯记》《僧鞋记》《还魂记》等），题材内容十分广泛。

第六，思想主题，清代说唱词话题材内容广泛，深入反映社会现实问题和底层民众思想，通过其所建构的“清代民间宗教信仰体系”（天庭、人间、地狱）向底层民众传播和宣扬思想。这一体系以现实中皇帝为中心，融合儒佛道三教中的权力机构。它的存在，某种程度上能达到为民除害申冤、为民做事的目的。其核心观念是善恶终有报，给予底层民众一种近乎完美的官方抚慰或自我抚慰，这种抚慰有助于国家和整体社会秩序的相对稳定和民众社会生活的相对安定。可以说，这些清代说唱词话对普通民众的教育熏陶作用不容小觑。

清代说唱词话所反映的这些思想，不仅是从唐五代宋词文、传文、部分变文，以及元明说唱词话逐渐传递发展而来，也有本土儒教、道教思想的承递融合，同时也不乏对佛教教义的吸纳变化，其中精华与糟粕并存。

如道教中的太白金星，常常化身为下界办好事、祛除邪魔的天庭代表，这在唐五代宋词文、传文、部分变文中未见，后者中常见的道教形象是善卜天机的孙膑、掌管善恶簿的善恶童子以及天界天女，而在属于元代说唱词话系列的安徽贵池傩戏中，《刘文龙赶考》第三出“出玉帝”出现了玉帝登殿的隆重场面，第二十三出“锦团圆”出现了太白金星替玉帝惩罚吉婆（媒婆），并带刘公二老、萧女、状元（刘文龙）同赴罗天。玉帝和太白金星在明成化刊本说唱词话的《包待制出身传》《薛仁贵跨海征辽故事》《包龙图断曹国舅传》《师官受妻刘都赛上元十五夜看灯传》等作品中频繁出现，太白金星差神来下界，替包三郎去南庄使牛耕水田；玉帝派九江山河、五湖四海、四金刚、八菩萨、山神土地、十位仙女去救薛仁贵出火海；受害人袁文正妻子被国舅府中公公搭救从后门出来后，脚小鞋尖不能走路，太白金星扮作一位老公公送她去东京告状；刘都赛被赵皇亲抢去府中，太白金星看见后变作小虫帮助她见到丈夫。清代说唱词话中，这一类形象更是大量出现，如《掉银记》《三打玉林班》《韩云贞》《凤凰记》《张四姐》等。

皇帝是人间主宰者，也是和天庭沟通的代表，唐五代宋词文、传文、部分变文中出现的忠君观念，在元明说唱词话中得到进一步继承。明成化刊本说唱词话中，《花关索传》中的花关索替父报仇、忠于蜀国刘氏政权。《石郎驸马传》中石郎夺取政权的原因是正宫皇后张三女看不起国姑，并挑拨皇帝将国姑送到冷宫。《薛仁贵跨海征辽故事》中刁难薛仁贵并冒功顶替的是薛的顶头上司张士贵。包公系列中出现的反面形象有皇亲国戚，有强徒耿一耿二、白虎精，有刘皇后、刘后亲信郭槐、曹国舅、杨店主、赵皇亲、猎人王一王二、宰相刘青，但是绝对没有皇帝，《莺哥行孝义传》中正是皇帝给了小莺儿自由，它才能回到家乡安葬母亲，并跟随观音出家修行；《开宗义富贵孝义传》中正是孝文皇帝不再刁难开公，开家才能在灵山佛世尊帮助下，全家超升天界；包公为民断案，正是在皇帝的认可下才得以有圆满结果，这些情节充分体现出忠君观念在清代说唱词话中进一步发扬光大。

地狱神鬼也是清代说唱词话中出现较多的形象，神鬼形象往往和天庭联系在一起，如《掉银记》中出现了太白金星，也出现了城隍土地神：

> 公子正在蒙胧睡，来了城隍土地神。神祇来在庙堂内，五光普照公子身。神祇抬起头来看，文曲星官有难星。城隍土地忙不住，一夜差事办不赢。城隍脱落袍来盖，土地公公也遮风。公子睡到五更鼓，城隍土地显神通。开言便把公子叫，吾神有话对你明。你若要寻安身处，扬州城内遇贵人。神祇说罢他去了，公子醒来着一惊。适才有人对我讲，醒来如何不见人。想是神祇来保佑，神人搭救难中人。①

如《凤凰记》中出现了太白金星，也出现了阴司地府阎君：

---

① 洪昶收集整理：《掉银记》，武汉：中国民间文艺研究会湖北分会，铅印本，1980年，第6页。

太白金星领了旨，即驾祥云就起身。变化一时来落下，坐中哪到半时辰。……包公枕上还魂枕。包爷睡到幽冥去，阴司镜子放胸膛。三魂渺渺归地府，去见阎罗十个人。十个阎君开金口，文曲星君叫几声。[①]

这些地狱鬼神信仰在明成化刊本说唱词话中已有出现，如《包待制出身传》中包三郎来到东岳庙：

三郎见有东岳庙，今晚只在此中安歇。夜半三更，见判官持簿入来，监殿使者便问："来年状元是何人？"判官说："第一名是淮西人，第二名是西京汉上任，第三名是福建人。"……三郎在汴河桥上，叹气三声，惊动了城隍大王，叫使者："文曲星来求官，东京无人肯着他歇，你引去烟花巷里张行首家歇宿。"[②]

清代说唱词话是在清代民间宗教信仰体系总体建构和核心观念指导下，通过具体的社会故事描述，体现其所蕴含的深层次思想，通过这些思想来达到宣扬忠孝、抚慰底层民众的目的。这个总体建构的存在，也成为清代说唱词话传演不衰的重要原因。此外，对于底层民众来说，清代说唱词话故事通俗，语言生动，内容与现实生活紧密联系，具有很好的教育普及作用。当然，由于产生时代的关系，其中也不乏糟粕，我们应以批判继承的态度来对待遗存至今的说唱词话作品。

清代说唱词话思想多元，如关于忠孝思想的作品，湖南唱书彭玉麟系列（《彭宫保私访江南省》《彭宫保私访南京》《彭宫保私访九龙山》《彭宫保私访江西莲花厅》《彭宫保私访广东》《彭宫保私访万花楼》《彭宫保私访湖北》等）通过彭玉麟的私访故事，塑造出一个为民除害、忠于皇帝的清官形象。此外，还有如赵大人、陶大人、魏大人、马清官、刘贵成、吴大人、于成龙、喻抚院

① 黄永邦、姚源星收集：《凤凰记》，桂林：广西民间文学研究会，1984 年，第 22 页。
② 朱一玄校点：《明成化说唱词话丛刊》，郑州：中州古籍出版社，1997 年，第 117 页。

等，更有乾隆、道光皇帝私访故事的出现，充分展示出皇帝与官员的亲民思想，同时也给老百姓带来某种心理抚慰。当然，以往包公类为民除害的唱书故事，如《包公出身龙图公案》《除妖传》《包丞相出身》《包断刘金狗传》《包丞相断乌盆记》《八宝山》《钓金龟双钉记》《荷包记》《钉耙记》《包丞相斩曹国舅》《包公断案伍盈春》等在清代也依然盛行。根据史料文献改编的历史人物故事则很少，目前可见罗家系列如《罗成全本》《罗通报仇》《罗成显魂》，杨家系列如《十二寡妇征西》《杨排风扫北大祭祖》，薛家系列如《薛仁贵三次投军》《薛丁山征西全传》《三请樊梨花》《薛仁贵征东全传》，而涉及清代历史人物的故事较为少见。

清代说唱词话中，也有描述农民因反对贪官污吏愤而起义的唱书，细品其主旨，其实忠君调子未改。如浙江唱书《西乡反》讲述的是西乡农民在同治、光绪年间起事火烧县衙之事，光绪元年既逢新皇大赦，又逢童生大考，童生联名为两位因西乡反入狱的志士平反，最后皇帝恩准，二人被释归家。最后唱道："光绪元年来大考，六邑童生会递呈。学台面前把本奏，奏得学台气形形。私加皇粮千刀罪，论起王法罪非轻。老丁充军三千里，本府削职转家门。秉锡又同王作新，复还原职转家门。"

湖北唱书《钟九闹漕》中起义首领钟九去见总督，被关于囚笼："朝廷律法我知情，我等并无谋反心。只为贪官良心丧，饲养污吏剥乡民，更无扶危救难心。钟九坐在囚笼内，只想面圣得意回。要求圣君深作主，要把污吏一扫推，才保崇阳无灾危。"唱书结尾，钟九在面圣途中被杀害。

湖北唱书《田思群起义歌》讲述的是同治年间湖北宜昌府田思群的长阳起义，同治四年（1865）正月，清军唐协和以皇帝谕旨，派和田思群关系甚好的田崇故去招安，田思群和六首领下山投诚，结果下山后六位首领和所带人员均被清兵杀害，起义至此失败。[①]湖南唱书《太平王反南京》讲述洪秀全、杨秀清发动起义，攻克南

① 龚发达：《土家英雄田思群》，政协长阳土家族自治县文史资料委员会编印，1984年，第28页。

京，最后被曾国藩平定一事。《大闹清朝》写的则是庚戌年间岑春煊抚湘时“大驰米禁，导致米荒”，发生民变后抚署被火焚，教堂也多被烧，岑春煊狼狈逃跑，为民请命的庄藩司有青天名，出来安民，局势始变平稳。事后，庄以是获谴革职。

再如反映清朝妇女思想变化的作品，湖南唱书《七层楼》中，黄天公家的四姐看上了家中书童沈子忠，主动要求“红罗帐里结成双”。湖北唱书《双合莲》写的则是道光年间发生在崇阳的一场婚姻悲剧，男女主人公大胆追求自由爱情，最后双双付出生命。其他如《庵堂相会》《风筝记》《吴燕花》《阮淮川》《双包记》《追鱼记》《手巾记》《海棠花》《陈姑赶潘》等，唱书中出现的政权、族权、神权、夫权，代表封建宗法制度，是套在妇女身上的枷锁，唱书中的女性，为争取自由婚姻进行斗争，顽强但又无助，往往以悲剧告终。

清代说唱词话与明成化刊本说唱词话相比，在文本体制方面具体区别如下：第一，唱词句式在原先基础上又新增了四种。第二，唱词韵式基本相同，偶句押韵，或一韵到底，或段有转韵现象（这里的一韵，泛指某韵与其通押的韵部共同组成的一韵）。第三，散说语言方面，二者基本相同，均采用通俗白话口语。第四，文本结构上，清代说唱词话除了唱词与说白相间文本结构与明成化刊本说唱词话相同外，其中纯唱词文本结构较明成化刊本说唱词话多出四种文本结构形式：四句五五七五格、五句五五五五五格、五句七七七七七格、五句三三七七七格，五句三三七七七格唱词应是继承自唐五代宋部分变文。第五，唐五代宋词文、传文、部分变文题材范围包括历史人物故事、当代人物故事、佛教人物故事，明成化刊本说唱词话题材范围包括历史人物故事、包公类故事、行孝义故事，没有出现当代人物故事，清代说唱词话题材广泛，充分展现底层民众社会生活。从整体上来看，清代说唱词话与唐五代宋词文、传文、部分变文，元明说唱词话一脉相承，在继承中不断出现新变。

清代说唱词话存留至今的作品有成百上千种，唐五代宋词文、传文、部分变文以及元明说唱词话存留至今者，非常稀见，究其原因：唐五代宋时期，纸张并不充分，印刷术刚刚出现，书籍流传困难。有赖于敦煌文献的出现，我们才能看到唐五代宋词文、传文、部分变文。元明时期，若无明成化刊本说唱词话的出土，我们也不会知道何为明代说唱词话，因为明代文献史料中对说唱词话毫无记载。元代史料中出现了说唱词话，但无法找到实物相参照。此外，说唱词话诞生于社会底层，不受重视，时代越久远，流传越不易。清代距今较近，思想束缚相对前代较为松弛，如清代说唱词话中讲述本朝故事较多，而不是像元明那样通过历史故事来影射，加之印刷技术成熟、商品经济带来俗文化的发达、民众对这一文艺现象的接受与喜爱等因素，使得清代说唱词话的文本与表演均极为兴盛，至今流传不息。

第二节　清刻本、清石印本《乌盆记》与明成化刊本说唱词话的衔接关系

明成化《包待制断歪乌盆传》（以下简称明成化刊本《乌盆传》）是《明成化说唱词话丛刊》中包公故事八种之一。清代有湖北汉口镇永宁巷老岸信宝刊行的《包丞相乌盆记》（又名《新刻审断张别古》，以下简称清刻本《乌盆记》），封面17.5×11.5厘米，板框17×10厘米，半页11行，行28字。正文唱白相间，“说”字前有“○”符号，唱词均为七字句。清代光绪年间上海元昌印书馆出版有石印本《包丞相断乌盆记》（以下简称清石印本《乌盆记》）等。

一、明成化刊本《乌盆传》与清刻本、清石印本《乌盆记》版本比较

兹以明成化刊本《乌盆传》与清代同类型作品展开多方面比较：

表4-1　明成化刊本《乌盆传》与清刻本、清石印本《乌盆记》开篇比较

书名	明成化刊本《乌盆传》	清刻本《乌盆记》	清石印本《乌盆记》
开篇	自从盘古分天地，几朝天子几朝臣。几朝君王多有道，几朝无道帝王君。太祖太宗真宗帝，四帝仁宗有道君。四十二年真命主，佛补（辅）天差治万民。王有道时臣有德，至今朝内出贤人。文官只说包丞相，武官只说狄将军。皇王清正贤人助，边尘（庭）无事绝烟尘。外国小邦来进奉，八方无事尽安宁。……不说龙图多清正，回文且唱一人身。听唱福州城一座，西门三十里白羊村。有一豪家杨百万，家中富贵有金银	话说十三省仁宗，四十二年度方春。自古后浪推前浪，一代新人换旧人。文官好个包丞相，武官好个杨太平。说起宋朝赵天子，汴梁城内治乾坤。朝中文共武听唱，福州府内管万民。四十二年真明主，佛辅天差有道君。白羊村有一财主，西门城里人（任）总兵。……取名叫做阳宗富，他名叫做白羊村	盘古初将天地分，几朝天子几朝臣。几朝君王多有道，几朝无道帝王君。说起宋朝赵太祖，汴梁城内治乾坤。太祖太宗真宗主，四帝仁宗管万民。四十二年真命主，佛辅天差有道君。文官好个包丞相，武官好个狄将军。主圣臣贤天下乐，八方无事罢烟尘。不说朝中军国事，再言福建福州城。福州府内济宁县，西门市里白羊村。有一长者杨伯彦，家中富贵有金银
篇末	善有善报终须报，恶有恶报祸来侵。莫道虚空无神道，霹雳雷声何处明（鸣）。编成一本《乌盆传》，流传与后世人闻	朝天谢了包丞相，赡养张公在家中。王氏守制多贞节，抚养孩儿得美名。编成一本《乌盆记》，万古流传到于今	妻儿守志多贞节，抚养孩儿得显名。留成一本《乌盆记》，千古人间作话文

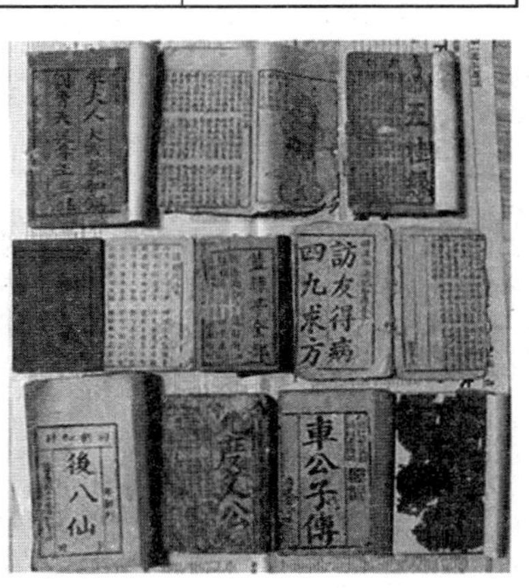

图4-1　部分清代木刻本说唱词话

明成化刊本《乌盆传》与清刻本、清石印本《乌盆记》卷首开篇文字大致相同，清刻本、清石印本《乌盆记》中均有一句“佛辅天差有道君”，在朱一玄校点的《明成化刊本说唱词话丛刊》中，也把“佛补天差有道君”中的“补”修正为“辅”。由此我们可以推断：一是清刻本、清石印本所依据的原本，或是一种比明成化刊本更早的《乌盆传》版本，原本

是“辅”字，明成化刊本《乌盆传》在刊刻过程中将“辅”讹改为“補”；二是清刻本、清石印本的原本就是明成化刊本《乌盆传》，只不过在翻刻、翻印的过程中，将“補”改为了“辅”字，无论哪种情况，清刻本、清石印本《乌盆记》所据原本均与明成化刊本《乌盆传》有着紧密的传承关系。

清石印本《乌盆记》与明成化刊本《乌盆传》出场人物杨伯彦、杨百万均自称“家中富贵有金银”。结尾处明成化刊本《乌盆传》“编成一本《乌盆传》，流传与后世人闻”与清刻本《乌盆记》“编成一本《乌盆记》，万古流传到于今”也基本相似，这些也都说明三者之间存在前后相承关系。

表4-2　明成化刊本《乌盆传》与清刻本《乌盆记》正文标示比较

明成化刊本《乌盆传》	清刻本《乌盆记》
（说）这百万儿子要去求官，百万夫妻二人留他不住，不觉两泪□流。百万便道：“儿子，我今留你不住，恁是去往东京。”……（唱）听说宗富来上路，辞别双亲便进程。妻子送出门前去，叮咛吩咐丈夫身。得官早早回家内，莫做贪官恋职人	学生不是经商客，去往东京赴选人。〇说赵大兄弟二人笑道：“元是贵人，失敬，我们不是歹人。” 宗富言说承后爱，明早相谢好行呈（程）。〇说宗富走进房打开铺呈，取出潮州绢一疋。 赵大说希要他一疋绢，我杀二人，他行李都是我的，岂不好。　　　　老母听得赵大话，我儿不必起歹心。饿山不肥黄瘦马，混财不付命穷人

明成化刊本《乌盆记》凡唱词前有（唱）标示，凡说白前有（说）标示。唱词和说白衔接之间一般不刻意另起一行。清刻本《乌盆记》凡唱词和说白衔接，若前是唱词后是说白的话，就出现一个“〇”将唱词与说白分开，且在“〇”后紧接一个“说”字，这个“说”字和后面的内容紧密相连。若前是说白后是唱词的话，就在说白与唱词之间空四格，以使得说白和唱词互相分开又紧密联系。清刻本《乌盆记》这种标示形式更接近于明成化刊本说唱词话，“因七言唱词很容易被读者或说唱艺人看出，故没有必要明显标示出‘唱’字，而说白因是紧接唱词而非另起一行，为了凸显唱与说的分界，故在说白前加‘说’字”①。尽管是清

① 李雪梅、李豫：《新发现元刻本〈包公出身除妖传〉说唱词话考论》，《民族文学研究》，2013 年第 6 期，第 153 页。

刻本，但从其正文刻印形式和显著标示中，仍然能够看到明成化刊本说唱词话刻印原型的遗留痕迹。

二、清刻本《乌盆记》对明成化刊本《乌盆传》的继承

清刻本《乌盆记》继承了明成化刊本《乌盆传》的文本结构，并对其故事内容进行了改动处理，情节设置更为合理丰富。

表4–3　明成化刊本《乌盆传》与清刻本《乌盆记》情节比较

<table>
<tr><th colspan="2">书名</th><th>明成化刊本《乌盆传》</th><th>清刻本《乌盆记》</th></tr>
<tr><td rowspan="8">人物</td><td rowspan="3">主人公</td><td>杨宗富</td><td>阳宗富</td></tr>
<tr><td>福州白羊村财主公子</td><td>福州白羊村财主公子</td></tr>
<tr><td>赶考</td><td>赶考</td></tr>
<tr><td rowspan="2">申冤人</td><td>潘成</td><td>张别古</td></tr>
<tr><td>衙役</td><td>卖柴</td></tr>
<tr><td>凶手</td><td>耿大、耿二</td><td>赵大、赵二</td></tr>
<tr><td>包公</td><td>包知府、待制、包龙图、包相</td><td>包公</td></tr>
<tr><td>其他</td><td>父母、妻儿、耿老夫妇</td><td>父母、妻儿、阳春、阳伯寿、赵母</td></tr>
<tr><td rowspan="7">冤案</td><td>时间</td><td>仁宗年间</td><td>仁宗年间</td></tr>
<tr><td rowspan="2">地点</td><td>亳州白毛庄</td><td>亳州高新镇赵家庄</td></tr>
<tr><td colspan="2">行至荒凉处，夜间投宿在人家</td></tr>
<tr><td>原因</td><td colspan="2">谋财害命，杀人灭口，投尸于窑</td></tr>
<tr><td>发展</td><td colspan="2">冤魂化作乌盆，夜间向持盆者诉告求申冤。申冤过程中，一进府衙无衣服不现身；二进府衙阴阳两隔被门神阻拦；三进府衙得以申冤</td></tr>
<tr><td>高潮</td><td colspan="2">包公智断冤案</td></tr>
<tr><td>结局</td><td colspan="2">善恶终有报，恶人被惩，替亡魂申冤者得福</td></tr>
</table>

表4–4 明成化刊本《乌盆传》与清刻本《乌盆记》主人公人物形象比较

书名	明成化刊本《乌盆传》	清刻本《乌盆记》
身份	书生，上京赶考	
家庭	福州白羊村，父母俱在，父为财主，娶妻王氏，育有一子一女	
素养	自幼习得诗书礼仪	
家人态度	劝阻远行求功名	赞同
随从	独自前往	主仆二人
预言	未有预言	途中求签，一语成谶
婆婆/店家	婆婆好心相告，逃离途中遇恶徒，被强劝在恶人家留宿	
遇事态度	后悔离家，小心周旋。 猜测贼人为婆婆两恶子，就说自己只管往前不走回头路，被问及笼子说无，仅为笔纸。 酒饭间说事后送耿家一匹绢，心想着舍小保大。 不敢沉睡，用绳索把笼儿和自己绑住	逆来顺受。 遇到赵家兄弟时心惊颤，许下平安到京谢神灵。 断定所遇贼人确为婆婆两恶子，头上丢了三缕魂。 酒后给婆婆潮州绢一匹，付得婆婆酒饭钱。 被赶上后伏乞求饶命，愿舍全部财物
事后	亡魂念及父母妻儿，百般交代	亡魂感谢婆婆，安顿妻儿

表4–5 明成化刊本《乌盆传》与清刻本《乌盆记》恶人人物形象比较

书名	明成化刊本《乌盆传》	清刻本《乌盆记》
姓名	耿一、耿二	赵大、赵二
形象	妆得身形能恶相	两个鬼头似恶神，手中拿戟和棒，腰刀弓箭随身带
害人前	看见书生笼子沉甸甸，起歹心，将书生带回家酒饭招待	将宗富主仆带回家安排酒饭，婆婆劝说不听反骂
害人后	将尸首投入瓦窑中，做成瓦盆卖；截得金银并衣物	
	剥了身上衣服	卖了白马
案发时	被设计，穿戴整齐见包公	家中念寿经

续表

书名	明成化刊本《乌盆传》	清刻本《乌盆记》
案中	人证物证俱在，多次审问严刑拷打不认罪，被包公用计识破	一口咬定冤枉，被用刑
案后	长休饭后被斩	判后冬至被斩

表4–6　明成化刊本《乌盆传》与清刻本《乌盆记》两婆婆形象比较

书名	明成化刊本《乌盆传》	清刻本《乌盆记》
形象	发白如丝，手捻数珠，口中念佛	挂佛珠口念佛经
前期	让宗富快赶路，不能停留	让宗富二人快快走
中期	见宗富返回，心里喟叹；知道宗富被害，流泪念佛	见宗富返回，心知不妙；接了宗富的绢后觉得一顿酒饭不值得收钱；以情理劝说儿子不要有歹心；趁儿睡着放二人从后门逃走；主仆被杀不知情
后期	日日念经	可怜别古年老，将乌盆送他

从上面一系列归纳对比中，我们可以清晰地看出明成化刊本《乌盆传》和清刻本《乌盆记》两者之间的继承关系。在继承中有变化，但也有一项稳定的叙事要素：主人公家有巨资，无须为生计奔忙，辞亲远行只为科考，以求光宗耀祖。这一愿望，封建时代底层民众念兹在兹。可见书生苦读求官，是封建制度下民间说唱词话故事中永恒的主题，如清代湖北地区也流传有说唱词话《木匠状元》（又名《红萝卜顶》）：

两个穷人好朋友陈朝善和黄大富，陈得一子陈福宝，黄大富有三个女儿，他允诺将最漂亮的三女长大后许配给陈福宝。陈朝善早早病故，家中没有经济来源，陈福宝不再读书，去当了木匠，他长大后，母亲托人去黄家提亲，黄家想赖婚，便开了一张陈家无法办齐的礼单，结果陈家千方百计凑足了200吊钱，把黄家三女黄秀英娶了过来，黄大富一点嫁妆也没有给。回门时正好赶上黄大富五十大寿，大女婿是文秀才李文，二女婿是武秀才曾定帮，都带了厚礼去祝寿。开席时，黄大富让两位女婿左右坐，却让三女婿去为他修理桌椅，三女儿下厨烧火，吃饭时两个姐夫还把红萝卜插在福宝的帽子上。回家后，黄秀英很是气愤，拿出母亲临走时送给自己的30两银子让福宝去拜师读书。福宝辞别母亲、妻子，一别10年没有回家，终于考中状元，衣锦还乡。官船要到家门口时，他吩咐停船，换上10年前走时的破衣上岸回家，让随从第二天中午上岸去接他。

福宝赶回家的第二天，正赶上岳父黄大富六十大寿，他同秀英空手给岳父拜寿，黄大富见福宝还是10年前那个寒酸样，更瞧不起他了。秀英一去就进厨房烧火，但福宝没有去修理桌椅，而是往太师椅上一坐。大家都发出冷笑，大女婿问福宝："这几年干啥手艺啊？"福宝答道："在礼、乐、射、御、书、数之中做手艺。"李文觉得他吹牛，就说："你还晓得之乎者也？咱们对对联好了，以'寿'字为对。"李文出上联："高寿长寿必得其寿。"福宝对曰："耆年百年假我数年。"二女婿曾定帮出上联："身为木匠何日能登龙虎榜？"福宝笑答："口吐圣贤此时足踏凤凰池！"岳父见两位女婿都给福宝对住了，便解围说："谁晓得他在哪个放牛场里学了几句鬼话，就到这里来卖弄。"第一道菜上来，福宝动手要吃，李文夺下筷子："木匠，先别忙，今天吃酒，每人先说一个字，字分开是两个字，两字同头同旁，前后两字要前音符后语。"李文说了个"朋"字，曾定帮说了个"出"字，福宝说了个"吕"字。三个人正在那里说字，只听得门外咚咚咚三声炮响，一队官人举着牌匾、旌旗、画杖，抬着抬盒走进院里，这些都是来接陈福宝的。这时秀英从厨房出来，三个为首的官员打开三架抬盒，拿出福宝的官服、秀英的凤冠霞帔、给黄大富的寿礼。福宝、秀英请出黄大富，给他拜寿。黄大富想起往事，羞愧满面，李文和曾定帮早已经吓得悄悄溜走了。①

在那个时代，连木匠都梦想着通过十年寒窗苦读来达到中状元的目的，这正是当时普通民众"一朝成贵人，四下皆来贺"的一种美好期盼。在这一梦想的实现过程中，丛林中占山为王、抢夺钱财的盗贼，懦弱的书生，愚昧慈悲的婆婆逐一登场，使得故事在悬念中不断被推进，令读者或听者都希望得到一种悬念被揭

① 中国民间文艺研究会湖北分会编：《湖北民间叙事长诗唱本总目提要》，武汉：中国民间文艺研究会湖北分会，内部印刷，1986年，第60—66页。

开后能符合他们愿望的结局。这种结局大多都由清廉、智慧、聪明、不惧恶权势力的官吏来实现。包公这一形象，自宋朝以来，就一直受到普通民众的强烈认同，成为民众心中正义的神。现实生活中缺少的公平与正义，如果能在说唱故事中实现，也是对百姓苦难的一种抚慰。包公故事在明代说唱词话中占有近一半的分量，正可见其在受众中的极高地位。

三、明成化刊本说唱词话在清代的文本传递

说唱词话这种曲艺曲种形式到了清代不但没有消失，反而传播得更加广泛。随着印刷形式的变化，传播手段也发生了一些变化，除了抄本、刻本外，还出现了大量的石印本、铅印本。明成化刊本说唱词话的同类型、同内容作品，到清代以后具体发生了哪些变化，具体举例分析如下：

表4-7　明成化刊本说唱词话同类型、同内容作品在清代的传承

明成化刊本说唱词话名称	传承至清代名称	类别	变化原因
《包待制断歪乌盆传》	《包丞相断乌盆记》，清湖北汉口镇永宁巷老岸信宝刻本；《包丞相断乌盆全传》，清上海刘德记书局石印本、清上海元昌印书馆石印本	木刻本、石印本	主体情节相同，但主要、次要人物，细小情节、语言文字有略微变化。 主要原因：口传、传抄、刊行等流传过程中发生变动，加之时代更迭，流传方式不同等原因，使流传下来的版本与明成化刊本之间产生了略微变化
《包龙图断曹国舅传》	《荷包记》，清上海燮记书庄石印本	石印本	同上
《薛仁贵跨海征辽故事》	《薛仁贵跨海征东全传》，清上海大成书局石印本	石印本	同上

续表

明成化刊本说唱词话名称	传承至清代名称	类别	变化原因
《包待制出身传》	《包丞相出身全传》，清上海槐荫山房石印本；《包公出身龙图公案》，清四川万邑三元堂木刻本；《除妖传》，清宜宾叙州学院街木刻本；《包公出身》，清同治十二年（1873）绥定府罗万顺堂刻本	木刻本、石印本	同上
未见	《包公断案伍盈春》，清上海槐荫山房荣记书庄石印本	石印本	疑明代曾刊行有同类型、同内容说唱词话，《明成化说唱词话丛刊》只是出土的一小部分，由于印刷数量极少及其他原因，这一说唱词话，明刊本未流传下来
未见	《张四姐大闹东京》（包公断案故事），清上海椿荫书庄石印本；《说唱摆花张四姐出身》（又名《摇钱树》），清浙江文林堂、宝林堂、培文阁、集义堂刻本	刻本、石印本	同上
未见	《包公案陈世美不认前妻》，清上海槐荫山房荣记书庄石印本	石印本	同上
《莺哥行孝义传》	《白莺哥行孝全传》，清云南腾冲手抄本	刻本、手抄本	主体情节相同，但主要、次要人物，细小情节，语言文字有一些略微变化。 主要原因：口传、传抄、刊行等流传过程中发生变动，加之时代更迭，流传方式不同等原因，使流传下来的版本与明成化刻本之间产生了略微变化

续表

明成化刊本说唱词话名称	传承至清代名称	类别	变化原因
《开宗义富贵孝义传》	《新录富贵图全部》，清光绪四年（1878）刻本、清末手抄本	刻本、手抄本	同上

从明成化刊本《乌盆传》和清刻本、清石印本《乌盆记》的比较中，我们发现三者之间存在紧密的传承关系，表4–7中除出现明成化刊本说唱词话的六种清代传承作品外，还有三种包公类说唱词话是目前存有清刻本、清石印本，但未见明刊本。笔者认为，它们极有可能是明代或更早遗留下来的元明刻本的清代传承本，但没有像明成化刊本说唱词话那样幸运地在墓葬中被发现，而是在流传过程中消失了，只留下我们今天所能看到的清刻本、石印本或手抄本，表中“未见”仅仅列出了三种，但在未发现文献中应还有很多。

从明成化刊本《乌盆传》和清刻本、清石印本《乌盆记》正文形式的比较来看，三者都是由韵文唱词和散文白话组成，且韵文唱词均采用严格的七字句形式。既然明成化刊本《乌盆传》能称为明成化说唱词话，那么明成化刊本的清代传承本——清刻本、清石印本《乌盆记》，也可以称为说唱词话或清代说唱词话。

第三节　清代说唱词话的来源与内容

清代说唱词话的来源，主要有三大途径：

第一，书商、书铺、书局将传留下来现成的元明说唱词话刻本进行翻刻、翻印后进行销售，或个人进行翻抄。大多数刻本、石印本、抄本都在原始文本基础上进行了文字、情节的改动，改编者应是书商聘请的中下层知识分子。至于翻抄本，也与原始文本不一样，这可能与传抄过程中，所依据传抄的文本已经是改编本有关。

第二，中下层知识分子、说唱艺人将前朝历史事件、民间地方流传的传说和神话等编撰为韵语唱词故事（或夹杂有说白），通过手抄传阅吟唱，或书坊、书局的刻印售卖等手段进行传播。

第三，中下层知识分子、说唱艺人将清代社会事件作为当朝“新文”讲唱或阅读，这些“新文”也大量被书坊、书局刻印成小册子进行商业化售卖传播，被说唱艺人与受众传阅抄录、说唱传播，而这类说唱词话也成为变相记录当时社会事件的文化载体。

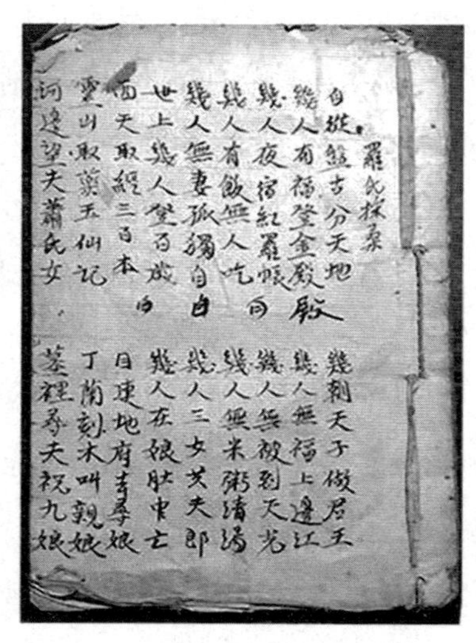
羅氏採桑
自從盤古分天地
幾人有福登金殿
幾人夜宿紅羅帳
幾人有飯無人吃
幾人無妻孤獨自
世上幾人登百歲
西天取經三百本
雪山取藥王仙記
河邊望夫蕭氏女
殿 同 自 内
幾刻天子做君王
幾人無福上邊江
幾人無被到天光
幾人無米粥清湯
幾人三女共夫郎
幾人在娘肚中亡
目連地府尋孝娘
丁蘭刻木叫親娘
墓裡尋夫祝九娘

图4-2　清江苏唱书抄本《罗氏采桑》

据目前可见的资料，无论是唐五代宋词文、传文、部分变文，还是元明说唱词话的内容，往往是以人物故事为中心，唐宋词文、传文、部分变文有《捉季布传文》《王昭君传文》《董永传文》等；元代说唱词话有包公系列（《包公犁田》《包公出身》《宋仁宗不认母》《章文选》《陈州放粮》）、孟姜女系列（《孟姜女》）、薛仁贵系列（《薛仁贵征东》）、刘文龙系列（《刘文龙》）、花关索系列（《花关索》）等；明代成化刊本说唱词话有包公系列（《包待制出身传》《包待制陈州粜米记》《仁宗认母传》《包待制断歪乌盆传》《包龙图断曹国舅传》《张文贵传》《包龙图断白虎精传》《师官受妻刘都赛上元十五夜看灯传》）、薛仁贵系列（《薛仁贵跨海征辽故事》）、其他人物系列《石郎驸马传》《莺哥行孝义传》《开宗义孝义传》等。

清代说唱词话的内容则相对比较复杂，具体如下：

表4–8 清代说唱词话内容系列例表①

系列	作品
唐宋系列	《马嵬驿》、《张四姐下凡》（又名《摇钱树》）、《新刻秦香莲》、《陈世美不认前妻》、《三下南唐》、《高翠屏四下南唐》、《吕蒙正困寒窑》（又名《新刻吕蒙正困寒窑宫花报喜大团圆全本》）、《元龙太子》
罗成系列	《罗成全本》《罗通报仇》《罗成显魂》
杨家将系列	《十二寡妇征西》《杨排风扫北大祭祖》
薛仁贵系列	《薛仁贵三次投军》《薛丁山征西全传》《三请樊梨花》《薛仁贵征东全传》
包公系列	《包公出身龙图公案》《除妖传》《包丞相出身》《包断刘金狗传》《包丞相断乌盆记》《五鼠闹东京》《八宝山》《包公奇案》《钓金龟双钉记》《荷包记》《包丞相斩曹国舅》《双包记》《鲤鱼记》《包公断案伍盈春》《钉耙记》
行孝系列	《目连寻母》《戏孝琵琶》《鹦哥记》《姜安安送米三孝记》《张孝打凤凰记》《大孝记》《董永行孝》《二十四孝》《目连救母报孝记》《郭三娘割股》
梁祝系列	《柳荫记》《祝英台》《后梁山伯还魂团圆记》《祝英台逍遥歌》
先秦两汉系列	《专诸刺僚王》、《黄金印》（苏秦故事）、《刘文龙升仙传》《孟姜女》、《西汉传》、《东汉传》
本朝彭玉麟私访系列	《彭宫保私访江南省》《彭宫保私访南京》《彭宫保私访九龙山》《彭宫保私访江西莲花厅》《彭宫保私访广东》《彭宫保私访万花楼》《彭宫保私访湖北》
本朝其他私访系列	《马清官私访华容》、《魏大人私访海州记》、《乾隆下关西私访陈监生》、《吴大人私访九人头》、《陶大人私访安徽》、《赵大人私访长沙》、《刘贵成私访》、《道光私访青龙传》、《小清官乌江渡私访》、《关东私访同三虎困龙记》、《月明楼》、《蓝丝带》、《乾隆皇帝游南京》、《乾隆皇帝游苏州》、《九人头》（又名《桂姐修书》）、《大清官传》、《喻抚院清官传》、《龙官保丝带记》
传统民间故事改编系列	《白蛇传》《白兔记》《赵五娘》《西厢记》《琵琶记》《斩窦娥》
本朝农民起义系列	《西乡反》《钟九闹漕》《向大人征贼蛮》《长发贼破南京》《田思群起义歌》《太平王反南京》

① 于红：《清代南方唱书研究》，山西大学博士论文，2016年，第124—126页。

续表

本朝婚姻爱情系列	《庵堂相会》《风筝记》《掉银记》《仙鹤缘》《李观保与秀英》《双合莲》
本朝其他（佛道人物故事、社会生活伦理道德故事）系列	《卖瓜记》、《谭香女哭瓜》、《茶碗记》、《翠花记》、《陆丁香》、《金镯记》、《僧鞋记》、《还魂记》、《八美图》、《四美图》、《报恩记》、《卖油郎》、《五桂缘》、《大水记》、《盘歌记》、《三元记》、《金铃记》、《龙袍记》、《纱灯记》、《分裙记》、《五美图》、《绣针记》、《雪山记》、《七层楼》、《八仙图》、《后八仙图》、《西京记》、《蟒蛇记》、《金钗记》、《天仙记》、《白绫记》、《红莲保》、《张郎休妻郭丁香》、《白扇记》、《吴汉三杀妻》、《桃花配》、《马潜龙走国》、《四下河南》（又名《滴水珠》）、《二度梅》、《下柳州》、《陈白笔》、《血染衣》、《洗衣记》、《王文正显魂》、《烈女传》、《张三姐》、《定国珠》、《红灯记》、《双上坟》、《三美图》、《刘文龙求官全本》（又名《刘文龙求官升仙传》）、《卖锅记》、《香山全传》、《白玉印》、《手巾记》、《清玉配》、《冯边月》、《南瓜记》、《白玉圈》、《花灯记》、《朱砂记》、《灯笼记》、《投梭记》、《牙牌记》、《瓦盆记》、《刘成美全传》、《李逢春双状元》、《何文秀申冤全传》、《阮淮川》、《吴燕花》、《郭华卖胭脂》、《金花记》、《洪江渡》、《双合印》、《双花记》、《合同记》、《柳秉元十三款》、《茶客珠宝案》、《刘全进瓜》、《周瑜取西川》、《唐伯虎》、《焚楼记》、《刘子英打虎义侠传》、《银河阵》、《骂灯记》、《陆英姐》、《王文龙余桂英攀弓带》、《破镜重圆记》、《花仙果彩球记》、《牙痕记》、《玉堂春》、《清官图》、《卖花记》、《三姑记》、《草鞋记》、《香山记》、《王天宝要饭》、《柳孝文》、《张念海》、《罗帕记》、《茶碗记》等

姚逸之的《湖北唱本提要》，则根据内容对所收录的清代说唱词话进行了大致分类：

表4-9　《湖北唱本提要》存清代说唱词话内容分类

恋爱类	这一类主要包括男女爱情类故事。中国封建社会男女授受不亲，但备受束缚的青年男女私通、私奔、私订婚约的故事屡见不鲜，唱本中对此多有演绎，在某种程度上抨击了传统婚姻制度的弊端，歌颂青年男女的自由爱情
嫌贫爱富类	这一类故事主要与婚姻有关。封建时期的婚姻往往以家产为标准，若富有家庭突遭变故，另一方往往会悔婚或借口推迟婚姻，这种嫌贫爱富现象在唱本中被创作者积极抵制并予以抨击
家庭类	中国封建社会大家庭往往聚族而居不分家，各种矛盾时有发生。如遗产分配问题，往往引发内部成员斗争；另如婆媳问题、兄弟妯娌间问题、妻妾问题等，这些都是唱本创作者予以关注的对象

续表

强权类	封建社会弱肉强食，乡间官僚、地主豪强、有功名的巨族等形成权贵阶层，统治乡村、霸占他人田产妻女、鱼肉乡民，唱本中强力抨击了这些现象
贪污类	封建时期司法腐败，官员掌握着绝对权力，唱本中大量出现皇帝或清官私访以及包公类故事，是现实中民众渴盼公平正义的反映

通过目前我们能够收集到的清代说唱词话文本，以及姚逸之为90余种清代说唱词话文本撰写的提要与分类，可以大致勾勒出清代说唱词话的内容简貌。可以说，清代说唱词话是一系列记录清代南方中下层民众社会生活的长篇叙事诗，它们充分展示出民众的心理活动、婚姻状况、社会经历、家庭矛盾，是折射那个时代民众思想的万花筒。通过清代说唱词话这个窗口，我们看到了清代普通民众社会生活的原貌，这批说唱资料能够流传至今，十分可贵。

图4–3　油印本唱书《周瑜取西川》二段

其实，唐五代宋时期，有许多词文、传文、部分变文的文本留存，但我们除了见到反映唐代当时边疆战事的张议潮故事外，其余皆是反映前朝故事、民间传说故事的作品。元明时期，我们在现存资料中仍然难以找到反映当时现实内容的说唱词话，究其原因，或可有三：

首先，文本在传递中流失，唐代出现反映西汉历史的《捉季布传文》，反映西汉和亲历史的《王昭君变文》，反映先秦人物的《伍子胥变文》《李陵变文》《汉将王陵变》，反映孝亲思想和佛教思想的《目连救母变文》，反映唐代边疆战事的《张议潮变文》等，我们现今所见到的这些作品应是当时或后世刊行、抄写出的很少一部分，大部分说唱词话作品已在历史长河中逐渐散佚。

其次，环境迫使其流失。前述传递中流失的原因还应有一个历史环境、创作环境、刻印手抄环境条件的补充：宋代是雕版印刷逐渐普及的朝代，而唐五代时期，纸张的生产和使用相对少，雕版印刷的主要刊刻对象还不是这些民间说唱词话，而是宗教读物或官方重视并投入大量人力财力的正统思想著作，说唱词话这种备受普通老百姓和中下层知识分子欢迎的俗文学作品，只能依靠手抄（与敦煌文献中这类作品用手抄进行传递一样），手抄的份数应很少。尽管当时流传的说唱词话作品种类繁多，但由于传抄数量少、渠道窄，很快就消失在历史长河中，这里也包括说唱艺人当时口传的许多作品。这些作品如果不是被保存在敦煌藏经洞内，现在我们不可能知道唐宋时期竟然有这么多传文（说唱词话）存在。元代史料中曾提到说唱词话文本与说唱表演方式，但至今没有找到原始实据。同样，如果不是明成化刊本说唱词话从墓葬中出土，我们也不可能知道明代有这么多传文（说唱词话）存在。

最后，与清代相比，唐宋元明距离我们更为遥远，以明末1644年算起，也有近500年的历史，因此使得我们今天查找唐宋元明时期的说唱词话困难重重。

现阶段，我们收藏并整理出的清代说唱词话有500余种、附录著录300余种，总数近千种。为什么我们今天能看到的清代说唱词话文本或欣赏到的表演活动比前代要丰富呢?

笔者认为，首先，清代距离我们很近，毕竟距今才100多年，收集清代说唱词话文本并调查其表演形式相对容易。

其次，清代说唱词话印刷品数量较多，且晚清时期石印术和铅印术从西方引进后，刻版排版等印刷技术相对便捷，成本相对低廉，售价相对便宜，书坊、书局在销售推广方面用力颇深，传播广泛。同时，市民阶层和中下层文化群体扩大，也促使此类印刷品的销售范围扩大，不仅在城市售卖，也销售到了广阔的农村，甚至还有远销海外的情况。在这样的大前提下，即使在时代的消逝中会散佚很大一部分，但还是有许多清代说唱词话作品流传到了今天。

最后，清代曲艺环境条件改善，清代是中国曲艺、曲种传播最为繁盛的朝代，说唱词话的表演形式又非常简单，任何人只要识字就能念唱，沿长江流域的省份都有说唱词话的表演和听读活动。表演者拿着文本念唱，无论是在白天黑夜、城市乡村，只要是有闲暇就能进行，尤其是在年节期间更为兴盛。其他戏曲、曲艺都需要金钱、人员、环境等一定的条件，而说唱词话表演条件相对简单，听的人也多为普通民众。以上种种优势，使得说唱词话在南方传播开来，直至今日，云南许多地方的说唱词话表演已成为当地的非物质文化遗产。

民国以来，部分学者注意到了俗文学的收集保存整理和应用研究，但清末以来成立的各家图书馆对俗文学资料的收集均不屑一顾，很少重视。20世纪80年代以来，虽然将俗文学中宝卷、弹词、鼓词、潮州歌册、广东木鱼书、子弟书等文本的收集整理与应用研究提到了许多高校的学术日程中，并获得了可喜成就，但就清代说唱词话文本收集这一领域来看，学术界对其认可度不高，重视不够。笔者相信，随着研究的深入，学术界对清代说唱词话和中国说唱词话概念的认识也会逐步提升。

第四节　清代说唱词话正文韵文体式的标准与异变

姚逸之在《湖南唱本提要》中将收集到的91种唱本，从形式上分为五类，即弹词、鼓词、评话、山歌、剧本。笔者认为，这五类均属于我们所说的清代说唱词话范畴，这五类与真正的弹词、鼓词、平话、山歌、剧本概念有着很大区别，之所以如此划分，是因为当时的

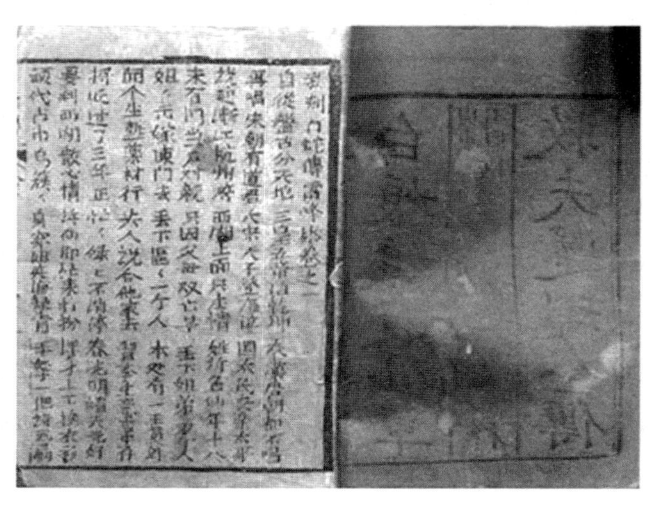

图4–4　清代唱书《白蛇传雷峰塔》卷首

学者对这些出现在南方的、带有韵文唱词的形式究竟叫什么，没有一个清晰的认识，研究唱本的专家顾颉刚，不仅认可了姚逸之的分类，而且也把这些文本种类统称为唱本。

姚逸之给出的弹词概念是："书中全系韵语，无说白，七字一句，一韵到底。"我们在第一章提到的唐五代宋词文，如《捉季布传文》，除了卷首第一句"大汉三年楚将季布骂阵汉王羞耻群臣拔马收军词文"为说白外，其余640句全部是韵语，无说白，严格的七字一句，隔句押韵，320韵，一韵到底，使用的是真欣部韵；在前文提到的明成化刊本说唱词话，如《包龙图断白虎精传》，无说白，878句全部是韵语，均是纯七字句，隔句押韵，439韵，一韵到底，使用的是真欣部韵。我们现在所认可的弹词，虽是以七字句为主，但有时会出现多字句、少字句。再者，弹词开篇第一句绝对不会是"自从盘古分天地""不唱天来不唱地"这类句子。弹词演唱较为简便，可供妇女在家庭中观赏，以此打发无聊漫长的时光。其文本是一种韵文体长篇小说，其创作对象主要针对闺中人和市民阶层，"闺阁名媛，俱堪寓目；市廛贾客，亦可留情"[①]。弹词作者以女性居多，像《再生缘》《天雨花》等作者皆为女性。故弹词的创作者、阅读者、聆听者，一般都是由中上层妇女组成的群体，它并不是以普通民众作为受众的曲艺活动。

清代说唱词话开篇第一句往往是"自从盘古分天地""不唱天来不唱地"等，明成化刊本说唱词话的第一句也是如此。所以说姚逸之分类中的弹词，应是清代说唱词话中的一种标准句式，即全篇七字句，没有白话，一韵到底，且是非常严格的七字句，不多一字也不少一字。我们再看《湖南唱本提要》中归类为弹词的《朱砂印》（中湘九总黄三元刻本）、《珍珠塔》（长沙明经堂刻本）、《吴大人私访九人头》（长沙小西门外左三元刻本）、《九美图》（长沙小西门外左三元刻本）、《七美图》（长沙西牌楼彭焕文刻本）等，都属于说唱词话。当然弹词本子中也有《珍珠塔》等，但两者唱词语言风格截然不同。说唱词话是底层民众所听的粗放型通俗故事，并非弹词中那些中上层女性所听的高雅故事。弹词《珍珠塔》在南

① （清）陈端生：《再生缘》，长沙：湖南文艺出版社，1986年，第2页。

方民间流传甚广，而贵州遵义流行的唱书《珍珠塔》正文由七字句唱词与说白组成，二者风格迥异：

自从盘古分天地，三皇五帝到而今。女娲炼石天补顶，伏羲才把八卦分。神农尝药百草尊，治下五谷把种存。轩辕治衣人不冷，禹王疏通九河存。尧王尼山贤访定，舜王又把四季分。一年四季有热冷，农夫按节把田耕。

……

世间之事表不尽，再表河南一段文。河南有个方员外，他是朝中一品臣。员外朝中为丞相，妻是诰命老夫人。夫妻二人多和顺，生下一子在家庭。取名方青人一个，天上星宿下凡尘。此子生得非凡品，不由二老喜欢心。①

姚逸之给出的鼓词概念是："都是韵语，每句七字，换韵。"这和他所说的弹词概念是一样的，区别不过是鼓词换韵，弹词不换韵。《湖南唱本提要》举出的换韵鼓词例子是《薛仁贵征东记》（中湘杨文星堂刻本）、《谭五姐》（长沙同文堂刻本）等，但鼓词并不都换韵，它属于北方曲艺曲种，南方地区流行较少，只有温州鼓词还比较早，其他地区多是解放后才慢慢出现的，且同样是《薛仁贵征东记》，南方出版的唱本与北方出版的唱本在语言句式风格上截然不同，正宗的北方鼓词不管换韵不换韵，以七字句为主，且大量出现多字句、少字句，这在说唱词话中绝不会出现。北方鼓词出现的十字句往往是三四三格，不是说唱词话的三三四格，所以姚逸之分类中的鼓词也是清代说唱词话的一种标准句式。

如姚逸之提及的《薛仁贵征东记》唱词开篇：

不唱天来不唱地，且唱一本征东记。跨海平辽去征东，唐朝将帅逞英雄。高祖接得隋朝位，四海茫茫呼万岁。南征北剿得清平，群星列宿

① 佚名：《珍珠塔》，贵州遵义，油印本，1980 年，第 1 页。

付朝廷。高祖传位太宗帝，紫薇星君临凡帝。护国君师徐茂公，神机妙算在心中。武府兴兵秦叔宝，东荡西除南北剿。程咬金来尉迟恭，将星云集保朝廷。①

从这段唱词中可以看到，姚逸之所说“每句七字，换韵”不误，应指的是说唱词话的标准形式。

再看北方鼓词的标准形式，如《征东传鼓儿词》：

薛仁贵来到阵前把话曰，兄弟退下一傍歇。为兄来取番狗命，叫他去见阎王爷。众弟兄八人心欢在，忘了仁贵身有病。退下江场暗自频嗟，马到疆场身歪邪。仁贵勉强来扎挣，怒目扬眉把话曰。②

这里的“薛仁贵/来到阵前/把话曰”十字句是三四三格，不是说唱词话的“薛仁贵/来阵前/要把话曰”的三三四格。这里也出现了多于七字句的唱词“众弟兄八人心欢在”等。

又如《馒头庵鼓词》：

诗曰：姑妄言之姑听之，荒村爱听鬼唱歌。若复能明古风意，小说从此无用伊。

话说这首诗，前半乃汪（王）渔洋先生题聊斋著图书而作，后半一无名氏，信笔挥成……表的是从前浙江杭州府，那时节有个富绅许仲贤。若论他本是盐枭洗的手，故所以浙江杭州所有钱。杭州人眼眶本来不甚大，因此上他便称尊如登仙。③

这里的“表的是/从前浙江/杭州府”十字句是三四三格，而非三三四格。

---

① 佚名：《薛仁贵征东记》，清光绪十五年（1889）中湘杨文星堂刻本，第 1 页。
② 佚名：《征东传鼓儿词》，清光绪四年（1878）盛京会文山房袖珍刻本，第 2 册第 3 页上。
③ 俪凤楼主编：《馒头庵鼓词》，民国十二年（1923）上海求石斋书局石印本，第 1 页。

以上是两个典型的北方鼓词，《征东传鼓儿词》没有换韵，一韵到底，全部唱词不是纯粹的七字句，出现了十字句，且十字句是三四三格，系典型的北方鼓词十字句句式。还出现了多于七字句的八字句。《馒头庵鼓词》出现的十字句，也是三四三格，这也系典型的北方鼓词十字句句式。虽然说唱词话中也出现了十字句，却是三三四格，如明成化刊本说唱词话《薛仁贵征辽故事》中出现的十字句：

> 将皇宣，传圣旨，抛锚落水；众总管，近前来，听我言论。东阵上，排军兵，人人似虎；摆戈甲，列士卒，个个如神。火或去，又怕他，辽军来赶；要交战，只怕他，损了三军。军旗下，大小兵，思乡故里；龙船上，唐帝主，也想西秦。门亭台，和八位，苍颊皓皓；众总管，一个个，鬓发如银。唐天子，正言愁，端详仔细；虎头船，龙尾棹，五百雄兵。有一人，年纪小，船头立看；头带着，烂银盔，项带红缨。系一条，狮蛮带，方天金戟；赛蛟龙，如大蟒，戏水波津。[①]

明清宝卷中出现的十字句，也是三三四格，这种格式的句子在不同的曲艺形式中唱腔不同（一种为严谨肃穆吟唱，一种为自由抒情自我发挥）。宝卷和说唱词话演唱时唱腔相近，而北方鼓词唱词中除了七字句、十字句外，大量出现少于七字的少字句或多于七字、十字的多字句。

姚逸之给出的评话概念是："书中杂有说白，系韵语，每句字数，有七字至十字的，换韵。"元代的平话或清代的北京评书、南方平话，其正文形式是散文说白，没有韵语，而北方鼓词中，有说白，有韵语，韵语字数有七字、十字，换韵，但韵语中出现少字句和多字句，不属于说唱词话句式。如明成化刊本说唱词话《薛仁贵跨海征辽故事》中，有说白，有韵语，换韵，且七字句、十字句皆有，都是纯粹的七字句、十字句，且十字句都是三三四格。南方弹词也同样杂有

---

① 朱一玄校点：《明成化说唱词话丛刊》，郑州：中州古籍出版社，1997年，第97页。

说白、韵语，每句七字，或多于七字，但没有纯粹的十字句句式（无论三四三格，还是三三四格），《湖南唱本提要》中所举的评话例子如《双银配》（又名《八仙图》（长沙左三元）、《后八仙图》（长沙左三元）、《手巾记》（长沙黄又森）、《四美图》（长沙小西门周庆林堂）、《三美图》（长沙左三元）、《三元记》（长沙左三元）等正是同此，所以姚逸之分类中的评话概念，也应是清代说唱词话中的一种标准句式。

如《八仙图》：

自从盘古分天地，三皇五帝人烟稀。神农皇帝治天下，轩辕又治黎民衣。唐尧舜虞号二帝，风调雨顺乐雍熙。……①

……话说员外听得，叫声："相公，目前贼势猖狂，你本是一介寒儒，怎经得千里跋涉，若不嫌寒舍鄙俗，姑住数月得等风平浪息，再转故乡不迟。"韩文玉说道："老伯，我和你陌路相逢，不敢操扰。"员外说道："你乃读书君子，岂不面望，人一言，天下一家，中国一人，又何分你我。"……②

……罗夫人说道："侄女有所不知，你三哥去在扬州，三叔收了千金聘礼，发来年庚，如今你是我的媳妇了。"小姐闻言，气倒在地。

闻言语，气得我，魂飞魄散；不由人，一阵阵，气破喉咽。三表兄，读诗书，胸成万卷；休得要，把此事，当做交换。上扬州，把你的，礼物追还；把庚帖，交还妹，休想姻缘。赵银棠，只气得，满身打战；卧牙床，四五日，茶水不沾。三公子，听得来，莫得主见；行至在，二堂上，珠泪连连。尊母亲，和嫂嫂，前心根劝；一家人，齐正正，来在床前。二夫人，先开口，说了一语；叫一声，贤侄女，细听端详。③

---

① 佚名：《八仙图》，清巴州十八梯森隆堂刻本，第 1 页上。
② 佚名：《八仙图》，清巴州十八梯森隆堂刻本，第 6 页上。
③ 佚名：《八仙图》，清巴州十八梯森隆堂刻本，第 31 页下、32 页上。

姚逸之给出的山歌概念是："有套数，每套四句或五句，四句系五五七五格，五句有五字或七字两种，每套为一韵。"这种套数在江西兴国一带特别流行，称为长篇叙事诗山歌，是说唱词话韵文体式的一种变异，这种长篇叙事诗山歌讲故事少则五六千字，多则一两万字。《湖南唱本提要》中所举的例子有《吴燕花》（长沙三元堂）、《柳荫记》（长沙周庆林堂）、《太平王反南京》（长沙王洪兴堂刻本），其中《太平王反南京》是一种较为特别的山歌，使用了五句三三七七七格套数形式。所以姚逸之的山歌，其实涉及清代的四句五五七五格、五句五五五五五格、五句七七七七七格、五句三三七七七格共四种变异的清代说唱词话套数形式，具体例子如下：

第一种套数，如《梁祝姻缘》：

上集：

古往到今来，有个祝英台，聪明伶俐真可爱，好个女裙钗。自幼在闺阁，勤把针织学，描龙绣凤女娇娥，挑花又绣朵。岳州城外住，家里多豪富，门前有对松柏树，青龙抱白虎。左右两清泉，一双好龙眼，白日山峰站两边，玉女坐中间。①

……

下集：

海参游鱼片，蹄子煮得烂，八大八小十六盘，中间一大碗。一碗黄梅鸡，炒的是板梨，一碗泡鱼未有吃，内放白莲米。一碗油炸肉，板油炸排骨，油藕鱼片并罗参，好酒尝一壶。斟上一杯酒，送到梁兄手，我劝梁兄莫带忧，宽心饮下喉。②

……

① 佚名：《梁祝姻缘》（上集），清湖北抄本，第 1 页。

② 佚名：《梁祝姻缘》（下集），清湖北抄本，第 4 页。

《梁祝姻缘》分上下集，全文263套，5786字。四句一套，每套采用五五七五格句式，每套为一韵。

第二种套数，现存文本资料中暂无范例。

第三种套数，如《阮淮川》：

新买一本阮淮川，与姐姻缘前世生，不用文才题诗对，不用媒人把贰传，千里姻缘一线牵。住居黄沙阮家村，黄沙源里有多声，父母生我天排定，口食皇恩走南京，单管糟糠及户门。[①]

《阮淮川》从头至尾都是七字句，五句一套，属于姚逸之所说的五句七字。

第四种套数，如清代安徽贵池傩戏《刘文龙》第一出：

明窗下，十余年，满腹文章饱万千，闻得汉朝开南选，便将纸笔去求官。[②]

安徽贵池傩戏《孟姜女寻夫记》《范杞梁》《寻夫记》正文中句式除了七字句外，也多是三三七七七格句子。这种套数的说唱词话形式，可以追溯自唐代，何根海、王兆乾写道："刘复先生在巴黎国家图书馆首次抄回几首敦煌写本的小唱（编号伯2809），他认为'大约是晚唐，最迟亦不过五代'，后收入《敦煌曲校录》中，曲名【捣练子】：堂前立，拜辞娘，不觉眼中泪千行。劝你耶娘少怅望，为吃后官家重衣粮。"何根海、王兆乾指出，其实这首小曲是长篇说唱中的两个片段，这种三三七句子，到了唐五代已为佛教唱经所吸收。[③]

姚逸之给出的剧本概念是："系流行湘省的剧本，此类很少。"其举出的例子

---

① 佚名：《阮淮川》，清江西唱书抄本，第1页。

② 王兆乾辑校：《安徽贵池傩戏剧本选》，台北，财团法人施合郑民俗文化基金会，1995年，第61页。

③ 何根海、王兆乾：《在假面的背后：安徽贵池傩文化研究》，合肥：安徽大学出版社，2000年，第177—178页。

有《山伯访友》（长沙左三元）、《槐荫会》（长沙左三元）、《芦林会》《打芦花》（长沙左三元）、《马嵬驿》（长沙彭焕文）、《专诸刺僚王》（长沙大成堂）、《铁冠图》（中湘同华堂）等，这些作品全篇七字句，或换韵或不换韵，也明显属于清代说唱词话。

姚逸之将唱本分为五类，但从其所述概念及所著录收集的唱本情况分析，这五类都应属于清代说唱词话。这五类作品中所包含的正文体式，已经将清代说唱词话正文体式全面涵盖，具体分析见下表：

表4–10　清代说唱词话正文韵文体式的标准与异变

<table>
<tr><td rowspan="11">姚逸之《湖南唱本提要》中所涉及的清代说唱词话正文韵文体式</td><td>弹词类正文体式</td><td>全系韵语，七字一句，一韵到底</td><td>全系韵语七字句，无论换韵不换韵</td></tr>
<tr><td>鼓词类正文体式</td><td>全系韵语，七字一句，换韵</td><td>全系韵语七字句，无论换韵不换韵</td></tr>
<tr><td rowspan="4">评话类正文体式</td><td rowspan="4">韵语杂有说白，七字句或十字句，换韵或一韵到底</td><td>韵语七字句夹杂说白</td></tr>
<tr><td>韵语十字句夹杂说白</td></tr>
<tr><td>韵语七字句、十字句夹杂说白</td></tr>
<tr><td>全部十字句韵语</td></tr>
<tr><td rowspan="4">山歌类套数正文体式</td><td colspan="2">四句五五七五格</td></tr>
<tr><td colspan="2">五句五五五五五格</td></tr>
<tr><td colspan="2">五句七七七七七格</td></tr>
<tr><td colspan="2">五句三三七七七格</td></tr>
<tr><td>剧本类</td><td colspan="2">全篇七字句，或换韵或不换韵，同弹词、鼓词类</td></tr>
</table>

姚逸之《湖南唱本提要》中唱本的来源，据顾颉刚提到，中山大学理科教授辛树帜先生见到民俗学会收集到数千册广东各地的唱本，很受启发，当他暑假回到湖南的时候，就和石声汉先生一同收集了本地的唱本，原本计划让石先生做一个提要，但是回到学校后，研究生物的任务就忙起来了，这件事情就搁下了，幸而姚逸之先生继续了他们的工作，用了半年的时间，终于将这90余种唱本整理完成。姚先生也是湖南人，对于唱本里面的风俗传说都很了解，提要所涉及的唱本虽然不是湖南唱本的全部，“但我敢说这一部分材料的整理必可鼓动湖南人收集

全份唱本的勇气，也必可唤起他地人同样工作的热诚”[①]。

姚逸之整理的这91种唱本基本上都属于清代说唱词话，呈现出的正文韵文体式也涵盖了清代说唱词话的全部范畴，所以清代说唱词话正文体式正如前表中所列，经梳理，共有以下9种：正文全部七字句（含换韵不换韵）唱词、正文全部十字句（含换韵不换韵）唱词、正文七字句唱词夹杂说白、正文十字句唱词夹杂说白、正文七字句与十字句唱词夹杂说白、正文四句五五七五格、正文五句五五五五五格、正文五句七七七七七格、正文五句三三七七七格。

① 姚逸之编述：《湖南唱本提要》，广州：国立中山大学语言历史研究所，铅印本，1929年，第2页。

第五章　清代说唱词话与南北方其他主要曲艺曲种的区别

第一节　清代说唱词话与北方鼓词的区别

清代说唱词话以严格的七字句和三三四格十字句一唱到底，流行于南方沿长江流域，其在底层民众间的表演形式和抄印文本的俗称为唱书。

北方鼓词以七字句为主，以十字句、五字句、多字句为辅，间以说白，格式不是很规整。其十字句是三四三格，与唱书中三三四格迥然不同，如北方鼓词《白蛇借伞》中的十字句唱词：

> 言的是—唐不表来—宋不言，钱塘县—出一书生—在少年，许汉文—多蒙姐相—将身养，这一日—公南出衙—回家转。①

对比清代说唱词话《荷包记》中的十字句唱词：

> 看东京—花世界—锦绣之城，大银铺—小银铺—何等闹热，市河内—船无数—多载金银。包头店—缎布店—层层密密，高楼上——个个—美艳佳人。中书省—六部官—御史衙门，看官家—长朝殿—上接青云。东华门—出入的—文官宰卿，西华门—来往的—武职王亲。花粉

---

① 傅惜华编：《白蛇传集》，上海：上海出版公司，1955 年，第 82 页。

店—杂货店—不知其数，大街上—买卖的—万千之人。[①]

另外，在内容方面，北方鼓词多为金戈铁马的历史故事，阳刚色彩浓郁，风花雪月、爱情婚姻、社会生活类的故事则不多，主要代表作品有《战长沙》《打登州》《孟姜女寻夫》《樊金定骂城》《罗成叫关》《吊绵山》《漂母饭信》《虎牢关》《凤仪亭》《长坂坡》《借东风》《华容道》《甘露寺》《单刀会》《白帝城》《罗成托梦》《郭子仪上寿》《杨八郎探母》《调精忠》《拷打寇承御》《杨志卖刀》《运神记》《八仙上寿》《湘子得道》《全合钵》《梦中梦》《玉天仙痴梦》《太子藏舟》《望儿楼》《忆真妃》《锦水词》《全德报》《得钞傲妻》《游旧院》《青楼遗恨》《三难新郎》《珍珠衫》《蝴蝶梦》《三笑姻缘》《黛玉悲秋》《露泪缘》《双玉听琴》《黛玉焚稿》《鞭打芦花》《别善恶》《绝红柳》《老汉叹》《大烟叹》《穷酸叹》《教书叹》《先生叹》《重耳走国》《宁武关》《刺虎》《糜氏托孤》《浪子叹》《雪艳刺汤》等。

清代说唱词话则以风花雪月、爱情婚姻、社会生活类故事为多，主要代表作品有《定国珠》《正八仙》《后八仙》《割耳朵》《王月英孝灯骂灯记》《绘图陆英姐》《和珅抄家青龙传》《巧合姻缘六明珠》《绘图小清官私访乌江渡》《后梁山伯还魂团圆记》《乾隆皇帝下关西》《改良王文秀卖锅记》《玉如意》《新刻花仙果全传》《玉堂春全传》《吴汉三杀妻》《改良老鼠告状》《荷包记》《义仆救主九更天全传》《张念海》《赵琼瑶滴血成珠》《新刻蓝丝带》《新刻彭大人私访广东》《王月英卖胭脂》《卖花记全部》《珍珠塔》《手巾记》《何文秀算命》《柳荫记》《祝英台》《金钗记》《白蛇传》《山伯访友》《巧姻缘》《金铃记》《蟒蛇记》《乌金记》《玉带记》等。

清代流传在北京、天津、东北地区的子弟书，在当时也被称为北方的单唱鼓词，是八旗子弟编撰和演唱的一种自娱自乐的曲艺形式。清末民初，八旗衰落，八旗子弟逐渐失去了享受闲逸生活的特殊权利，子弟书的刊行与表演也出现了走

---

① 佚名：《荷包记》，清上海燮记书庄石印本，第 1 页。

向市场的趋向，也曾短暂地成为八旗子弟的谋生手段，但它仍然较为小众，民国后就逐渐淡出人们的视野，清代八旗子弟编撰的子弟书内容及其演唱方式，极具欣赏性与时代性，也直接影响了当时汉族的鼓词内容与表演形式，如东北大鼓、梅花大鼓等大鼓书就从子弟书中吸收了众多营养。子弟书和清代说唱词话的区别，我们也可以从现存子弟书唱词中非常明显地分辨出来。

如子弟书《阴阳叹》："大清一统锦绣荣华，列位明公尊坐听根芽。关里的景致且不表，再把那沈阳城夸上一夸。有镇城修下了四座宝塔，买卖铺商一家靠着一家。东华门外见石面，金兰殿那本是老汉王家。"唱词中多是超出七字句的八字句、十字句、十一字句、十二字句等，变化颇大；从其唱词内容看，往往是男欢女爱、男思女想，抒发自己的孤独忧郁，体现自己的孤芳自赏。清代说唱词话正文韵文体式的严格性和子弟书这种单唱鼓词自由的字句体式相差很远，这与两种曲艺形式创作者的社会际遇、编撰思想、演唱风格、环境生态、受众人群、传播宗旨截然不同有关。

第二节　清代说唱词话与北方其他曲艺曲种的区别

北方曲艺曲种随着地域环境和时代的变化也在发生变化，除上文提到的北方流传最为普遍的鼓词外，还有民歌、秧歌、民谣等，随着地域变化，呈现出不同风格，与清代说唱词话风格曲调也有不同程度的差异。下面以晋陕黄河大峡谷山西沿岸出现的三种曲艺曲种为例来分析。

晋陕黄河大峡谷上游的河曲是晋西北通往内蒙古的重要交通要道，河曲民歌是这里的典型曲艺代表，它反映了在恶劣的自然环境和生存危机逼迫下，人们所经历过的苦难与喜悦，也是当地生活的真实写照。如《一拉一拉好难活》："哥哥走妹子拉，一拉一拉好难活。"[①]《背起铺盖哭上走》："走三步，退两步，腿把把好

① 中央音乐学院中国音乐研究所编：《河曲民间歌曲》，北京：音乐出版社，1956年，第3页。

比绳拴住。”[①]《真魂魂跟上你走了》:“哥哥走出二里半，小妹妹还在房上看。”[②]《羊倌歌》:“一朵朵白云（呀）天上（哟）飘，一群群那肥羊青草湾湾里跑。”[③]《受苦人在外谁心疼》:“绵羊山羊五花花羊，这地方不如南沙梁。”[④]

从这些民歌句式中，可以看到虽然整体以七字句为基础，但是出现了大量的三字句、六字句、八字句、九字句、十字句、十一字句、十二字句，这种句式的出现和当地恶劣的自然环境下激发出来的昂扬斗志有关，也与农耕文化与游牧文化双重影响有直接关系，所以北方民歌普遍呈现出一种自由、灵活、随意的氛围，这种语言风格、字句形式和清代说唱词话明显不同。

晋陕黄河大峡谷山西沿岸中游地带，是清代黄河水运遇阻，船只由水路改为陆路的地方。以临县碛口最具代表性，碛口曾经是重要的商贸集镇，黄河船运水上运输和驼队马车陆路运输的长时间繁荣，造就了船工行和车夫业的繁盛，加之粗放的商业活动，使得文化带有了鲜明的市井属性。主要曲艺曲种有伞头秧歌、九曲黄河阵、盘子会等，都体现着黄河流域集镇世俗文化特色，其唱词比较整齐押韵[⑤]。例如秧歌《卖菜》片段：“家住临县碛口镇，西头村里有家门。我的名字叫高登荣，种蔬菜我是第一名。云瓜葫芦卷心台，西红柿子茴子白。茄子尖椒芹子菜，水葱芫荽也捎得来。”[⑥]《名妓冯彩云》片段：“乾隆年间国太平，边关稳定民安生。黄河上水路运输船筏不停，因此上碛口码头日渐繁荣。斗又转星又移二百余春，民国初年碛口兴盛达到顶峰。汾平介孝还有那太谷的商人，都来到碛

---

① 中央音乐学院中国音乐研究所编：《河曲民间歌曲》，北京：音乐出版社，1956 年，第 45 页。

② 中央音乐学院中国音乐研究所编：《河曲民间歌曲》，北京：音乐出版社，1956 年，第 48 页。

③ 中央音乐学院中国音乐研究所编：《河曲民间歌曲》，北京：音乐出版社，1956 年，第 73 页。

④ 中央音乐学院中国音乐研究所编：《河曲民间歌曲》，北京：音乐出版社，1956 年，第 45 页。

⑤ 于红、刘沛林：《晋陕黄河大峡谷山西沿岸俗文化的旅游价值》，《经济地理》，2016 年第 10 期，第 182 页。

⑥ 康云祥编著:《说说唱唱没个完：康云祥曲艺作品选》，太原：北岳文艺出版社，2009 年，第 220 页。

口镇开张经营。”[①]

伞头秧歌是一种即兴随意编成的秧歌，虽以七字句为主，但也出现了许多八字句、十字句、十一字句、十二字句等多字句情况，并带有口语化色彩，这种语言风格和字句形式与南方唱书明显不同。

晋陕黄河大峡谷山西沿岸下游属于晋南地区，这里接近中原富庶之地，自然条件优越，人文历史丰厚，形成物华天宝、人杰地灵的河东文化圈，被史学家誉为中华民族的文化摇篮。流传有民谣、干板腔、家戏、花鼓秧歌等多种各有特色的民俗艺术形式，自由欢快，形式更为灵活[②]。如民谣《说亲》：

红花红花开圆啦，四家媒人都来啦。先来哩，你坐下；后来的，你过家。咱女子，十七八，蓝绵子腿腿得不会扎，光会纳外双圪叉。和下的面像石头蛋，擀下面一张纸，切下面一条线，下了锅里莲花转，挑了筷子上打秋千，吃了嘴里抽丝线。[③]

如干板腔《俩亲家吵架》：

四碟子八碗我占（见）啦，你就不（把）人团（骗）转啦。一碟得萝卜展展肉，一碟得白菜板板内，一碟得芹菜杆杆内，一碟得洋葱片片内，还有麻着得浅浅（碟）内，洋（盐）颗得瞅哩显显哩，这是哪出哩点点内，你怎嘴捏哩扁扁哩？[④]

从唱词可以看出，晋南民谣、干板腔的用词除了七字句外，还包含了众多的

---

① 胡宗虞等修、吴命新等纂：《临县志》//《中国方志丛书》（华北地方·第七二号），台北：成文出版社，1968 年，第 168—169 页。

② 于红、刘沛林：《晋陕黄河大峡谷山西沿岸俗文化的旅游价值》，《经济地理》，2016 年第 10 期，第 183 页。

③ 任罗乐、王选贞：《河津民俗文化》，北京：中国楹联出版社，2008 年，第 164 页。

④ 任罗乐、王选贞：《河津民俗文化》，北京：中国楹联出版社，2008 年，第 164 页。

三字句、六字句、八字句、九字句、十字句等，自由转换，轻快灵活，传达着丰富的生活气息，这种语言风格和字句形式也和清代说唱词话明显不同。

总体来说，北方鼓词在北方曲艺中是相对规范的一种曲艺形式，它和清代说唱词话虽然字句形式不同，风格相异，但整体上还是比较接近的。其他类型的北方曲艺曲种随着产生地域和环境生态的不同，则与清代说唱词话规范的七字句、十字句的字句形式渐行渐远，呈现出北方农耕文化与游牧文化互相结合下形成的自由奔放、随意发挥的艺术风格。北方鼓词及其他北方曲艺曲种中出现的字句形式和语言风格，对于随意抒发思想感情有着重要作用，南方唱书则呈现出传统文化中循规蹈矩的字句形式和较为保守雅致的语言风格，二者截然不同。

第三节　清代说唱词话与宝卷的区别

宝卷全文虽然也是使用严格的七字句或十字句（三三四格）加散文说白的形式，和清代说唱词话七字句或十字句（三三四格）加散文说白的字句形式相似，但是宝卷往往在开头和结尾出现一些纯宗教（道教、佛教、民间教派）系统的仪式性语言，且叙述内容也往往和宗教教义相联系，而清代说唱词话开头、结尾、正文均不与纯宗教相联系，所以两者之间有着截然不同的艺术风格。清代末年至民国时期创作的宝卷，其宗教色彩虽已逐渐淡化，但从宝卷名称和“卷本”等词语中，还是可以很容易地分辨出两者的不同。

如《佛说仁宗认母归源宝卷》:

归源宝卷，法界来临，古佛化现度众生。答报四重恩，今古相同。万载永传名，云来菩萨摩诃萨。

四句亲闻微妙法，摩诃转动发青芽。前天后相传千古，一树能开两样花。子午卯酉八遍正，内有一秀最难明。三六除分十八位，中央坐定老无生。

却说仁宗皇帝东京建立为君，改天年立地号。仁宗天子在位，风调雨顺，国泰民安。君王一日设朝，聚集文武。王说，有事出班早奏，无事卷帘朝散。黄门官奏驾：今有一起贫男父老，口称冤枉。皇上说，宣来见朕。父老叩头，王问，何方父老乡民……我主得知，有王亲与监仓官侯文翼、管库官马孔、收粮官杨得四人同弊三十贯钱，官粜一斗官粮，糠有七分，有钱之家，尚可打点，贫男子饿死无数。君王闻奏，龙颜大怒，暗想：贼臣失误国事，忙聚多官商议。万岁说，谁上陈州与朕分忧，班中一人幞头象简，俯伏金阶，奏主：臣闻一人，祖居芦州府合肥县离城十八里小包村……

丞相领旨出朝纲，普照寺里取贤人。文拯若上陈州去，一群黎民得安康。归源宝卷才展开，诸佛菩萨降临来。有道君王传圣旨，护国忠臣两边排。王开金口问群臣，陈州旱涝不收成。黎民饿死无其数，皇亲赵汉是奸臣。

……

……诸佛普现，结集成神妃卷。普运皆通，宣卷圆满。福力无边，人情心处。四恩总报，三有均沾。上祝皇王圣寿万岁，法界有情，同生极乐天，尔时神妃仁宗、包公刘祥，四圣归天。[①]

明成化刊本说唱词话中也有与此宝卷同内容的仁宗认母故事《仁宗认母传》，其开篇、结语字句形式如下：

太祖太宗真宗帝，仁宗天子治乾坤。一十二岁登金殿，万民安业立明君。四十二年风雨顺，三年一度拜郊文。十度拜郊三十载，四拜明堂十二春。……说与朝前文共武，陈州宣唤姓包人。文武大臣传敕令，殿前修诏便登程。[②]

---

① 佚名：《佛说仁宗认母归源宝卷》，清山西介休抄本，第 1—5 页。

② 朱一玄校点：《明成化说唱词话丛刊》，郑州：中州古籍出版社，1997 年，第 142 页。

……

劝君莫作不平事，莫使机谋坑陷人。暗损他人人不见，自有神天作证明。离地三尺虚空见，瞒得人时暗有神。天地三光来照耀，日月星辰作证明。世人只有存阴德，莫使机关暗损人。才人编就好词话，高贤君子愿须听。负心人见收心转，收心人学李夫人。心生一善如来佛，便是如来佛世尊。不用持斋并受戒，好把心肠自忖论。好本仁宗来认母，不曾瞒得半毫分。湛湛青天不可欺，未曾举意早先知。善恶到头终有报，只争来早与来迟。①

宝卷开篇均有上香及邀请诸佛来临的唱词或说白，结尾往往有回向。回向是佛教的一种修行功夫，佛教徒不愿独享自己所修的功德、智慧、善行、善知识，将之回转归向与法界众生同享，以此拓宽自己的心胸，并且使功德有明确的方向而不致散失。宝卷中的回向，指编卷、传卷、宣卷、听卷的人，都可以在回向祝愿中得到善果福音，宝卷结尾通常是总结阐发轮回、成仙等劝善宗旨。

清代说唱词话的开篇往往是叙述古代王朝更迭，一直叙述到故事发生的朝代为止，“自从盘古分天地”“太祖太宗真宗帝”已成为大多数唱书开篇的通用语，末尾则往往是宣扬忠孝节义、劝人为善。《仁宗认母传》开篇一律七字句形式，没有任何宗教色彩，在叙述了北宋太祖、太宗、真宗皇帝后，紧接着叙述主人公仁宗皇帝和包公、李夫人的故事，结尾则是劝人向善，强调善恶自有天证。

再如《浙江杭州府钱塘县雷峰宝卷》开篇：

雷峰宝卷初展开，报德报恩到武林。善男信女虔诚听，明心见性便成真。

话说雷峰宝卷出在大宋真宗年间，提表四川嘉定州峨眉山，其山中俱是胎卵湿化之妖魔，洞内尽安九流神仙之人物，累出怪兽最多。那山

① 朱一玄校点：《明成化说唱词话丛刊》，郑州：中州古籍出版社，1997年，第157页。

洞内，有一条白蛇，因他修炼一千七百余年，不贪外道，不害生灵，长受日月之精华，那观音身驾祥云，寻声救苦，大发慈悲，见他白蛇，即便呼唤带携。①

清代说唱词话《雷峰塔》开篇：

自从盘古分天地，三皇五帝治乾坤。秦汉唐朝都不唱，单唱宋朝有道君。大宋天子登龙位，国泰民安乐太平。说起浙江杭州府，西湖上面这段情。姓许名仙年十八，未有门当户对亲。只因父母亡故早，丢下姐弟两个人。姐姐出嫁陈门去，丢下许仙一个人。本地有个王员外，开设生熟药材行。众人说合他家去，习学生意店中存。②

从宝卷卷名和"雷峰宝卷初展开""话说雷峰宝卷出在大宋真宗年间"以及白蛇充满宗教色彩的出身内容着眼，我们能很容易区分它与清代说唱词话《雷峰塔》。

第四节　南方唱书与木鱼书、潮州歌册的区别

木鱼书，广义是指粤方言诗赞系说唱文学，涵盖单一样式的木鱼歌、龙舟歌、南音等。③木鱼书是以七字句为主的有唱无说的样式，偶尔也插有散排文字。演唱时，基本七字，依据二、二、三分句顿，在各个句顿前，可插入衬字。④

如木鱼书《山伯访友》：

---

① 傅惜华编：《白蛇传集》，上海：上海出版公司，1955 年，第 191 页。
② 傅惜华编：《白蛇传集》，上海：上海出版公司，1955 年，第 159 页。
③ 关瑾华：《木鱼书研究》，中山大学博士论文，2009 年，第 1 页。
④ 关瑾华：《木鱼书研究》，中山大学博士论文，2009 年，第 4 页。

忙趱马，访名乡，我为寻窗友不觉路途长。小生乃系一个梁山伯，祝家贤弟是我旧日同窗。记得佢临别亦都所言词多致嘱，叫我回家千万去探佢书房。佢话把令妹共我接亲相许口，致此我聘金携带只着去凤求凰。行行不觉又见一座门楼近，问人都话个一所系祝家庄。等我行近庄前来拜候，体见有止步扬声贴在粉墙。士九就将名帖递，传言相请我入佢中堂。①

这段唱词七字句只有一句，其他皆为多字句和少字句，木鱼书的句子格式以七字句为主，兼有多字句、少字句等随意句，唱词中有着明显的粤方言。

清代说唱词话中虽然偶尔出现方言俚语，演唱时也经常使用方言，但唱本大多沿袭旧制，很少随意穿插衬字与俚俗方言。

如明成化刊本说唱词话《包待制断歪乌盆传》开篇：

自从盘古分天地，几朝天子几朝臣。几朝君王多有道，几朝无道帝王君。太祖太宗真宗帝，四帝仁宗有道君。四十二年真命主，佛补（辅）天差治万民。王有道时臣有德，至今朝内出贤人。文官只说包丞相，武官只说狄将军。皇王清正贤人助，边尘（庭）无事绝烟尘。

清代说唱词话《包丞相断乌盆记》开篇：

盘古初将天地分，几朝天子几朝臣。几朝君王多有道，几朝无道帝王君。说起宋朝赵太祖，汴梁城内治乾坤。太祖太宗真宗主，四帝仁宗管万民。四十二年真命主，佛辅天差有道君。文官好个包丞相，武官好个狄将军。主圣臣贤天下乐，八方无事罢烟尘。

在内容方面，木鱼书也被视作善书的载体，主要宣扬忠贞节义的传统德化思

① 佚名：《山伯访友》，民国广州五桂堂机器板，第 27 页。

想，更有大量针对女性受众的篇目，符合广府地区明清时代的下层民众，尤其是家庭妇女的道德养成之诉求。[①]南方唱书内容广泛，以风花雪月的爱情故事为多，也包括家庭伦理故事、历史故事、公案故事、当时事件等，除了宣扬忠贞节义外，也有娱乐消遣、传播时事新闻等功能。

潮州歌册，也称府城歌，又称方言弹词，是广东潮州地区自清代以来流行的一种传统曲艺形式。歌册文字皆用潮州方言编写，有唱词称为曲，有说白称为白，唱词与说白相间，曲词一般是七字句、五字句，但特殊情况下会发生一些变化，如夹杂在叙事中的一些其他文体如书信、奏疏、诏令、传话、对话等，会采用多种句式，如三三七、三三四、三三五、四四四四、五五五五、六六六六、七四七四等为一节形式。歌册正文每四句为一组，以组为单位，末字押韵，或换韵或连韵，多以押平声韵为主，以便在演唱过程中，每节末句拉长声音，不仅增强了节奏感，而且为演员提供了缓冲时间。歌册题材多为改编的民间故事、民间传说，整体分为四类：改编自历史演义类，如《薛仁贵征东》；改编自公案小说类，如《包公案》；改编自才子佳人类，如《西厢记》；改编自民间传说类，如《苏六娘》等。从目前所存潮州歌册文本来看，多刊行于咸丰至光绪年间，刻印商号以潮城李万利号为最多，另有李万利号的子族李万利老店、万利春记、万利生记、王生记、陈财利堂、吴瑞文堂、王友芝堂等，民国时期另有汕头升平路的名利轩。潮州歌册的受众主要是潮州地区的妇女群体，对于当时这一群体来说，听潮州歌册等同看一场潮剧大戏，潮州歌册也成为潮州妇女纳凉、绣花、纺纱、舂米时最好的一种背景音乐，正是从潮州歌册中，妇女群体接受了最初级的传统文化教育与历史常识教育。

《新造狄青上棚包公出世全歌》，浅黄土色封面，17×10厘米，卷首边题“新造狄青上棚包公出世全歌”，12回，第一回封面书签云“新造包公出世全歌”，下方有“潮城府前街王生记印刷”。第一回有回目“琉球国差臣进表　宋天子命将兴师”，开篇：

---

① 关瑾华：《木鱼书研究》，中山大学博士论文，2009 年，第 5 页。

诗曰：宋王有道亲求贤，兴废从来事以然。扰扰干戈皆定数，纷纷成败总前缘。赤龙贪狼临凡界，武曲文星齐下天。奉劝人臣休贪酷，请将史册看连篇。王高祖定华夷一统山河，武曲星御驾征南共讨北。……惹其宋王来亲征，杨家大将有才能。枉费大排天门阵，尽被宋将一扫清。自后走回幽州城，致到悬梁丧阴行。后来六婚归阴府，西夏又再起刀兵。又有宗保小将军，十二寡妇勇十分。被伊兴师来征伐，西番大将如雨云。尽被杀死阵中亡，无奈倒戈降宋王。宋朝看来国还旺，宗保如今镇三关。……[①]

第一回末尾：

打破金紫个城池，魏贞老爷丧阴司。宋兵来打报斗隘，离城十里扎兵机。请令定夺早安排，刘青闻报气满胸。请听交锋难胜负，下文分解份人知。[②]

尽管潮州歌册唱词字句形式也主要是七字句、十字句（三三四格），但与唱书也有不同之处：

一是语言用潮州方言。

二是无论书签还是卷首边题、书名起首，都是“新造”（即新刻之义）二字，末尾有“全歌”二字。

三是按回分段，有回目，回同卷、册，每回篇首有“诗曰”二字，后有诗句相接。

四是信件内容文字是四六格，说白文字是五五五五格，如“缄书达上，岳氏贤妻知机；尔夫在朝，事君不得返回。祸因东番，战书致上丹墀；圣上大怒，欲

① 佚名：《新造狄青上棚包公出世全歌》，清潮城府前街王生记刻本，第 1 页。
② 佚名：《新造狄青上棚包公出世全歌》，清潮城府前街王生记刻本，第 12 页上。

起大军伐伊”①。再如“罪臣忽必英，表奏主知情。臣罪该玩死，听信亢全龙。触怒圣天子，兴师来交征。小邦个将帅，具皆丧幽冥”②。

五是凡叙事内容文字有“说曰”“白”两种，“说曰”后紧跟“话说”开始叙事，“白”后则直接叙事。

六是心理活动用四四五匹格，如“口中暗暗说道：珠投暗兮，无人知机，壮士未伸兮，忍耐待时。军被困兮，难以走出，欲脱牢网兮，我能支持”③。

七是对话时出现六六六六格，如“柳氏从头细说，三叔听我实言。当初婆婆生尔，满室毫光映红。乡里误是失火，各来搭救忙忙。公公堂上忧扰，恐怕惹起祸殃”④。

第五节　清代说唱词话与弹词、善书的区别

一、南方唱书与弹词的区别

弹词也是长篇叙事诗，以七字句为主，兼及多字句，其中含有大量散句式人物自我介绍和对白，人物以第一人称的方式直接出场，而在清代说唱词话中，这些人物不直接出场，往往以第三人称的方式被交代。

如《新编东调大红蝴蝶》唱词：

（唱）员外心中自忖量，孩儿勤读在书房。磨穿铁砚多辛苦，不知何日把名扬。外边世务全不晓，必须游学往他乡。想罢一番忙启口，瑶琴怎不到书房。

① 佚名：《新造狄青上棚包公出世全歌》，清潮城府前街王生记刻本，第 7 页下。
② 佚名：《新造狄青上棚包公出世全歌》，清潮城府前街王生记刻本，第 6 页下。
③ 佚名：《新造狄青上棚包公出世全歌》，清潮城府前街王生记刻本，第 6 页上。
④ 佚名：《新造狄青上棚包公出世全歌》，清潮城府前街王生记刻本，第 8 页上。

（白）“瑶琴那里？”“来哉来哉！”瑶琴：“瑶琴承值书厅，揩台抹凳，扫地关门。员外呼唤瑶琴，有啥吩咐？”“去请院君与相公到来，说我有话要讲。”“员外，院君弗消请得。”“为什么？”“员外道言未了，你看院君早到。员外，我去请相公来哉！”……

（唱）我儿游学是应该，我心不忍两分开。幼年学内攻书史，分明好比女裙钗。功名大事难阻挡，不知何日步金阶。①

上例说白中出现的人物对话，在唱书中是没有的。

另《新编金蝴蝶传》：

山伯当下将言说，贤弟吓，你今一一听原因。只有杨贵妃酒醉朝阳殿，好一似海棠花下□安人。只有咬脐郎一去无消息，却不道李氏三娘望子规。只有崔莺莺不见张生到，黄昏专等点□□，蔡伯喈上京为官职，赵五娘寻夫一鹭鸶。只有唐僧受了多少难，单只为求取孔雀经。只有穆素徽想思□叔夜，却不道闷坐西楼懒画眉。只有金莲愿字金叙品，单恨闺秀房中老鹁鸪。只有张果菜园成亲事，可不晓少年配了白头公。鸟名一一提明白，看看三送到凉亭。②

上例唱词以七字句为主，多字句为辅，而清代说唱词话中即使出现十字句，也是严格的三三四格。

二、清代说唱词话与善书的区别

善书是一种韵散相间、讲唱结合的曲艺曲种，明清时期，它是由官方组织的，在城市乡镇聘请专门人员宣讲三纲五常的一种方式和所使用宣讲书的统称。

① 路工：《梁祝故事说唱集》，上海：上海古籍出版社，1985 年，第 263 页。
② 路工：《梁祝故事说唱集》，上海：上海古籍出版社，1985 年，第 243—244 页。

明永乐年间，朝廷即有“钦颁善书”（《为善阴骘》二卷）梓行天下。到了清代，善书由案头文学逐渐发展成一种讲唱文学，讲唱过程中加入了一些唱腔和曲牌。清初流行于八旗直隶各省，后北衰南盛，四川、湖南、湖北、上海等地相继盛行。解放后，善书渐趋消亡。目前所存善书曲种进入国家非遗名录的仅有湖北汉川善书一种。[①]

（一）善书的讲唱方法

四川学者陈鸿儒谈到清代宜昌地区的善书讲唱情况时说：“讲善书要设坛，是用几条板凳一张桌子构成的台，台正中供奉一块有座的木牌，牌上用烫金书写‘圣谕’二字，牌前香炉内焚有香气扑鼻的檀香，一位着长衫的先生站在高凳上就着烛光‘宣讲’（这样看来，清代的善书一般是在晚上讲唱的），听众常有五六十人甚至百人不等。善书是用土纸、木板印刷出来的，印的技术拙劣，其内容是按封建道德观念如忠孝节义等编撰的故事，还掺杂着一些神话，故事不太曲折，听众易懂。善书有讲有唱，叙述故事情节则讲，发挥主人公喜怒哀乐的感情则唱，唱词也是押了通韵的，嗓子好的人唱起来好听，故能吸引人。”[②]

到了民国初期，当社会上发生“世风日下，人心不古”的情况时，有钱的“善人”拿点钱出来宣讲几天“圣谕”，假借皇帝的圣意来“教愚化贤”，目的表面上是“教愚化贤”，其实是“消除人民的反抗精神”。[③]

（二）善书文本

善书和唱书一样都需要按文本来说唱，二者具体区别如下：

善书文本也叫善书案传，故事简洁，主旨鲜明。如《恩仇记》讲述明末崇祯时故事：山西龙门县狮子岗有施姓姐弟二人，父母双亡，姐姐叫秀琴，年15岁；

① 湖北省汉川市政协学习文史资料委员会编：《善书案传》，铅印本，2006年，第1页。
② 中国人民政治协商会议湖北省宜昌市委员会文史资料研究委员会编：《宜昌市文史资料》（第5辑），宜昌：宜昌市文史资料研究委员会，1986年，第142—143页。
③ 中国人民政治协商会议湖北省宜昌市委员会文史资料研究委员会编：《宜昌市文史资料》（第5辑），宜昌：宜昌市文史资料研究委员会，1986年，第142页。

弟弟叫子章，年13岁。子章幼年与姨妈之女钱素云订婚。时逢战乱，姐弟和姨妈家走散，素云和子章离开时各拿铜镜一半作为日后见面之凭证。二人逃到山东济南府被邓员外收留，姐姐嫁邓员外的儿子炳如为妻，炳如好吃懒做，游手好闲，不务正业。一年的三月三，炳如邀子章游春，两人走散，炳如见卜员外家女儿巧珍美貌，就让家奴调戏，自己扮作救美的公子，自称王安邦，捡起巧珍落下的手帕归还，博得巧珍好感。炳如当晚就到巧珍家约会，致使巧珍怀孕。另一头，巧珍的丫头菊香的一面团扇被子章捡到，还给菊香，原来菊香就是素云，两人拿出铜镜相认，悲喜交集。

巧珍肚子越来越大，却找不到王安邦，卜员外生气而死。子章京城应试考中状元就任都察院，为报恩，他接姐姐、姐夫到京城居住，菊香也和巧珍来到京城投奔子章，炳如在京城见到巧珍后就踢死了她。子章为邓恩公办八十寿宴，素云恰好遇到自称王安邦的炳如，她告诉子章炳如就是凶手，要求查办。子章请钱素云放过炳如，因为邓家对自己姐姐有恩，炳如一旦有事，姐姐就成了寡妇，素云不听，到衙门击鼓鸣冤诉说事情原委，秀琴求情，素云驳斥，子章经过思想斗争，判炳如斩刑。炳如死后，子章念邓家恩情，安葬炳如，装殓巧珍。子章、素云成婚，将姨妈灵柩送回原籍，生双子，一子接邓家门户，两子皆成名。

善书文本的格式比较固定，正文往往以“此书（或此案）出在某某地方（或某某时间）”开始，如“此书出在南宋高宗在位时”[①]“此案出在湖北省襄阳府出北门十五里杨家大湾”[②]“此案出在昔日山东省济南府永和县东门外八里余家湾”[③]。也有开篇直接就说出时间和地点的，如“清乾隆年间，江西省豫章县南门外陈家湾有一寒士叫陈志武”[④]，这样的开头比较少，一般正规善书都是以“此书”“此案”为开头。

善书文本正文的唱词，有采用七字句的，但以十字句（三三四格）为主，且

① 湖北省汉川市政协学习文史资料委员会编：《善书案传》，铅印本，2006年，第11页。
② 湖北省汉川市政协学习文史资料委员会编：《善书案传》，铅印本，2006年，第2页。
③ 湖北省汉川市政协学习文史资料委员会编：《善书案传》，铅印本，2006年，第76页。
④ 湖北省汉川市政协学习文史资料委员会编：《善书案传》，铅印本，2006年，第139页。

在十字句前要加一句提示语，这在唱书中是没有的，如《恩仇记》中十字句前的提示语，“素云与子章分别词：尊表兄你不要三心二意，你姐弟快些走切莫迟疑”“姐弟见员外合词：邓员外来动问泪往下放，请听我逃难人细说端详”“老表相会词：见表兄不由我流出热泪，为妹的这一阵又喜又悲”“子章还词：表妹问我长和短，不由愚兄面羞愧”。

善书文本中的开头、结尾，均采用散文说白形式，没有见到像唱书那样用大段唱词开头、结尾的情况，如《鸭骨案》开头：

> 此书出在清道光年间，湖北公安西门八里，有个王家村。

结尾：

> 这是段鸭骨奇案，死而复生夫妻团圆。任居尚和王后启夫妻三人叩谢青天大人，回到公案。后启日后连科及第，身居翰林，子孙昌达。[①]

另如《泪洒庵堂》开头“清乾隆年间，江西省豫章县南门外金家湾有位员外叫金开明”[②]，结尾“爷孙无奈，只得回家。后来文芳苦读诗书，十六岁时中状元。后请旨接母，一家团圆。金开明高寿，天喜和高氏夫妻恩爱，享年八旬。刁八怪落水淹死，刁氏母子被贼打劫废命。高氏娘家弟弟高世忠中榜眼。这正是：善人自有善报，恶人自有恶报”[③]。《双英配》开头“清朝江南常州府，有个读书人姓刘号成必”[④]，结尾“从此后，婆媳和好大成夫妻团圆后，也不教书了，在家一同侍母。秋谷也不敢再折磨婆婆了。数日后，京城回文，判张富仁斩刑，家财充公。安二成夫妻得暴病而死。沈氏过年余长喉疤饿死。安大成夫妻恩爱，后生一双儿女。陈继生为官清正，娶了夫人，生二子一女，子孙发达。小春被救后，许名门

① 湖北省汉川市政协学习文史资料委员会编：《善书案传》，铅印本，2006年，第252页。
② 湖北省汉川市政协学习文史资料委员会编：《善书案传》，铅印本，2006年，第86页。
③ 湖北省汉川市政协学习文史资料委员会编：《善书案传》，铅印本，2006年，第96页。
④ 湖北省汉川市政协学习文史资料委员会编：《善书案传》，铅印本，2006年，第124页。

为妻，生活幸福”[①]。

清代说唱词话的开头和结尾则不同于善书，如《新刻李彦贵卖水记》开头：

自从盘古分天地，三皇五帝镇乾坤。有福君主登龙位，风调雨顺国太平。休唱君王都有道，听唱福建一新文。福建有个福州府，福清县里有名人。东门有个黄宰相，□□齐荣在朝门。西门有个李学士，他是兵部侍郎身。[②]

结尾：

为人要学黄小姐，贞烈二字永传名。莫学宰相黄老者，受付造负作见文。为人莫学刘吉士，冤冤相报不差分。袁三忠厚终究好，一家大小受封赠。万事劝人终有直，举头三尺看神灵。此书名为《卖水记》，彦贵卖水人传名。知音君子买一本，消愁解闷过光阴。[③]

善书与清代说唱词话虽然都是讲故事的“书”，但善书文本开头、结尾均为散文说白，清代说唱词话则是韵语唱词；善书正文唱词前面往往有固定的提示语，清代说唱词话则未见。此外，善书和清代说唱词话的表演形式、场合、正文语言也有差异，两者虽然都具有向民众宣传灌输思想的功能，但善书是官方组织的，唱书是民间自发进行的。

---

① 湖北省汉川市政协学习文史资料委员会编：《善书案传》，铅印本，2006年，第138页。
② 佚名：《新刻李彦贵卖水记》，清光绪年间刻本，第1页。
③ 佚名：《新刻李彦贵卖水记》，清光绪年间刻本，第14—15页。

第六章　清代上海地区说唱词话

第一节　清末民初上海石印书局出版的说唱词话

清末民初，上海石印书局出版发行了大量的鼓词、弹词、影词、评词、戏曲、小说等俗文学文本，其数量品种之丰富，我们从当时发行的上海各书局目录中可见一斑，但“说唱词话”一词，并未作为单一的曲种名称列入这些书局目录中。如民国十三年（1924）、十四年（1925）《广益书局图书目录》，民国十四年（1925）《校经山房成纪书局图书目录》都未见有说唱词话目录出现。

图6–1　清末民初上海各家石印书局出版的部分清代说唱词话

民国十四年（1925）《大成书局图书目录》中虽然也没有出现说唱词话目录，但是出现了《五彩面唱本目录》，其中收入说唱词话图书14种：《绘图济南府》《绘图红灯记》《绘图白绫记》《绘图重婚记》《绘图薄情郎》《绘图焚楼记》《绘图通州霸》《绘图彩球记》《绘图双钗记》《绘图张小姐卖花记》《绘图三元传》《绘图薛仁贵征东》《绘图梁祝姻缘》《绘图大香山》[①]。

民国二十年（1931）《大成书局图书目录》又增加了《雷峰塔》《乌金记》《薛丁山征西》《牙痕记》《乾隆下关西》《金环记》共五种。[②]其实，以上书局图书目录并不能代表清末民初上海各书局出版说唱词话的情况，因为目前留存下来各书局的图书目录很少，俗文学类图书的专门目录更少。表6–1是笔者收集到的上海各书局出版的说唱词话目录，从中可初步了解清末民初上海各书局出版说唱词话的整体情况。

表6–1　清末民初上海各书局出版说唱词话目录

说唱词话名称	出版书局名称
《八宝山》	上海夑记书局
《白绫记》	上海槐荫山房
《包丞相断乌盆记》	上海元昌印书馆
《包丞相断乌盆全传》	上海刘德记书局
《辰州胡知府白扇记》	上海槐荫山房
《道光私访青龙传》	上海槐荫山房荣记书庄
《钓金龟双钉记》	上海槐荫山房荣记书庄
《郭三娘割股贤孝记》	上海夑记书局
《包公断伍盈春》	上海槐荫山房荣记书庄
《荷包记》	上海夑记书局
《红风传新彩球记》	上海槐荫山房荣记书庄
《红莲保》	上海夑记书局
《花仙果彩球记》	上海夑记书局
《吴大人私访九人头》	上海槐荫山房
《梁山伯祝英台还魂记后传》	上海槐荫山房荣记书庄
《刘金定三下南唐》	上海元昌印书馆
《刘智远李三娘磨坊相会白兔记》	上海槐荫山房
《龙须面分裙记》	上海槐荫山房

① 大成书局：《大成书局图书目录》，民国十四年（1925），第59—65页。
② 大成书局：《大成书局图书目录》，民国二十年（1931），第67—74页。

续表

说唱词话名称	出版书局名称
《陆英姐全传》	上海槐荫山房荣记书庄
《罗通扫北》	上海槐荫山房荣记书庄
《吕蒙正困寒窑宫花报喜大团圆》	上海槐荫山房荣记书庄
《梅花金钗记》	上海槐荫山房
《孟姜女万里寻夫》	上海文德书局
《乾隆皇帝下关西》	上海文益书局、 杭州聚元堂书局
《巧合姻缘六月珠》	上海槐荫山房荣记书庄
《秦雪梅吊孝》	上海槐荫山房
《十里亭》	上海燮记书局
《双金榜白玉罗帕记》	上海燮记书局
《私访桂城和珅抄家青龙传》	上海槐荫山房荣记书庄
《王文虎写退婚双花记》	上海槐荫山房
《王文龙余桂英攀弓带》	上海槐荫山房荣记书庄
《王文秀卖锅记》	上海燮记书局
《吴汉三杀妻》	上海刘德记书局
《薛仁贵跨海征东全传》	上海大成书局
《天赐双生瓦车篷牙痕记》	上海椿荫书庄
《杨排风扫北大祭祖》	上海槐荫山房荣记书庄
《鹦哥孝母全传》	上海槐荫山房
《重编官话玉堂春全传》	上海槐荫山房
《张郎休丁香全本》	上海槐荫山房荣记书庄
《张四姐大闹东京》	上海椿荫书庄
《女大王大闹贤关镇》	上海燮记书局
《新刊双上坟全本》（上下本）	嘉定县紫云街兴记书庄
《和珅抄家青龙传全本》	上海槐荫山房
《小清官乌江渡私访》	上海元昌印书馆
《王月英孝灯骂灯记》	上海槐荫山房
《陈英卖水申冤记》	上海槐荫山房

续表

说唱词话名称	出版书局名称
《冯官保妻妾无情梅香守节双冠诰草鞋记》	上海槐荫山房
《观音出家大香山全本》	上海槐荫山房
《王天宝讨饭》	上海槐荫山房
《赵五娘上京寻夫琵琶记》	上海槐荫山房荣记书庄
《刘智远李三娘磨坊相会白兔记全传》	上海炼石书局
《陈见君卖瓜记全本》	上海槐荫山房
《碧玉簪全传》	上海炼石书局
《谭香女哭瓜贞孝传》	上海槐荫山房
《张秀英茶碗记全本》	上海槐荫山房
《六美图男女状元张香保翠花记》	上海槐荫山房
《陆丁香金镯记》	上海槐荫山房荣记书庄
《魏大人私访海州记》	上海槐荫山房荣记书庄
《包断刘金狗私访张鹤群全传》	上海槐荫山房荣记书庄
《张祥买嫁妆申冤还魂记》	上海槐荫山房
《重编官话孟姜女寻夫哭倒万里长城贞节传》	上海槐荫山房
《包丞相出身全传》	上海槐荫山房
《五鼠闹东京大闹开封府全本》	上海槐荫山房荣记书庄
《九更天义仆救主金环记全传》	上海文益书局
《包公案陈世美不认前妻》	上海槐荫山房荣记书庄
《梁赛金龙须面分裙记全本》	上海槐荫山房
《罗通扫北报仇忠孝全传》	上海槐荫山房
《张七姐董永卖身》	上海燮记书局
《高翠屏四下南唐》	上海姚文海书局
《姜安安送米三孝记全本》	上海槐荫山房荣记书庄
《二度梅》（初集、二集、三集、四集）	上海槐荫山房荣记书庄
《刘文龙求官升仙传》	上海文益书局
《忠臣受害南瓜记》	上海美术书局

据上表可知，清末民初出版说唱词话的主要书局有上海槐荫山房、上海槐荫山房荣记书庄、上海夔记书局、上海文益书局、上海刘德记书局、上海元昌印书馆、上海文德书局、上海炼石书局、上海美术书局等。

上海槐荫山房，清末由扬州人开设，地点在川虹路均济里，最早见于《1911年新开设书业名录》。民国二十四年（1935），耿隆祥任经理（54岁，扬州人），资本额为1500元，地址改为蒙古路公益里13号。这个书局主要经营唱本小说，即前面所提到的五彩面唱本。[①]上海槐荫山房在民国三十一年（1942）前后改名为上海槐荫山房荣记书庄，刘延福为经理。抗战胜利后，耿荣森为经理，地址在甘肃路147弄6号。民国三十七年（1948），耿昌江为经理，约在中华人民共和国成立前歇业。[②]

上海夔记书局，又名夔记书庄，最早见于《民国六年（1917）上海书业同行一览表》，独资，成夔春任经理，民国二十六年（1935）时67岁，盐城人，资本额3000元，职工3人，地址在新垃圾桥北洽兴里，至民国二十六年（1937）全面抗战爆发前歇业。[③]

上海文益书局，最早见于《1911年新开设书业名录》中，地址在大东码头德安里。民国六年（1917）仍在营业，独资，郭文英任经理，地址改在海宁路天宝里，应是清末民初开设的一家书局，约在民国九年（1920）前后歇业。[④]

上海刘德记书局，最早在《1930年上海市书业同业公会会员名录》中见到，刘禄德任经理，地址海宁路裕鑫里，资本额3000元，职工4人。抗战胜利后，刘益卿任经理，地址在海宁路1010弄22号。这家书局解放后经营文化教育类图书，

---

① 汪耀华编：《上海书业名录（1906—2010）》，上海：上海书店出版社，2011年，第9、18、38页。

② 汪耀华编：《上海书业名录（1906—2010）》，上海：上海书店出版社，2011年，第84、101、135页。

③ 汪耀华编：《上海书业名录（1906—2010）》，上海：上海书店出版社，2011年，第15、22、33页。

④ 汪耀华编：《上海书业名录（1906—2010）》，上海：上海书店出版社，2011年，第9、17页。

地址在上海山东中路128弄201号，至1953年，因未获准政府经营许可而歇业。①

上海元昌印书馆，最早见于《1930年上海市书业同业公会会员名录》，张才良任经理，地址在山海关路南兴坊，资本额3000元，职工3人。1942年以后，张大椿任经理。抗战胜利后，地址先后改为派克路305号、成都北路811弄7号，至解放后歇业。②

上海文德书局，最早见于《1939年上海书局调查名录》，陈光普任经理，地址在上海北京路泥城桥瑞康里，资本额500元。抗战胜利后，地址迁至北京东路830弄22号，至解放后歇业。③

上表所录73种说唱词话目录，原先书名前均有“绘图”二字，主要是指封面各种颜色，如紫色、红色、绿色、粉红色、橘黄色等，其次是封面除了题签上题写书名外，还有内容提要、目录和图像，卷首也有一幅或两幅黑白图像，这些小册子均为石印32开或小32开本，内容字体较小，但容纳字数多，全部是清代说唱词话的正文体式和字句形式。

如上海英租界武定路祥兴里2号上海椿荫书庄发行的石印本《牙痕记》（上下卷），卷首边题“绘图瓦车篷牙痕记卷上”，又名“天赐双生瓦车篷牙痕记”，清末民初石印本，上下卷各9页，18.5×13.5厘米，四针眼。上卷封面粉红色，题“天赐双生瓦车篷牙痕记卷上”，有《安寿保自写卖身书》画图一幅，图下为内容提要“困守异乡寿保卖身、火烧庙堂夫妻离散、瓦车篷内凤英产子、芜湖县中文亮投江、听信谗言恺云被逐、中奸记文秀下监牢、禄金被害死里逃生、寿保招亲母子相逢”。下卷封面粉红色，题“天赐双生瓦车篷牙痕记卷下”，有《黉夜私逃》画图一幅，图下为内容提要“金芳艳丽黉夜私逃、安禄金登台拜帅、禄保被害遇仙师、恺云陷入勾栏院、寿保法场救婶母、成龙打擂招驸马、验牙痕金殿认

① 汪耀华编：《上海书业名录（1906—2010）》，上海：上海书店出版社，2011年，第161页。

② 汪耀华编：《上海书业名录（1906—2010）》，上海：上海书店出版社，2011年，第9、113页。

③ 汪耀华编：《上海书业名录（1906—2010）》，上海：上海书店出版社，2011年，第9、113页。

母、大团圆文秀被殛”，正文全篇为七字句唱词。

以上73种作品，正文卷首边题多是“新刻某某某”，而不是“绘图某某某”，这些小册子单本一般在9页以下，超过10页的比较少，若超10页，就分上下册。它们并不是前述上海各书局创作的，而是各书局在当时的南方沿长江各城市农村收集或买回木刻本原本后，或重新抄写原稿不改动，或稍做改动后抄写上版石印出版，所以在卷首边题出现原先木刻本“新刻某某某”字样，有些不用原先木刻本名称，就变成了“绘图某某某”字样。

由此我们可知上海各书局出版的这批说唱词话、唱书的现存意义，它们中的一些我们今天还能看到原先的木刻本，但有些已经看不到其原先木刻本的任何存在痕迹了，这一出版现象对保存清代或更早时期的木刻本说唱词话原始内容做出了很大贡献。当然，清末民初的上海各书局，大多是从谋求经济利益的角度出发生产这些印刷品的。我们上面提到的说唱词话的重印出版仅属于俗文学内容的很小一部分，大量翻印改编的部分应是当时从北方收集到的鼓词、影词、评词、戏曲文本、小说等。[①]上海各书局当时以石印方式来出版这批说唱词话，装订更加简单，封面更加时尚，且迎合中下层民众，售价更加便宜，销售地区更加广泛，销售速度更加迅捷，销售数量更加庞大，这其实是中国俗文学传播史上中国传统文化的一次重心下沉，同时也为中国俗文学、中国传统文化的传承和保留积蓄了巨大能量。

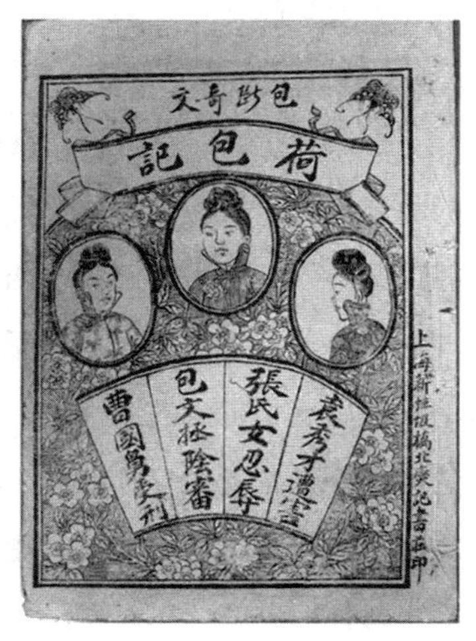

图6–2　清上海燮记书庄石印本说唱词话《荷包记》封面

① 据李豫《中国鼓词总目》（太原：山西古籍出版社，2006年）不完全统计，清末民初仅上海各石印书局出版的北方鼓词种类就达到1000种以上。

第二节　上海地区流行的唱新闻（唱书）表演与传播

顾颉刚在《湖南唱本提要》序中曾提道："苏州的唱本听说是刻在晒干的豆腐块上的，所以很模糊。每本不过二三页，至多也不过五页，如果有篇幅较长的就分成几册，取其每本有一定的价钱，容易买卖。里面的材料，大都是拾取流行的故事或刚发生的新闻。著作的人，大都是以唱歌为业的，苏州有一种露天唱歌者，名为小热昏，专唱新近发生的有趣的事件；又有宣卷者，唱滩簧者，亦为制造此等唱本的人物。"[①]

小热昏是当时在上海出现的一种类似说书但不是说书，类似唱曲但不是唱曲的曲艺形式，表演者往往手里拿着两片竹板，沿街进行说唱，内容多为街谈巷议的离奇事件，使用七字句、四字句两种正文体式，这种表演形式所说唱的故事比较短小，可以称之为说唱词话小段。1909年上海环球出版社出版的《图画日报》中除了出现小热昏的图片外，还出现了一种属于说唱词话的唱新闻图片，唱新闻的唱词一般都是七字句唱词和十字句唱词（三三四格），说唱故事内容属中长篇篇幅。这幅上海街头唱新闻图片场景是在街道边店门口，门前站一年轻大汉，上身穿敞怀旧衣衫，下身叉腿，穿浅白色七分裤与方口鞋，向右歪头，聚精会神地盯着手中的小册子，边看边哼唱。距离他不远的后方另有两个中年人，均为普通劳动者打扮。靠街道门墙的一位，上身着深色旧衫，下身着深色旧七分裤，方口鞋；靠马路的一位，上身着深色旧衫，下身着浅白色旧长裤，方口鞋。后者右手搭在前者肩膀上，两人的眼睛均盯着年轻大汉双手捧着的小册子。[②]图片上这三人既能看着小册子哼唱，小册子上的文字应该是有韵的，是普通识字人能看懂的内

---

① 姚逸之编述：《湖南唱本提要》，广州：国立中山大学语言历史研究所，铅印本，1929年，第1页。

② 上海环球社编辑部：《图画日报》，第178号，1909年8月。

容，也就是图片名字唱新闻中的新闻。

那么“新闻”二字在这里的具体含义是什么呢？唱新闻小册子里的唱词形式又是怎样的呢？可以作为参照对象研究的是：在中华人民共和国成立初期，这种唱新闻形式依然在上海市区与浦东农村可以看到，唱新闻艺人一般是盲人，或走唱或坐唱，开场词通常是这样四句：“自从盘古分天地，先有新闻后有戏。出新闻来道新闻，出在哪州并哪门。”这种七字句唱词形式和开篇语与明成化说唱词话完全一样，所以这里唱新闻所使用的小册子，可以说就是上海地区的说唱词话（唱书）文本。上海市民中的识字群体买下这类唱本，自己唱读自娱自乐，同时也唱读给家人邻居朋友听。至于“新闻”二字，笔者认为是指民间流传的新近怪事或大事。《大成书局图书目录》中五彩面唱本一类条目下就有这样的唱本，如《新闻瞎子彪》（民国新闻）、《阴功感报》（民国新闻）、《眼前速报》（新闻故事）、《还魂演说》（民国新闻）、《民国奇怪新闻》、《直奉战争》（胞反新闻）等。

在沿长江流域众多唱书中，许多按当时新奇故事编撰的唱书开篇唱词中，往往都要加入“新闻”或“新文”一词，这里的“新闻”或“新文”即指新近发生的奇怪故事，如湖北唱书《双合莲》（讲述发生在清代湖北地区的爱情悲剧）开篇：

崇阳有本《双合莲》，几句新文（闻）不多言，乐人唱来也快乐，愁人唱来也新鲜，慢慢唱来有根源。[①]

湖南唱书《五美图》开篇：

三代雍正接了位，一十三载把驾崩。四代乾隆登大宝，雨顺风调太平春。此书乾隆年间事，五十七年出新文（闻）。忠奸二字朝朝有，哪

① 饶学刚：《〈双合莲〉各种版本汇编》，武汉：中国民间文艺研究会湖北分会，1980年，第2页。

朝没有好和忠。①

江西唱书《说唱周学健》:

前朝古事都不唱，听唱一本是新文。不唱两京十三省，听唱江西大省城。②

所以说清末上海地区流行的唱新闻现象就是唱书在此地的一种表演形式，但这里“唱新文”中的“新文”“新闻”，指的是民间新闻。

美国早期新闻评论者罗伯特·帕克（1864—1944）谈到什么是新闻时认为，“新闻具有时间性，是关于最近发生的或周期性的事件”，“新闻是稍纵即逝的，它只存在于事件还属于新近发生的时候”，“新闻作为事件的报道，应该是不平凡的，或者至少是意想不到的，新闻的品质要比事件真正的意义重要”，“新闻除了出乎意料，新闻应该还具备其他‘新闻价值’，种种价值总是与对受众兴趣的主观判断相关”，“新闻主要是定向传播和吸引注意力，而非知识的替代品”，帕克新闻概念理论包含了四方面的新闻本质属性：即时性（新近发生事件）、事件重要性（不平凡的、意想不到的事件）、传播性（事件的报道）、受众性（受众兴趣和主观判断，定向传播和吸引受众注意力）。国内新闻界前辈陆定一“新近发生事实的报道”、范长江“新闻就是广大群众欲知应知而未知的重要事实”等理念，与帕克的新闻概念理论也基本一致，均涉及新闻的定义、内容价值、传播途径、受众影响诸方面。

新闻本身首先应是新近发生事件（即时性），其次是欲知应知而未知的重要事实（事件重要性），再次是事件的报道（传播性），最后是传播的效果（受众性）。新近发生的重要事实若没有报道出去，是有“新”无“闻”，只有被别人听闻到，产生了传播效果，才能称作新闻。在官方或民间新闻的实现过程中，这四

① 佚名：《五美图》，清中湘三元堂刻本，第 1 页。
② 佚名：《夜歌书》，清乾隆年间抄本，第 25 页。

方面紧密联系不可或缺。

清代以来，官方新闻因为掌握着传播主渠道，管理着传播内容，即时性非常短暂，民间新闻由于受到官方制约，其初始传播应是在小范围内体现了即时性，在更大范围内则体现出长效性，民间新闻也因此得到了更多筛选机会，从而获得比官方新闻更为优越的长效性、警世性。

民间新闻的事件重要性选择也和官方新闻有着本质不同：官方新闻往往关注区域大事件，更多是从宏观角度、区域管理层面、维护政权角度来选择并传播新闻，而民间新闻往往关注的是微观新闻，是从个人或者族群群体角度选择并传播新闻。当然，这种新闻往往因存有对官方不利因素而遭到屏蔽扼杀，传播过程中会或有意或自然消失，故民间新闻所反映的重大事件有即时性传播效应，或者说能够最后达到新闻传播效果的很少。近代民间新闻的长效性价值也从此处体现无遗。流传到今天的近代民间新闻，对于研究历史事件与社会生活，都是珍贵的史料补充。

清代民间新闻的传播手段，初期以口头传播为主，后期逐渐转化成纸质抄写或印刷制品来传播，无论哪种传播手段，民间新闻在传播过程中更注重“定向”“吸引注意力”“兴趣和主观判断”，相较官方新闻传播手段的宽泛性、指导性，民间新闻的传播手段更显示出它本身所具有的一种狭窄性与自我性。

长江流域地区民间唱新闻的小册子，其正文标题或正文内容的开头部分，往往都会有“新文（闻）”二字出现，有时“新闻”二字写成“新文”，“闻”与“文”属谐音互代，其义相同，这种现象一直持续到民国时期。

清代长江流域刊行有数以百计这样唱新闻的小册子，它们是已经进入公众视野的文本读物，还有更多属于中下层民众口头创作的唱新闻作品，由于没有变成文本阅读物，逐渐淡出公众视野，被人们遗忘。当然，也有一些口头创作作品会一直流传到今天，所以清代民国期间民间新闻的传播，主要依靠口传和刻写这两种手段来实现其目的。

保罗·康纳顿认为：“文字的影响取决于这样一个事实：用刻写传递的任何

记述，被不可改变地固定下来，其撰写过程就此截止。”[①]唱新闻的小册子，无论木刻、手抄、口传，其本身均属刻写范畴，其源于口头和书写编撰，所以“从口头文化到书面文化的过渡，是从体化实践（incorporating practices）到刻写实践（inscribing practices）的过渡”，而这个“过渡”，对于唱新闻内容的社会记忆，影响十分深远。

清代上海地区出现的唱新闻现象，并非偶然，这说明说唱词话的创作和传播更接近民间，如唐宋元明时期流传下来的说唱词话，除了唐代出现了当时故事《张议潮变文》《张淮深变文》外，都几乎和出现时代没有联系，但是到了清代，流传下来的说唱词话和唱书大多数与当时有联系，这一方面说明此类唱本创作环境宽松，另一方面说明曲艺创作与表演在清代达到高潮。此外，受众在思想上更愿意关注现实，更愿意看到贴近生活的新奇怪事，更多的创作者则是要发泄不满，揭露被官方新闻所屏蔽的事件。唱新闻的出现为我们今天研究清代、民国时期中下层民众的社会生活和思想提供了丰富的原始信息。

① [美]保罗·康纳顿著、纳日碧力戈译：《社会如何记忆》，上海：上海人民出版社，2000年，第94页。

第七章　清代江西地区说唱词话

清代说唱词话《说唱周学健》抄本的发现，不仅为江西地区的唱书研究提供了个案，更帮助我们了解到唱书的来源及其重要的社会功能。江西地区丧葬整套的风俗习惯中所唱的夜歌，应是属于长篇叙事诗范畴的唱书。《说唱周学健》和夜歌编定为一本（前为夜歌，后为《说唱周学健》），使得我们对清代江西地区丧葬仪程中的夜歌有了一个比较清晰的了解。《说唱周学健》在周学健家族后裔中虽未见传留，但在我们的采访中，那些年纪大的周氏族人，都回忆每年祠堂祭祖时，会有《忠良受害南瓜记》（以下简称《南瓜记》）的唱书表演，《南瓜记》是《说唱周学健》唱书的别名，周氏家族的老人们都能哼唱出一些片段。另外，我们也收集到一册清末上海美术书局印行的《南瓜记》，橘红色封面题“忠良受害南瓜记”，上有《总河国舅》画图一幅，并有本书内容的提示语“拜访问罪、掘土抄家、正宫复选、国舅荣封”。

图7-1　清末民初上海美术书局石印本说唱词话《忠良受害南瓜记》

第一节　江西南昌九江的夜歌书

一、夜歌书

夜歌是流传在江西南昌、九江地区的闹丧文化，属于古老荆楚文化的历史继承。江西奉新西塔、宜丰花桥、铜鼓带溪、修水上奉等一带，至今仍保留着客家“老人仙逝众家丧”，由八仙打夜歌闹丧的互助习俗。每当有老人去世，鞭炮一响，村民或“八仙大人”就会到孝家去帮主人将已故者入殓，待风水先生择定返山吉日，“八仙大人”便在风水先生的引领下到山上择墓穴后破土开工，死者还山头一天就是“八仙大人”打夜歌的时间。

当天晚上，“八仙大人”轮流守在灵柩前，一边烧纸，一边拉长声调，手拿着一本半寸厚的夜歌书，一板一眼，一字一句，抑扬顿挫地大声歌唱，宾客坐在旁边静听，孝家也在灵前伴听。夜歌书分为三部分内容：第一部分颂扬死者功德并安慰孝家，第二部分是夜歌的套语形式，第三部分是长篇叙事说唱。凌晨时这本夜歌书念唱完毕，孝家给“八仙大人”办一桌丰盛酒席。返山时棺材上还要系一只鲜活的大公鸡，叫祭逝鸡。若鸡一路上或到坟地边能啼上几声，则象征着孝家今后会大发大富。

“八仙大人”在本地也被称作夜歌郎，不同地区的夜歌郎手中保存着不同风格、唱词的夜歌书。因为职业原因，夜歌书一般不让普通人看。很幸运，我们从一位夜歌郎手中购得了一本他先人何水玉先生保留下来的《夜歌书》。这本《夜歌书》今天已不再使用，但从中能够体会到来自先人的久远呼唤和一种渐行渐远的江西客家文化，能够看到当时夜歌所使用的一些固定套语。更为可贵的是，这册《夜歌书》中保存有300年前的一部长篇叙事说唱作品——《说唱周学健》。周学健，清代江西南昌府新建县人，雍正、乾隆年间任河道总督，因事屈枉致死。《说唱周学健》记载的内容与官方史料有合有悖，折射出民间说唱艺人对社会不平的愤懑、对本地先人功绩的缅怀以及对冤屈魂灵的慰藉。

二、《夜歌书》产生的年代与地域

《夜歌书》封皮上书写着“何水玉习”，其中正文一页上批有一行字“民国二十六年买得八仙家书本”。由此推测此本系何水玉民国二十六年（1937）从“八仙大人”手中所买下，四眼纸捻装，12.5×17.8厘米，竹纸，半页8行，15字，抄本。夜歌套语24页，《说唱周学健》76页，共100页。夜歌套语有《宁州八乡歌头》，清嘉庆六年（1801）宁州始改为义宁州，当时南昌府辖南昌、新建、丰城、进贤、奉新、靖安、武宁七县，另有义宁一散州。这本《夜歌书》收集自修水上奉，抄本一些页上也明显有“修水县上奉何”字样，清代修水上奉属宁州，后属义宁州。因此此抄本当属嘉庆六年（1801）以前。

说唱词话《说唱周学健》正文开篇唱道：“前朝古事都不唱，听唱一本是新文。不唱两京十三省，听唱江西大省城。”周学健被赐自尽时间为清乾隆十三年（1748）十一月，此作中多次出现“当今皇上开皇榜”“乾隆皇上鼎爱臣”“圣上一见心欢喜”“皇上一见娘娘死”等指称乾隆皇帝的语句，显然是在清乾隆十三年（1748）周学健死后不久，由南昌府一带的夜歌郎或周氏后人创作的作品，此后一直在夜歌郎手中代代传递，直到民国二十六年（1937）由修水上奉的夜歌郎何水玉买得，保留至今。

三、《夜歌书》的套语形式

《夜歌书》套语可分为起歌，慰孝家、叹亡人，赞香、赞灯、赞汤、赞茶、赞酒、赞果、赞亡，歌头凡四部分，歌头之后是第五部分正文，即独立的长篇叙事说唱部分，也称为唱书部分，除前三部分个别地方出现五字句或不规则字句外，其余均为七字句，具体分析如下：

（一）起歌

这部分以“袱以”开头，两字相当于夜歌开场词或押座词，两字词之后，夜歌郎就开始了夜歌的自白自唱：

唱起来，贺起来，贺起灵前八仙台。八仙台上排歌本，从头至尾唱起来。哭进门来不见天，只见炉中起香烟。金童玉女前引路，引魂童子随后跟。初开天地是盘古，先制山河后制人。制下神炉拼五谷，又制锣鼓定乾坤。何人造鼓两头空，何人设制把皮封。何人打得钉来钉，何人打得响连连。鲁班造鼓两头空，张郎设制把皮封。铁匠打得钉来钉，歌郎打得响连连。月里梭罗树，生下十二支。公公捡得去，满面笑腾腾。又把三根作鼓架，又把两根作鼓槌。又将四根为白板，又把一根作锣锤。余下两根无用处，把到灵前扦灵位。①

（二）慰孝家、叹亡人

夜歌郎进孝家（亡者家），看到亡者眷属一片悲哀，开始劝慰孝家莫太悲伤，夜歌郎叙述死者生平颂扬死者功德的语言是由孝家提供临场编撰发挥的，但套语基本形式、内容没有大的变化：

打起锣与鼓，焚起炉内香。哭声齐放住，听我说言章。水打浮沙乱石滩，看事容易做事难。歌郎却有五怕，那有五怕，一怕撑船柱子，说我伤柱不清；二怕讨米客人，说我升斗不平；三怕读书君子，说我字眼不清；四怕养蚕娘子，说我未曾根丝；五怕怀胎娘子，说我人中有人。人中有人我不怕，因此行走孝家门。梁上点灯托托光，照见堂前一柜丧。孝子伴柜哀哀苦，都亲六眷泪汪汪。犹如先前侍奉□，不见亡者在堂前。……那个不见阎君，生碌碌死慌慌，在世何会得久长，不论荣华

① 佚名：《夜歌书》，清乾隆年间抄本，第1—3页。

富贵，那个免得无常。放下闲言休好说，且把亡人叹一场。潮热不思茶饭，病患困卧在床，当初亡者得病，伤风咳嗽难当。……亡者一步登仙去，孝家哭得断肝肠。香汤沐浴来洗起，绫罗绢匹满身装。道士告符出煞，银朱棺木收藏。收殓停柩在高堂，搭起孝帐风光。借问柩前何物，真漆桌子乘香。①

（三）赞香、赞灯、赞汤、赞茶、赞酒、赞果、赞亡

这是《夜歌书》比较精彩的部分，既是夜歌郎代代相传不断修改的套语，也是夜歌郎根据套语能够尽情发挥才能的内容。第一段“赞”从“别下闲言休要说，且把宝香赞一场”开始，紧接着开始第一段赞香：“说此香，道此香，此香出在昆仑山，十里无风也自香。得乾坤正气，仗雨露滋润，樵夫砍倒，大船装去州城省府，善男信女将钱买，烧在炉中叩上苍。家神面前烧一炷，合门赐福保安康。亡者面前烧一炷，逍遥快乐往西天。”之后，第二段“赞”用“堂前说香已罢，乃当赞灯”开始，以下汤、茶、酒、果、亡均同第二段之固定话语。每一段的结尾一句均以敬奉亡人“逍遥快乐往西天”结束，这应是《夜歌书》“赞”部分要达到的最终目的。以上七段唱词，“赞”文字并不均匀，少的如赞汤仅10句，多的如赞亡达82句。《夜歌书》“赞”部分和当地的民风习俗紧密联系，如赞灯其实是赞麻，将麻的生长、打籽、榨油过程叙述得非常详细，可知当时麻油是当地晚间照明主要来源。赞茶则说这里的茶是一个和尚从西天带来的，将茶的生长制作过程及作用叙述得滴水不漏。

《夜歌书》“赞”部分，不仅是敬奉亡者的歌，更是宾客获取生活常识和历史知识的一个信息平台，充满了知识性与故事性，如赞酒：

说此酒，道此酒，此酒也要农夫耕得有，柳家媳妇来送饭，提茶送饭到桃源。昨日人多送得少，今日人少送得多。好要拿得回家去，又怕

① 佚名：《夜歌书》，清乾隆年间抄本，第 4 页。

公婆打骂你。心中思量无放处，放下槐荫树下藏。百鸟衔花合成药，九龙吐水合成浆。不各仙人打马过，忽然听得滴来香。仙人带住马，勒住鞍，分付众人搜一场。上山搜，下山香，下山搜，上山香，此酒不知何处藏。不各槐荫树下过，只见一缸好美酒。仙人一见喜非常，此酒男人不可先尝，女人不可先尝，一盏敬天，天星朗朗，一盏敬地，百草青青。此滴好做五场喜事，一好娶亲嫁女，二好起屋上梁，三好和公劝事，四好置买田庄，五好侍奉宾客，又好敬奉歌郎。又要敬奉亡者，逍遥快乐往西天。①

《夜歌书》“赞”部分最重要的是赞亡，为什么要赞亡呢？“夜歌夜歌，不是说起超天魔，也是前生排定，不是乱口成章，只因皇后死葬”，这里的皇后死后3年未葬，不知是哪朝哪代，皇上要寻好的墓地葬皇后，让鬼谷子算了一卦，说葬在龙头出天子，葬在龙尾出相臣，葬在龙腰代代儿孙坐朝堂。选的良年并利月，要将皇后抬去埋，但是千军万马都抬不动，最后出来了八仙山下的神仙，“城隍出榜挂四门，相请四方唱歌人”，请得东西南北门四个夜歌郎，一起来唱夜歌、唱桃源洞里仙、唱江南十九州、唱二十四孝，“唱得皇后早登仙”，“逍遥快乐往西天”。这段赞亡，把修水上奉地区唱夜歌的起源和夜歌郎被称作“八仙大人”的来历基本交代清楚了。

（四）歌头

《夜歌书》中出现了“歌头”二字，歌头一般指唱山歌的开头起兴部分，长篇叙事诗也常常把起兴部分叫作歌头。如广西长篇叙事诗《张氏卖花记》其起兴部分“手拍渔鼓响咚咚，过了东村串西村。歌声不断泪不断，苦口开口唱苦人。……张氏卖花唱几段，木头也变泪眼人”②就被称作歌头。这里的歌头，全称《宁州八乡歌头》，是《夜歌书》第五部分长篇叙事说唱正文的起兴部分，首先提

---

① 佚名：《夜歌书》，清乾隆年间抄本，第11—13页。

② 李肇隆、蒋大福收集整理：《张氏卖花记》，桂林：广西民间文学会，1984年，第1页。

到的是宁州所在方位和相邻地方：

一唱东方定东方，东游瑞州及新昌。更有上高高安县，出个朱释掌朝纲。二唱南方定南方，南游万载及留杨。留杨底界铜鼓府，瑞州界上有司堂。三唱西方定西方，西游湖广及平江。湖广有个汉口市，号作天下利名场。四唱北方定北方，北游江西及南昌。省城景致唱不尽，滕王阁上有名扬。五唱中央定中央，中有宁州管八乡。①

接下来，夜歌郎将宁州所属的太乡、安乡、高乡、仁乡、武乡、崇乡、奉乡、上乡下乡（此二乡属一乡）凡八乡的乡风、名胜、景致、特产、人物等如数家珍，细细道来，令宾客感到亲切熟悉，乐于倾听，最后用“孝子用心去持孝，道士如仪来奉经。唱得亡者心欢喜，逍遥快乐往西天”收尾。

为有太乡生得苦，通州号作头一乡。宁州仓房太乡地，开衙点卯就承当。彭古下去青山岩，生个石洞通磨滩。岩内攻书黄山谷，来往官员把香上。只有安乡是胜地，粘禾臾谷无船装。每逢秋熟皆价限，麻豆粟麦满山岗。为有高乡生得好，山谷先生出此方。出过几多青云客，宋朝点上掌朝纲。只有仁乡生得苦，底界湖广有纲常。倘若界限不清楚，擂鼓催兵上战场。只有武乡生得大，上通瑞州下留杨。界上有个铜鼓府，五百兵马吃钱粮。大墩有个灵石庵，灵石景致生得成。几多朝拜感恩光。为有崇乡生得丑，茶蔸茶树满山岗。每逢清明谷雨节，男女都作采茶郎。只有奉乡生得小，通州号作八仙乡。吴许二仙丹霞观，陶姚二仙鲁山岗。赵白二仙板尖坐，□袁二仙紫雾藏。上乡有个佑圣宫，玉皇坐镇头仙神。八都有个迎仙市，下乡有坐会仙桥。上下都有仙人会，处处都是遇仙人。②

---

① 佚名：《夜歌书》，清乾隆年间抄本，第 18—19 页。
② 佚名：《夜歌书》，清乾隆年间抄本，第 22 页。

第二节　《夜歌书》中的说唱词话《说唱周学健》

一、《说唱周学健》正文体式

《宁州八乡歌头》唱完后,《说唱周学健》就正式登场了，这也是《夜歌书》说唱过程中最为重要的组成部分。

《说唱周学健》正文体式同明成化刊本说唱词话《包龙图断白虎精传》，全篇七字句唱词，属于清代说唱词话中纯七言唱词正文体式，隔句押韵，不换韵，一韵到底。

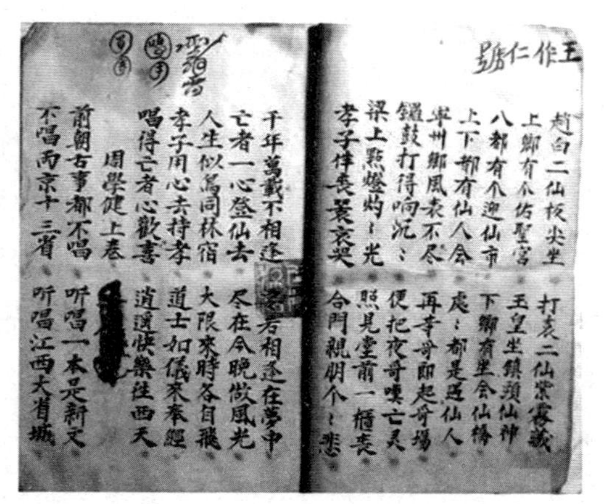

王作仁號

上鄉有个佑聖宮　玉皇坐鎮顯仙神
八都有个迎仙市　下鄉有坐会仙橋
上下都有仙人会　處處都是遇仙人
鑼鼓打得响沉沉　便把夜哥嘆亡灵
梁上點燈灼灼光　照見靈前一幅喪
孝子体喪裴哀哭　合門親朋个个悲

夜歌書

千年萬載不相逢　若相逢在夢中
亡者一心登仙去　冬在今晚做風光
人生似鳥同林宿　大限來時各自飛
孝子用心去持孝　道士如儀來奉經
唱得亡者心歡喜　逍遥快樂往西天
周學健上卷
前朝古事都不唱　听唱一本是新文
不唱两京十三省　听唱江西大省城

图7–2　清乾隆年间江西新建说唱词话抄本《说唱周学健》

开篇：

前朝古事都不唱，听唱一本是新文。不唱两京十三省，听唱江西大省城。家住江西南昌府，新建县里有名人。新建有个周学健，他是天上文曲星。也是周家祖山好，西山发脉好文风。[①]

正文：

不唱正宫娘娘死，听唱江西周大人。周爷听得娘娘死，啼啼哭哭闷在心。娘娘死了由自可，我的总河做不成。千思万想愁不展，思想总河误其身。若有奸臣来害你，谁人肯保我前程。周爷在衙多忧闷，终日总河挂在心。不唱周爷总河职，且唱浙江金德英。……[②]

末尾：

母柩立位在中堂，全家哭得情伤伤。炮响一声锣声鸣，笙箫鼓乐不留停。抚院当堂点着烛，香烟渺渺在金炉。对灵请道来超引，超度亡魂上九重。连珠炮响只见烟，鸣锣击鼓闹喧天。七日醮延今已满，辞香出帖在府门。炮响声天齐吹打，起服行礼在祖堂。大小官员来行参，摆开祭礼宣祭文。学伋行香三祭礼，引礼官员在两旁。头顶愁笼穿麻衣，手执铜杖好伤悲。九族六亲来上香，悲声引出哭声扬。[③]

《说唱周学健》的结尾将事情结局叙述完毕便结束，没有出现警示或劝诫话语。

二、《说唱周学健》内容

《说唱周学健》在《夜歌书》的最后一部分，篇幅很大，详细叙述了周学健一生事迹：周学健家住江西南昌府新建县，22岁成为“府县批首第一名”，24岁

① 佚名：《夜歌书》，清乾隆年间抄本，第 25 页。
② 佚名：《夜歌书》，清乾隆年间抄本，第 35 页。
③ 佚名：《夜歌书》，清乾隆年间抄本，第 100 页。

“得中解元第一名”，“当今皇上开黄榜，考选天下读书人。也是周学健官星显，点入翰林在朝门”，受到当时河道总督高斌举荐，赴任福建提学，由于“他做清官不贪银”，皇上点他“四川抚院身”。高斌在总河任上“亏空几万两”，又通过娘娘再次举荐周学健赴任总河，衙门在淮安。

正宫娘娘无子嗣，偏宫娘娘生子后，正宫娘娘决定赴泰山求子。“娘娘到了泰山庙，祝告虚空过往神”，“若还众神有感应，重修庙宇装金身。回宫若生皇太子，一十三省免钱粮”。谁想正宫娘娘刚回京城，就染病在身，“百般妙药无应效，徒然得病在其身。医院服药无其应，娘娘一命就归阴”。正宫娘娘死后，皇上颁布了新律法：63日后才准官员剃头。周学健听到正宫娘娘死讯，整日闷闷不乐，心想娘娘死了，不能再为我阻挡奸臣陷害，我的总河怕做不成。

浙江有个金德英，曾花费几十万两银子买通试官，从监生一下就成了状元身。皇上点他任江西主考，他去江西前拜访周学健，周学健告诫他：“你去江西去考试，文章一一要小心。不要只顾谈银两，贻误江西读书人。”金德英反驳说：“江西文风没有浙江好。”周学健生了气：“天上圣人许真君，地下圣人张道陵。江西才子千千万，屈指算来几万千。”说得金德英无言以对，愤辞周府。金德英到江西后，“文章好的我不取，文字丑的取头名。周家书生他不进，书生赶到北京城”。恰好驻扎在苏州的江苏巡抚安宁也和周学健有隙，听说周学健“三九二十七日就剃了头”，遂和金德英商量，一起去看看这件事的真伪，周学健避而不见，两人就去北京上奏皇上：“周学健三九二十七日就剃了头，他做总河是贪官，欠了虚空几十万，盖了官厅房屋几百重，克扣官粮无其数，家内藏有珍珠宝。”

皇上一听，马上派校尉抓了周学健，其弟周学伋也受牵连，二人都被送进天牢。圣旨到了江西，开抚院“尽夜查抄周学健”，“住居四处都寻过，又无土库与官厅。金银财宝都没有，想必土内有金银”。再说周学健被抓后，大学士高斌奏本：“浙江金德英陷害忠臣。”皇上云：“若再上奏本，削你官职为小民！”通正司江西人朱玑又上奏本：“他做总河似水清，总是浙江金德英，假报虚空害忠臣！官厅房屋都没有，住居不过小民房。”皇上将其“御棍赶出午朝门”。内阁学士、国学教谕、太子太师胡中藻上本："臣奏江西周学健，与我同乡共府人。离隔不过四十里，何曾那有钱万金。"皇上云："若不想在国学教太子，就贬谪你充军去做小民。"按察史江西人叶一栋因害怕没上奏本，詹事府詹事江西人裘曰修把本奏，"总是苏州安抚院，商同德英害忠臣"，也被御棍赶出门。福建余知县是周学健的门生，也上奏本："他做总河似水清，朝中军粮他未扣，并无虚空在朝门！"皇上将其"午门斩首不留情"。开抚院将抄家抄出的7000两银子呈上金銮殿，"圣上一见不做声"。高斌奏本："周家银子七千零，妄报虚空金德英。"皇上这才放出周学健，官复原职总河身。周学健奏金德英买官卖官，"玩器珍珠动斗量，他有家财百千万"。皇上派官兵星夜围住金家府，抄出黄金、珍珠、玩器、瓜子金、夜明珠送到北京，校尉将德英拿到杀场上，"号令一声头落地，将头悬挂在午门"。

金德英死后，其内亲新居一心要害周学健，上殿奏本："周家必定用了贿赂，何曾那里抄得清。"皇上准其奏，令新居带人再次查抄周家。新居回到衙门心生一计，自己带夜明珠一颗和2万两金银率官兵围住周府，直接来到马房，让官兵在这里"挖不停"，抄得金银整2万，还有一颗夜明珠。新居又来到书房，书箱里抄出一封吴通仁写给周学健借款2000两的信函。新居带着这些星夜赶往北京，皇上见后"龙心怒"，将周学健再次打入天牢，并将时任山东知府的吴通仁"拖枷带锁囚进京"。金銮殿上，吴通仁辩解："臣在江西做知府时，省内发生灾荒，江西没有米谷卖，义仓米谷也无一星，当时库银也没有了，就向周借银二千两到四川买军粮。我在江西时，任知府爱百姓，百姓送我万民衣，留我仍旧镇江西。"皇上不听吴通仁述说，"午门斩首不容情"。高斌在皇上面前为周学健"保全尸"，"七尺红罗赐其身"。其弟周学伋也被问"秋后斩"，学伋思想兄有一孙，自己有一子，嫂子和妻子都已逃走并改姓埋名，若写好家书该如何给母亲送出？同乡裘曰修来天牢看他，他秘密将给母亲的书信给了曰修，曰修让朱玑的长随到江西送信。周学健的母亲昨夜梦见乌鸦叫呱呱，就带了家童前往淮安的原总河家。长随恰好也到淮安，把信交给家童，家童看信后告母"老爷已死，二爷天牢活不成"，母亲"一跤跌倒地埃尘"，"谁知百呼不还魂"。

周学健死后不久，正宫娘娘的兄弟国舅傅恒从边关回来，见了皇上云："我今听得周学健死，恨无双翅展京城。那个狗官真大胆，何事把本害忠臣？说起江西周学健，他是娘娘宠爱臣。杀了周学健由自可，岂不欺了娘娘身。”“苏爷安抚奏一本，他做假本奏当今。满服剃头有何罪，奸贼无故屈杀人。浙江德英身死了，妄报虚空罪该当。还有安抚该斩头，剥骨抽筋罪不饶。福建新居上一本，他和德英是内亲。我主并不问虚实，就将他本准施行。假报周家有财宝，我主听他是真情。”皇上这才了解到周学健被屈杀的原委，“寡人准了爱卿本，你受官诰我放心”。皇上派人将安抚拿在法场上，“将头斩落尘埃地”；新居拿在刑部处，“究责八十就充军”。国舅又上一本：“学伋坐在天牢内，望乞我主放他身。天牢误死周学健，北京城内立庙廷。朝中立起忠臣庙，周学健巍巍坐中宫。左边坐下余知县，右边坐下吴通仁。年年春秋行大祭，祀奉香灯永不停。每逢初一十五都来上香，文武朝拜乐无疆。”皇上准其奏，在北京立起忠臣庙，将周学伋释放出天牢，官复原职，并亲自在金銮殿见周学伋，皇上云：“好个忠孝周爱卿，赐你一万雪花银。你今奉旨江西去，御葬周学健母子身。”周学伋叩谢皇恩，将其兄周学健装柩，带领人马浩浩荡荡往淮安去。先到总河衙门，“大小官员尽来迎”。他连夜又将母亲装柩，“扶柩出城展江西”。柩到江西省城，抚院告示挂四门，迎接太太周大人。周学伋一行没有进省城，直接奔往家乡新建厚田乡社林村，在周府为平反昭雪的周学健超度。

第三节　说唱词话《说唱周学健》出现在《夜歌书》中的原因

一、周学健生平及剃头案始末

周学健被赐死于清乾隆十三年（1748）十一月，乾隆十五年（1750）新建知县邸兰标主修、新建进士曹秀先纂《新建县志》；清道光四年（1824）雷学淦修、曹师曾纂《新建县志》；道光二十九年（1849）崔登鳌、彭宗岱修，涂兰玉纂《新建县志》，三部《新建县志》中均未出现周学健生平记载。直至120多年后，清同治十年（1871）承霈修、杜友棠、杨兆崧纂《新建县志》时，才将周学健生平资料收入其中，所收内容既非周氏后人编写，也非县志编撰者根据史料编写，而是将官方编撰的《汉名臣传》中周学健内容大体过录："周学健，字力堂，雍正元年癸卯恩科乡试第一名，同年联捷进士，点庶吉士，散馆授编修，充《一统志》纂修。七年，丁父忧。十五年五月充四川乡试副考官，九月以编修提督福建学政。乾隆元年，迁侍讲。二年，迁右庶子。四年正月充三礼馆纂修，三月迁侍讲学士，六月转侍读学士。五年二月充日讲起居注官，六月迁少詹事，十二月迁内阁学士，充三礼馆副总裁。六年二月署刑部右侍郎，充《明史纲目》副总裁；三月补户部右侍郎，仍兼署刑部侍郎事；七月命往山东查办御史玛升参私票盐价一案……十月调刑部右侍郎。七年三月奉命前往安徽、江苏 会同督抚查办灾赈、水利事务。八年改刑部左侍郎，四月以刑部左侍郎署理福建巡抚；十月授福建巡抚，加兵部侍郎、右副都御史衔。九年九月迁江南河道总督，加太子少保衔。十三年闰七月缘事获罪革职，前往直隶修城工效力赎罪；八月 江南总督奏报周学健孝贤纯皇后丧事百日内剃头，不查究，江西巡抚开泰奏报周学健家查出兖沂曹道吴同仁贿赂嘱托举荐书信；十月中旬，江南、闽浙查出其于河道总督任内亏空，下旬，大学士高斌、署理两江总督策楞调查会审周学健营私婪 贿属实，拟斩，乾隆皇帝赐以自尽。"①

《汉名臣传》将周学健主要的赐死原因剃头案轻描淡写，以"不查究"三字带过，而将其归罪于"贿赂嘱托举荐书信""河道总督任内亏空"" 营私婪贿"等原因。周学健国丧期剃发，被江苏巡抚安宁告发，乾隆批其"丧心悖逆，不惟一己敢于犯法，并所属官弁同时效尤，弃常蔑礼，上下成风，深可骇异"，即于闰七月革职，押解进京从重治罪，江西巡抚开泰查抄周学健家产，乾隆警告"若稍有回护袒庇之意，断不能保其首领"；大学士高斌将周学健押解至京，乾隆再次

① （清）承霈修，杜友棠、杨兆崧纂：《新建县志》，清同治十年（1871）刻本，第7—10页。

警告“伊素与周学健交好，或令周学健自尽，不得到京明正典刑，惟高斌是问”，可见并非真正“不查究”。

同治《新建县志》在收录《汉名臣传》周学健内容后，有一段补充文字——“按:旧志失载，今据《汉名臣传》补入。又按《周氏家传》：周学健瘦长秀朗，秉性刚方，素负文名，甚有干略。任闽学政，闽人尤悦服，称‘周夫子’。解任，沿途饯送，后再抚闽，咸喜曰‘是活我周夫子来也’。福州府乌龙江系泉漳兴汀 四府往来之渡江临海口，两岸匪类五百余户，周学健视学时知其患，尝语督 抚，有策未行，迨任巡抚，于乾隆乙丑腊月乘其酣饮不备，选精兵千二百人擒剿 除害。既殁，闽人痛哭建祠以祀”[①]。侧面陈述了周学健的良好官声。

周学健被赐死后不久，其弟周学伋写了《力堂传》：

> 按行诸郡，生童焚香顶烛，夹道迎送，送者尝与迎者踵相接，虽曲谕严禁不止。洎罢任赴京，沿途彩帜鼓乐，露宿风餐，追随舆侧，直抵境外，呼号拥拜，然后罢去。后五年，再抚闽中，闽人喜曰“福星来矣！”时值荒歉，斗米千钱，地方大吏屡谕囤户出粟，粟麕至，所在充斥，不旬日而价值大平，妇女讴于室，老少歌于道，咸曰：“生我闽民者，果周夫子也。”闽民素号难治，抚绥稍乖辄详然诟厉。兄历任三年，令行禁止，血颂声常载市衢。移督河南报闻，闽人愀然曰：“吾辈失怙恃矣！”绅士兵民奔走惶惑，请留不可，乃倾国郊送，一如生童之送学政，而人更过之，逮兄殁，闽人大哭，为建祠以祀，至有祀于私室者。[②]

同治《新建县志》所引《周氏家传》不见于《重修社林支谱》，与《力堂传》文字也略有出入，但内容上前后呼应。周学健被赐死120多年后，时任新建知县

① （清）承霈修，杜友棠、杨兆崧纂：《新建县志》，清同治十年（1871）刻本，第10—11页。

② （清）行彪等纂修：《濂溪周氏宗谱》，清光绪二十一年（1895）光霁堂刻本，第71—74页。

和编纂者将其列入《贤良传》并做补充说明，可见周学健在当地颇具影响。更值得注意的是，《力堂传》与同治《新建县志》都强调"闽人痛哭建祠以祀""至有祀于私室者"却不提周氏家族后人、新建乡人对其被赐死的反应，显然是有意回避"被赐死"之罪名。

二、周学健剃头案对周氏家族的影响

周学健剃头案对周氏家族的影响，《说唱周学建》中可见一斑，"官兵围住周家府，布政三司到门庭。太太听得慌张了，一个公子吊了魂"，本是朝中大臣，突然被江西巡抚奉圣旨来查抄，其家族的恐惧惊讶可想而知。《重修社林支谱》另有较为完整的史证补充：周学健系宋周敦颐濂溪公后裔，元时其始祖已在社林村落户。清初，同村有来自南北各地之程、蔡、杨、熊、皮、马、颜、童、朱、曹、谭、夏、李、杜、万、谢及周17姓"共奉社火"。乾隆时剃头案发，其中"十三姓皆死徙无后"，剩者除周姓外，仅留谭、夏、熊三姓，《说唱周学健》中提及这一情况：

> 唬得良民战兢兢。官兵要往李家过，尽夜行走乱纷纷。李家路隔三五里，只说抄洗李家人。人说四川出草寇，四川出了李开花。五百年前共一家，不同宗祖也同华。我今不是木子李，莫非抄洗我李家。是我李家人不少，男女也有三百多。李家大小都逃走，啼啼哭哭好伤情。不说李家人唬死，谁知抄洗姓周人。①

当时受牵连被迫逃离社林的不止李姓，《重修社林支谱》相关记述如下：

> 李姓旧基在李家岗中腰，至今犹仍故名，其户口绝徙不可考。
>
> 谢姓旧基在对面山长石岗，其户口绝徙皆不可考。

① 佚名：《夜歌书》，清乾隆年间抄本，第 35 页。

> 朱姓旧基在夹山顶朱巷口，其户口绝徙皆不可考。
>
> 童、万二姓旧基在万童嘴，其户口绝徙皆不可考。[①]

周学健因剃头案导致周氏家族被查抄，周学伋在兄被赐死的乾隆十三年（1748）十一月戊辰，“依议应绞，着监候，秋后处决”[②]，逃亡或被诛杀的是周氏家族，其他家族应是被牵连。

据《重修社林支谱》之《周学伋传》记载：

> 兄总督南河，是岁，被参致罪，籍产赐帛。公幸免，蒙赦窜归，赁寓于省，教授生徒。[③]

此传中又载“公蒙恩遣归也，沉酣经史，殚力搜罗三十余年，六经皆有注疏”，总之，事实上周学伋不仅未在秋后问斩，且“蒙恩遣归”，被赐死在北京的周学健与因听闻周学健消息而气死在淮安的周母，均被归葬周氏丰城勺口祖坟，周学伋、周学健的子孙一直繁衍至今。

据故宫博物院档案记载：

> 奏为奏明事前阿桂口传圣谕周学健家中情形，今臣留心，臣抵江后加意密察，访得周学健之弟周学伋自乾隆十五年回籍，因与嫂不和，自在省城典住东街范姓小房子，有子二人，长名周文，现在应考，次子尚幼，伊妻舅监生陈姓，亲家尹姓，外别无往来之人。周学伋亦未曾远出。周学健祖房去省六十里，先已入官，后系族人公捐代赎，周学健之妻同媳妇孙子现今居住，并无家人。其媳之父饶允坡系进贤县贡生，婿

---

① （清）行彪等纂修：《重修社林支谱》，清光绪二十一年（1895）刻本，第 58 页。

② （清）行彪等纂修：《濂溪周氏宗谱》，清光绪二十一年（1895）光霁堂刻本，第 75 页。

③ （清）鄂容安：《奏为遵旨访查周学健弟周学伋家中情形》，清乾隆十七年（1752）十二月二十二日，中国第一历史档案馆存，档号：04-01-38-0040-024。

康姓，吉安府人，往来亦甚稀疏。此外有无踪迹，臣仍不时留心，理合先行奏闻。[①]

《濂溪周氏宗谱》中载，清乾隆五十年（1785）修《国史功臣列传》，乾隆皇帝特旨命周学健女婿康会海（时为州判）“清查周力堂历年缙绅后裔大小人口有无出仕，逐一详细载明达部，以登国史，钦此”[②]。康会海遵旨清查并载明报县达部，这年江西登国史者有朱、周、裘三家。

周学健被赐死后不久，周学伋就被释放回家，乾隆皇帝下口谕委派大臣打听周氏家族信息，在修功臣传时，特旨关照其后人出仕情况。可知周学健死后，朝廷对周氏家族依然施恩，周氏家族因此也能继续生活在社林祖地，所以《说唱周学健》中大量歌颂当今皇上、娘娘、国舅以及帮助过周学健以及家族的官员，贬斥迫害周学健及其家族的官员，皇帝对周家的赦免，也是《说唱周学健》能够编撰完成并成为说唱词话中祭祀先人范例的一个重要原因。

三、《说唱周学健》创作者及其创作目的

《说唱周学健》创作者疑是周学健之弟周学伋。

《说唱周学健》中按时间顺序简略叙述周学健为府县学批首、举人、进士、翰林以及就任福建学政、四川考官、福建巡抚职位后，就直入主题，上卷穿插金德英、安宁、周学健之间的矛盾，江西众多官员的求情，江西巡抚抄家，相关家族受牵连大逃亡，周学健母亲着急猝死，金德英诬告被斩首，新居设计再害周学健，从家中搜出吴通仁信件，周学健被赐死等情节，对照正史档案，后者中仅见圣旨令抄家、二次抄家抄出吴通仁信件。下卷国舅傅恒回京在皇上面前奏本，惩治了迫害周学健的安宁、新居，释放了天牢中斩监候的周学伋，周学伋官复原职奉旨御葬周学健和母亲，皇上在北京设立忠臣庙，初一十五文武官员拜祭周学健

① 《清实录》（第 13 册），北京：中华书局，1986 年，第 257 页。
② （清）行彪等纂修：《濂溪周氏宗谱》，清光绪二十一年（1895）光霁堂刻本，第 21 页。

和因此案被屈杀的官员，这些事件在正史档案中也均未见到。

正史档案中未见到的信息可分为两种情况：一是确实存在的史实，《重修社林支谱》的记载能作为旁证；二是正史不录，真实性存疑的内容。

第一种情况，应是周学伋及周氏后人在家族文献中补充的信息。第二种情况，可以认为叙述真实，但只有与事件密切相关者才能知晓。

《说唱周学健》如是南昌府一带夜歌郎创作，这些夜歌郎怎么会清楚地知道周学健事件的详细信息呢？笔者认为最为合理的解释是：亲历剃头案事件并几乎被秋后处决的周学伋蒙恩遣归，乾隆之所以没有处决他，一是因唱词中提及的国舅傅恒求情，二是乾隆意识到错误赐死了周学健，三是可能遇到大赦。但清乾隆十三年（1748）十一月周学健被赐死至十五年（1750）间清史档案中并无大赦记录，剃头案也没有赦免人员的记录，只有前两种原因能说得通。周学伋感激涕零之余，开始考虑如何记录周学健的屈死，将真实与虚构交错，将感谢皇恩、慰藉死者、告诫后人等情感交融，在《说唱周学健》中达到一种理想的圆满。

据《定溪公传》载：

> 力堂公，同怀弟也，年近弱冠与父兄齐名，当时比于三苏……八年中式，洎戊辰始举进士，入词林……兄总督南河，是岁，被参致罪，籍产赐帛，公幸免，蒙赦归，赁寓于省，教授生徒……沉酣经史，殚力搜罗三十余年，六经皆有注疏，今所存者仅《学庸讲义》与时文矣……及睹家乘，累世祖宗理学名臣、高人义士、序于现代名儒者，公则远绍而旁搜，之间有未发潜光、嘉言懿行，载在后世口碑者，公则表彰而阐发之。家礼、仪训、闺诫、蒙养、旧迹、遗事、山泽、墓铭、文学、闺秀，经公厘订注述者，不可胜数。[1]

周学伋系戊辰进士，入选翰林院，遇兄被赐死受牵连，蒙赦归后有能力、时

① （清）行彪等纂修：《濂溪周氏宗谱》，清光绪二十一年（1895）光霁堂刻本，第75—77页。

间以及意愿编撰《说唱周学健》，这一部长篇说唱词话没有刊行而放在本地夜歌书中，或是出于祭奠先人之目的。同时，《说唱周学健》中涉及许多在朝、在世官员，出现许多虚构情节，出于避讳避嫌的目的，也只能以口传或抄写的形式放在夜歌书里进行传播。

第四节　《说唱周学健》与清末上海石印说唱词话《南瓜记》情节比较

清末上海美术书局曾以石印方式印行了一种《南瓜记》说唱词话，卷首边题"忠良受害南瓜记"，8页，12.5×19厘米，四针眼。封面橘红色，上有《总河国舅》画图一幅，下有内容提要"拜访问罪、掘土抄家、正宫复选、国舅荣封"。书末附录有《最新十个月思儿》，2页。

《南瓜记》的内容与《说唱周学健》大致相同，语言、情节略有变化。周学健的家乡为江西南昌新建社林村，我们曾采访过村里的老人，他们回忆，解放前每到年节祭祀先祖时，就有人说唱《南瓜记》，至于为什么叫《南瓜记》，村里人也不清楚，《南瓜记》中没有任何内容与南瓜有瓜葛，整个村也没有人听说过《说唱周学健》这个名字，笔者疑《南瓜记》名称的出现应与乾隆时期创作者处理敏感题材时的策略有关。

表7–1　《说唱周学健》与《南瓜记》情节比较

情节	《说唱周学健》	《南瓜记》
周学健中进士前家庭和读书情况	"开言就把学伋叫，你在家中习五经。"	基本相同，此版本中周学健弟名周学俊，对应周学伋
周学健被点翰林以及与高斌、正宫娘娘的关系	文字稍异，基本内容相同	周学健被点翰林，主考官高斌，满族人，时任总河职位。他看中周学健能干，在其帮助下，周学健先后任福建主考、四川抚院、河南总漕官
高斌担任宰相，把总河位置交给了周学健	文字稍异，基本内容相同	文字稍异，基本内容相同

续表

情节	《说唱周学健》	《南瓜记》
正宫娘娘去泰山焚香许愿后，死在回京路途中，乾隆皇帝颁布了丧葬期间的新律例	娘娘去泰山焚香求子的内容情节相同，没有提修造天桥和许愿之事	正宫娘娘未生子，要到泰山去焚香，文官高斌、武将利将军相随。皇上吩咐造天桥，这座天桥百万里，一路平地到山东。天桥造成了，娘娘上了珍珠桥，宫女、文武百官随行。到了泰山庙，娘娘“祝告虚空过往神，要是神圣有感应，重修庙宇塑金身，回宫若是生太子，一十三省免粮漕”。许愿后回程路上得了病，很快就“一命归地府”。皇上伤心，于是“新颁律例莫照前，文武官员在朝内，六十三日许整容”
周学健哀叹娘娘死后，自己没有了靠山	文字稍异，基本内容相同	文字稍异，基本内容相同
浙江金德英与周学健交恶	文字稍异，基本内容相同	浙江金德英去江西做主考官，周学健是江西人，金想听听他的看法和有什么注意的事情。周学健说到江西去，文章卷子要小心，不要在江西贪图银子，不要误了江西读书人。金德英反驳说江西哪有浙江文章好，我是天下真才子，哪怕江西好文风。周学健骂浙江金德英：“你在朝中说大话，哪个不知你出身，瞒得别人难瞒我，不过监生出身底。你说天下真才子，周学健与你讲几遍。你说你的文章好，状元不当野童生。你说浙江出才子，江西城内出圣贤”
金德英设计害周学健，周学健被抓进天牢，周学伋也被牵连	文字稍异，基本内容相同	苏州安抚院与周学健是仇人。娘娘死后，皇帝下令63日后文武百官才能整容，但周学健和他所管辖的衙门27天后就整容剃发了。安抚院知道后与金德英商量，故意去周学健的衙门看真假。周学健装病不见，安抚院和金德英就把此事参奏，奏本内容除剃头之事外，还有：“我去江西考试去，见了周学健总河，他是贪生怕死人。他又虚空几十万，扣减军粮众兵人。他有家财百十万，官厅房屋几十重。”皇上准了金德英的本，拿了周学健在天牢中，学俊在翰林院也被牵连捉进牢中。

续表

情节	《说唱周学健》	《南瓜记》
皇上派人查周学健贪污钱财、克扣军粮事，未查到任何结果	关于圣旨到江西，江西抚院带人马去抄周学健家一事，《南瓜记》叙述要比《说唱周学健》略详	圣旨到了江西，下令江西抚院抄洗周家满门，布政三司接圣旨后，南昌、新建两地都着了慌，大小官员尽夜行。黑夜抄洗周学健，吓杀多多少少人。官兵要把李家过，兵将人马乱纷纷。李家路程三五里，只说抄洗李开花。我今也是木子李，莫非抄洗我李家。是我李家人不少，男女也有几百人。李家大小都逃散，走的走来爬的爬。周学健母亲慌忙接旨文："我儿两个在朝内，不贪金银半毫分。不知犯了何条罪，为何抄洗我家门。"抚院开爷下一礼，忙把太太叫一声。苏州安抚院、浙江金主考，报你家财百万金，我等奉旨来抄洗。结果，各处楼房都抄洗，牛棚马圈也搜遍，并没有见到金银财宝，挖土三尺又抄洗，还是空空无金银。抄出一缸雪花银，还有文契五六十，这都是祖上留下的，房屋天地总的算，不过只有八千零
高斌、朱玑、胡中藻、叶一栋、裘曰修、余知县等一批官员奏本保周学健，均被皇上御棍赶出朝门，宛平余知县被斩首午门	文字稍异，基本内容相同	高斌奏本："周学健他做总河似水清，朝内军粮并不减。又无虚空在朝门，总是浙江金学院，假报虚空害忠良。"皇上将高斌用御棍赶出朝门。若再奏本，削职作平民。瑞州的朱玑公子任一十三省通政司，奏本金学院和安抚院"假报虚空害忠良"，皇上又用御棍赶出朝门。江西胡中藻奏本，皇上说："不看你教皇太子国学，责罚充军为庶民。"江西叶一栋，任一十三省按察使，没有奏。新建县裘曰修，官做到詹事府，奏本保周学健，皇上又用御棍赶出朝门。福建余姓人任宛平知县，奏本后皇上说："你已经知道周学健犯了法，为何上殿见寡人，捆绑午门去斩首"

续表

情节	《说唱周学健》	《南瓜记》
抄洗周学健文书到后，高斌又上殿为周学健保奏	文字稍异，基本内容相同	抄洗周学健的文书一到，高斌马上又奏本保周学健，“天牢快放周学健，周学健家财七千银”，圣上准了高斌本，天牢放出周学健，官复原职总河身。高斌上朝把本奏，我主万岁叫几声：“臣奏浙江金德英，监生买做状元身。总是金家家财大，试官得了几万银。金银财宝他家有，还有珍珠用斗量。”圣上准奏，下圣旨抄洗金家，抄得银子无其数，抄出金子几万金。古玩不知多和少，还有两颗夜明珠。夹墙土库都抄过，抄得珍珠七八升。金银财宝都解去，高斌上殿见明君。最后金德英全家被斩首
金德英亲戚新居设计害周学健	《说唱周学健》中新居抄洗周学健家抄出吴通仁写给周学健的一封信：“此书不是别一个，书上就是吴通仁。他在江西做知府，南昌府下管万民。内家官职周学健，二千之数为何因？”关于这二千两白银的事情，交代得较为模糊。 《南瓜记》中关于吴同仁写信向周学健借银二千两的事情解释得非常清楚，可惜乾隆斩意已决	金德英亲戚新居奏本，认为周学健家没有抄出金银是周家给了抄洗官员银子，皇上让新居带领人马再去抄洗周学健家。新居心生一计：自己带了两颗夜明珠和金子三千整，偷偷放在马房里。又把家中书箱打开看，箱中抄出信一封，是吴同仁写给周的信，“周家用银托人情，二千纹银做人情”，皇上又传旨捉拿周家兄弟入天牢。新居又拿出那封信给皇上看，山西有个吴同仁（对应吴通仁），暗中收银二千两，内通作弊姓周人。吴爷一见圣旨到，吓掉三魂少二魄。他在江西做知府，二千银子托人情。只好随旨到京城，上殿参拜圣明君。圣上一见吴同仁，大胆狗官骂几声。同仁把本来启奏，我主万岁听微臣。丢了官职由自可，披枷带锁泪淋淋。为臣江西做知府，壬戌癸亥两年荒。臣在江西爱百姓，各府州县赈饥民。设了粥厂来施粥，救济江西众饥民。江西没有米谷买，御仓积米都赈完。百姓人口报水灾，又无银子完钱粮。那时为臣无有法，二千银子周府借。书信送到周家去，借银二千买军粮。川湖买粮到江西，救济江西众饥民。江西有个杨期盛，吩咐开关莫容情。川湖二省米谷到，救济江西终万民。臣在江西清如水，百姓送臣万民衣。不知哪个来害我，世不贪财害别人。圣上不准同仁本，明明贼子是奸臣

续表

情节	《说唱周学健》	《南瓜记》
皇上绞死周学健，周学伋待秋斩	文字有异，基本内容相同	乾隆皇帝开金口，要斩周学健在午门。高斌上奏皇上："万岁要斩周学健，小臣与他讨全尸。"圣上准了高斌本，七尺白绫绞其身。周学健法场来尽忠，无有亲人来收尸。妻室儿女在家内，路远遥遥信不通。幸而高斌行方便，去到法场收了尸。周学健死后，学伋天牢写书信，我也限至秋后斩，家中母亲怎知音。只怕奸臣来奏本，恐害我家以满门。家中还有两个子，哥哥无子有一孙。妻室儿女都逃去，改名换姓活得成。若还儿女逃出去，日后也有报仇人。先说满门荣耀好，谁知今日不团圆
周学健母亲得知周学健死信，昏死在淮安	文字有异，基本内容相同	周学健母亲这两天心惊肉跳，觉得有什么事情要发生。她骑上高头马要往北京去见明君。到了淮安城时，裘曰修的长差也来到淮安，告诉她老爷被勒死了，二爷也可能活不成了。周老太听说周学健死，一跤跌倒在埃尘，死在淮安不还魂
国舅傅恒为周学健报仇	《南瓜记》在以下两个重大情节上记载非常详细，而《说唱周学健》的相关记载则较为零碎模糊，《南瓜记》记载正可补《说唱周学健》之不足，也为我们研究周学健的平反问题提供了一些新的线索：一是乾隆皇帝因为娘娘死后，非常伤心，朝中大臣推荐迎娶娘娘的妹子来补正宫之位，皇上派文武百官去迎娶。二是国舅傅恒从边关回到北京，听说了周学健被绞死之事，就面见皇上奏了一本。皇上准了本，不仅杀了害死周学健的苏州安抚院，而且将新居流放三千里充军，为周学健报了仇	自从娘娘死后，皇上非常伤心。有人奏娘娘妹子二十春，何不选来立正宫。皇上听了，就选娘娘妹子身。金牌银牌出朝去，文武百官往前行。圣旨到了傅家府，国丈焚香接圣旨。娘娘妹子当时上了珍珠轿，金銮鼓乐往前行。各部官员都来拜见娘娘，朝中立了正宫主。国舅在外打仗，听说皇上杀了周学健，立刻赶回北京问询情况。朱玑见到傅国舅，把情况告诉了他，傅国舅手执笏板进朝门。见了皇上，他面见皇上奏了一本，"我主万岁纳微臣，我今上朝无别事，闻知误杀姓周人。当今总河无人做，都是贪生怕死人。满服剃头也无罪，奸佞怎么害忠良。浙江德英该万死，诳报欺君是奸臣。福建新居把本奏，他同德英是内亲。先前抄洗周学健，掘土三尺无金银。家财七千三百银，不该拿下姓周人。新居贼子用奸计，我主封他做总河。奸贼用计害忠臣，诬报周家几万银。臣在边厅全不晓，奸贼用计害忠良。复抄周家有财宝，吾主准了奸臣本。就把周学健斩午门，岂不欺了娘娘身"。皇上听得国舅说，皇上便把国舅称。寡人如今也伤心，误杀江西忠良臣。皇上封国舅为镇国侯，下旨：苏州抚院暗害忠良，斩首悬挂午门；新居暗埋金银害忠良，理当斩首，念他征剿李开花有功，发他充军三千里，国舅领命

续表

情节	《说唱周学健》	《南瓜记》
国舅傅恒为周学健、周学伋平反，周学伋奉旨回乡御葬周学健及其母亲	国舅傅恒又向皇上奏本，为周学健、周学伋平反并御葬周学健，皇上准奏，并封周学伋为御史。周学伋向皇上奏本，回乡安葬母亲。皇上准奏。 关于最后御葬周学健和其母这一情节，《南瓜记》仅两句唱词："逢州过县有官接，奉旨还乡好威风。" 但《说唱周学健》则较为详细："天牢误死周学健，北京城内立庙廷。朝中立起忠臣庙，周学健巍巍坐中宫。左边坐下余知县，右边坐下吴通仁。每年春秋行大祭，祀奉香灯永不停。初一十五来上香，文武朝拜福无疆。周爷立起忠臣庙，听说学伋有救星。圣上准了国舅本，天牢放出学伋身。周学伋选上金銮殿，俯伏金殿谢皇恩。圣上叫声周爱卿，官还原职在朝中。学伋谢恩出午门，来见千岁傅大人。不是千岁来保奏，下官性命那里生。大人恩深无有报，代代儿孙坐朝廷。拜谢千岁回衙去，眼中流泪似抛沙。想起哥哥死得苦，母死淮安苦难当"	国舅又上殿奏本，可怜周学健死得苦。赐他御葬转回程，学俊上殿谢龙恩。又谢国舅傅大人，承蒙国舅来相救。子子孙孙不忘恩，圣旨又宣周学俊。封你御史伴君王，学俊又把本来奏。臣有母孝在其身，臣母死在淮安城。理当搬尸到江西，圣上准了学俊本。赐你老母回江西，金棺御葬老夫人。逢州过县有官接，奉旨还乡好威风。造成一本忠臣记，万古留名好忠臣

《说唱周学健》和《南瓜记》相比较，二者各有特色，前半部基本内容、情节、语言都相似，只有后面金德英亲戚新居设计害周学健，国舅傅恒为周学健报仇，为周学健、周学伋平反，周学伋奉旨回乡御葬周学健与其母几部分在情节、语言上有较大不同，这为我们研究清代历史上周学健剃头案始末提供了珍贵的考察线索与资料。

第八章　清代湖南地区说唱词话

姚逸之在1929年编撰的《湖南唱本提要》中著录了91种唱本。经考证，这些都属于清末民初时期在湖南地区刊行、流行的说唱词话。这本提要十分珍贵，是目前为止所发现的第一部完整著录一省范围内说唱词话的书目提要，为我们了解清末民初说唱词话在沿长江流域的刊行流布情况提供了珍贵的第一手资料。根据这批资料，可以考察书铺刊行传播情况、说唱词话内容及其思想。当时有关说唱词话的田野调查报告，至今尚未发现，这对我们了解湖南地区说唱词话的真实传播情况，是很大的遗憾。

第一节　姚逸之《湖南唱本提要》中的清代说唱词话

民国十八年（1929）3月，国立中山大学语言历史研究所出版了一册《湖南唱本提要》，虽然编者姚逸之将其划分为弹词、鼓词、评话、山歌、剧本五类，但其所录的唱本均属说唱词话范畴。民国到现在，说唱词话提要仅有两种：一是姚逸之的《湖南唱本提要》，二是1986年8月由中国民间文艺研究会湖北分会编辑并内部印刷的《湖北民间叙事长诗唱本总目提要》。

《湖南唱本提要》为我们提供了近百年前许多珍贵的原始资料：唱本提要分为五类，每种提要涉及书名、文体、类别、印行地、情节五部分内容，不仅介绍故事梗概，而且还介绍了每种唱本的唱词和说白句式、用韵情况等，为我们今天将现存资料与提要中所记载的资料展开对比研究提供了极大便利。

表8-1　姚逸之《湖北唱本提要》书目版本及现存概况

书名	版本	资料室现存书目	资料室现存版本
《朱砂印》	中湘九总黄三元	《朱砂记》	清道光二十六年（1846）四川绥定府罗万顺堂重刻本
《双银配》（又名《八仙图》）	长沙左三元	《八仙图全传》	清四川巴州十八梯森隆堂刻本
《后八仙图》	长沙左三元	《后八仙图》	同上
《珍珠塔》	长沙明经堂	《珍珠塔》	贵州遵义1980年据旧刻本油印
《罗一打柴记》	中湘总文星堂	未见	未见
《手巾记》	长沙黄又森	《手巾记》	清长沙刻本
《吴燕花》	长沙三元堂	《柯子书与吴燕花》	清长沙刻本
《吴大人私访九人头》	长沙小西门外左三元	《新刻九人头》	清永州西乡文顺堂刻本、清星沙小西门外上河街左三元堂刻本、清上海石印本
《九美图》	长沙小西门外左三元	《九美图》	清长沙黄三元刻本
《四美图》	长沙小西门周庆林堂	《四美图》	清湖南昭阳刻本、清嘉庆丁巳（1797）聚云楼刻本、清长沙文元堂刻本
《七美图》	长沙西牌楼彭焕文	《七美图》	清上海槐荫山房荣记书庄石印本
《谭五姐》	长沙同文堂	未见	未见
《卖油郎》	中湘十八总	《卖油郎》	清长沙刻本
《何文秀算命》	长沙明经堂	《何文秀申冤全传》	清上海炼石书局石印本
《柳荫记》	长沙周庆林堂	《柳荫记》	清宣统庚戌（1910）春发堂刻本、民国新都鑫记书庄刻本
《祝英台》	长沙左三元	《梁山伯与祝英台》	清刻本、清上海槐荫山房荣记书庄石印本
《金钗记》	长沙左三元	《金钗记》	清咸丰四年（1853）四川绥定府罗万顺堂刻本、清上海槐荫山房石印本
《七层楼》	长沙左三元	《七层楼》	清中湘杨文星堂刻本
《风筝记》	中湘十八总	《风筝记》	江西刘绍清1975年抄本

续表

书名	版本	资料室现存书目	资料室现存版本
《三美图》（上中下三册）	长沙左三元	《三美图》	清上海槐荫山房荣记书庄石印本
《紫金瓶》	中湘九总黄三元	《紫金瓶》	未见
《杨三姐》	荆州同仁堂	未见	未见
《白蛇传》	长沙左三元	《白蛇传》	长沙本立堂刻本
《山伯访友》	长沙左三元	《新刻山伯访友》	长沙左三元刻本
《双情配》	长沙	未见	未见
《池塘洗澡》	长沙左三元	未见	未见
《奶奶私访》	长沙小西门外左三元	未见	未见
《巧姻缘》	常德萧福祥	《巧姻缘》	清上海槐荫山房荣记书庄石印本、桂北抄本
《当兵歌》	中湘	未见	未见
《槐荫会》	长沙左三元	未见	未见
《五美图》	长沙三元堂	《五美图》	清中湘三元堂刻本
《三元记》	长沙左三元	《三元记》	清长沙刻本
《晋凤兰全部》（共六册）	长沙	未见	未见
《三姑记》	长沙	《三姑记》	清中湘总文星堂刻本
《卖水记》	长沙左三元	《李彦贵卖水记》	清长沙刻本
《毛洪记》	长沙左三元	《毛洪记全部》	清长沙刻本
《烈女记》	中湘十六总信友堂	《烈女传》	清古文堂刻本
《滴血珠》	中湘黄三元	《滴血成珠》	清绥定府罗万顺堂刻本
《杀子报》	汉口同华堂	《曹安杀子救母》	清四川万邑三元堂刻本
《牙筷记》	长沙明经堂	未见	
《碧玉簪》	长沙周庆林	《碧玉簪》	清上海炼石书局石印本
《瓦车篷》	长沙左三元堂	《瓦篷记》《天赐双生瓦车篷牙痕记》	清长沙文元堂刻本、清上海椿荫书庄石印本

续表

书名	版本	资料室现存书目	资料室现存版本
《乌金记》	长沙	《新刻乌金记》	清光绪二十六年（1900）长沙文元堂刻本
《红娥女》	中湘杨文星堂	《红娥女》	清中湘十总河街杨文星堂刻本
《芦林会》	长沙	未见	清福州集新堂刻本
《打芦花》	长沙左三元	未见	未见
《挂袍记》	长沙杨福星	未见	未见
《清风亭赶子》	长沙左三元	未见	未见
《土牢记》	长沙	未见	未见
《私访华容》	长沙	《马清官私访华容记》	清中湘十总正街同华堂刻本
《私访苏州》	长沙左三元	《彭大人私访苏州》	清中湘杨文星堂刻本、清长沙三云堂刻本
《拷打春桃》	长沙左三元	未见	未见
《私访江南》	长沙左三元、长沙黄文森	《彭大人私访江南省》	清宝庆曹婆长庆堂刻本
《蓝丝带》	长沙黄文森	《蓝丝带》	清周庆林堂刻本、清益阳刻本
《三人头》	长沙三元堂	未见	未见
《私访广东》	长沙文珍堂	《彭大人私访广东》	清邵阳王长兴书局刻本
《游南京》	中湘	新刻游南京《蓝丝带全部》	清益阳刻本
《曹安行孝记》	长沙左三元	《曹安杀子救母》	清四川万邑三元堂刻本
《香山记》	长沙左三元	《香山记》	清成都青音堂刻本、清上海槐荫书局石印本
《董永行孝》	长沙左三元	《董永行孝》	清重庆张金山刻本、清宏文堂刻本
《王氏女全集》	中湘信友堂	未见	未见
《目连寻母》	长沙左三元	《目连寻母》	清通化善书刻本
《张秀英怀胎》	中湘杨文星堂	《张秀英茶碗记》	清上海槐荫山房荣记书庄石印本
《陈济赶车》	长沙广文堂	未见	未见
《葵花记》	长沙三元堂	《高彦真孟日红葵花记》	清长沙本立堂刻本

续表

书名	版本	资料室现存书目	资料室现存版本
《八宝山》	长沙庆林堂	《八宝山	清刻本
《五鼠闹东京》	汉口同华堂	《五鼠闹东京》	清上海槐荫山房荣记书庄石印本
《仙姬送子》	长沙	未见	未见
《三醉岳阳楼》	长沙左三元	未见	未见
《刘海戏蟾》	长沙庆华堂	未见	未见
《湘子卖药》	长沙罗富文	未见	未见
《全家福》	长沙左三元	未见	未见
《高旺进表》	长沙	未见	未见
《八仙庆寿》	长沙罗富文	未见	未见
《三打玉林班》	长沙左三元	《朱文进申冤三打玉林班》	清光绪二十五年（1899）益阳文元堂刻本
《私访莲花厅》	长沙左三元	《彭大人私访江西莲花厅》	清长沙宝庆南正街文元堂刻本
《白扇记》	长沙焕文堂	《白扇记》	清上海燮记书局石印本
《游长安》	长沙三元堂	未见	
《卖花记》	汉口同盛堂	《卖花记全部》（又名《新刻曹国丈谋害张小姐》）	清中湘九总正街三元堂刻本
《私访长安》	长沙黄又森	未见	
《私访湖北》	长沙左三元	《彭大人私访湖北》	清中湘十总正街同华堂刻本
《大闹清朝记》	不详	未见	
《私访南京》	长沙文元堂	《彭大人私访南京》（又名《彭宫保私访南京》）	清长沙大林福刻本
《私访九龙山》	长沙	《彭大人私访九龙山》	清中湘十总正街同华堂刻本
《征东记》	中湘杨文星堂	《征东记》	清光绪十五年（1889）中湘杨文星堂刻本、清上海燮记书局石印本
《太平王反南京》	长沙王洪兴堂	未见	未见
《铁冠图》	中湘同华堂	未见	未见

续表

书名	版本	资料室现存书目	资料室现存版本
《马嵬驿》	长沙彭焕文	未见	未见
《专诸刺僚王》	长沙大成堂	未见	未见
《黄金印》	长沙大成堂	未见	未见

从表8-1来看，出版唱本的书铺主要有中湘九总黄三元、长沙小西门外左三元、长沙小西门周庆林堂、长沙明经堂、中湘总文星堂、长沙三元堂、长沙西牌楼彭焕文、长沙同文堂、中湘十八总、常德萧福祥、中湘十总河街杨文星堂、长沙杨福星、长沙黄文森、长沙文珍堂、长沙广文堂、汉口同华堂、长沙庆华堂、长沙罗富文、长沙焕文堂、长沙黄又森、长沙文元堂、长沙王洪兴、中湘同华堂、长沙大成堂等20余家，这些唱本流行于清末民初的湖南地区，《湖南唱本提要》为我们提供了一份当时书铺流行的唱本名单，也为研究清末民国时期湖南说唱词话版本情况提供了一份比较完整的销售参考资料。

表8-1中91部唱书内容主要呈现以下五个特点：

一、与湘人在外做官、外人在湘做官相关的私访故事类唱书

与彭玉麟（湖南衡阳人）私访内容相关的唱书有《私访南京》（同治年间彭玉麟私访南京）、《私访九龙山》（同治年间彭玉麟私访山东九龙山）、《私访湖北》（同治年间彭玉麟私访湖北武昌）、《私访莲花厅》（同治年间彭玉麟私访江西莲花厅）、《私访苏州》（同治年间彭玉麟私访苏州）、《私访广东》（同治年间彭玉麟私访广东）等，另有关于陶澍（湖南人）的《私访江南》（道光年间陶澍任两江总督，私访江南）、关于马金龙（清湖南华容知县）的《私访华容》（时任知县，私访华容）、关于吴大善的《三人头》（乾隆年间两湖制台吴大善私访破案）、关于赵升乔（湖南巡抚）的《私访长沙》（乾隆年间赵升乔私访长沙）、关于喻文榜的《喻文榜私访南京》（又名《七美图》，乾隆年间朝廷命喻文榜巡抚南京，武状元郭文举副之，私访途中历经艰险，屡被女子救助，所遇七女均娶为夫人，并将沿路所遇奸人皆重办之，民风为之一变）。另有《游南京》（又名《蓝丝带》，讲乾

隆皇帝私访南京)、《吴大人私访九人头》(清代武昌总督吴公私访破案)、《奶奶私访》(清代芷江县县吏夫人私访破案)等，其他涉及私访及民众起事的唱书有《乌金记》(乾隆年间吴天寿定计为桐城友周明白申冤，总督命桐城令私访，得以缉盗破案)、《土牢记》(清代湖南官吏杨国棻与妻骆氏合谋杀害小妾翠云，幕吏胡某写匿名帖单散布城内，抚藩两司拾得，为翠云申冤)、《白扇记》(雍正年间湖南辰州府知府胡景选辞职归乡途中遇害，妻黄氏与女儿被贼人赵大抢去为妻妾，3岁子金元宝被投入江中，后被渔夫所救，改名鱼网。鱼网长大后离开渔夫，以自己身世编成故事唱道情寻访父母，至赵大开的当铺管账，寻得母亲与姐姐，后持黄氏白扇到北京舅舅黄丞相处告状，此冤乃申)、《大闹清朝》(宣统年间岑春蓂任湖南巡抚时发生的反岑民变事件)、《太平王反南京》(咸丰年间太平军攻打南京)。

图8-1　清湖南邵阳说唱词话木刻本
《私访广东》卷首

以上这些唱书均与当朝吏治有关，无论是湖南人在外做官，或是外乡人在湖南做官，有好官声者，都在唱书里被百姓传扬；反之，则在唱书里被抨击和诅咒。同时，我们也从另一个方面看到：民众是弱者，官员是强者，民众迫切期盼官员能做一些实实在在的好事，清除一切欺压百姓的恶霸土豪。

《吴大人私访九人头》可谓是这类唱书中情节最为起伏波折的一部，[①]故事发生在清代湖北武昌，一对男女因私往来而酿成悲剧：湖北谷城人杨春龙，早岁丧父，由母养大，娶胡氏为妻。他往武昌赴试落第，投江被救，王天成将其带回家中教儿子王中读书。王中娶妻柳氏，王中还有妹妹玉环未嫁。一天，柳氏和玉环在园内见杨春龙读书，柳氏戏言玉环与其为一对佳偶，不想被墙外医生张大红听到，晚上张大红贿赂栅卒从墙缺口处进入，冒杨春龙名义入玉环室灭烛私通，并嘱咐玉环，凡他来就灭烛，往来数月。一日王中晚上看到一人影，害怕妹妹被人欺负，就和妻子柳氏搬到妹妹房间，妹妹去他俩房间换住，结果张大红来后，见一男一女，以为玉环私通他人，就将两人头割下，扔到其仇人姚士林家。天亮后王天成告官，玉环认为是杨春龙所为，县官定杨春龙杀人罪。但不见两人人头，百金悬赏，禁卒为了百金，杀戚家妇并焚家毁尸，但男头仍没有见。张大红扔人头的事被姚家二佣人同科、金榜知之，以此事向士林索金，士林给以百金，命二人将人头扔井中，同科趁金榜不备，推其入井，自拿百金逃走。胡氏与杨母来武昌申冤，因人头不见，未能定案，胡氏又被刘贡生杀死。杨母到武昌总督吴公处申冤，吴公代其母写状并设计将玉环与杨春龙同放一屋对语，旁人不在。玉环骂杨春龙毒，杨春龙骂玉环无耻，玉环索观其股际没有痣，乃知杨春龙被冤枉。吴公偷听到，询问栅卒，供出大红。询问人头，又查到姚家，金榜被杀事也明朗，刘贡生家人告刘贡生杀死杨妻，胡氏事也明，禁卒卖头事也定案，此案涉及两人头、戚家妇头、金榜头、胡氏头，还有禁卒、大红、同科、刘贡生四头被砍，共涉及九个人头，故称《吴大人私访九人头》。

另一部唱书《奶奶私访》，主人公是芷江县张员外儿子翠林，15岁被送往颜举人学内读书，隔十日回家一次，清明节学生放假扫墓，翠林归路上避雨翠花庵，与尼姑黄月英相识并交欢，次日方才返校。翠林三个月未回家，张员外询问，他诡辩避之，颜举人让伙夫跟踪，知悉其情，责打翠林，翠林羞愧自缢而死。张员

① 按：本书中涉及的部分唱书故事，其名称与情节内容仅见于当地（文本内容里常出现许多与当地风俗习惯有关的方言俗语或地域文化），流传度较低，因此论述时会将其情节具体展开，有助于读者深入了解。

外状告颜举人，县吏芦清请其夫人到庵打听，得知黄月英有孕，县令即断令黄月英为张员外媳妇，黄月英后生一子，承继张家。

二、体现清代女性社会生活等内容的唱书

古代地方志乘中主要记录的妇女类型当属节妇类，如“阴氏，增生杨学震妻，年二十夫亡，矢誓靡他，劳苦艰辛，抚三子皆大成，长善孝廉，官保德州学正，仲义进士，官尚书，季熙附学入监，以仲子义贵，封太夫人”①。如“赵氏，尉振基妻，于归时十九岁，二十七岁夫故，遗孤甫四岁，甥亦八岁失恃，氏抚养无歧视，薪米艰窘，纺织不懈，守志四十七年，卒年七十四岁”②。“董氏，师堂礼妻，十五岁于归，夫殁时，氏年二十有五，无子，以侄炳章承嗣，侍奉翁姑，抚养幼子，克尽妇道，守志三十七年，卒年六十二岁”③等。

表8-1中体现清代女性社会生活等内容的唱书，具体可分为以下四类：

（一）守节抚育遗孤成人

如《三元记》，秦仲与商容同为明宪宗时大臣，秦仲次女雪梅，幼指商容子商琳为妻。商容弃官归里，家遭火灾大贫，遂送商琳于秦仲家。秦仲欲毁婚约，夫人不愿。商琳读书日渐游荡，雪梅忧虑，偷偷至书室阅商琳所写文，商琳欲谋与私，雪梅拒之。夜晚，商琳入室，又被拒之。商琳病，秦仲促其归，归而病愈剧。商夫人询问商琳，商琳将与雪梅交往事告知，才知此病非娶雪梅才能救。商家与秦家商议，秦仲不许，商夫人乃以养女爱玉扮作雪梅以骗商琳，商琳夜不细察，天明才知受骗，数月后殁，爱玉有了身孕。商琳没后，雪梅与母到商家吊孝，不复返家。10月后爱玉生子，名商辂，雪梅与爱玉共抚此子。秦仲设谋令雪

① 孙奂仑修、韩坰等纂：《洪洞县志》，台北：成文出版社，民国六年（1917），第1077页。

② 孙奂仑修、韩坰等纂：《洪洞县志》，台北：成文出版社，民国六年（1917），第1202页。

③ 孙奂仑修、韩坰等纂：《洪洞县志》，台北：成文出版社，民国六年（1917），第1204页。

梅改嫁，雪梅不从，后商辂以状元及第尚主，秦家也因商家得以荣贵。

另有《葵花记》，高彦真为高陵人，父早亡，母汤氏年迈八旬，妻孟日红事母甚孝。高彦真得妻助力，应试得状元及第。朝中梁丞相有女，逼其成亲，高彦真欢娱而忘妻与母。高母病笃思肉，日红割股以飨母，未几高母卒，叔高公助日红安葬。孟日红去京探询丈夫消息，途中被贼抢入山寨，强迫婚配，受尽凌辱，后得看役救，逃离山寨，到京城得知高彦真已中状元，入赘相府。孟日红去相府不得见夫，欲至帝前状告，梁丞相与夫人派使女梅花药杀日红，葬葵花下。玉帝念日红贞孝，令其复醒，授其武艺，孟日红剿灭贼寇，有功封官，终与高彦真团圆，梁丞相满门诛灭。同类型故事又有《孝妻赵五娘》，但孟日红并没有在现实中得到安慰，她只是依靠玉帝成全而获得虚幻的圆满结局。

（二）追求婚姻自由

这类内容的唱书比较多，如《手巾记》，昌门县朱文进妹金莲毁弃娃娃婚后，与秀才姜梦秀成功私奔。

《吴燕花》，吴燕花弃掉兄长所定婚姻，与邻村柯子书私订终身，终成眷属。

《谭五姐》，湖南湘潭蓝某丑陋，娶美妻谭五姐，夫妇不睦。谭五姐与本村左成科私奔到全州，后被人举发，左成科入狱，谭五姐判回蓝家。蓝家将其改嫁宁乡富户尹家。左成科出狱后到尹家看望五姐，尹家知两人事，送左成科归乡，途中以足伤其腹部，左成科病死。尹家未告五姐，五姐为尹家生子，始终不知左死讯。

《柳荫记》，祝英台假扮男子与梁山伯同学，后祝英台回家，山伯访之，才知其为女子，祝家已将英台许了马家。山伯知婚事无望后病殁，英台悲之。马家迎娶，过山伯墓时英台哭之，墓开女入，马公子恨而自缢，控诉山伯于阎王。英台愿意从山伯，阎王不能强，命三人还魂。山伯后中状元，与英台终老，马公子另娶佳人。

《祝英台》，前面内容同《柳荫记》，但英台入坟后，马家公子也自缢死，三家掘山伯坟，仅见三石，不见人尸。投石入水，化三鸳鸯，两鸳鸯相依而游，一鸳鸯追随于后。

《风筝记》，某生春日放风筝，风筝线断掉落某园中，生拾风筝时见美女，上前戏之，美女不从，生当夜越墙入，终与女通。天明相别，女叮咛异日勿忘旧好。

《杨三姐》，宁乡人杨凤高，弟金主，家富裕。凤高有二子，女名三姐，幼字同邑汤家，凤高外甥李四，佣于舅家，与三姐私通。后李四佣于金主家，新年时三姐到叔叔家贺年，趁家人宿，两人相见于室，被家人觉。金主对凤高言女已有身孕，后被汤家知，杨凤高以千两银才平息此事。

《当兵歌》，张三良与李满姐相好，广西有贼匪之乱，张三良去当兵，李满姐鼓励他杀贼立功。后张三良请假回家，用当兵所累之资购置产业，两人择期结为夫妇，富贵终身。

《双情配》，主人公张桂姐，年方花信，和邻里周常吉相爱慕。有名登科者，夜入桂姐室求欢被拒，登科到处宣扬桂姐与常吉私通，并书于纸贴于墙。常吉父母将其送潭州，桂姐病，桂姐父母将常吉迎回，让其娶桂姐为妻。婚后两月，桂姐病卒，常吉哭之，极其哀痛。

在这类作品中，为追求婚姻自由而牺牲自己在所不惜的妇女形象非常突出。如《烈女记》，湖南湘潭富人朱华藻，有子女三人，长女乐一，次女二姐。二姐幼曾订婚陈家，后陈郎长大，家贫，朱华藻召陈郎，先以50金嘱其退婚，陈郎不肯，朱华藻逼迫陈郎写退婚书。二姐私下给陈郎80金让其努力读书，静候佳音。朱华藻病故，二姐掌管家事，从兄步蟾忌恨她，设计让她与富家肖姓订婚。婚期至，二姐才知，不能改，遂自刎于花轿中。后示梦陈郎，谓玉帝悯其贞节，已封其为神。陈郎乃为之建庙立像而祀之。当地人敬其贞烈，称庙为二姐庙，塑像为二姐神，许愿甚灵。

《金钗记》又是一起书生害女事件。王日朋家贫，于村塾读书，赵员外以女妻之，员外妻与员外妹不喜，但赵女坚持，终与日朋结为夫妻。日朋往东京状元及第，但被奸臣所害，去信给妻不得返家，但此信被康生所获，用伪信骗赵女日朋已死，劝其改嫁。赵女始终不从，家人逼之，赵女投江，遇钱太守救，认为义女。太守任满回东京，赵女设醮于某寺，恰好日朋为赵女设醮于寺，两人相见，夫妇团聚。

（三）妇女将自己对美好婚姻的希望寄托于神灵

如《巧姻缘》，主人公子兼，十五入黉门。南阳城有南楼者，传说是王娇鸾与周定章相爱，因周定章背盟另娶，娇鸾自缢死处。人们都说这里有鬼，很少有人去，子兼喜欢幽静，独居南楼读书。一日吟诗，忽听有女唱和之声，见一女子，两人相爱，子兼因情成疾，母忧之。原来娇鸾与子兼两人有旧姻，故娇鸾魂魄与子兼在南楼相会。恰此时有赵廷辅之女瑞珠，与黄文富之子连书相好，两人乃姑表亲，私订终身后经父母同意，娶嫁有期。连书突然得病卒，瑞珠私备酒肴赴坟前祭祀，父责之，瑞珠自缢。娇鸾魂魄遇到瑞珠新死，即借尸还魂。赵家因女死复醒，非常高兴，但其自称王娇鸾，曾与子兼订婚。问子兼，确有其事，赵家遂将复醒瑞珠称王娇鸾者嫁与子兼。此后子兼用心读书，后探花及第，母与妻都受封诰。

《晋凤兰全部》，晋公官都督，有女名凤兰。凤兰9岁与母赴宴丁文太师府上，丁文妻欲让凤兰与其子订婚，但凤兰3岁时已与施家公子必登订婚，因此晋公谢绝丁文妻。丁太师怒，诬告晋公，晋公被斩，凤兰母不久也病故。凤兰依姑父家改姓朱，姑父文武娴熟，教凤兰骑射战斗，立志报仇。必登长大后非凤兰不娶，中状元及第，重修晋公墓。边地有战事，凤兰揭榜，封元帅平贼后，兵围太师府，尽杀其家人，入朝封官，必登求天子赐婚，凤兰因施家曾有退婚之举，坚拒不肯。后两人皆因病寻死，被仙人所救，终成夫妇。

《紫金瓶》，福建惠安县李家庄李怀德中年得子名子英，赴京赶考途中遇盗被擒，盗女百花公主看上了他，私下与子英成婚，赠其紫金瓶助其逃出。子英误了考试，在京师旅舍把玩紫金瓶，用手一击就有美女出现。店主杨喜用毒酒杀子英，但紫金瓶失灵，就将其与子英一同葬在园中。百花被父亲赶出家门，生一子名香保，居于老妇家。老妇为神灵所化，子英魂魄托梦父母，老妇也助百花，子英父母到京城寻包公申冤，包公往杨喜花园掘出子英与紫金瓶，紫金瓶将子英复活。子英献瓶于朝，朝廷封子英官，杨喜伏法。

《毛洪记》，明嘉靖年间湖北襄阳府有翰林毛谷，与张进士友善，两家求神许愿，生男女结为夫妇。毛家生子毛洪，张家生女玉音。3年后，毛谷死，毛洪7岁时母也亡，由外公抚育教读，外公殁后，毛洪家道中落。张进士后为尚书令，欲毁婚约，逼毛洪写退婚书，毛洪写书而出。张进士将玉音许给萧翰林之子。萧家迎亲，玉音退嫁妆并索银500两，密令丫鬟梅香招毛洪至，给其500两银及琥珀簪、金珠环、金玉指等，嘱其努力进取。玉音暗藏匕首，在轿中自刎身死。后托生咸阳城酒店李善家，并托梦告知毛洪，他日见面时，以大笑为记号。毛洪去李善家，出生三日的小孩见毛洪大笑，毛洪告其家始末并求订婚，李善允之。毛洪后力学不倦，先后任洛阳县丞、江西监察御史、四川巡按等职，后奉谕迎娶李善女。张尚书得罪朝廷，御旨查办被诛。毛洪请诰命，为张玉音立贞烈牌坊。

《张秀英怀胎》，张秀英与李满结婚5年没有生育，其夫忧虑。秀英劝其莫着急，附近有娘娘庙求子灵验。翌日，夫妇往庙祷告，是夜秀英梦巨桃生园中，摘食之，醒后告夫有异，秀英身怀有孕，十月产子。成人娶妻，夫妇和睦，侍奉秀英、李满，一家和乐。

（四）妇女努力为自己的命运抗争

代表作品如《四下河南》（又名《滴水珠》），宋仁宗时，四川赵家坝有富翁赵如山，前妻生子名秉兰，武举人，有二子。后妻岳氏，生子秉桂，秀才，妻田氏，生子良英3岁、女琼瑶14岁，知字能文。如山、岳氏先后去世，秉兰以秉桂弱，欲夺遗产。上元节，田氏和良英、琼瑶归宁省母，秉兰与秉桂在家饮酒，秉兰以铁器击打秉桂致死，并从楼上掷下，假说秉桂醉酒坠楼，叫人告田氏后草草埋葬。秉桂死后，示梦田氏与女儿琼瑶，嘱咐为其申冤昭雪，并让他们移居他处，以防再受迫害。田氏移住他处，秉兰遣仆妇供其驱使。仆妇将实情告田氏，田氏以谋产害命告官，官受贿赂判和，田氏再往上告。一日，有少年古成璧避雨田家，田氏告之家中事，古成璧言此事告河南包公即可申冤，临行赠田氏10金。田氏带子女去河南找成璧，成璧母见琼瑶婉丽，即为其与成璧订婚。此时包公去官，田氏带儿女只好回川。秉兰知悉，将琼瑶暗许他人。迎亲前，田氏带琼瑶二次去河南，包公仍不在，田氏病殁，琼瑶无奈，卖弟于寺为僧，自己则教女弟子书糊口。不久，包公归，琼瑶控告却误到他衙，被遣送回川。秉兰又将琼瑶卖给富翁张某为妾，琼瑶告冤，张某感动，收为义女，助其金三下河南。途中遇盗贼，盗首欲纳琼瑶为妾，后知是琼瑶舅，乃命人送其至河南，见到包公。包公命人往四川取秉兰，秉兰前几日已经被盗贼杀全家，县宰也被杀，琼瑶父仇已报，年已十七，愿意嫁与古家，成璧疑其不贞，欲毁婚约。琼瑶怒，四下河南，控告于包公。包公以金盆盛水，验琼瑶血，血滴成珠，知其贞烈。事闻于朝，仁宗认琼瑶为女，以公主礼下嫁成璧。后琼瑶舅反，琼瑶往平之，因言父仇事，方知秉兰全家被杀，系其舅所为。

《碧玉簪》，翰林王殿英，夫人张氏，公子玉林，年十九，博学多才。王公因假返乡，去拜同乡李尚书。尚书爱玉林才学，以女秀英妻之。迎亲之日，玉林在门间拾起纸包一个，内是秀英寄给表兄顾生书信，内有一碧玉簪，云婚事系父母订，自己不愿。婚后玉林不与秀英宿，王尚书知两人不睦，问玉林，玉林将书信与碧玉簪呈之。尚书以秀英不贞，命其自缢。秀英无以自白，其婢颇聪慧，取书信视之，非秀英字迹，碧玉簪则是孙媪借去未还，乃拘孙媪严讯之，孙媪承认这是顾生设的圈套。玉林谢罪，秀英不理玉林。后玉林状元及第，被选为驸马，玉林因秀英而不从，几遭不测，但秀英始终不与其共寝，后二人离异。

《卖水记》，黄宰相、李学士均为福州福清人，曾为儿女指腹为婚，李家生男彦贵，黄家生女桂英。李家长子彦荣中状元后被诬私通外国，朝中斩了李学士，母子入狱又被放出，彦贵卖水为生。桂英私送他一些银两后悄悄离去，结果彦贵被巡更发现抓住，以为其是盗贼。黄宰相趁机贿赂金知府，将彦贵屈打成招，冬至处斩，桂英请彦贵嫂去寻彦荣搭救彦贵。彦荣居番十三载后返回朝廷，得知彦贵消息，奏本求赦其弟死罪。桂英一直没有等到救命人的消息，素装到法场祭夫。此时，皇帝赦旨来到，兄弟相见大哭，乃以黄宰相、金知府等官害民之事奏朝廷，旨下，判罪各得其所，桂英与彦贵终成眷属。

在南方民间流传度非常广的《珍珠塔》，也可归入这一类作品。方卿，崇祯时河南人，祖与父因魏阉陷害而死，与母杨氏住破屋中。襄阳陈廷为其姑父，杨氏曾对陈家有恩，故让方卿去求助。方卿见姑父陈廷与姑母方氏，姑母以方卿贫穷，嫌弃逐之。陈廷之女翠娥私下招方卿回，安慰他并赠银，方卿不受。翠娥乃将珍珠塔藏食物中赠方卿，方卿辞之。陈廷知方卿走，追其致歉并为翠娥与方卿订下婚约。方卿身无分文，病倒在途，陈廷门人毕显救之。毕显时任巡抚，厚待方卿，以妹妻之。方卿在毕家读书待考，方卿母不见儿回，至襄阳寻亲未果，寄居尼庵帮佣。翠娥去尼庵敬神，见杨氏流泪，询之方知是舅母，悄悄送物至尼庵养之。方卿应试，以状元及第，授七省巡抚，过襄阳时化装成贫士见翠娥，并请毁去婚约，翠娥坚决不可，方氏怒骂之。翠娥悄悄告方卿其母在尼庵，方卿见母。方卿去陈廷家，陈廷有悔婚意，适毕显来拜，告知方卿事，阖家大喜。方卿迎母于尼庵，娶翠娥归河南，纳毕显妹为二夫人。翠娥历经曲折而心不移，终获圆满结局。

三、描述书生历经曲折最终科场得意、一夫多妻内容的唱书

如《九美图》，李文贵家遭火灾不知去向，妻康氏和子香保卖花为生。香保卖花时遇殷相国女桂英，私订终身，康氏不同意。香保自缢被林吏部救，与吏部女春香订婚。后因事逃走，生病庙中，遇到王知府女赠金并订婚约。庙僧毒杀香保得其金，香保被神灵救下并送其至陕西给名医做助手，为张府女公子治好病，张女与香保相好。张府家人告香保行窃，香保入狱被判处死刑。临刑时神灵救，县令认其为义子，以女妻之，后香保几经奇遇，状元及第，成驸马并授天下巡抚使，寻到父母团聚，又先后迎娶九位美女，故称《九美图》。

《三美图》，宋徽宗时，山东济南人焦百万，妻覃氏，天官覃金龙之姑母，生子可达，19岁为状元，妻陶氏，有子焦保童3岁。可达与陶氏扫墓，路遇太师陈洪，陈洪见可达妻美，即劫归，并预谋害焦家。徽宗不知，密杀焦家父子与家奴等300余人，保童因鬼谷神救而免死。覃金龙有女南英，曾与保童订婚，覃因受牵连，辞官归，南英被神风吹走。13年后，保童奉师命下山报仇，居覃府，

南英也奉师命下山助力保童报仇。二人私通，被金龙知道，欲杀二人，二人逃至东京，在家将焦清助力下，兵围东京。徽宗杀陈洪后，保童、南英息兵，保童除南英外，还娶二女为妻，故名《三美图》。

《四美图》，有知府子名龙生，读书玄妙观，与侯参将女美容订婚。侯参将不同意，将美容另许陈公子。陈公子设计害龙生，龙生逃走，奇遇三女，皆订婚。后美容听说龙生被害，起兵造反。龙生状元及第，朝廷命其征讨美容，夫妇相遇于战场，美容反事平，龙生升官并杀陈公子全家，并迎娶另三位夫人回家团聚。

《五美图》，和珅杀尚书洪有云，有云父带孙兰桂乘舟逃走。舟泊新康，兰桂沽酒市中，有酒家女南翠英愿与其交好，有云父许之。舟行芦林潭，广东巡抚李卓琪也泊舟于此，和兰桂船相邻。卓琪女淑贞夜闻读书声，见兰桂后，派婢女乐春请其与己成婚。被兰桂拒绝后，淑贞将兰桂灌醉，带其舟行，俨然夫妇。有云寻兰桂不得，返回新康住南家。卓琪上任不久，淑贞、乐春肚腹渐大，兰桂逃走，经德山时遇盗贼劫金，被投枯井中。学院陈少年路过此地，其女玉梅派婢女白娥救出兰桂。陈少年以兰桂为螟蛉子，纳玉梅、白娥为夫人。后兰桂为四川状元，到新康拜祖，又将玉梅、白娥接来同住。和珅先是害兰桂，至嘉庆时，和珅入狱，兰桂乃得出。兰桂先后有五位夫人，故曰《五美图》。

此外，《湖北唱书提要》还有一些其他内容的唱书，如民间历史传说故事《黄金印》《专诸刺僚王》《马嵬驿》《铁冠图》《陈济赶车》《槐荫会》《池塘洗澡》《白蛇传》《柳荫记》《卖油郎》《何文秀算命》《征东记》等，神怪故事如《全家福》《湘子卖药》《刘海戏蟾》《三醉岳阳楼》《仙姬送子》《五鼠闹东京》《八宝山》等，孝道、宗教故事如《目连寻母》《董永行孝》《曹安行孝》《香山记》《王氏女全集》《打芦花》《芦林会》等，其他如《红娥女》《瓦车篷》《牙筷记》《杀子报》《罗一打柴记》等。

第二节　湖南中湘唱书《七层楼》

一、《七层楼》版本概况

《七层楼》，清中湘杨文星堂刻本，四周文武边，粉红色封面分为竖三栏，右为“七层楼全部”，中为“新刻沈子忠点状元四十册”，左为“中湘杨文星堂刊刻”。这是一部标准的南方唱书，正文分为上下两部，从头至尾全部由七言唱词组成，没有白话。

《七层楼》主要情节为：湖南永州沈子忠，是黉门秀才，父亲早早去世，他与母亲住在破瓦窑中艰难度日，每日“苦苦把书读”，“只想读书功名就”后报答母亲。谁料有一年冬至日，他和母亲去给父亲扫墓回家后，母亲便得病去世，子忠家中贫困无法送葬，天降大雪，山神变成一位老翁进窑，教他去宰相黄天公家学董永卖身葬母。子忠走后，老翁将子忠母亲尸身埋在窑底，把这里推成一片平地，用这“龙头之地”安葬了子忠母亲。

子忠见到黄天公，诉说苦衷后签了一份卖身契，黄天公给他30两银子安葬母亲。他回家后发现老翁与娘亲皆不见，知道定是神助葬了娘亲。回到黄家后，子忠被改名来进，在书房做书童。某日，黄天公给儿子黄龙、黄虎出了《孝悌》题目让写文章，二人都不会，让子忠代写，三人由此结拜为兄弟。黄天公看到文章很惊讶，认为不像两个儿子所写，遂再次点题让二人现场作，黄龙、黄虎无奈承认是子忠代写。黄天公骂道：“要活畜生好大胆，你是虾子他是龙，你敢与他代作文。”“这个狗才了不起，会试榜上有此人，分得我儿那有名。”罚子忠三个月内在花园里盖一座七层楼，否则“要你性命见阎君”。没想到子忠在“鲁班先师”和“三千徒弟”的帮助下，一夜之间盖起了精巧神奇的七层花楼。黄天公认为

“一夜花楼起七层，必是仙家洞内人”，命他看守这七层花楼。

黄天公家另有三姐、四姐两位女婵娟，四姐看中了子忠，心想“来进聪明文秀郎，奴想与他结成双。住在娘这十四岁，尚未许人成婚配。我看此人有出身，又怕父母不能听。每日阿想那来进，为他想成相思病。瞒了爹娘不知因，前去调戏与他身”。她在丫鬟陪同下，来到七层花楼，要挟子忠与她有空时相会。正逢黄天公带全家去扫墓，四姐假意有病未去。待家人走后，丫鬟把子忠叫到四姐绣房吃酒，“红罗帐里结成双”，黄家扫墓回来，事情败露。黄天公骂道：“狗才做了奴欺主！”当时就叫手下人，绑去砍了不容情。在黄龙、黄虎劝说下，黄天公饶了子忠性命，将他赶了出去。四姐误信子忠被砍，“将头撞死见阎王”，黄天公命人将死去的四姐丢在花园，黎山老母将四姐带回洞府，用仙丹救活，并教她武艺与腾云驾雾术。

京城开科榜，黄龙、黄虎和子忠在京中相见，子忠中状元，黄龙、黄虎为榜眼和探花。此时有贼人造反，朝中无人敢迎战，黎山老母命四姐去揭皇榜。子忠与四姐相遇后，一起去见皇帝。四姐奉旨迎战贼人，最后得胜回朝，被封兵马大元帅，子忠被封宰相，黄龙、黄虎也被封为巡按太守。四人一起返乡，黄天公最终接纳了子忠、四姐，最后收场句：

> 天公发笑将言说，姊妹眼力也难得。夫人闻言说一声，果然是个出头人。天公当时福气生，朝中能有此宰相。宰相元帅为大儒，巡按太守我儿的。二家福分真有种，一家大小团圆会。万古流传劝世人，为人行孝不非轻。世人养女你且听，富贵贫贱皆由命。小姐私自配工人，天缘月合结为婚。一本歌文完了卷，无事请来把歌听。奉劝世人孝双亲，前人流传后人行。①

① 佚名：《七层楼》，清中湘杨文星堂刻本，第 14 页上。

二、《七层楼》思想艺术特点

《七层楼》内容为传统故事，句式也是南方唱书的标准结构（唱书内容若为当时事件改编，其结构会随着新文事件的曲折有所不同，下文第三节《彭大人私访湖北》即为后者，其结构明显不同于《七层楼》）。

《七层楼》的情节演进中，最浓墨重彩、着意突出的人物形象当属黄天公家的四姐。她心属子忠："好个四姐多伶俐，十八看了几人喜。花园偷情沈子忠，有意想他结为婚。娘女当时住秀洞，小姐心中放不下。来进聪明文秀郎，奴想与他结成双。"怕父母不同意，就瞒了爹娘，去调戏子忠。

> 七时梳妆打扮了，八幅罗裙红绫袄。头插金花手代银，轻言细语叹音音。开口就把丫鬟叫，使女当时出来了。就把姑娘阿一声，叫我出来为何因。小姐口中出句语，我今要到花园去。花园游玩去散心，七层花楼看分明。丫鬟把话来提起，来进他在花园里。老爷命他看守楼，每日他在楼上忙。小姐又对丫鬟表，莫等爹娘得知晓。瞒了爹来瞒了妈，我今上楼调戏他。小姐走到花园里，看见来进一层地。同了使女往一层，子忠他在层二地。小姐口中出句语，来进他往那里去。我去扯他就为婚，不可漏出我私情。子忠一见事不好，急忙又往三层跑。小姐追赶到三层，丫鬟快扯向前行。丫鬟伸手来扯住，来进一冲四层去。小姐又追到四层，鞋头脚小路难行。脚上赞的红丝带，轻移细步谁不爱。子忠心内吃一惊，忙忙走到五层里。走到五层花楼上，低头下来心中想。上来一层又一层，六层楼上走一轮。小姐走至五层上，开言就对丫鬟讲。不知来进那里存，丫鬟说与我知音。丫鬟口中出句语，来进他往六层去。速速赶到第六层，要与来进说原因。小姐六层将言表，来进不来怎么好。丫鬟开言说从头，这里只有七层楼。我今追往七层去，他要上天天

无路。要想入地地无门，看他又往那里行。小姐又对丫鬟道，你在下层来等我。我往七层楼上行，一心要会会他身。小姐行到七层上，子忠口内将言表。敢是妖怪与精灵，苦苦缠我为何因。小姐口中将言表，我不说来你不晓。爹爹有名黄天公，母亲一品老夫人。所生黄龙与黄虎，三姐四姐两女女。不是怪来不是妖，次女四姐是奴身。你在何州何县住，父亲官拜有何职。你母叫作什么名，所生姊妹有几人。走路好似一官品，看你像个官家种。不在书房习五经，来在我宅为何因。今年有子十几岁，可曾婚配未婚配。你今从头说分明，说与奴家得知音。子忠口内将言说，说与小姐不知晓。苏州城内沈子忠，破瓦窑内住其身。父亲不幸早年过，只有母子人两个。只因母死在窑中，又无棺材与衣衾。左思右想无计排，只得自己将身卖。多家老爷有忠人，把钱与我葬娘亲。我今领了老爷命，要我看守花楼景。年凡有了十八春，只为家贫未定亲。小姐又对子忠道，你今青春我年少。我无夫来你无亲，特来与你结为婚。子忠口内无句语，我是仆来你是主。主仆怎么为得婚，老爷知道礼难容。小姐又对子忠论，聪明之人说话清。你我私自结为婚，一家大小怎知情。子忠把话来说起，小姐说话不知你。你是官家小姐身，我今单身只一人。小姐当时来开口，莫嫌奴的容貌丑。亲口与你话为婚，有个古人比分明。昔日董永孝心起，将身卖与傅家礼。晒金小姐结为婚，他是贤惠一夫人。子忠口内出句语，你今正比晒金女。我今难比董永人，莫作廉耻下贱人。小姐心中急如火，来进哥哥羞得我。你今说话不容情，把奴羞得面通红。叫声来进听我说，千斤石子我挑得。你若不肯话为婚，奴有一计在心中。我把衣服来扯住，八幅罗裙都破败。花容抓得血淋淋，我对爹爹说分明。只说来进调戏女，叫你躲也躲不及。那时有口也难分，千万河水洗不清。子忠当时忙恕罪，与你结拜为弟妹。与你哥哥结弟兄，结拜姊妹一般同。二人跪在楼台上，小姐口中将言讲。来进哥哥听元因，到底还是夫妻情。姻缘本是前生定，天生一对夫妻颜。来年夫妇正当时，你我结拜莫延迟。子忠口为将言表，小姐说话不当好。你为妹来我为兄，怎么说出夫妻情。小姐口中出句语，后日爹妈扫墓去。一家大小都去了，奴家装病在房中。奴家有病在家里，我叫丫鬟来接你。奴接哥哥定要来，红罗帐内放鸳鸯。子忠口内出句话，贤妹快快下楼去。恐怕花园来了人，莫来去假又成真。[①]

这段1200余的唱词，将黄四姐胆大心细、在爱情面前主动出击的性格特点表现得淋漓尽致，而对男主人公子忠的描写，则相对简单，男女主人公的光彩度明显不同（中国古代从不乏对爱情坚贞的女子，所以看古代文学中的爱情故事，就应关注作者对男主人公这一方的塑造与态度）。

同了丫头一路走，慌忙来在房门首。脚又战来心又惊，丫头同进绣房门。小姐一见子忠到，起身受乎微微笑。忙叫丫鬟快关门，安排酒席在房中。二人吃酒心欢喜，小姐坐在郎怀里。郎尽姐来姐尽郎，二人欢笑结成双。将酒吃完上床去，二人卸带脱衣服。郎恋姐来姐恋郎，红罗帐内结成双。二人此时多欢喜，夫妻睡在罗帐里。子忠一心去交情，乌云行雨又行云。上楼结拜夫妻好，背父选夫实在巧。后来子忠点状元，小姐颜色不非常。[②]

黄家扫墓归来，三姐去找四姐，从窗户上一望，“一双男鞋踏板上”，“骂声四姐死妖精，做个无时下等人”。即使已被三姐发现，四姐仍矢志不移，在父母家人面前毫无愧色，一心只想着来进。她劝来进：“小姐口中出句语，来进哥哥奴夫主。一夜夫妻百日恩，生生死死一同行。”当她听说父亲要把子忠“绑去砍了”时：

口口声声叫夫君，奴家同入枉死城。左思右想心中悔，害他做了无

① 佚名：《七层楼》，清中湘杨文星堂刻本，第6页下—8页上。
② 佚名：《七层楼》，清中湘杨文星堂刻本，第9页下。

头鬼。明间夫妻不久去，赶至阴间要成双。将身拜告天和地，难舍夫妻恩和义。一舍爹来二舍娘，将头撞死见阎王。丫头走入房中里，一见小姐死在地。头上撞得血淋淋，丫头吓得战兢兢。急忙就往堂前报，小姐房中撞死了。□□□□撞出来，咽喉气断到尘埃。天公听了怒气起，将她丢在花园里。辱门败户死妖精，回来丢人败门风。[①]

从以上涉及四姐的唱词中，我们不难勾勒出一个毫无门第观念、大胆泼辣为自己争取自由爱情并以死明志、忠于爱情的千金小姐形象，这类形象无论对说唱艺人还是听唱受众，都备受欢迎。首先，中国古代说唱文学的爱情故事中，女性是绝对的主角，但其实她们是男性创作者（中下层文人、演出艺人）与男性受众塑造出的他者，从女主人公的角色功能设置来看，她们在很大程度上是按照男性的心理需求和思维方式塑造的，是男性对女性带有男权色彩的一种隐性塑造，是男权中心的思维承载。其次，古代的说唱文学领域，黄四姐这类体现反封建内涵的爱情故事必然是频频出现，若无一点超乎寻常秩序的内容，如何能引起文学兴趣与受众关注并能广泛传播?

第三节　湖南中湘唱书《彭大人私访湖北》

一、《彭大人私访湖北》版本概况

《彭大人私访湖北》，清中湘十总正街同华堂刻本，四周文武边，粉红色封面分为竖三栏，右为“彭大人私访湖北”，中为“新刻汉阳府严玉春买糖封提台日英拜干父做夫人”，左为“中湘十总正街同华堂歌书戏”。这是一部非传统的南方唱书，正文由七言唱词和白话组成。

---

① 佚名：《七层楼》，清中湘杨文星堂刻本，第 10 页下—11 页上。

《彭大人私访湖北》如此开篇：

太阳一出照九州，几多欢乐几多愁。几多好汉高楼上把酒饮，几多流落江湖游。几句书文前代路，代开书路另有因。此书不讲别一段，单讲清朝一新文。①

开篇唱词中，我们可看到非七字句的唱词，如“几多好汉高楼上把酒饮”是十字句，而且不是唱书传说的三三四格，而是四三三格。

此外，《彭大人私访湖北》的押韵也不是绝对的双句押韵：

此书出在湖南省，衡州府清泉县内有家门。姓彭名叫彭玉森，他是红门秀才身。同治三年造战船，同治五年破南京，彭老大人他有功。同治万岁龙心喜，把他官职往上升。万岁金殿开御口，爱卿恋恋口内称。寡人封你官不小，封你见官大三级，赐你一把上皇剑，又赐你三千人和马，十八省内把兵巡。好个清官彭大人，金銮殿上领圣旨，议政王前领凭文。十里长亭把河下，彭老大人看得清。②

这段唱词里的押韵句有时出现在双句，有时出现在单句，如前四句是第二、四句押韵，第五、六、七句押韵点不是出现在第六句末尾，而是出现在第七句的末尾“功”字上。白话部分的开始均有“（白）”做标志，且白话部分多为人物对话，如：

（白）列位，你看陈老大抬头一看，元来乡里老哥，你来赌钱不赌？那彭公保说道，我正要赌点钱，好吓。在这赌来了。③

---

① 佚名：《彭大人私房湖北》，清中湘同华堂刻本，第 1 页。
② 佚名：《彭大人私房湖北》，清中湘同华堂刻本，第 2 页。
③ 佚名：《彭大人私房湖北》，清中湘同华堂刻本，第 14 页。

这一特点在笔者目前所见南方唱书资料中实属特例。

二、《彭大人私访湖北》新文故事与历史价值

《彭大人私访湖北》中的彭大人，指的是晚清名臣彭玉麟（1816—1890），字雪琴，籍贯湖南衡阳县，出生于安徽怀宁，清光绪十六年（1890）病逝于湖南衡州府。早年投奔湘军，系湘军水师主要首领。历任兵部侍郎、兵部尚书等职，死后追赠太子太保，谥刚直。[①]

相关彭玉麟的唱书内容，主要涉及其晚年整顿长江水师期间的政绩实事以及民间传说。清同治四年（1865），清政府任命彭玉麟为漕运总督，并节制江北镇道各级官员，被彭玉麟两次推辞，朝廷只好收回成命，改任他为兵部侍郎，留在前线督导水师。清同治七年（1868），彭玉麟请求开缺回籍补行守制，获准。同年，他又被任命为首任长江巡阅使，巡查长江水师各部并案明缺漏上报朝廷。彭玉麟返乡后长居草房，布衣青鞋，常去母亲墓前凭吊。此后16年间，他每年都检阅长江水师，整治贪官恶霸，肃清水师中的不良风气，长江流域因此交通顺畅，军民和谐。清光绪元年（1875），彭玉麟上疏请求从清吏治、严军政、端士习、纾民困四个方面改革旧制，为民除害造福是他为官的一大准则。巡江过程中，彭玉麟时刻不忘自己钦差大臣的使命——“得专杀戮，先斩后奏”，因此沿江一带的百姓一有冤屈，就盼望彭玉麟来主持公道。他也并未辜负百姓的信任，为人刚正不阿，人称彭青天。民间流传最广的一个故事是彭玉麟杀李秋升。李秋升是李鸿章的侄儿，仗势违法，夺人财物妻女，当地官员不敢过问。彭玉麟巡江到安徽，乡民听说彭青天到此，就去状告李秋升夺妻。彭接状后没有声张，把乡民留在自己座船上，先命手下人以商量公事为由请来了李秋升，要求两人对质，李秋升肆无忌惮，供认不讳。彭玉麟命手下用竹鞭抽打李，巡抚、府县官员都来求情，彭一面接待，一面坚持将李秋升斩首。彭玉麟写信给李鸿章，说你的侄儿败

① （清）彭玉麟著、梁绍辉整理：《彭玉麟集》（上册），长沙：岳麓书社，2003 年，第 1 页。

坏家声，我已替你处理。李鸿章也只能假意道谢。彭玉麟巡江以来，“自是水师皆整肃，沿江盗踪敛迹”，沿江百姓安居乐业。[①]

唱书中相关作品有《彭大人私访广东》《彭大人私访安徽》《彭大人私访江西》《彭大人私访南京》《彭大人私访湖北》《彭大人私访江南省》《彭大人私访九龙山》《彭大人私访江西莲花厅》《彭大人私访苏州》等，可见彭玉麟在当时沿长江流域百姓中的威名与善德。

《彭大人私访湖北》主要情节如下：衡州府清泉县内有黉门秀才彭玉林（对应彭玉麟），曾率湘军水师造战船，破南京，平太平天国之乱，由于有功，同治皇帝不断升其官职并赐一把尚方宝剑、3000人马，“十八省内把兵巡”。被任命为总督后，彭玉林独自到湖北私访，某日，他扮作算卦说书人，乘船到长江汉阳地界，江中有许多小划子，还有官船、盐船、米船。彭大人下船上坡来到汉阳城，只见街上“做买做卖数不清，七十二行买卖多，金字招牌两分开”。他又来到城隍庙，见庙内一个叫陈老大的人正指挥一群痞子耍闹看戏赌钱。陈老大见彭玉林是陌生面孔，就喊他过来耍钱，彭玉林遂拿出一文铜钱押宝。陈老大“骂一声你这小畜生，敢道老子乱胡行”，把一文铜钱丢在地下。彭玉林大怒：“不要我押宝不要紧，你不该把我铜钱丢在地埃尘。好好把钱来捡起，万事干休不理论。若是半句言不肯，管叫你们活不成。”陈老大头上冒火盆，“有眼不识金镶玉，不认得他是湖南彭大人。忙把大人乌油伞、三弦子打得碎纷纷”。彭玉林不想暴露身份，暂且忍下。此时湖南老乡常长子来解围，陈老大看在他面子上，命人将彭玉林赶出庙门。

彭玉林来到凉亭上，跟一位叫严玉春的提篮卖糖人打听陈老大。得知陈老大名叫陈东亮，汉阳府瓦子坪人，是当地的一个害人精，大小痞子都来往，赌博场中有头分。彭玉林为感谢严玉春，打算将他的糖全买下，但一掏口袋里没有钱，只好将身上破马褂（皇帝赏赐，外表虽破，但五个扣子都是金镶玉，价值连城）脱下，交与严玉春去当铺当500铜钱抵糖钱。不知底细的严玉春把破马褂带到三

① 李丽：《彭玉麟传》，北京：北京时代华文书局，2016年，第48、53—55、127—128页。

和当铺，当铺张先生识货傻眼，认为此马褂值3万两白银。严玉春只要求当500铜钱，张先生认为他不是傻瓜，就是偷捡来的，马上开出当票并付500铜钱。严玉春高兴归家，寡母得知500铜钱的由来后，认为此事不妥，让他明日一早赶紧把钱还给当铺，把马褂还给原主。

《彭大人私访湖北》情节叙到此处另起一端，讲彭玉林告别严玉春后，出了汉阳城，来到码头上，突然注意到沿河来了一群美貌女子，一只只卖洋烟的小划子将她们挨个儿接走。彭玉林心想："听见河下卖洋烟，久闻江中多害利，划子好比失魂亭，姑娘好比五阎君。本督要把洋烟吃，看看姑娘假和真，看他利害有几分。"于是他也上了一只卖洋烟的划子，船上有位姑娘叫张三嫂，"年纪大约二十零，头戴花来手戴银，胭脂水粉涂得清。近来拿过烟盘子，中间点盏玻璃灯。右手拿银好灵巧，一步一步进舱门"。她劝彭玉林吃烟被拒绝，遂告诉彭玉林，你是首次来到我们汉阳地方，这个地方有规矩，你应该知道，无论什么人上了卖洋烟的划子，不论你吃洋烟不吃洋烟，都要付800文铜钱，一个人800，十个人就得八串。你今天有所不知，以往王三公子常来这里吃洋烟。最近，有个湖南的彭玉林要来汉阳过身，今天也接彭，明天也接彭，都没有见着，生意就冷淡起来。这个彭接不着，"害得老娘生意做不成。不知狗官彭打铁，不知瘟官彭玉林。几时才得来过身，你看老娘伤心不伤心"，彭玉林看这架势不掏钱不行，只得打开包袱付钱。张三嫂这次"喜在眉头笑在心"，"老先生，你老人家出了八百铜钱，洋烟未吃，火也未打，不道是一回生二回熟，到了三回，上得船来与我张三嫂也是一场朋友"。

彭玉林第二天又到汉阳城长街上的凉亭等严玉春，严玉春拿500铜钱去当铺将破马褂赎回，并亲自将马褂交给彭玉林。彭玉林发现五颗金镶玉扣子已被换成普通扣子，他将实情告诉严玉春，严玉春急忙去当铺理论，但张先生叫来打手将他暴打一顿赶出当铺。严玉春告诉彭玉林此当铺是三个军门开的，一般人惹不起，彭玉林"怒气不息自思从，可恼可恼真可恼。骂声大胆狗官身，万岁封你官不小。军门之职受皇恩，你在汉阳害黎民。好的当进歹的赎，真的当进假的赎。这回你把本督扣子换，管叫残生活不成。只等本督官船到，要把三和当铺一扫平”。

彭玉林又到码头，恰有水师提督马天爵的官船靠岸，马提督想找妓女散心。有一女子黄日英，父亲去世得早，舅父将其卖给老鸨，因不听从接客，日日被老鸨暴打，这天老鸨让其前往马提督官船应差，她哭哭啼啼不去。彭玉林见此情形，私下收其为义女，并让她去马提督官船上打探情况。黄日英上船后被马提督看中，欲娶她为二夫人，黄日英不从被困。彭玉林扮作船夫潜入船舱准备营救，被兵丁发现后捆绑送去见马提督，马提督认出彭玉林后下跪迎接。彭玉林顺势在马的官船上处理诸事，将马天爵、张三嫂、老鸨等推出去问斩；陈东亮处剐刑；严玉春被封为水陆提督，将黄日英许配严玉春为妻；三和当铺也受惩处……彭公保私访湖北铲除恶霸之事随即在汉阳地界流传开来。

《彭大人私访湖北》这类唱书，与民间传说故事存在一定差别。这类唱书的开篇词中往往带有“新文”二字，“新文”二字是民间说唱中传播时事新闻的惯用词。这类唱书往往以当时当地发生的实事为基础，由说唱艺人编撰传播，具有留存历史社会记忆的价值，为我们今天研究历史人物彭玉麟、研究近代湘军水师提供了珍贵的、非官方角度的、较为真实的民间信息。

第九章　清代湖北地区说唱词话

清代湖北地区说唱词话口传表演和刊行传播非常兴盛，其盛况可由以下四方面证实：首先，20世纪80年代，中国民间文艺研究会湖北分会编撰有《湖北民间叙事长诗唱本总目提要》，收录的书目除了个别被称为唱书的小段外，其余皆是长篇唱书；其次，现今在孔夫子旧书网的售卖中，仍然能够发现大量20世纪80年代前后武汉地区盲人唱书组编撰的唱书；再次，有资料显示，清末民初至今，湖北宜昌、荆州等地皆有唱书的文本流传和表演活动；最后，湖北地区丧葬习俗打丧鼓中“击鼓而歌”的“歌”，就是被称为“本头”的唱书。

第一节　20世纪80年代湖北武汉地区盲人唱书组

20世纪80年代前后，武汉地区活跃着许多盲人唱书组，他们以口头说唱形式在群众中进行广泛的文艺宣传活动，这种文艺活动可以说是一种当代说唱词话表演。同时，这些盲人唱书组也请识字成员或地区文化部门的工作人员将他们从前辈那里习得的口头传唱作品进行笔录，并以铅印小册子的形式进行散发或售卖。这些小册子版面均是12.7×8.7厘米，封面标注“武汉市武昌盲人唱书组印制”字样。

这类小册子有《十劝家庭和》《梁祝姻缘》《十二月花名》《劝世文》《奉劝全家贤》《白扇记》《新劝家庭和》等，《新劝家庭和》上册封面还题写有“版权所有，翻印必究”字样，可见在改革开放之初，这些盲人唱书组印刷的唱本，既有中国古代故事，又有结合国家方针政策编撰的新内容，在当时应该非常受欢迎，甚至还出现了“翻印必究”之语。《十劝家庭和》下集末尾题写有“本唱书可用下列曲调演唱：一天沔渔鼓、二小放牛、三哭长城、四绣金匾、五赶会、六山东快书”，说明当时这些唱书不局限于传统固定的曲调，可以灵活演唱。

在这些铅印小册子内文中，还出现了“计划生育好，人人体会到，一儿一女一枝花，多了是冤家”“实现四个现代化，祖国更强大”“全国八亿人甚多”等字样，由此可见它们创作编印时间应在1975—1980年间。1978年，国务院批准了《关于做好计划生育工作的报告》，标志着全国城镇乡村计划生育工作开始全面施行。1975年，周恩来总理在四届人大一次会议上重申在20世纪末“实现四个现代化”的奋斗目标。1980年，中国人口达到8亿。另外，这些小册子上非常醒目地突出“孝”字，同时又不乏才子佳人、帝王将相、风花雪月等内容，体现出“文化大革命”结束后传统文化的回归。

“唱书”二字，本身就是说唱词话在民间表演活动的一种俗称，无论口头传播还是印刷出版的文本，均是说唱词话的标准形式。

这批小册子并不是给盲人唱书组的表演者看的，而是给明眼人准备的，其编撰过程如下：盲人唱书组的盲人将自己口耳相传学得的传统故事内容唱出来，请识字的人听记下来，并由印刷厂排字印出，装订成册。当然，也有一些新内容，是盲人表演者根据别人讲述或自己听到的政策新闻等宣传材料，按照说唱词话的标准格式编唱出来，一方面由他人笔录下来编撰成册，另一方面用口传的方式向听众宣传。当时这些说唱表演都是有报酬的，小册子配合盲人唱书组的说唱宣传展开销售，其收入也有助于维持盲人们的日常生活所需。如《劝世文》小册子末尾印有这样的文字：“向听购各位表示致谢”“凡是当家人，十劝买一本，无事唱得大家听，教导一家人”。改革开放初期，人们思想被禁锢10年之久，这些既有传统文化色彩，又有时代新思想的说唱词话带给听众、读者极大的兴奋感和冲击力，这批唱书在三四十年后还能出现在网络流通中，可知当时听众之广泛和印刷发行量之多。新时代的到来，改善了盲人唱书组盲人们的生活状况，在无形中也将中国传统文化与时代美德灌输到了普通民众心中。

从这批小册子的编撰方式，我们可以看出这些盲人唱书仍遵循着千百年来流传下来的说唱词话文本格式与押韵体制，这样既存留了说唱词话的原始风貌，又使得这种旧的说唱形式为新时代、新社会服务，达到了让说唱词话长久传承的目的。

一、武汉地区盲人唱书组编撰的唱书概况

目前收集到的盲人唱书组编撰的唱书小册子，具体可分为四类：第一类，长期流传的传统民间故事，如《梁祝姻缘》；第二类，流传度并不很广仅见于此类唱书的历史故事，如《白扇记》；第三类，传统开篇小段《十二月花名》；第四类，结合当时国家政策编撰的宣讲内容，如《劝世文》《奉劝全家贤》《十劝家庭和》《新劝家庭和》等。

《十劝家庭和》分为上下集，一劝爱国家，二劝为丈夫，三劝为人妻，四劝做婆婆，五劝做媳妇，六劝做儿女，七劝为父母，八劝为哥嫂，九劝弟妹们，十劝好朋友。从各个层面教育听众互相帮助爱护，共同建设国家。《新劝家庭和》分为上下册，比《十劝家庭和》的出版时间要早，个别字句不同。《劝世文》分为上下集，一劝孝双亲，二劝为父母，三劝为丈夫，四劝为人妻，五劝做公婆，六劝做媳妇，七劝妯娌们，八劝兄弟家，九劝做姑姑，十劝当家人。《奉劝全家贤》内容与《劝世文》相同。

第一类中的代表作《梁祝姻缘》，整体内容与民间梁祝传说并无二致，仅在结局处稍有不同：

> 霹雳一声坟裂开，英台随风投进坟。马俊上吊见阎王去告状，阎王把笔断姻缘。山伯与英台，鸳鸯分不开。三人各回阳，各自保安康。还要与国做栋梁，四海把名扬。山伯和英台从坟里爬出来，一同归家门。祝家庄上请客人，二人结成亲。

第二类中的代表作品《白扇记》，情节则较为离奇曲折。胡金元（又名鱼网）回忆自己的身世："家住洞庭湖上，西南角流水畔是自己家乡。恩父刘金荣在湖塘撒网，恩母坐在船舱。突然间湖面上飘来了一个包裹，恩父站在船头撒下一网。

恩母上前帮上一把，都以为里面是金银财宝，谁知道里面有一个小小儿郎。红白毡裹着几层，外面用丝带捆绑，还放着三件宝贝在身旁：金杯盏、犀牛角、牙筷一双。恩父将小儿带回家抚养，七八岁就送入学堂。原来希望和二老地久天长，到今天竟然落到鸿升典当，希望有一天神保佑见到亲娘。”①

与此同时，黄氏女正在鸿升典当回忆往事，“当年老爷遇贼把命丧、三岁的金元被抛丢在湖塘”，当年贼人赵大抢劫胡知府官船后，开了鸿升典当，胡妻黄氏女、胡小姐秀英被迫为其妻妾，胡秀英在楼上听到一个男人说话，感觉很像她爹爹的声音，心想：“难道是金元弟弟来到潜江？我本想下去相认但又怕认错了，还是把老娘叫来商量商量。”黄氏女听到女儿叫，赶紧过去看看。秀英对娘说：“刚才听到王幺叔敲着渔鼓说唱，说的是洞庭湖里发生的事情一桩。口口声声说的是胡家冤枉，听那声音好像是爹爹模样，难道是金元弟弟找到我们这里？我曾听说以前陈光蕊赴任乘船前往，路经这里遇到刘洪一伙盗贼。将老爷杀了投往江里，陈夫人被抢去做了偏房。生下一子用红漆匣装着抛到江中，金山寺法海救了孩儿，抚养成人取名江流和尚。到后来江流和尚西天取经回，其名四海张扬。我们母女俩身落典当，恰好五月五是端阳，到时候把王幺叔请到后堂问清楚。”②

胡金元在单房里思想，二嫂嫂（胡秀英）来请王幺叔到二堂说话。黄氏女仔细询问清楚金元身世后想把金元认，又恐怕认错了是贼假装。她让金元脱下衣服说去替他浆洗，看到金元左膀有个肉瘤痣，右膀有毫毛三寸长，那是黄氏女离别时在左膀咬下的痕迹，这才知道真是儿金元来这里，黄氏女与金元母子相认，金元与秀英姐弟相认，抱在一起痛哭流涕。黄氏女给金元讲起身世：

> 咱们住在谷城县，胡家庄上是家乡。祖父胡元久天官首相，伯父胡开知兵部侍郎。你爹爹胡开宣是知府四品黄堂，六部领文凭去神州府上任，连任六年生下儿郎。第三任到期告老还乡，官船行到洞庭湖满门遭殃。赵老大率十八人杀上船舱，保镖被杀，丫头院子跳水，你爹也一命

① 湖北武昌盲人说唱组：《白扇记》，铅印本，1980年，第1页。
② 湖北武昌盲人说唱组：《白扇记》，铅印本，1980年，第2—3页。

亡。要杀儿母亲我骗有黄金在船舱，红白毡裹层丝带捆绑。祝告过往神抛儿在江中，只想是儿也命丧，没有料到相会在潜江。[①]

金元听后，气得咬牙，要找赵大报仇雪恨，黄氏女拦住他，仔细想计策，让金元去京城外公家搬兵救娘和姐，黄氏女修书不及，突然想起白扇是黄氏女出嫁时娘所赠，外公见白扇如见黄氏女，这白扇里面有七颗宝珠藏。金元走后，黄氏女唱“我的儿报了仇我死也心甘”，走进二堂自尽，女儿胡秀英空门修行。

《梁祝姻缘》《白扇记》这样的故事，是盲人唱书组吸引听众的主要内容，而《劝世文》等则将传统美德与国家政策、时代风气结合起来对听众进行教育。当时的唱书，无论是口头表演还是印刷售卖，其目的均是进行文化熏染，为听众提供娱乐消遣，同时也扶助这个行业内的盲人群体，这应该是改革开放初期，曲艺曲种开始从“文化大革命”中的纯政治化意味逐渐回归到娱乐惠众本质的一种新的文化趋向。

二、盲人唱书组编撰书目正文句式

（一）纯十字句

晚明戏曲家周履清在《锦笺记》中曾经提到《十二月花名》名称，[②]可证此唱词及名称在明代已经出现，清代、民国至共和国初期仍在流行。

小册子首页是F调2/4拍的《十二月花名》乐谱，4个乐句一段，共16个乐句，循环反复演唱。

例如：开头的十字句由4个三三四格十字句组成：

二月里—似花潮—何为花潮？什么人—筑长城—南修五岭？

---

① 湖北武昌盲人说唱组：《白扇记》，铅印本，1980 年，第 16 页。

② 陈克：《唐山戏曲资料汇编》（第 1 集），唐山：唐山市戏曲志编辑部，1985 年，第 4 页。

二月里—似花潮—花满枝头，秦始皇—筑长城—南修五岭。[①]

《十二月花名》从正月唱至十二月，无论是唱腔还是唱词，都按统一形式不断地循环往复直到结束。类似这样4个一组的十字句，全文共有12组，共48个十字句，480字。正文是一种全文十字句（三三四格）形式，这种形式应是当时盲人唱书组编撰唱书时采用的一种标准形式。

一月兰草花，姜子牙扶周朝宰相封神；二月杏花，秦始皇筑长城南修五岭；三月桃花，刘关张在桃园结拜弟兄；四月李花，孔夫子住鲁国制下能人；五月君子花，岳将军打江山精忠报国；六月荷花，花木兰顶亲父冒名从军；七月葵花，李太守修江堰名扬在外；八月桂花，诸葛亮住隆中神机妙算；九月菊花，杨令公保宋朝战死沙场；十月牡丹花，包青天在南衙秉公执法；十一月芙蓉花，陈子昂在唐代十载寒窗；十二月蜡梅花，王强（祥）君卧寒冰把母孝敬。[②]

唱书唱词应是隔字句押韵，或一韵到底，或一段一换韵，《十二月花名》的押韵情况没有这么严格，隔句押韵分别是："神""岭""兄""人""国""军""外""算""场""法""窗""敬"。虽然以en、ing、un为主，但也出现了"国""外""算""场""法""窗"等不押韵情况，这种情况和湖北本地方言有关。

《十二月花名》介绍了南方地区每月花开情况，受众在认识花名的同时，对中国古代著名的历史人物、历史常识有了进一步了解，这些内容应是继承自清代，基本没有大的变化，在共和国初期至"文化大革命"前后宣传教育中均被认可，允许在公众中宣传。

---

① 湖北武昌盲人唱书组：《十二月花名》，铅印本，1980年，第1页。

② 湖北武昌盲人唱书组：《十二月花名》，铅印本，1980年，第1页。

（二）四句五五七五格

《梁祝姻缘》小册子封面上方写有“民间小曲”，中部写有“梁祝姻缘”，下方写有“盲人唱书组”字样，分上下集。上集封面白底红字，下集封面白底蓝字，全文263组，5786字。正文句式为四句五五七五格，全部句句押韵，其中五字句、七字句均是严格字数，没有出现少字句、多字句。

梁祝故事的口头说唱在湖北地区流传甚广，有大量抄本、刻本、石印本、铅印本留存至今。据湖北麻城县口述者周新巧、郭才卿和整理者罗学春说，1970年，在马家河旁，他们亲眼见过梁祝的墓碑，不过碑上写的是“周英台”，这很可能是由于当地“祝”“周”口音不分，后人在记录整理时误将“周”字写成“祝”字流传下来的。[①]

《劝世文》《奉劝全家贤》《十劝家庭和》也同《梁祝姻缘》一样，均采用四句五五七五格。

《十劝家庭和》（上集）：

> 二劝为丈夫，思想要进步，莫把爱人当玩物，封建流入毒。新的社会好，结婚不用早，等待年龄已满了，再把婚姻闹。男女长大了，各人有头脑，彼此恋爱两相好，要把爱情保。
>
> 一身大事情，切莫当好玩，恋爱过程要走完，性急不团圆。天上凤雀凰，水内有鸳鸯，一到二人结成双，生铁炼成钢。有的青年人，意志不坚定，恋爱思想不单纯，梦楚又朝秦。彼此未看重，性欲便冲动，电灯杆下咕咕弄，花言巧语哄。[②]

---

① 中国民间文艺研究会湖北分会编：《湖北民间叙事长诗唱本总目提要》，武汉：中国民间文艺研究会湖北分会，内部印刷，1986年，第13页。

② 湖北武昌盲人唱书组：《十劝家庭和》（上集），铅印本，1980年，第2—3页。

《奉劝全家贤》(上集):

二劝为父母，切莫把儿护，养子不教如养猪，定要读些书。哺到五六七，教他讲道理，自古桑条从小有，长大育不直。在外如在家，不要说白话，倘若开口把人骂，定要责罚他。

七八九岁上，送他到学堂，读些诗书眼睛亮，他也知纲常。恭敬老师好，求他仔细教，讲明书里开了窍，一笔字滔滔。他的志气大，不可荒误他，学好本领和文化，长大成专家。①

《劝世文》(下集):

七劝妯娌们，也是好缘分，妯娌和顺兄弟亲，就是一家人。她小你是大，也要尊重她，要叫攀扯说横话，公婆难招架。姐姐妹妹叫，有说又有笑，小敬大来大爱小，亲热不得了。

一个不逞强，人人都贤良，侄儿侄女都一样，好像一个娘。这个疼的笑，那个就抢抱，妯娌和顺儿听教，有说又有笑。②

《新劝家庭和》(上册):

兄弟如手足，亲爱骨与肉，弟弟不好哥担忧，全靠有帮助。弟妹上学校，哥嫂要照料，膳宿另用准备好，学费早点交。弟妹会学习，注意好身体，哥哥嫂嫂带头里，还要学技术。弟妹有成就，条件具备了，长大他把建设搞，哥嫂有荣耀。③

四句五五七五格，是盲人唱书组编撰唱书时常采用的一种标准句式。

① 湖北武昌盲人唱书组：《奉劝全家贤》(上集)，铅印本，1980年，第2—3页。
② 湖北武昌盲人唱书组：《劝世文》(下集)，铅印本，1980年，第2—3页。
③ 湖北武昌盲人唱书组：《新劝家庭和》(上册)，铅印本，1980年，第2—3页。

（三）韵语七字句、十字句兼说白——以《白扇记》为例

《白扇记》一册，封面上方是一把扇子图形，图形下方有“民间故事剧本”“白扇记”“盲人唱书组”字样，黑底黑字。正文中不仅出现了人物角色如黄氏女（母）、胡秀英（女儿）、胡金元（儿子），出现了标示上下场的文字，如“长锤、胡秀英上”，还出现了标示腔调、动作的文字，如“鱼网（唱迓腔）”“黄氏（唱悲迓腔）”“黄氏唱”“金元白”等字样。全文除说白外，韵文仍然是严格的七字句和三三四格十字句，这是一种将曲艺文本戏剧化的初期形式，其表演应是一名或多名艺人坐唱时通过独唱、联唱的形式来进行的。

湖北黄梅地区流传的《白扇记》抄本与刻本，全部是七字句唱词，“别名《鱼网会母》”“流传于清代”“计有800行，5600字”，情节相似，[①]盲人唱书组的《白扇记》也许来自这些版本。

黄氏女（唱）儿提起血海仇娘对儿讲，慢听着娘表诉儿的家乡。儿祖父胡元久天官首相，儿伯父胡开知兵部侍郎。儿的爹叫开显文学广亮，大比年进京都去赴科场。万岁爷见儿爹才学广亮，封儿爹知府职四品黄堂。六部内领文凭去把任上，神州府管黎民百姓纯良……

黄氏女（唱）我儿落在鸿升典当，接白扇不见阴阳。昔日有个孤岛皇上，年年进贡我君王。君爱臣赐与首相，母爱女赐与为娘。为娘嫁百事不想，只想白扇带身旁。丢在水里无两样，放在火里放霞光。娇儿不信还细望，七颗珠宝内面藏。娇儿带上寻外公，外公见扇如见娘。[②]

上文中出现了十字句、七字句交叉的情况，且是严格的七字句、三三四格十字句。虽为“剧本”并出现了人物角色，但正文仍是曲艺唱词，唱词文字中除了第三人称外，还出现了第一人称唱第三人称情况，如“胡金元唱：王幺叔换新衣

① 中国民间文艺研究会湖北分会编：《湖北民间叙事长诗唱本总目提要》，武汉：中国民间文艺研究会湖北分会，内部印刷，1986年，第81—84页。

② 湖北武昌盲人唱书组：《白扇记》，铅印本，1980年，第19—20页。

现出两膀”，但胡金元就是王幺叔，这里仍然是曲艺中第三人称叙述的口气，由此可以看出曲艺在演变为戏曲的初期所遗留的一些过渡痕迹。

第二节 《湖北民间叙事长诗唱本总目提要》中的清代说唱词话

1986年8月，中国民间文艺研究会湖北分会编辑出版了《湖北民间叙事长诗唱本总目提要》(以下简称《湖北提要》)，此书前言中提到：1983年底，湖北省民间文艺研究会曾制印《湖北民间叙事长诗、唱本节目索引表》发给会员和民间爱好者，以便促成对这类作品的收集。后来，分会收到本省各地流传的民间叙事长诗和唱词500多部，其中有不少新的发现，如以前失传的《书中书》等，为了保存资料，经过多次的编写和修改，这些作品终于以内部印刷形式出版发行。前言认为，这部书的出版有四个作用：保存资料线索和书目，推动挖掘、收集、保留这类作品，为民间文学研究者提供书目资料，为创作者提供加工和再创造的资料来源。①

在《湖北提要》前言中，我们可以看到，当时的编撰者对于收入并做提要的这批唱本究竟是什么曲种，究竟如何去正确称呼，其总体概念是模糊的。

前言中指出：“民间叙事长诗和民间唱本，这两者概念、定义和特征，许多专家的认识和解说还很不统一。有人说，汉族的民间叙事长诗就是唱本。有人说，民间叙事长诗艺术性高些，有诗的比兴等手法；民间唱本就只唱故事，没有什么诗味。”②结合“汉族的民间叙事长诗就是唱本”与本书书名来看，这应是《湖北提要》编撰者当时默认的一个学术观点。

---

① 中国民间文艺研究会湖北分会编：《湖北民间叙事长诗唱本总目提要》，武汉：中国民间文艺研究会湖北分会，内部印刷，1986年，第2页。

② 中国民间文艺研究会湖北分会编：《湖北民间叙事长诗唱本总目提要》，武汉：中国民间文艺研究会湖北分会，内部印刷，1986年，第2页。

笔者认为，如果就《湖北提要》中所收入的121种作品来说，有三点可以说明这个观点没有错：第一，这本书收录的除了民间叙事长诗外，还有一些属于民间叙事长诗开篇或中间使用的小段，如《说楼》《五更吟》《劝世歌》《待尸歌》《哭嫁歌》《戒淫词》《天星记》《十劝》《十劝家庭和》《对花》《十绣》《十想》《花月词》等，这些小段也属于民间叙事长诗的范畴；第二，根据提要中提供的信息，这121种作品本身除了阅读之外，也是用于说唱的唱本；第三，这121种作品皆属于汉族唱本。

《湖北提要》中的曲目是否属于说唱词话？根据说唱词话概念，可以认为是。首先，这些作品都是收集自南方沿长江流域的湖北地区；其次，这些作品从清代至今一直在民众中口传笔抄、刻印传布；再次，这些曲目的正文体式和句式符合说唱词话的标准和变异特征；最后，清代至今，湖北地区唱书或是说唱词话的文本传播与表演非常兴盛。

20世纪70年代末—80年代初，湖北武汉盲人唱书组唱书的活跃并非偶然，通过《湖北提要》所著录的清代至今一直流传在当地的121种作品来看，湖北地区的唱书传递具有悠久的历史。我们将《湖北提要》著录的作品与武汉盲人唱书组刊行的作品进行了比较，发现了两者之间的联系。

《湖北提要》中著录有《梁山伯与祝英台》，又名《梁祝山歌》，全韵文四句五五七五格唱词，同武汉盲人唱书组小册子《梁祝姻缘》内容大致相同，个别情节略有区别。《梁祝姻缘》结尾是梁祝复活，喜结良缘，两家大团圆，而《梁山伯与祝英台》是"那坟又立即合上，转眼间天空又云消雾散，阳光明媚，坟中飞出一双蝴蝶相依相伴飞上蓝天"。

《湖北提要》中还提及《梁山伯和祝英台》的其他异本和许多地方信息，湖北麻城罗学春据周新巧、郭彩卿等口述整理的本子，在情节上和一般的唱本有很多不同，如"访友"一段，说梁山伯住过湖北当阳客店。"送别"时，祝英台用山花与斑鸠比喻二人。"哭坟"一段，二人不是化成双蝶，而是成了仙。整个唱本从生到死，从拜师到待人接物都按当地民俗习惯、方言口语来组织语言，易于上口，为当地群众喜闻乐见。另外，整理者还考证梁、祝是湖北郧阳县人，说唱中所叙述的草桥结拜即是现在的丹江草店。

《湖北提要》中的《白扇记》，全韵文七字句唱词，同武汉盲人唱书组小册子《白扇记》七字句、十字句兼说白的句式有些区别。

《湖北提要》中这两种唱本正文句式和内容基本等同于盲人唱书组的同名唱书。这说明三个问题：一是既然盲人唱书组的这两种书目称作唱书，那么《湖北提要》这两种唱本也可称作唱书；二是盲人唱书组这两种同名书目也可以称作民间叙事长诗；三是唱书有固定的正文体式，或四句五五七五格，或七字句、三三四格十字句兼说白，绝不会出现多字句、少字句，这一点在鉴定唱书和其他曲艺曲种形式的区别时要特别注意。

表9–1　《湖北提要》中的清代说唱词话版本来源与流行传递情况①

作品名称	版本与存地	流行地域	作品篇幅
《复配鸾房》	又名《复团圆》，据汉阳县民间艺人袁大昌手抄本整理，存汉阳县文化馆	湖北孝感、荆州、武汉	清道光、咸丰年间故事，2000字*
《孙夫人祭江》	又名《孙氏祭江》，据江陵县岑河镇民间艺人简朝兴手抄本，沙市郑定悦整理而成，存湖北江陵	湖北沙市、江陵、荆州	三国故事，3000字
《告坝费》	又名《瞿学富告坝费》，黄梅濯港公社土桥公社民间艺人施水珠、农民王登堂口述，洪昶收集整理，手抄本存黄梅县文化馆	湖北黄梅	清乾隆年间故事，1.5万字
《奇缘传》	又名《昭君和番》，神农架林区松柏镇塘坊大队四小公队农民歌手袁明泽口述，胡崇峻收集整理，存手抄本	湖北神农架林区的松柏镇、泮水、阳日、宋洛、红花等区乡	汉昭君故事，1万余行，10万字
《周瑜托梦》	黄梅县大河公社农妇李醒玉口述，周濯街收集整理，手抄本存黄梅县宣传部	湖北黄梅	三国故事，8000字

① 此表据中国民间文艺研究会湖北分会1986年编《湖北民间叙事长诗唱本总目提要》内容编制。

续表

作品名称	版本与存地	流行地域	作品篇幅
《拦江夺斗》	江陵岑河镇民间艺人简朝兴口述，沙市郑定悦收集整理，有手抄本、铅印本存黄梅县宣传部	湖北沙市、江陵	三国故事，2000字
《罗成显魂》	利川县柏杨公社团圆大队刘汉臣据口述整理，存湖北利川县；柳如梅据抄本刻本编印铅字本，存监利县文化馆	湖北利川	唐故事，1000字
《罗通扫北》	又名《罗通扫北忠孝传》，黄梅县独山公社李利蝶口述，洪昶收集整理	湖北黄梅	唐故事
《梁山伯与祝英台》（一）	又名《梁祝山歌》，桂遇秋、王焱生据黄梅县洪灿谷手抄本整理，有黎军1941年手抄本，浙江忠和堂刻本、油印本，存黄梅县宣传部	湖北黄梅、广济及江西、安徽、浙江	梁祝故事，1.6万字
《梁山伯与祝英台》（二）	据麻城白果镇后街31号周新巧、郭彩卿等口述整理的手抄本	湖北麻城	梁祝故事，8000字
《梁山伯与祝英台》（三）	嘉鱼县农民郭邦树口述，余凤英收集整理	湖北嘉鱼、大冶、咸宁、蕲春	梁祝故事，9000字
《百花楼》	竹溪县夏德森据陈镇东手抄本收集整理	湖北竹溪	梁祝故事，5000字
《董永记》	咸宁余椎据咸宁龙潭韩逢恩口述整理	湖北咸宁	董永故事
《追鱼记》	又名《真假牡丹》《真假包公》，黄梅县社员李大利、杨善华口述，洪昶整理	江西、安徽及湖北黄梅	包公故事，1万字
《蟒蛇记》	利川县农民万享国口述，刘汉臣、黄锡德收集整理	湖北、四川	明故事，1.6万字
《石头脚的故事》	又名《莲芝与药树》，武汉汪后觉在罗田县三里畈汪家垄听一老兵老南演唱，据口述整理	湖北鄂东地区	民间传说故事，4700字
《小老鼠告状》	农民刘长久口述，洪昶收集整理同名唱本，手抄本存黄梅	湖北、安徽、江西	小老鼠在阎王那里诬告狸猫故事，5000字
《五鼠闹东京》	农民王登堂口述，洪昶收集整理，手抄本存黄梅县文化馆	湖北黄梅	宋故事，6000字

续表

作品名称	版本与存地	流行地域	作品篇幅
《火龙记》	又名《海与沙漠》，武汉王后觉抗战时期在罗田三里畈据农民口述整理，手抄本存王后觉处	湖北鄂东地区、武汉	民间海娃和龙女的故事，4000字
《金精戏窦》	江陵县岑河区三岔大队农民姜乾义、姜俊收集整理，存手抄本	湖北沙市、江陵	清康熙年间故事，3000字
《天赐金马》	汉川县说唱艺人张树友口述，王家瑞收集整理，手抄本存汉川县文化馆	湖北汉川	明故事，5000字
《张四姐大闹东京》	洪灿谷口述，胡信盅收集整理，手抄本存广济县文化馆	湖北黄梅、广济	包公故事，1.3万字
《钟九闹漕》	又名《钱粮案》《抗粮传》，向人红、孙尚、宋祖立、程国辉、黎时安在崇阳采访艺人，根据口述集体整理，手抄本存黄冈师范高等专科学校饶学刚处，另有1957年湖北人民出版社铅印本	湖北武昌、崇阳、通城、通山、浦圻、咸宁及江西	清道光年间农民起义故事，6万字
《枯蒿记》	黄梅县下新公社钱林大队宛全（农民、小队会计）、黄焱军（渔民）口述，周濯街收集整理，手抄本存黄梅县宣传部周濯街处	湖北黄梅	清光绪年间黄梅渔民与下新湖主斗争故事，1万字
《庄周戏妻》	又名《庄子试妻》，沙市花家茂（棉纺厂工人、打山鼓爱好者）口述，沙市郑定悦收集整理	湖北沙市、江陵	民间故事，2000字
《吕洞宾点药名》	又名《吕洞宾巧戏牡丹》，江陵县岑河镇幸福街简朝新口述，沙市姜俊收集整理，手抄本，艺人口述手抄本存姜俊处	湖北黄梅	唐故事，3200字
《韩湘子度妻》	江陵县岑河镇民间艺人简万顺口述，沙市郑定悦收集整理，手抄本两人均存，柳如梅存清同治九年（1870）木刻本，丹江口市六里坪文化站及浠水县詹成宗也有手抄本，内容有异	湖北荆州和武当山区	唐八仙故事，4000字

续表

作品名称	版本与存地	流行地域	作品篇幅
《密建太子游西宫》	江陵县岑河区木琓大队长炳银口述，姜俊收集整理，手抄本两人均存	湖北江陵、沙市	春秋战国楚平王时期故事，1500字
《吴汉杀妻》	江陵县岑河区三岔大队朱志森口述，姜俊收集整理，两人均存手抄本	湖北沙市、荆州	汉王莽时期故事，4000字
《二进宫》	张居正后裔张厚勤口述，沙市郑定悦收集整理，铅印本存张方清处	湖北沙市、荆州	明隆庆、万历时期张居正故事
《赵王提亲》	又名《八姐游春》，孝感县老说唱艺人宋兹寿口述，宋虎收集整理，手抄本存孝感县文化馆	湖北孝感	宋杨八姐故事，1500字
《手巾记》	崇阳县王低胜口述，邓光隆收集整理，浠水县詹成宗、通山县毛考斗均收集有手抄本	湖北通山、崇阳、蒲圻	清张明义、李金华故事，1万字
《琵琶记》	又名《孝忠记》，咸宁汀泗桥龙潭农民歌手熊积康口述，文化局创作员收集整理，手抄本存咸宁市文化馆	湖北咸宁、蒲圻	赵五娘故事，5000字
《断姻缘》	又名《单相思》，新洲县桂琴甫收集整理	湖北新洲、蕲春	清光绪年间湖北鄂东一对青年男女爱情故事，1000字
《万花村》	汉川县说书老艺人陈贻谋口述，王家瑞收集整理，手抄本存汉川县文化馆	湖北汉川	清咸丰年间，广东潮州人封可廷儿子官保和林状元孙女红杏故事，8000字
《孝登记》	黄梅县独山区麻岑乡洪灿谷提供手抄本，王焱生收集整理	江苏、安徽、湖北、江西	宋江苏无锡张员外两个儿子张元祥、张元庆故事，2.31万字
《秦雪梅吊孝》	黄梅县独山区马岑乡洪灿谷提供手抄本，王焱生收集整理	湖北黄梅	明秦雪梅故事，2.5万字
《海棠花》	阳新县龙港高中教师李名良、李光中收集整理，手抄本存阳新县文化馆	湖北阳新	清富家子弟张怀川与青梅竹马的贫家女王海棠的爱情故事，1.2万字

续表

作品名称	版本与存地	流行地域	作品篇幅
《海棠出嫁》	蒲圻县新店公社农民杨明通口述，农民樊启才收集整理，手抄本存蒲圻县文化馆	湖北鄂南地区、蒲圻、阳新等县	清代故事，少年书生陈宜春和少女海棠相恋故事，4000字
《赛海棠》	黄梅县新开、独山、茅山公社的毛新桥、杨善华、张选超讲唱，洪昶收集整理，手抄本存黄梅县文化馆	湖北黄梅	清杭州孟家庄赛海棠与长沙广花园商人阮怀川以及孟娇娘之间的婚变故事，1.5万字
《张伯春拜年》	沙市郊区宿驾三大队农民吴志全口述，沙市姜俊收集整理，手抄本存沙市郊区宿驾三大队吴志全家	湖北荆州、沙市、郧阳	清房县张家湾张大昌独生子张伯春和邻村刘英华之女刘金华的爱情故事，5000字
《奇女记》	又名《水冰心》，黄梅县独山公社农民李利蝶口述，洪昶收集整理，手抄本存黄梅县文化馆内	湖北黄梅、鄂东地区	明提督铁英儿子铁廷赞的故事，2.5万字
《双奇文》	均县六里坪公社农民张广生口述整理，有刻本流传，存均县文化馆资料室	湖北武当山区	家庭伦理故事
《蜜蜂记》	汉川县善书老艺人罗培芳据戏曲改编，存汉川县文化馆	湖北汉川	汉献帝时期故事，8000字
《金石缘》	又名《包袱旗》，罗培芳口述，王家瑞收集整理，手抄本存汉川县文化馆	湖北汉川	清嘉庆年间故事，1万字
《陈姑赶潘》	又名《秋江河》，监利县民间老艺人杨晓芳口述，柳如梅收集整理，手抄本存监利县民间文艺资料室	湖北监利、荆江一带	南宋年间故事，6800字
《双挖堤》	又名《挖口记》，监利县农民穆国炎、姜尚华口述，柳如梅收集整理，存刻本、手抄本	湖北监利	清末故事，2万字
《月贞与世荣》	又名《月姑显魂》，监利县农民王世新、李仁楷口述，柳如梅收集整理，手抄本存监利县民间文艺资料室	湖北监利、石首一带	清光绪年间故事，6400字

续表

作品名称	版本与存地	流行地域	作品篇幅
《曹正榜》	又名《冤情案》，监利县朝阳大队农民周镇家口述，柳如梅收集整理，抄本存监利县民间文艺资料室，有石印本、手抄本流传	湖北监利、湖南华容	曹正榜被奸臣所害被抄家，其儿子曹仁等逃离，后中状元将冤案昭雪故事，1.3万字
《翠花记六美图》	独山区麻岭乡蜓螺地村农民黎仕全口述，王焱生收集整理	江苏、安徽、湖北	宋太宗年间故事，3.7万字
《木匠做官》	又名《红萝卜顶》，汉川县马口搬运站站长刘德谦收集整理，抄本存汉川县文化馆	湖北汉川	清故事，6000字
《五子争父》	又名《三子同堂》，罗培芳口述，王家瑞收集整理，手抄本存汉川县文化馆	湖北汉川	明故事，8600字
《真假姻缘》	又名《割肝救母》，汉川县袁大昌整理，存手抄本	湖北汉川	唐故事，5600字
《疑心休妻》	又名《换解元》，汉川县袁大昌整理，存手抄本	湖北汉川	清道光年间故事，7000字
《三娘教子》	又名《三诰封》，汉川县罗培芳口述，王家瑞收集整理，手抄本存汉川县文化馆	湖北汉川	河南孟津县元村名医冯仲景家庭故事，4000字
《桂花桥》	汉川县罗培芳收集整理，手抄本存汉川县文化馆。	湖北汉川	清乾隆年间故事，4500字
《打棕衣》	又名《金玉满堂》，汉川罗培芳口述，王家瑞收集整理，手抄本存汉川县文化馆	湖北汉川	清故事，3000字
《贪妻失铤》	汉川善书老艺人芦维琴口述，王家瑞收集整理，手抄本存汉川文化馆	湖北汉川	清光绪年间故事，5500字
《人头愿》	汉川县老艺人何文甫口述，王家瑞收集整理，手抄本存汉川文化馆	湖北汉川	清道光年间故事，4000字
《当匾得金人》	又名《天理良心》，汉川县老艺人何文甫口述，王家瑞收集整理，手抄本存汉川县文化馆	湖北汉川	穷秀才许克昌故事，3500字

续表

作品名称	版本与存地	流行地域	作品篇幅
《白扇记》	又名《鱼网会母》，黄梅县民间艺人占丙南口述，周濯街收集整理，手抄本存黄梅县宣传部	湖北黄梅	清雍正年间故事，5600字
《乾隆皇帝下关西》	黄梅县麻岭乡黎仕全口述，王焱生整理	安徽皖南地区、湖北鄂东地区	清乾隆年间故事，2万字
《借衣记》	麻城胡信忠收集整理	湖北麻城	清乾隆年间故事，7400字
《流水记》	黄梅县独山区麻岭乡蜒螺地村黎仕全口述，王焱生整理	江西、湖北鄂东地区	清道光年间故事，1.1万字
《卖瓜记》	黄梅县杉木公社农民王登堂口述，洪昶整理，手抄本存黄梅县文化馆	湖北黄梅	清初故事，4300字
《荒年记》	松阳镇松阳大队农民周利民口述，胡崇峻收集整理	湖北神农架林区	明崇祯年间故事，3万字
《双花记》	公安县北闸区民间艺人口述，沙市郑定悦收集整理	湖北公安、沙市	宋故事，3万字
《打蛮船》	又名《韩广卖妻》，丹江口市民间艺人高鼎盛口述，六里坪文化站存手抄本	湖北武当山区	清嘉庆年间故事，2800字
《义犬救主》	汉川袁大昌收集手抄本	湖北汉川	清道光年间故事，6000字
《狗娘记》	黄梅县独山区麻岭乡马鞍山村洪灿谷口述，王焱生收集整理，手抄本存黄梅县文化馆	湖北黄梅、安徽宿松	清道光年间故事，1.2万字
《周氏割肝》	利川刘汉臣收集，存手抄本	湖北利川	古城长安故事，2000字
《渔家乐》	黄陂县民间老艺人乐志云口述，魏云乔收集整理，手抄本存黄陂县文化馆	湖北黄陂	清末渔家夫妇故事，1000字
《大团圆》	汉川县袁大昌收集整理，手抄本存汉川县文化馆	湖北汉川	明崇祯末年故事，1000字

续表

作品名称	版本与存地	流行地域	作品篇幅
《和睦妯娌》	又名《闺阁录》，监利县容城西门街口农民李荣楷口述，木刻本、手抄本存监利县民间文艺资料室	湖北监利县沿江	清末民初故事，4.95万字
《马胡林讨妻》	松阳镇塘坊大队农民曹启明、曹德佑父子二人口述，胡崇峻收集整理，存手抄本	湖北神农架林区	清故事，3万字
《还妻得妻》	又名《逗黄帕》，汉川县袁大昌收集整理，手抄本存汉川县文化馆	湖北汉川	清故事，4000字
《假神化逆》	汉川县陈贻谋提供手抄本，王家瑞收集整理，存汉川县文化馆	湖北汉川	清道光年间故事，3000字
《咬脐郎打猎》	江陵县三岔大队朱志森口述，沙市姜俊收集整理	湖北荆沙	南朝梁武帝故事，2000字
《贤良传》	江陵县岑河镇简朝新口述，沙市姜俊整理	湖北荆沙	明弘治年间故事，1.2万字
《小媳妇》	浠水县章香莲口述，刘文整理，浠水县占成宗存原铅印小报一份，另存手抄本	湖北浠水、咸宁	清故事，1400字
《小姑贤》	丹江口市范结爷、石照贵口述，李征康收集整理，手抄本存六里坪文化站	湖北武当	清故事，9000字
《哑巴告状》	又名《双奔京》，汉川县张树友口述，王家瑞收集整理，手抄本存汉川县文化馆	湖北汉川	清康熙年间故事，1200字
《乌金记》	黄梅县农民洪灿谷口述，王焱生收集整理，两人均存手抄本	安徽、湖北鄂东地区、江西	清乾隆年间故事，5000字
《卖花记》	丹江口艺人胡士平口述，李征康收集整理，手抄本存丹江口市六里坪文化站	湖北武当山区、崇阳	宋仁宗时期故事，5400字
《李彦贵卖水记》	黄梅县洪灿谷口述，王焱生收集整理，有手抄本、木刻本、石印本等	湖北黄梅	宋故事，1万字
《蛛丝红》	又名《舍命含冤》，汉川县民间艺人许德忠口述并整理，手抄本存汉川县文化馆	湖北汉川	清康熙年间故事，6000字

续表

作品名称	版本与存地	流行地域	作品篇幅
《碧玉带记》	又名《白马驮尸》，黄梅县洪灿谷口述，王焱生收集整理	湖北黄梅	宋故事，1万字
《玉带记》	又名《乾隆皇帝赠玉带》，黄梅县西池公社汪老久口述，周濯街整理，有手抄本、石印本，手抄本存黄梅县宣传部	湖北黄梅	清乾隆年间故事，1万字
《蓝丝带》	又名《栾丝带》《游南京》，黄梅县文化馆存手抄本，监利县民间文艺资料室存《游南京》	湖北武当山区、黄梅、监利	清乾隆年间故事，1.4万字
《三开棺》	应山县文化馆叶凌收集整理，存手抄本	湖北孝感	民国初年故事，1200字
《三洪传》	均县六里坪公社张光生口述，均县文化馆整理，存手抄本	湖北武当山区	清嘉庆年间故事，5.6万字
《看灯记》	又名《包公错斩颜查散》，黄梅县濯港公社占炳南口述，周濯街收集整理，存黄梅县宣传部	湖北黄梅	宋仁宗年间故事，2000字
《审柜子》	利川县黄均德、刘汉臣、黄小华收集，手抄本存利川县文化馆	湖北荆州	清故事，3000字
《喜生歌》	长阳县柳坪农民秦明树、马德全口述，陈金祥收集整理，手抄本存长阳县文化局	湖北长阳	清故事，1500字
《茶客珠宝案》	监利县华容李开明口述，柳如梅整理，手抄本存监利县民间文艺资料室	湖北监利、华容	清光绪年间故事，1.14万字
《九头案》	又名《九人头》，监利陈帝炎、周永香口述，柳如梅、马希良收集整理	湖北监利	清光绪年间故事，1.4万字
《茶碗记》	黄梅县杉木公社杨善华、李利蝶、王登堂口述，洪昶收集整理，手抄本存黄梅县文化馆	湖北黄梅	清故事，1万字
《刘子英打虎》	又名《双珠义侠卷》《巧合姻缘六明珠》，黄梅县独山公社李大利口述，洪昶收集整理，手抄本存黄梅县文化馆	湖北黄梅	明嘉靖年间故事，2.79万字

续表

作品名称	版本与存地	流行地域	作品篇幅
《斧头记》	黄梅县濯港公社占炳南口述，周濯街收集整理，手抄本存黄梅县宣传部	湖北黄梅	清乾隆年间故事，7万字
《杀子报》	又名《油团记》，黄梅县西池公社汪老大口述，周濯街收集整理，有手抄本、木刻本、石印本，手抄本存黄梅县宣传部	湖北黄梅	清乾隆年间故事，8400字
《李秀英告状》	又名《雄鸡案》，阳新县赵海林收集整理，手抄本存阳新县文化馆	湖北阳新	清故事，7000字
《杜季兰哭监》	又名《蜘蛛记》，丹江口市六里坪公社陈医生口述，手抄本存六里坪文化站	湖北武当山区、竹溪，陕西平利、安康	清故事，7000字
《柳秉元十三款》	又名《柳秉元口袋记》，监利李荣楷、李荣辉、李开明口述，柳如梅收集整理，铅印本存监利县民间文艺资料室	湖北监利	清光绪年间故事，3万字
《说楼》	沙市花家茂（棉纺厂工人、打山鼓爱好者）口述，郑定悦收集整理，沙市群众艺术馆有录音带保存	湖北沙市	解放初期当地历史知识，1000字
《薛刚反唐》	神农架林区大九湖乡杨军杰口述，胡崇峻收集整理，手抄本存神农架林区文化局	湖北神农架林区大九湖乡	唐故事，7万字
《三国传》	神农架林区松阳镇塘坊村孙正新口述，胡崇屿收集整理，手抄本存神农架林区文化局	湖北神农架林区	西汉至晋历史故事，2.1万字
《火龙传》	神农架林区松阳镇高桥村舒辉月、塘坊村杨成统口述，胡崇峻收集整理，手抄本存神农架林区文化局	湖北神农架林区	孔夫子受困蔡国故事，1.4万字
《华容道》	又名《荆州记》，监利县汪桥镇李汝廷口述，柳如梅收集整理，手抄本存监利县民间文艺资料室	湖北监利、莲台	关羽故事，4300字

续表

作品名称	版本与存地	流行地域	作品篇幅
《红日落西方》	罗田县七道河公社邱玉彩收集整理	湖北鄂东地区	清故事，1000字
《书中书》	丹江口市六里坪蔬菜大队农民张广生口述，李征康收集整理，手抄本存六里坪文化站	湖北武当山区	清故事，1.5万字
《退婚记》	又名《贤良传》，黄梅县杉木公社农民王登堂口述，洪昶收集整理，手抄本存黄梅县文化馆	湖北黄梅	宋故事，3000字
《小包公全本》	黄梅县独山区麻岭乡蜒螺地村黎仕全口述，王焱生收集整理	湖北、湖南、江西、安徽、河南	宋仁宗年间故事，1万字
《张孝打凤》	竹溪县龙坝公社双建大队李昌龙存手抄本	湖北竹溪	宋故事，8000字
《错姻缘》	黄梅县独山区麻岭乡蜒螺地村黎仕全口述，王焱生收集整理	湖北鄂东地区	清故事，1万字
《弃花记》	黄梅县濯港公社占炳南口述，周濯街整理，手抄本存黄梅县宣传部	湖北黄梅	清故事，1.75万字
《田思群起义歌》	长阳县桃山五方岭农民田祥模口述，龚发达收集整理	湖北长阳	清故事，1.2万字
《吕蒙正告天》	团陂镇松山乡盲人演唱，望城幸福大队詹成宗收集整理	湖北浠水	吕蒙正故事，9000字
《卖锅记》	黄梅县杉木公社农民王登堂口述，洪昶收集整理，手抄本存黄梅县文化馆	湖北黄梅	清故事，8000字
《送书记》	黄梅县杉木公社农民王登堂口述，洪昶收集整理，手抄本存黄梅县文化馆	湖北黄梅	清故事，1.8万字
《高粱叶儿青》	长阳陈金祥收集整理，手抄本存长阳县文化馆	湖北长阳	清故事，4000字
《白水畈》	蕲春县郑伯春收集整理，蕲春县白沙公社童嘴大队民办教师提供手抄本	湖北蕲春、浠水、阳新	清故事，8000字

注：*表9-1中，作品字数均为约数。

《湖北提要》中121种清代说唱词话，我们分别从其名称、来源途径、流行地域、内容涉及朝代以及篇幅等方面进行了著录，从中总结出清代至今湖北地区说唱词话的五个主要特点：

第一，《湖北提要》中著录的这些说唱词话，基本上都是各县文化馆组织专业人员去城镇乡村采访收集的资料，而直接从手抄本、木刻本、石印本、油印本、铅印本等印刷制品途径收集到的非常少，不足1%，这说明乡村说唱艺人和说唱爱好者还保存着大量的口头说唱记忆，这些内容多是来自艺人（尤其是老艺人）和爱好者的口述整理，都经过专业人员笔录和录音，都有整理过的手抄本留存在县文化馆，弥足珍贵。

从口述内容种类来看，属于丧葬类的说唱词话很少，大部分是清代至当时以城镇乡村中的中下层民众为主要受众进行长期传播，特别是在空闲、年节时分，一人说唱众人听，类似清末民初湖北宜昌唱书方式，在提供一种纯粹娱乐的同时，也能为说唱表演者解决生计问题。另外，看不到戏，无法观赏到大型娱乐的边远山区民众，也最愿意接受这种简单的娱乐方式，并通过它获得心灵抚慰与精神休憩。从现在收集到的手抄本、木刻本唱书来看，湖北、湖南两地出版的最多，内容品种最丰富，这也可以反证，当时唱书文本销售的火热及其在湖北地区表演活动的兴盛。

第二，《湖北提要》著录的这些说唱词话，与目前我们所收集到的刻本、石印本、铅印本、油印本、手抄本相比较，出现了许多我们之前没有见过的作品名称，如《复配鸾房》《孙夫人祭江》《告坝费》《周瑜托梦》《拦江夺斗》《追鱼记》《石头脚的故事》《火龙记》《金精戏窦》《天赐金马》《庄周戏妻》《二进宫》《断姻缘》《万花村》《孝登记》《海棠花》《海棠出嫁》《赛海棠》《张伯春拜年》《奇女记》《金石缘》《曹正榜》《木匠做官》《五子争父》《真假姻缘》《疑心休妻》《桂花桥》《打棕衣》《贪妻失银》《人头愿》《当匾得金人》《借衣记》《流水记》《荒年记》《打蛮船》《大团圆》《和睦妯娌》《马胡林讨妻》《还妻得妻》《小媳妇》《哑巴告状》《蛛丝红》《看灯记》《审柜子》《喜生歌》《茶碗记》《李秀英告状》《杜季兰哭监》《柳秉元十三款》《说楼》《火龙传》《红日落西方》《退婚记》《错姻缘》《奔花记》《田思群起义歌》《卖烟记》《送书记》《高粱叶儿青》《白水畈》等共60种，即使是之前见到过的《昭君和番》等作品，也因为口述流传和刻本流传的不同，呈现出很大的文字与情节差异，这些唱书大多与本地的乡俗、民情、方言紧密结合，从而为我们了解地方文化，了解唱书在不同时期的传播变异，了解社会底层的生活变化与思想轨迹提供了第一手的口述参考资料。

第三，《湖北提要》著录的流行地区有湖北孝感、荆州、武汉、沙市、江陵、黄梅、神农架林区、武当山区、利川、监利、广济、麻城、嘉鱼、大冶、咸宁、蕲春、竹溪、崇阳、武昌、通城、通山、蒲圻、蕲春、阳新、汉川、石首、公安、长阳、华容、莲台、浠水等市县区以及周边的赣、皖、豫等相邻省份，由此可以初步看出清代至今唱书在湖北地区的流行情况。这一点很重要，因为我们从收集到的木刻本只能了解到印刷唱书的书铺、售卖区域、种类，但无法了解这些唱书表演在民众中的实际流行情况，以及为什么这些唱书能让书铺收集到并刊刻，是哪些人在关注并创作这类作品等，而通过对城镇乡村艺人的口述情况展开调查，可以明确知道唱书在受众中的实际流传情况，以及唱书创作的来源及其在民众中的影响。

第四，《湖北提要》记录了每种唱书的行数、字数以及形式，为我们了解这些唱书的正文体式、比较同名异本提供了可靠的依据，若这种唱书目前已失传无闻，又为我们全面了解这种唱书的情况提供了较为详细的辑佚参考，如关于《孙夫人祭江》的记录："唱词共分八大段，四十四行，每行七字或十字，共三百五十行，约三千字。""歌词唱道：哭一声夫灵魂随风飘荡，或在左或在右细听衷肠。奴为你在东吴朝朝悬望，奴为你逢朔望礼拜烧香。……"[①]由此，我们可知《孙夫人祭江》是由七字句和三三四格十字句组成的一部标准唱书。

再如《赛海棠》，流传于湖北黄梅县，手抄本，"全作二零八四行，系七言五

① 中国民间文艺研究会湖北分会编：《湖北民间叙事长诗唱本总目提要》，武汉：中国民间文艺研究会湖北分会，内部印刷，1986年，第3页。

句山歌体，一万四千五百八十八字”[1]。这一形式在我们收集到的资料中仅此一种，极具特色。从字数来看，短篇在1000字左右，长篇多达10万字，1000—10000字的唱书有88部，10000—20000字的唱书有21部，20000字以上的唱书仅有12部，属于少数，可见唱书篇幅范围通常在1000—20000字之间，属于中长篇叙事诗。

第五，《湖北提要》中作品所涉朝代、地域背景值得研究。这些作品以清代当地发生的故事传说为主，121种中，以清代为时间背景的作品计64部，以其他朝代为背景的作品计57部，前者多属于在本地发生或流传的故事，内容涉及当地农民起义、割据争斗、婚姻恋爱、公案冤情等，说明唱书和当地民众的联系非常紧密，但与清代湖南唱书相比较，湖北唱书中讲述朝廷官员私访故事的作品比较少。

《湖北提要》的编撰给笔者以很大的启示：唱书在流传过程中，有两个重要的传递方式值得注意，一是口传，二是印刷，印刷本身包括了手抄、木刻、石印、铅印、油印。在纸张供应和出版渠道并不普及的时代，唱书类木刻印刷品的册数最多以一二百为计，而湖北、湖南木刻印刷的唱书上基本印有本次印刷发行“四十册”“百册”字样，可见这些唱书在城镇可能有流通市场，在乡村则流通堪忧，当时的交通不便，这类印刷品难以深入乡村，且乡村民众也没有购置它们的条件，因此乡村艺人的口头传播就相当重要，这是中下层民众接触唱书的主要渠道。艺人口传的内容在不断变化和再加工，这是城镇乡村表演者的功劳，他们为了生存，不断地丰满唱书故事，激活唱书艺术，无形中保存了丰富的艺术文献，记录了底层民众的社会生活、思想意识风貌，没有他们，这些珍贵的唱书会在流传过程中更快地消失。

唱书印刷品是二次传播的产物，中下层知识分子、城镇乡村识字群体把唱书表演者口述口传的唱书变成印刷品，我们现在所收集研究的木刻、石印、铅印、油印、手抄等唱书文本，本身就是在口传、口述基础上的升级产品，这使得唱书

---

① 中国民间文艺研究会湖北分会编：《湖北民间叙事长诗唱本总目提要》，武汉：中国民间文艺研究会湖北分会，内部印刷，1986年，第48页。

的传递更加久远广泛。20世纪60年代，明成化刊本说唱词话的木刻印刷品从墓葬中被发现，也正说明了这个事实。此外，当印刷载体、技术不发达时，类似唱书的作品就难以保存，我们应珍惜留存下来的这批唱书，因为当传递媒介变成网络，类似唱书的作品也许会传存得更加久远广泛，但也可能在网络虚拟空间中很快地消逝无踪，除了故纸文献与艺人记忆，这类社会记忆将不复存在。

第三节　清末民初湖北宜昌的唱书

湖北学者陈鸿儒曾在回忆文章中谈到，清末民初，宜昌有一种曲艺名称为唱本子。"'唱本子'顾名思义就是照本子歌唱"，这种表演形式"在当时市民中流传较广，印唱本子的纸很薄，色暗，是用木板刷的，印刷的技术高，本子上无墨迹，无缺掉字。买一本花钱不多，只要先看几遍，就可以一人唱，众人听了"，而民国十五年（1926）以后，唱本子这种曲艺活动就随着战火而消失了。

这里提到的唱本子，其实就是唱书。陈鸿儒提到的如《朱氏割肝》《安安送米》《穆桂英大破天门阵》等都是典型的唱书，正文或是七字句、十字句一唱到底，或是七字句、十字句兼说白。表演方式有两种：一是识字的人买了唱本后"只要先看几遍，就可以一人唱，众人听了"；一是"于春花秋月之夜，或夏日傍晚，一盏煤油灯下，十多人围拢来，请一位识字的妇女或读过书的孩子唱本子"，无论哪种表演方式，表演者都是出于业余爱好来做这件事，至于影响和作用，陈鸿儒认为"大家听了故事，又欣赏了动听的歌声，愉快地度过两三个小时，也可说是苦中之乐，能暂忘烦忧"。

虽然陈鸿儒在《宜昌旧时民间说唱》中提到民国十五年（1926）以后，唱书这种曲艺活动已消失，但我们在收集到的资料中，发现了1961年宜昌市唱书艺人毛笔抄写留存的唱书《刘文龙求官全本》一册，正文全部是五五七格句式：

四五六岁子，送他到学堂，聪明伶俐文章强。先生孔圣公，与他把学攻，取名叫做刘文龙。所生女千金，名叫肖素珍，来许门当户对人。吉公说原因，万福员外听，与你说合送门亲。刘公喜欢心，逢请你恩情，与我孩儿说个亲。[①]

五五七格句式比较少见，属于唱书结构之变异。

《刘文龙求官全本》封面文字为“刘文龙求官全本制，中共湖北省宜昌市□□□□□□□□□□工程团，1961年11月立，易国勋记”，末尾“1961年十二月二十七日（抄）完，1962年立”，整个抄写本子利用了“湖北省宜都工业区务渡河水利水电工程宜昌县工地指挥部工程进度（5月、6月）日报表”使用过的纸张反面，竖行繁体，毛笔抄写。据此推测，这个本子可能是一位名叫易国勋的水利工作者用整整六个月时间抄写完成的。末尾还有这么几句话：“（唱）三尺红绫绸，埋在花树下。好个祝英台，杭州功（攻）书来。姑嫂二人，发下誓愿。”内容属于《梁山伯与祝英台》唱书中的情节，由此可知，抄写人易国勋不仅会唱《刘文龙求官》全书，而且也会唱《梁山伯与祝英台》等其他唱书，说明1961年时的宜昌地区，尽管类似唱书的曲艺表演和文本传播被以“传播迷信”而禁止，但在民众中，仍然有唱书艺人或业余爱好者进行文本的传抄、传播和阅读演唱活动，这一文艺形式并没有在1926年以后停止或消失。

第四节　湖北荆州市的唱书

近年来，我们从湖北荆州市沙市津西路荆沙村收集到一些唱书，如油印本《罗成全集》（上下本）、《罗通报仇》、《目连寻母》、《刘全进瓜》，销售者说，这些都是20世纪八九十年代唱书艺人留下来的唱书，现在村子里年轻人都出去打工了，老年人看电视和电脑，都不再表演或欣赏唱书，他所销售的唱书，都是从那

① 中国人民政治协商会议湖北省宜昌市委员会文史资料研究委员会编：《宜昌市文史资料》（第5辑），宜昌：宜昌市文史资料研究委员会，1986年，第143页。

些老艺人和说唱爱好者手中收集来的。

这些唱书均是小32开的册子，具体情况如下：

《目连救母》，铅字排印，均为七字句唱词，492句，3444字。分两种装帧，封面人物绿色线条画像，正文绿色字体、绿色边框；封面人物红色线条画像，正文红色字体、红色边框。内容从唐宋变文《大目乾连冥间救母变文》故事改编而来。

《刘全进瓜》，铅字排印，均为七字句唱词，1008句，7056字。封面人物紫红色线条画像，正文紫红色字体、紫红色边框，这是一部有关生死轮回、阴间善恶报的作品。

《四下河南》（上下本），铅字排印，均为七字句唱词，上本792句，5544字；下本778句，5446字，上下本共1570句，10990字，内容是包公平反冤案的故事。

《罗成全集》（上下本），铅字排印，均为七字句唱词，上本1848句，12936字；下本1520句，10640字，上下本共3368句，23576字。封面人物绿色线条画像，正文绿色字体、绿色边框，叙述了英雄罗成从生到死的传奇过程。

《罗通报仇》，铅字排印，均为七字句唱词，1652句，11564字。封面绿色线条人物画像，正文绿色字体、绿色边框，内容紧接《罗成全集》（上下本），讲述罗成之子罗通长大成人，杀了三王祭祀父亲的故事。

这几部唱书中，以《罗成全集》（上下本）最具特色，其唱本开篇均是七字句，提到了唱书艺人常唱的一大批唱书曲目，如：

> 天干好唱“卖水记”，下雨好唱“孟日红”。劈开竹儿唱“伯喈”，打散头发唱“苏秦”。三死三活“何文秀”，九死一生“柳孝文”。文官只有“包文拯”，武官好个“柳总兵”。受苦还让“张木匠”，风流惟有“玉堂春”。呼天霸王“杨宗保”，大破天门“穆桂英”。八岁逃难“曹文榜”，“刘家花园”躲难身。奸臣“芦杞”如虎豹，忠良还让“郑子明”。杀人放火“焦光赞”，偷营劫寨是“孟良”。“买臣”当日担柴卖，“蒙正”曾住破窑中。桃园结义“关夫子”，无义奴才是“江雄”。“董永”卖身

曾葬父，天差“仙女”结为婚。嫌贫爱富“王学士”，冤害“韩家瑞龙”身。九占花魁“李香保”，只为“龙袍”起祸根。大闹东京“张四姐”，吵乱江山不太平。一笔描成“清水画”，玉皇谪贬下凡尘。可恨“黄登”无道理，冤害外甥“马再兴”。“潘葛”将妻替皇后，万古千秋永传名。唐朝忠臣“罗成”将，屈死明关大“显魂”。无道岳父“黄宰相”，屈死女婿“颜贵”身。多亏“袁三”来送信，引起“嫂嫂”把冤申。“轩辕黄帝”登龙江，制造衣裳与帽巾。三鞭打死“秦怀玉”，钢刀杀死“段玉林”。后娘溺死“赵皇后”，“白扇”一把做证明。我儿只要扇一把，好到朝中去认亲。可恨“秦桧”无道理，冤害“岳家父子”身。遇着“焦关”人两个，“周监”替死臣救君。昔日有个“张香保”，妻儿也曾撞石钟。花园比武“刘志远”，苦了妻子“李氏”身。“手巾”送与“孟姜女”，活活谋了他宝珍。“白马拖尸”“张文贵”，后来也做报仇人。“韩信”十岁为亲死，且知好心是万人。舌尖口快“张三姐”，真言说出与人听。“丁兰”刻木把娘叫，至今孝道永传名。昔日有个“卖花女”，“曹家国丈”逼为婚。此女不成他打死，多亏包爷断分明。东京进宝是“赵氏”，当日只说往迎亲。只因撞着“曹国舅”，将他害死见阎君。后来也得“包文拯”，断他还阳把冤申。①

唱书艺人在开篇中一口气说了40余部民众耳熟能详的唱书名称，然后才进入故事正题，说明这40余部唱书是湖北地区民众能常常听到的，这些唱书传达的思想，也成为他们日常生活中处事做人的行为准则。

唱书艺人在篇末，另有一段总结：

此乃都是闲言语，还说几句与人听。盛衰总是天作主，贫富皆由命生成。也有十年贫了富，也有十年富了贫。为人切莫说大话，怕的子孙

① 佚名：《罗成全集》，收集于湖北荆州市沙市区津西路荆沙村，油印本，第1页。

不如人。那有富人富到底，那有贫人有贫根。可恨世上无知辈，只重衣冠不重人。不信但看筵中酒，杯杯先敬有钱人。为人切莫争闲气，人争闲气一场空。积善之家福自至，作恶之人祸必生。不知厚培心上土，子子孙孙自然兴。为人须当尽孝道，为官必要尽忠良。处事为人真忠好，居家勤俭方为能。凡事让人非我弱，倘有强暴必招灾。安分守己终无辱，欺压善人天不容。出入宫门人皆骂，丧尽良心万事空。世上几多机巧汉，越见机巧越见穷。若要子孙常发达，多存善念在心中。人生在世如做梦，真正好是混食虫。记得少年骑竹马，看看又是白头翁。为人若依此言语，子子孙孙永兴隆。休说此是闲言语，一句提醒梦中人。且把闲语丢开去，听唱炀帝坐龙廷。①

这段总结体现出唱书艺人的苦口婆心，他们表演说唱的目的，并非仅仅是供受众娱乐，更为重要的是教化世人如何谋生做事，而古代种种民间处事哲学也正包蕴其中。

第五节　湖北监利县的唱书

湖北省监利县也是唱书之乡，20世纪八九十年代，当地出现了大量的铅印和油印唱书，这些唱书不是现编的，而是历代传抄下来的，其中大多数应是传抄自清代。我们收集到的有《八宝山》《月姑显魂》《劝姑吵嫁》《香山记》《瓦车篷》《八十八行》《女子点状元》《韩湘子度妻》《挺杖案》《合同记》《见人说》《洪江渡》《三元记》《朱砂痕》《双花记》《蔡鸣凤辞店》《德宝放牛》《双合印》《柳秉元十三款》《倒鼓辞丧指路》《茶客珠宝案》《汤九娘》《柳荫记》《双挖堤》等50余种。这些唱书在解放初期和“文化大革命”中被认为是封建迷信，不准演唱与

① 佚名：《罗成全集》，收集于湖北荆州市沙市区津西路荆沙村，油印本，第52页。

保存。20世纪80年代后，民间留存的唱书井喷式出现，唱书的传播和表演也十分兴盛。究其原因，为了抢救即将消失的民间文化遗产（民俗、民间故事、民歌民谣、曲艺戏曲、民间舞蹈等），国家开始了三套集成的收集编撰出版工作。具体到当时的监利县，一位了解唱书的文化专业户柳如梅[①]以监利县民间文艺资料室的名义，全力以赴协助县里完成三套集成的编撰工作，他利用这个机会，收集整理了大量的唱书和民间文学资料。

据柳如梅回忆，1987—1988年监利县基本做到了“民资为本，服务《集成》”，“以文养资，以资集文”，在办好监利民间文艺资料室的前提下，他们开始整理监利民间文学三套集成，没有县集成办公室，他们就以资料室传递信息，贯彻省办和省集成精神。柳如梅当时为了办好监利民间文学三套集成，“戒了老烟瘾，把每个月吸烟的三十多元钱节省下来作为下乡收集乘车船的费用”。他的努力最后也获得了好的回报，“1988年，湖北省文化厅《湖北省民间文学集成首届屈原奖评奖结果的通知》中，监利县收集整理编撰的三套集成获奖，监利民间文艺资料室材料员柳如梅也受到省里的表扬。1988年调查民歌中发现《屈原相公造船歌》，已经送省办审稿，还建立了民间文学资料网，有历史人物伍子胥资料专柜，《伍子胥的故事》湖北人民出版社正在出版，不日出版”[②]。

监利县铅字排印本唱书《柳秉元十三款》，即柳如梅收集到的清代唱书抄本的整理本，内容为发生在当地的清代历史事件，书中还保留了柳如梅排印整理时的文字痕迹。在《柳秉元十三款》结尾，柳如梅写有“编后”：

> 编这个“歌本”，是为了收集资料；最近，读了《民间文学论坛》1984年第三期陈建宪同志的《从信息革命看资料工作的紧迫性》文中，把资料工作比着南朝梁代著名画家张僧繇的“画龙点睛”故事。让我们给它点上资料工作保存于提供理论研究工作的两只眼睛，使中国民间文

① 柳如梅，男，1932年6月生，初中，笔名雪芳，无业，此条信息存于其填写的《湖北省民协会员1988年8月成果调查表》。

② 柳如梅，《湖北省民协会员1988年8月成果调查表》。

艺事业乘雷驰电，飞向新天吧！有人说："汉民族没有历史诗叙事长歌。"近年来，我收集了四十多部。将其中《十三款》《双挖堤》作为提供资料保存，互换民间文艺资料，现将此本奉献给您！①

荆州花鼓戏《十三款》在湖北电视台播映后，受到全国人民的好评，这首先要感谢民间文艺爱好者、无名口头创作者，叙事长歌《十三款》出世流传后，才有荆州花鼓戏。柳秉元这个名字在荆州地区，尤其是在监利县家喻户晓，老少皆闻，就是从民间唱本（抄本）传开的。《柳秉元十三款》叙事长歌，流传百年不衰，有它的现实意义。解放前后，也有人禁忌它，不但不给予出版，竟然有焚毁之势。民间文艺爱好者们只有各抄其事，在流传的抄本中意义异同，形式不一，各有千秋，值得研究。最近，我们收集的这个《柳秉元十三款》与众不同，尽似描写柳公传记。虽说词语粗鲁，便如歌者口头流畅，现将此本奉献给民间文艺爱好者们参考，故请指正！②

《柳秉元十三款》原先是清代流传在监利县的口头长篇叙事诗，柳如梅除收集到抄本之外，还让一位唱书人李荣楷进行了说唱，现存的柳如梅整理本，是他在参考了抄本和口述文字两种不同的版本后整理排印的文字。《乾隆皇帝游南京》也是柳如梅让李荣楷口述笔录后进行整理的本子。其"编后话"云：

民间文艺，来自民间，收集整理还民间，我室收藏少有的"民间叙事历史长诗唱本资料"，供民间文艺爱好者参考，如要改编整理，望取得联系。民间唱本《乾隆皇帝游南京》资料经省民研会审阅，留我室保存。若有人不顾劳动效益，私自翻印发行必究。（监利县民间文艺资料室　1985年2月8日）③

---

① 柳如梅整理：《柳秉元十三款》，铅印本，1988 年，第 26 页。
② 柳如梅整理：《柳秉元十三款》，铅印本，1988 年，第 34 页。
③ 柳如梅整理：《乾隆皇帝游南京》，铅印本，1985 年，第 15 页。

《茶客珠宝案》是柳如梅唱书整理的代表性成果之一，共计7326字，小32开，四句五五七五格，如“光绪登金殿，乾坤大改变，劫抢不住那一边，匪人闹反天。男女在世间，莫贪无义钱，谋事在人成在天，报应在眼前”。

其大致情节如下：清光绪初年，沂水县北乡何家场有文武两举人喜欢打抱不平，兄长何凤余，弟弟何凤垠。湖北武昌有个陈元林，在山东沂水放有2000两银子，想把这些银子收回来，身带珠宝就起身，也是该有事，响马在后跟。他来到了山东沂水县何家场住店，响马八个贼也住了店。店主是个老江湖，告诉陈元林有八个贼跟随，元林求老板救命。老板说，你到王家岭，那里有两位举人能帮你的忙。元林背起背包就往前赶，看到旗杆就进了院子，见到两位举人求他们救命。再说响马这边，见店主放走了元林，拔刀乱砍，店主说了实话。响马来到王家岭，上了屋脊喝叫两位举人。两位举人让下人将四门紧闭，绿豆撒天井，上面又用石灰粉和油淋一淋，众家丁点起了灯准备防贼。一响马跳下天井站不稳，杀他见阎君。两响马又跳下，武举人用大刀结果了他们。剩下五个响马，屋顶骂举人，3天之内，杀你家满门。五响马去沂水城告武举人杀人，知县林子春问响马是何人，五响马说是珠宝贩子，让武举人给杀了三个，知县不听，响马当时送了800银，贪官得银拿帖请举人。再说文举人这边，他让儿子官保保护元林回程，官保有心计，答复说响马3天之内灭我家满门，咱等3天无事再行。知县用帖骗二举人到衙门收监，两位举人让知县开恩，说3天之内五响马要灭满门，知县不开恩。五响马得信后前去报仇，杀举人家人后远逃。两位举人去武昌府台张大人处报案，恳请捉拿响马。两公人带人去沂水拿人，林子春与家眷被带回武昌等候发落。五响马在凤凰山占山为王，招兵买马。有一商人陈小青，挑着京货到山东卖，到庙里遇到两位举人的妹妹桂英，就把桂英送到武昌和两位兄长见面，并告诉了五响马的具体地址。张大人发兵将捉回了五响马，五响马交代完犯罪事实后伏法，张大人将林子春满门问斩，但可怜其中四个妇人有才，悄悄留下配给文举人，又私自放了老婆婆和一孙儿，让他们远远逃生。张大人修书上金殿，光绪赞大人，文举人赐了翰林身。又赞武举人连杀三贼，照律要充军，就充在沂水城，日后进京赶考，封他往上升。赏了两位举人2000银子，重修故宅门。陈小青因捉贼有功，赏了功名和银钱，桂英嫁给他。陈元林也将胞妹兰英许给武举人。后来，官保文武奇才有本领，高中状元，张大人配给文举人的四个妇人又给他连生四子，个个是洪门。武举人再次进科场，联科及第往上升，且与兰英连生五子。最后结语：

老天有眼睛，忠心打不平，全家舍命招冤情，后来永扬名。狗官林子春，为官心不正，不该贪他贼和银，惹祸自烧身。为官要清正，不贪贼贿银，哪怕圣旨到来临，稳坐心不惊。[①]

《茶客珠宝案》这个故事在当地一直广为流传，笔者查阅清代史料未见此案，无论此案真假，重要的是柳如梅在作品末尾加的一句整理批语："奉劝世上人，莫要去作恶，近在自己远在孙，老天不放过。"这代表了历代听众心中所想所愿，也是一种传统的心理安慰。

柳如梅在《柳秉元十三款》末尾曾言，他在为监利县收集整理编撰三套集成的同时，也收集到40多部同《柳秉元十三款》一样的汉族长篇叙事诗，遗憾的是，我们至今未有机缘能睹其藏品，也没有得到这40多部唱书的目录名称，希望在接下来的研究工作中，能够找到藏于民间的这些唱书。

① 柳如梅整理：《茶客珠宝案》，铅印本，1996年，第20页。

第十章　清代广西地区说唱词话

1925—1927年，桂林尚雅书店（桂林中山南路315号）以木刻本形式出版了三部《说唱丛书》（用40开毛边纸印刷），收录了当时在市面上流传的许多清代和民国说唱作品，现藏桂林图书馆。1925年，收录有《彭大人私访广东》、《新刻白扇记》、《新刻王氏女女转男身全本》、《新刻全部千家赞》、《四美图》（又名《新刻丝带记全部》）；1926年，收录有《李彦贵卖水记》、《张小姐卖花记》、《私访翠花庵》（又名《新刻尼姑思情》）、《彭大人私访江西莲花厅》；1927年，收录有《乌金记》《八宝山》等。

第一节　广西桂林兴县的孝歌与山歌

笔者曾从孔夫子网上收集到一批广西桂林兴县诚信书店的唱书手抄本，绰号老九的抄写者告诉我们，在他们那里，这些唱书直到现在人们都还在唱。人们把它叫作孝歌或山歌。他现在做的事情就是将本地收集到的清代至民国唱书、现在歌师手里保存的抄本和口述的唱词都整理抄写出来，并以书店名义在网络上进行传播售卖。从老九那里收集到的唱书，有《白蛇传之西湖借伞》（七言）、《白蛇传之盗草救夫》（七言）、《白蛇传之士林祭塔》（七言）、《白蛇传之水淹金山》（七言）、《白蛇传之法海降妖》（七言）、《哪吒出世》（七言）、《梁山伯与祝英台》（七言）、《薛仁贵出身》（七言）、《悟空

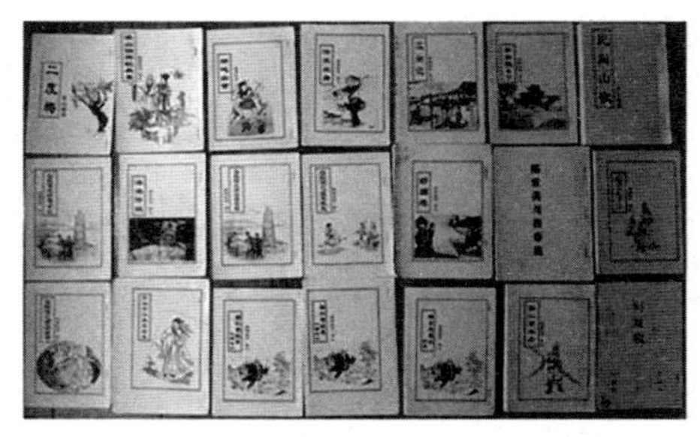

图10-1　广西桂林兴县的唱书复印本

出身》（七言）、《薛仁贵征东》（七言）、《征东凤凰山》（七言）、《征东之摩天岭》（七言）、《韩湘子化斋度林英》（七言）、《二度梅》（七言）、《陈世美与秦香莲》（七言）、《姜子牙下山》（七言）、《三姑记》（七言）、《好姻缘》（七言、十言唱词兼说白）、《粉妆楼》（七言）、《群英会蒋干中计》（七言）、《乱世英雄程咬金》（七言）、《黄巢造反》（七言）、《蚂拐告状》（七言）共计23种，除了《好姻缘》外，其余皆是纯粹的七言唱词。这部分作品在临近广西的两湖地区流行的清代唱书中常见，说明在广西桂北兴县地区，从清末民初至今一直有说唱词话的流行和传播。

老九的诚信书店另有《民间山歌》一本，正文全部是七言唱词，但分成了很多独立的、互不联系的小段，如《十二月里难相逢》《香满园》《十二月思量》《唱祝英台》《和哥看花》《历代名人》《杨文广陷柳州城》《十金》《十担金》《十字亲》，这些山歌并非唱书。

笔者从兴县收集到一册本地人田农编辑的《孝歌集锦》，其中谈及孝歌的起源：

> “孝歌”起源于《庄子戏妻》，妻亡，庄子不舍，击盆而歌。而后，秦始皇丧母，始皇尽孝，停丧七七四十九日，遍访民间歌师，口谕：凡来吊孝国母而歌者，不分男女老少，朕愿意披麻戴孝于宫廷外跪候迎接。事后便很快流传于民间。因当时社会有贵贱之分，有钱者可请仕人、才子彻夜而歌，无钱的只能自行相请作陪。因它意在歌颂死者，超度亡灵，安慰亲属，以达到对死者哀思的解脱目的，所以这种习俗就流传广泛且深远，至今不息。①

桂北兴安地区长期有人去世后孝家灵堂“闹丧歌”的习俗，即“暖丧”（热闹守灵）之意，一方面悼念死者，慰问死者家属；另一方面也是歌手相聚作歌，展示歌才的机会。因此村里有丧事时，全村甚至邻村老幼都会去陪灵柩，歌手甚

① 田农收集：《孝歌集锦》，油印本，2017年，第1页。

至跑上十里八里去唱孝歌，本地叫作赶歌堂。

“闹丧歌”仪程分为两部分：先唱短歌，后唱长歌。开坛先唱短歌，在场者均可唱，伴奏鼓声短促，场面逐渐热闹起来，歌手们也陆续到场。短歌唱一段时间后，一位歌手开始唱过渡歌。过渡歌毕，鼓转长音，鼓声一停，便转为长歌。长歌也分两部分：首先唱“白言”“耍言”，然后才演唱长篇故事。“白言”通常是主客对答，主人是孝家的同姓家属，孝家是不唱的。“白言”唱词讲究字数、平仄、韵律，一般押宽韵。带着手抄本去唱叫“耍言”，“白言”是没有本子即兴唱。演唱长篇故事也叫开本歌、开书长歌，又称为“上书”，这是“闹丧歌”的主要内容，也是考察歌手演唱水平的重要标志。“上书”有简单和复杂两种：简单只需把历史故事、演义小说中的主要情节内容唱出即可；复杂则需将小说的某一具体情节改编为唱段，歌手们一般都有自编或背熟的唱本。鼓声悠长，听众入神，灵堂一时成为歌场。“闹丧歌”唱到最后一天凌晨，通常由一位权威老歌手唱一段“散歌堂”，歌场到此结束。老歌手起身走向门外，边唱边走，鼓手也跟着从屋内打到村口后放下大鼓，歌手们告辞回家，天亮后人们才将大鼓收回。

前述老九诚信书店的唱书抄本，许多均是孝歌中常唱的内容。

第二节　《广西民间文学资料集》中的说唱词话

1980—1984年间，广西民间文学研究会曾收集并编印了一批民间文学资料，其中有些作品属于广西地区流行的唱书。

一、凌火金收集整理的《韩云贞》

《韩云贞》封面标明“客家民间唱本”，“1982年5月至8月收集自广西贺县，1983年10月整理于广西西湾电厂”，属于说唱词话，基本上全是七字句，隔句押韵，一韵到底，皆为真韵。

开篇：

韩娇玩棋花园心，王生紧看紧精神。久闻韩娇多美貌，今日得见确系真。远看韩娇貌惊人，胜似仙女下凡尘。若得此人成双对，少活十年也甘心。韩娇偷偷看王生，两边脸颊泛红云。慌忙来把棋子收，车马两子藏在身。[①]

结尾：

韩娇双膝来跪奏，我今就系韩云贞。只说火棚贞节死，谁知神仙救我身。后来无计投水死，又遇洪爷义父亲。几多磨难都不死，果系祖宗神明灵。今日云贞还在世，快报韩家得知音。奔走相告众亲友，争看再生韩云贞。都话冤死韩云贞，谁知今日又相逢。今日夫妻得团圆，当谢天下好心人。[②]

《韩云贞》分为10段，即云贞失棋、花园盟婚、洪娇释梦、火棚贞死、王爷训子、逃离李家、山中被捉、投江遇救、玉麟中榜、夫妻团圆。除了分段并出现段目外，其他均和说唱词话完全一致，整体为七字句唱词，共1360句，9520字。

《韩云贞》大致情节如下：辞职归乡的韩宰相有女韩云贞，与洪宰相女儿洪娇是好朋友，王爷有子名王玉麟（以下叫王生），三家都住杭州府。韩云贞与王生在机缘巧合下以棋为媒私订终身，王生将云贞画像挂在自己书房，太白星君告诫他："正神正佛你不奉，为何祀奉你妻身。得罪天地众神明，理当拆散你婚姻。婚姻拆散三年久，三年满后会妻身。"[③]太白金星使法术将云贞画像吹走，画像被君王看到，欲聘云贞为正宫，云贞誓死不从，被处火刑前写下血书："一是父母

① 凌火金收集整理：《韩云贞》，桂林：广西民间文学研究会，1984年，第1页。
② 凌火金收集整理：《韩云贞》，桂林：广西民间文学研究会，1984年，第33页。
③ 凌火金收集整理：《韩云贞》，桂林：广西民间文学研究会，1984年，第7页。

莫念我云贞，养育之恩无可报，爷娘不要以此挂在心。二是宝棋为媒主，我与王生定为婚，不愿重婚配君王。如果王生得高中，结发洪娇做你的妻房。三是洪娇好生待王生，你有福气配郎君。”“就降云水火棚内，云贞坐等便凉心。火烟吹开四条路，乌天暗地不见娘。太白星君来降下，狂风吹走韩云贞。”①

王爷得知真相后，痛斥王生：“大胆奴才做下事，花园撩弄韩云贞。云贞无奈来许配，不敢重婚改嫁人。云贞正宫不愿做，火棚烧死韩云贞。”②王家、韩家以及洪娇一起超度云贞。

情节进展到此，转到韩云贞一端，太白星君用狂风将她吹到山中，为李将军所救，李将军夫妻只有一女李月英，收云贞为二女，起名李日英。不久李将军心生歹念，“当初收你做二女，今日想你做妻身”。云贞不从，下狱受罪，李夫人警告李将军：“云贞不是凡间女，恐怕神明来显身。麻绳捆绑走得脱，恐怕都系神仙人。”③云贞逃离后又落入黄泥岗山贼之手，受困时身显异象，棍棒反打毛王身，“打得大王心惊怕，此女可能系天神，众山兄弟不可打，快送云贞出山门”④。云贞意欲投江，告祝河伯水官神。“今日江边投江死，切莫浮起小奴身。高□潜水亦莫去，此来沉到大海心”。“两脚跳落江中去，惊动云头太白星。先叫神明来护救，众神各各尽知音。若是云贞来浸死，众神土地会挑寻。河伯水官来听到，一河水鬼救佳人。浮起云贞水面上，相似睡着一般形。离水三分不入口，扶紧云贞过难星。”⑤

洪娇之父洪爷乘船回京，满河小鬼看得真，“看到洪爷官船到，托起云贞水面浮”，洪爷看见“众河神明来托起，即时托到他船边”⑥。洪爷让云贞改姓洪，待王生中状元，助他二人夫妻团圆。“今日夫妻重相会，花再重开月再明。破镜重

① 凌火金收集整理：《韩云贞》，桂林：广西民间文学研究会，1984 年，第 14 页。
② 凌火金收集整理：《韩云贞》，桂林：广西民间文学研究会，1984 年，第 16 页。
③ 凌火金收集整理：《韩云贞》，桂林：广西民间文学研究会，1984 年，第 23 页。
④ 凌火金收集整理：《韩云贞》，桂林：广西民间文学研究会，1984 年，第 24 页。
⑤ 凌火金收集整理：《韩云贞》，桂林：广西民间文学研究会，1984 年，第 25 页。
⑥ 凌火金收集整理：《韩云贞》，桂林：广西民间文学研究会，1984 年，第 27 页。

圆花再发，胜似枯木又添新。”[①]云贞重见爹娘，“只说火棚贞节死，谁知神仙救我身。后来无计投水死，又遇到洪爷义父亲。几多磨难都不死，果系祖宗神明灵。今日云贞还在世，快报韩家得知音”。王生又娶了洪爷之女洪娇，书末云“今日夫妻得团圆，当谢天下好心人”[②]。

《韩云贞》作品名称与内容，目前仅见于广西地区的说唱词话中，唱词里出现了许多与当地风俗习惯有关的方言俗语或地域文化，如“高灯龙烛”“九丈高火棚”等，值得进一步关注。

二、李肇隆、蒋太福收集整理的《三姑记》

《三姑记》封面标明“汉族唱本”，原是李肇隆、蒋太福收集到的一个木刻本，后将其整理成一个道情形式的本子。现存《三姑记》，清中湘总文星堂刻本，书名页右为“新刻三姑记全部”，中为“嫌贫爱富，百册”，左为“中湘总文星堂批发”，共20筒子页，全文8000余字。

唱书木刻本《三姑记》开篇：

> 苦口良言奉劝君，为人切莫起黑心。起心害人终害己，明有官府暗有神。男子莫用两把斗，女子莫用两样心。莫把大斗量进去，莫把小斗量出门。大秤小斗天雷打，恐怕皇天不顺情。莫说皇天无报应，举头三尺有神灵。年年过荒要赈饥，莫把丑谷凑斗升。你卖贵谷要贱土，后代儿孙不安宁。别的闲言都收唱，且把三姑说你听。此书不是远年事，光绪年间一新文。家住湖南永州府，零陵县内有家门。东门出城二十里，地名叫做三家村。[③]

① 凌火金收集整理：《韩云贞》，桂林：广西民间文学研究会，1984年，第31页。
② 凌火金收集整理：《韩云贞》，桂林：广西民间文学研究会，1984年，第33页。
③ 佚名：《三姑记》，清中湘总文星堂刻本，第1页上。

结尾：

三姑本是行孝女，行孝生下行孝子。后来儿子俱登仕，一家大小受皇恩。奉劝世上真君子，男男女女记在心。人人做得书中语，后代儿孙不受贫。闲空君子买本看，前人训教后人听。此本歌本说完了，万古流传永扬名。[①]

全文一韵到底，全部七字句唱词，内容表达得非常圆满。改编后的《三姑道情歌》则成了道情形式，而且还将原文分成11段，并增加了段目，段目包括歌头、出嫁三朝挨火焚、女不改嫁母绝情、糟糠夫妻恩爱深、笋子成林山更青、带儿更思母恩深、心偏难把碗端平、肖家富裕永传闻、肚饿才想自家人、娘欢女笑满园春、歌尾。

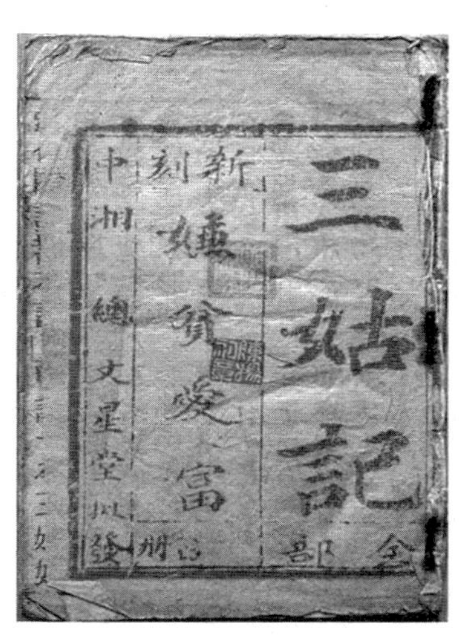

图10-2　清说唱词话木刻本《三姑记》封面

至于改编的具体情况，改编者谈道："我们根据的是湖南长沙清代的《三姑记》木刻本，保留了原来的面目，其语言文字中的明显错误都没有改正。为了忠实原诗而又突出它的积极意义，我们删去了原本中的敬神、挖银子和儿子中举升官的细节，而着重渲染了三姑对肖郎的真挚感情，并在原来纯叙事的基础上增强了抒情的成分，目的是突出三姑的形象，使它更像一首叙事长诗。原本的结尾也流于一般化，而且宣扬了一些封建伦理道德的说教，我们也将它摒除了。整理本基本保留了原来的情节，保留原来的面目，只是在语言上进行了适当的加工提高，还将原诗进行了分节分

① 佚名：《三姑记》，清中湘总文星堂刻本，第18页下。

段，以求眉目更为清晰。”[①]20世纪80年代初，“文化大革命”刚刚结束，百废待兴之时，改编者们能抱持如此认真的态度对清刻本唱书故事进行整理改编并发表自己的看法，实属不易，同时也为我们今天的研究提供了宝贵资料。

改编后的《三姑道情歌》歌头：

> 屋檐流水像根索，敲不断牵扯不脱。从前传下一个古，句句没漏记得着。韭菜叶绿不怕割，家穷莫怕受奚落。王氏三姑穷变富，编有几多道情歌。刀削毛竹片片薄，两面溜光胜过磨。一条麻绳穿成串，手摇砸子把古说。[②]

歌尾：

> 手拍渔鼓唱道情，串村过户唱不停。三姑古仔唱得久，从古流传唱到今。耳听道情醉哼哼，肖家母子尽孝心。人字上面加两点，点火唯寻这种人。秤杆高头星对星，一斤一两最公平。孝心情义比金重，所以世上无秤称。[③]

改编后的《三姑记》仍然是七字句，但正文和结尾是一韵到底，歌头押的是另一个韵。

关于原先木唱书刻本的情况，整理者曾经在说明中提道：“《三姑记》广泛流传于湖南西南部和广西的农村乡镇，是这一带老幼皆知、家喻户晓的民间口头传说。这个生动的故事后来又被民间艺人改编后四处演唱，以至于刻印成册，流传

---

① 李肇隆、蒋太福收集整理：《三姑道情歌》，桂林：广西民间文学研究会，1984 年，第 1 页。

② 李肇隆、蒋太福收集整理：《三姑道情歌》，桂林：广西民间文学研究会，1984 年，第 3 页。

③ 李肇隆、蒋太福收集整理：《三姑道情歌》，桂林：广西民间文学研究会，1984 年，第 40 页。

在群众手头，成为茶余饭后闲时的阅读材料。我们这次收集的本子，就是这样一个既无编者，又无校刻姓名的木刻本。仔细研读后我们认为它是流传在湖南西南部和广西北部的说唱词话。”[①]整理者的这一推断，可以从以下几个方面得到证实：

就《三姑记》中提及的地点来看，作品中有两处点明了三姑的籍贯是湖南永州府零陵县城外的王家村。明以前，广西的全州、兴安、灌阳以及灵川县的大部分地区都属于零陵辖治，而王姓更是这一带具有代表性的姓氏，素有“一唐二蒋三姓王”的说法。王家村的村名到处都有，因此王家村绝非一村一户之说，实为泛指《三姑记》中所反映的生活，很吻合这个地区的社会生活特征，诸如砍柴为生、开荒种地，正是这一带山区人民生活的写照。

从《三姑记》中所反映的民俗看也很清楚。三姑为母亲去做五十大寿，富有浓厚的乡土气息和民俗特点。这一带特别重视逢十大寿，女儿是非回去拜寿不可的。而三姑回家拜寿的遭际，正是故事冲突的展开。当然，我们还可以从说唱语言得到印证，作品用的全是这一地区的方言土语，如称老萝卜为“布筋萝卜”，背儿子说成是“扒儿子”，还有“穷吃饿吃做不赢”，这些都是典型的方言。还有将对待儿女的两种心肠说成是“二样心”“两样心”，以及送礼用的抬盒、挑盒等。此外，我们还了解到，这些地方的城镇乡村对三姑的遭遇、王婆的沦落故事，几乎家喻户晓，妇孺皆知。凡是年过半百的人，都能背得出其中的内容，什么“好马不配双鞍子”“好女不嫁二夫君”“多少贫人后来富，多少富人后来贫”“手板手背都是肉，如何做出两样心”等，成了群众的口语，还成了老人家教育年轻人的格言律条。而作为勤劳、善良、富有人性美的三姑形象，更是一直活在人民群众之中。“年头岁尾或其他节日，民间艺人和叫花子们就手握渔鼓，过村串户地演唱这个故事。老婆婆们一边听一边擦眼泪，老头儿们一边听一边合着节拍合唱，小孩子们则围成一圈，不声不响地接受教育。大家边听边议论，感叹不已，似乎三姑就是他们的亲人。不仅如此，三姑的故事还被编成小戏小调在

① 李肇隆、蒋太福收集整理：《三姑道情歌》，桂林：广西民间文学研究会，1984 年，第 2 页。

舞台上演出，大家百看不厌。它的木刻本、手抄本也一直在民间流传，有如沙石中的一股水流，时现时伏，甚至十年浩劫，也没有查抄尽这个本子。我们的原稿，就是这样一个为群众所珍藏保留下来的木刻本。”①

木刻本唱书《三姑记》大致情节如下：清光绪年间，湖南永州府王家村有个富人叫王桂公，老伴叫王婆，生有一男三女。大姑嫁张家，二姑嫁李家，都很富有，只有三姑嫁到肖家，一贫如洗。王婆劝三姑改嫁给富有的刘公子，三姑拒绝：“一马不配二鞍，好女不嫁二夫，他做高官他富贵，我受苦来我受贫。世上多少先贫后富，又有多少先富后贫，这都是命中定。你不看昔日朱买臣，马前泼水马后收。若是我改嫁了，绝了肖家后代根。”王婆劝她：“只我女儿富贵了，管他绝根不绝根。夫妻本是同林鸟，大限来了各自飞。你要若是不改嫁，一世莫回外家门。”三姑不听爹娘话，情愿苦死在肖家：“有有无无且莫奈，劳劳碌碌计在心。将将就就随时过，悠悠重重叠叠山。大户原来本是命，小户还要在殷勤。”转眼腊月到，三姑劝丈夫，别人有米把年过，你我无米也过年。隔壁有个老婆婆，送给五斗米和衣，三姑发愿：“日后若是有好处，挑金担玉还此情。”

三姑带儿子肖三元去给王婆庆生，母子受尽冷眼被赶出娘家门。“那个虫人虫到底，那个富贵斋了根。那个青山无古树，那个世上无虫人。日后若是有好处，再与母亲说分明。”太白金星知道三姑两个儿子原是天上文曲星，于是赐他夫妻金和银。此后3年，三姑家科甲连方，成为一方之富。

三姑的娘家嫌贫爱富，玉帝知道降灾殃，一家大小都死尽，只留王婆一个人。家中无有隔夜米，身边又无半点水。身上又无好衣裳，自己年老无人养。世上讨饭去求生，路上逢人就诉苦。到了人家去讨饭，遇到恶狗叫一声。城隍庙里去安身，饿得头昏又眼花。有一天来到三姑门，门外高喊救残生。三姑看到是母亲：“我想你家富贵久，那知我母今日贫。大姐是你亲生女，二姐是你心肝人。姐姐二人来养你，富贵来养富贵人。今日来到虫鬼家，来到我家未知情。穷鬼自己

① 李肇隆、蒋太福收集整理：《三姑道情歌》，桂林：广西民间文学研究会，1984 年，第 44 页。

无饭吃，那有闲饭养别人。”

作品最后，创作者为受众提供了一个较为圆满的结尾（与《目连救母》类说唱词话相似），三姑的两个儿子看见外婆的样子，劝三姑："在生不报父母恩，可在凡间枉为人。”三姑被儿子的话语感动，把母亲接到家里颐养天年。故事最终以孝结尾："三姑好比行孝女，至今留下远传名。为人不受苦中苦，难为世间人上人。奉劝世人今君子，积德流传与后人。……人人依得书中话，后代儿孙不受贫。”

我们不难看出：在《韩云贞》与《三姑记》的情节设置中，均有天庭神灵的参与，“命里有来终须有，命里无来莫苦求”，“大户原来本是命，小户还要再殷勤”。两部作品中，都弥漫着一种天命论的色彩。

李肇隆、蒋太福另撰有《〈三姑记〉的历史意义和现实意义》一文，提到20世纪中后期，《三姑记》在广西桂北地区产生的影响："1950年桂北地区土改时，不少地方还将《三姑记》编成剧本演出，赞扬了三姑对爱情的忠贞和对困难的不屈服，依靠自己辛勤劳动来换得幸福，依靠自己的双手来建设美好家园的优良品德。1984年时，全州县凤凰公社麻市大队就发生了这么一件事情，村里一个女青年热烈爱上了兴安县界首公社界首大队的一位男青年，但因男方家庭不富裕，女方家长便不同意女儿的婚事，这对恋人痛苦极了。后来，男方请了一位知心人去帮忙说情，这位说客非常熟悉《三姑记》，便用三姑和肖郎的故事去打动女方的家长，女方的家长竟然被三姑的高尚情操打动了，他懂得选择女婿是人而不是家，是心不是钱，是靠男勤女俭而不是靠万贯家财，最后欣然同意女儿的婚事。这件事说明了《三姑记》至今还有一定的现实意义，还有它的生命力。”①

李肇隆、蒋太福收集整理成道情的除了唱书木刻本《三姑记》外，还有一部唱书《张氏卖花记》，但遗憾的是没有留下任何关于整理改编的说明文字。

---

① 李肇隆、蒋太福收集整理：《三姑道情歌》，桂林：广西民间文学研究会，1984年，第50页。

第十一章　清代四川地区说唱词话

第一节　清代四川叙州府流传刊行的唱书

宜宾，秦为僰道县；南朝梁于僰道城设戎州；五代后蜀仍设戎州、僰道县，北宋改戎州为叙州，僰道县改为宜宾县；元为叙州宣抚司；明为叙州府；清仍为叙州府；民国二年（1913）废叙州府，宜宾县及原府属各县归四川省川南道；新中国成立后，先后为川南区宜宾专区，四川省宜宾专区、宜宾地区，1997年宜宾正式撤地设市。

宜宾在四川盆地南部，位于川、滇、黔三省交界处，岷江、金沙江、长江也交汇于此。东面长江（与泸州市相邻），西面大小凉山（与凉山彝族自治州和乐山市相邻），南面与滇（云南昭通市）、黔交接，北面（经自贡市）进入川中腹地。自古以来，宜宾就是川、滇、黔、渝接合部的物资集散地、交通要冲和川南经济文化中心，素有“川南形胜”的美誉。

一、清代四川叙府荣昌堂刊行的唱书

《〈昭通唱书〉调查纪实》中提到一个农民收藏的木刻本《摇钱树》唱本残本，从头至尾均是七字句唱词，棉纸印，扉页上刻有“荣昌堂”字样。黄林等曾函请四川宜宾地区文化馆对荣昌堂进行了解：

“荣昌堂”系解放前内江一带流行的一种民间木刻印书出售的座商

商号名称，“荣昌堂”版本解放前在我区高、筠等县常见，诸如《玉美人》《四下河南》等唱书都是此堂木刻本。宜宾地区文化馆还寄来了《宜宾唱书》中使用的《玉美人》唱腔。虽然这段唱腔与《昭通唱书》中的唱腔不尽相同，但可以证明这种艺术形式不仅在昭通流传，在四川的某些地区也很普遍。[①]

黄林等又谈到在收集到的油印唱本《鹦哥记》末尾，有两句唱词：“唱的翻印来添寿，堂记正本内江城。”[②]编印、出版《鹦哥记》的可能就是荣昌堂，与宜宾地区文化馆提供的情况可呼应。

目前收集到的清代四川叙府荣昌堂刊行的唱书有《摇钱树》《大孝记》《龙牌记》三种。版本情况具体著录如下：

《摇钱树》，竹纸，清刻本，封面17.5×12厘米，版框半页16×11厘米，半页10行，行23字，1册，25筒子页。卷首页前有崔文瑞、包文拯、张四姐、李玉英、杨文广、孙悟空、李哪吒共7页7幅白描画图，卷首页分为左右两部分，右面大字题“荣昌堂新写本摇钱树”，左面是正文6行。卷末尾大字边题“叙府荣昌堂”（这和宜宾文化馆的说法有些不同，“叙府荣昌堂”是否就是“内江荣昌堂”，目前还不能确定，存此待考），正文是纯七字句唱词。

开篇：

自从盘古分天地，三皇五帝治乾坤。几朝君王多有道，几朝无道帝王君。几多先贫后来富，几多先富后来贫。也有烈女不改姓，也有义男不重婚。自古金银相连命，谁个又肯来济贫。贫穷之人心要正，皇天不昧苦心人。大宋相祖创国运，红拳打出锦乾坤。……[③]

① 黄林：《〈昭通唱书〉调查纪实》，昆明：云南省群众艺术馆，油印本，1983年，第25页。
② 黄林：《〈昭通唱书〉调查纪实》，昆明：云南省群众艺术馆，油印本，1983年，第25页。
③ 佚名：《摇钱树》，清四川叙府荣昌堂刻本，第1页上。

正文：

不表姊妹回宫进，又说四姐有心人。身在宫中多烦恼，要想下凡配崔生。瞒过玉祖王母令，私自一人下天庭。下了三十三天景，来到东京一座城。变革民妇多聪俊，站在路旁等崔生。文瑞正行抬头看，见一女子路旁行。四姐上前将言问，行路相公听分明。你身褴褛衣不整，家中还有什么人。文瑞见问忙施礼，尊声大姐听原因。……①

结语：

天子宴毕把宫进，群臣谢恩各回程。文广回到天波府，举家团圆饮杯巡。此书名为摇钱树，万古流传到如今。奉劝世人行孝敬，富贵荣华自然成。知音君子买一本，消愁解闷过光阴。②

《大孝记》，竹纸，清刻本，卷首边题"董永卖身大孝记"，上下本，上本24筒子页，下本26筒子页，封面17×11厘米，板框半页16×9.5厘米，半页12行，行23字，中缝上"大孝记"，中单黑鱼尾"上本""下本"，下页码，四针眼。书名页竖三栏，右为"看来董永孝诚仙姬致配，叙府荣昌堂"，中为"大孝记全本"，左为"显出仲舒经济家国休征，二十五册"。正文是纯七字句唱词。

除此以外，我们还发现了一册卷首页右边大字"堂记正本龙牌记"，左边是正文6行的唱书，但是末尾没有出现类似"荣昌堂""叙府"或"内江"的署名，具体版本情况著录如下：

《龙牌记》，竹纸，清刻本，封面17×11厘米，板框半页16×9.5厘米，半页10行，行23字，中缝上"龙牌记"，中单鱼尾，下页码，1册，正文首页右半部上方写"堂记正本"，下方写"龙牌记"，左半部是6行正文，24筒子页。这本唱书

---

① 佚名：《摇钱树》，清四川叙府荣昌堂清刻本，第5页上。
② 佚名：《摇钱树》，清四川叙府荣昌堂清刻本，第25页下。

正文为七字句兼说白，故事内容以回目分开，共分八回：第一回《庆中秋署间会宴，论后嗣暗里传情》，第二回《衫衿龙牌指腹秦晋，布政知府分身误朱》，第三回《内黄县奉命招亲，黑松林起心杀主》，第四回《田龙盗牌招亲去，国秀赠银信又来》，第五回《凉风岭上三遭难，丞相府中两受传》，第六回《凌霄殿神圣返魂，接引寺夫妻会面》，第七回《聚花楼芙蓉自缢，金王府春香送银》，第八回《中状元是非自辨真和假，奏皇上荣辱分明善与奸》，说唱词话中这种分回现象十分罕见。

开篇：

> 春夏秋冬四季天，风花雪夜景色新。江水长流难挽转，高山位见倒流水泉。少年看看成老汉，花开能有几时鲜。几句闲言随风散，书归正传表根源。河南彰德内黄县，一人文玉本姓田。……[①]

正文：

> 王爷举目来观相，这才是个读书郎。行止动静处处像，奈何落魄这下场。王爷心中暗思想，公子明言说端详。……话说公子言道：“岳父在上，受小婿一拜。”王爷问道：“你是何人，敢在老夫面前称小婿二字？”公子言道：“大人忘记了，我父在西安为官，二家指腹为婚，现有龙牌为记。”[②]

结语：

> 公差领票不迟钝，按名指姓四路寻。铁脚板来天伦满，统统拿住不逃神。强徒四个都绑捆，又拿乞丐一伙人。不上十天皆拿尽，送至风州

① 佚名：《龙牌记》，清四川叙府荣昌堂刻本，第 1 页上。
② 佚名：《龙牌记》，清四川叙府荣昌堂刻本，第 14 页上。

县衙门。……[①]

二、清代叙州学院街刻的《包公出身除妖传》唱书

清代唱书《包公出身除妖传》，封面18.6×12厘米，板框半页17.5×11厘米，半页12行，行24字，花口，1册，3卷，封面分为上下两栏，上栏为“包公出身”，下栏分三部分，中部为“除妖传”，右部为“判断七十二案”，左部为“叙州学院街□□□□”字，49筒子页。

这部唱书讲述了包公奇特出身、赴京城赶考除鲤鱼精、考试后被皇帝点为定远县知县、回家报恩报仇、定远县上任除贼、审老虎吃人、判离奇印案诸故事。正文说唱相间，唱词均由严格的七字句和三三四格十字句组成。2006年2月1日《新京报》第六版刊登了吴兴文的一篇文章《从现存最早的营业书目谈起》，文中提道：“堪称近代中国新式出版业龙头的商务印书馆，除了已知于光绪三十二年（1906）编印的《商务印书馆出版教科书书目》一册外，笔者还在冷滩淘到单张《上海棋盘街商务印书馆书目第一张》。全张比对开略大，正反两面都印。四周有框，共分三栏。标题横排在框外，正反两面都印。正面框外右边印有——各省分馆：北京琉璃厂、天津金华街、奉天鼓楼北、济南西门大街、太原东羊市街、开封西大街、成都青石桥、重庆白象街、泸州钮子街。左边框外——各省分馆：叙州学院街、长沙黄道街、常德长清街、汉口黄陂街、南昌磨子巷口、杭州清河坊……”这里出现了“叙州学院街”，说明清代时期确实有叙州学院街，并且这里存在书坊，《包公出身除妖传》应是“叙州学院街”上的某一书坊刊行的唱书。现宜宾市翠屏区有学院街，即原清代叙州学院街。

开篇：

宋室江山不太平，干戈滚滚扰黎民。文夸寇准山西相，武有杨家大

① 佚名：《龙牌记》，清四川叙府荣昌堂刻本，第24页上。

总兵。此后二人归天去，真宗朝内少贤臣。仁宗小王登龙位，八方四处起烟尘。无有保驾扶主相，天上临凡文曲星。不讲宋主朝内事，单提偏州小县份。提起庐州合肥县，凤凰桥边小包村。

说庐州合肥县有一包百万，老爷有万贯家财，泼天产业，老爷所生两个儿子，长子包龙娶妻张氏，次子包虎娶妻陈氏……①

正文：

不说妖怪他去了，门闩未曾来做声。包三听得明白了，什么兴妖作怪精。三官穿衣起来看，走上前来也打门。开口便把门栓叫，门闩听得吃一惊。口吐人言忙说话，便把三爷叫几声。你在南山攻书史，九年等你到如今。三爷带我东京去，门闩相伴你行程。七十二件无头案，门闩替你断冤情。……②

结尾：

包爷领旨出金殿，即忙转回县衙门。巡按也知降了职，感代包兄用心机。推官刘爷大下些，一家回乡过光阴。巡抚降了巡检职，万事干休不必有。此本话本就了罢，诉与贤良君子听。③

三、四川高县、筠连行商售卖的土本子唱书

《〈昭通唱书〉调查纪实》中，黄林认为："唱书这样的艺术形式，大约在道、咸年间，从四川的内江、宜宾一带到云南昭通地区所属鲁甸、奕良、永善、大

① 佚名：《包公出身除妖传》，清叙州学院街刻本，第 1 页上。
② 佚名：《包公出身除妖传》，清叙州学院街刻本，第 14 页上。
③ 佚名：《包公出身除妖传》，清叙州学院街刻本，第 49 页下。

关、盐津、绥江、镇雄、威信以及曲靖、昆明等地即已非常流行。”[①]黄林访问到的吴义昌回忆，说家中收藏有土本子，这种土本子是逢年过节从四川高县、筠连的行商运来卖的，这些行商把各种样本用线穿在一个小竹架子上，扛在肩上四处奔走，寻找买客，土本子装订用纸捻，自己加封皮，用的纸页是高县出产的。[②]

这段回忆说明当时内江、高县、筠连的书坊曾刊行大量唱书，行商从这些地区以低廉价格批发后，到周边地区和其他省份去售卖，以此获利。

《〈昭通唱书〉调查纪实》在20世纪80年代的访谈资料，以及现存于国家图书馆的清代叙州学院街书坊刊行的《包公出身除妖传》，说明清代四川叙州府、内江、高县、筠连地区存在唱书，而且无论文本的刊行还是表演，都呈现出繁盛景象。

第二节　四川眉山地区80年代出现的手抄唱书

眉山地区属于四川盆地成都平原，北邻成都，南接乐山，东连内江、资阳、自贡，西接雅安，尤其是眉山市，是大文豪苏东坡的家乡。既然内江一带流传有唱书文本和唱书活动，那么和内江相连的眉山出现唱书文本也就不足为奇了。

笔者从四川眉山地区收集到1978—1990年间的油印本唱书有《纱灯记》《割肝救母》《水打蓝桥》等（详见表11-1），证明在清代民国，甚至共和国初期，四川眉山地区长期流传有唱书活动。

表11-1　从四川眉山地区收集到的1978—1990年间油印本唱书目录

唱书名称	封面及装帧	版本、册卷数	刻印抄写时间
《纱灯记》	普通纸	铁笔蜡纸刻字，2册	1987年重庆
《割肝救母》	普通纸	铁笔蜡纸刻字，1册	

① 黄林：《〈昭通唱书〉调查纪实》，昆明：云南省群众艺术馆，油印本，1983年，第27页。
② 黄林：《〈昭通唱书〉调查纪实》，昆明：云南省群众艺术馆，油印本，1983年，第25页。

续表

唱书名称	封面及装帧	版本、册卷数	刻印抄写时间
《水打蓝桥》		铁笔蜡纸刻字，1册	末尾标记：1984年买书一本，人民币五角，王记。封面标记：1984年7月8日，王昌贵记
《柳荫记全传》（一）		铅字排印，上中下3册	
《柳荫记全传》（二）		铅字排印，1册	
《元龙记》		铁笔蜡纸刻字，1册	
《新刻卖花记》		铁笔蜡纸刻字，1册	
《目连救母》		毛笔抄写本，1册	
《鹦哥记》		铁笔蜡纸刻字，上下册	
《大孝记》	封面橘黄色，黑体字，有画图，图案为民间传说天仙配，古代故事4册	铁笔蜡纸刻字，1册	末尾标记：甲子年孟夏写（当为1984年）
《香山宝传》		铁笔蜡纸刻字，上中下3册	
《新刻孟姜女》		铁笔蜡纸刻字，1册	

第三节　清代至民国初年四川地区书坊刊行的唱书

根据笔者查阅、收集到的唱书资料推断，清代至民国初年，四川地区书坊雕版印刷并发行的唱书在长江流域各省中是比较多的。这些唱本图书主要刊行于清同治至民国初年间，内容大多是清代及清代以前的历史故事、传奇故事、现实故事等，但几乎没有涉及四川本地区的故事，说明四川地区的唱书应是从邻近省份传入的。

清代四川地区雕版印刷书坊实力雄厚，当地识字人和行商较多，所以书坊无论销售还是批发唱书，都很容易获得丰厚利润。至今，在旧书销售网络上，仍然能见到数量众多、有百年历史的四川唱书，可知清末唱书在四川地区刊行和传播的兴盛。

由于交通和地理位置的关系，四川地区石印术传入较晚，木板雕刻印刷价格适中，所以清末至民国初年，唱书的传播主要依靠木刻本的售卖。这些木刻本唱书，不仅为本地人欢迎，也有商贩将其带到邻近地区和其他省份去销售，例如上文所提到的四川内江、高县、筠连地区的商人就常常将刊行的唱本带到云南、贵州等地区去售卖，云南昭通唱书、贵州安顺唱书的唱书人所使用的唱书，多是直接从这些商贩手中购买的。

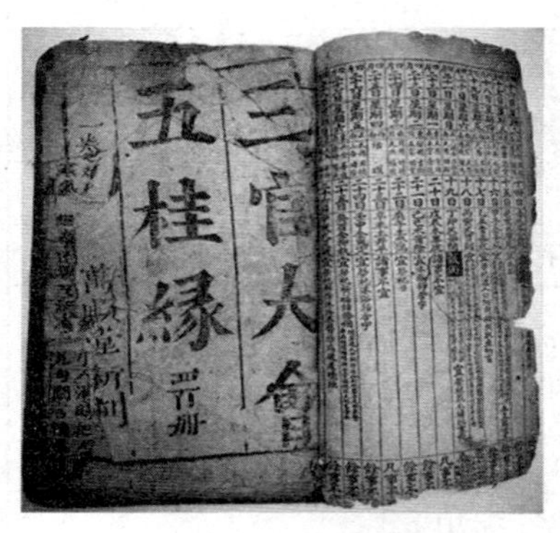

图11-1　清道光年间四川绥定府罗万顺堂说唱词话木刻本《五桂缘》书名页

根据目前收集到的清代至民国初年四川地区唱书类资料显示，当时四川地区的唱书刊行地有：成都的古卧龙桥淥记、杨记、浦记、和记、成发堂、云雯堂、新津宏顺堂、二合书社、文德堂书坊；重庆的渝城十八梯张金山、黄寿山、森隆堂书坊，渝城山阁书局、金诚书局、熙南书社，校场学院街文华堂书局；夔郡嘉明镇一善合书坊；万邑三元堂；南充药王街善仁书店；叙州学院街书坊；内江荣昌堂书坊；邛州刘盛兴双发堂。如果按唱书封面上所印发行册数来看，大约是40册、100册、150册、300册，最多印400册，这些书坊所发行唱书种类有100余种。

民俗文化学者刘孝昌在《卧龙桥大卖消寒图》中曾提到成都的老习俗：

> 老成都的雕版印刷十分风行，每到冬至前后，在卧龙桥一带大大小小的印书铺都会在门口放上一张小桌，上售各色消寒图。这些消寒图都很有雅趣，设计精巧，很有老成都人富于情趣的特点，给漫长枯寂的冬

季增添了不少的情趣。[①]

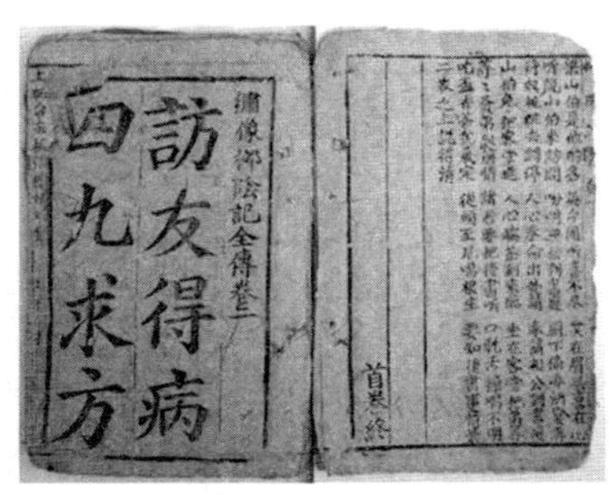

图11-2　清代四川成都说唱词话刻本《柳荫记》书名页

近年来出版的《成都印刷史料》《四川曲艺史话》《四川曲艺概述》《中国曲艺志·四川卷》等均没有见到有关唱书的史料记载。究其原因，一方面是清代和民国学者、研究机构对唱书资料不够重视，从而造成了民国至共和国时期唱书研究资料的奇缺，除了国家图书馆（表11-2中简称国图）、重庆市图书馆（表11-2中简称重庆市图）以及唱书专业收藏机构山西大学中国曲艺研究中心资料室（表11-2中简称中心）有部分收藏外，其他少见有藏者。

表11-2　清代四川书坊刊行唱书目录

唱书名称	刊行书坊书局	刊行时间	收藏单位
《绣像凤凰记全传》	渝城十八梯张金山	民国六年（1917）	中心
《绣像红灯记》	渝城十八梯张金山	清代	中心
《龙牌记》	成都古卧龙桥淥记	清代	中心
《新刻滴水珠》	渝城山阁书局	清光绪癸巳年（1893）孟秋月	中心
《滴水珠》	新津宏顺堂	清宣统辛亥年（1911）	中心
《滴水珠、后滴水珠》	璧邑三合堂	民国甲戌年（1934）	中心
《凤凰记》	培文阁	清光绪四年（1878）	中心
《芦花荡》（取西川、三气周瑜、小乔哭夫、柴桑口、孔明祭奠）	重庆校场学院街文华堂书局	民国十九年（1930）新刻	重庆市图

① 刘孝昌：《卧龙桥大卖消寒图》，《华西都市报》，2014年12月21日，第13版。

续表

唱书名称	刊行书坊书局	刊行时间	收藏单位
《雷峰塔白蛇宝传》	成都卧龙桥双合书店	民国十年（1921）	重庆市图
《新刻募化洪州》	重庆熙南书社	清光绪甲子年（1892）	国图
《翠花记》	成都古卧龙桥㴸记	清代	中心
《马潜龙再兴鹦哥记》	重庆熙南书社	清代	国图
《新刻红灯记》	成都古卧龙桥㴸记	清代	国图
《红灯记》（上中下本）	成都二合书社	民国	中心
《红灯记》（上中下本）	成都文德堂	清代	中心
《双槐树》	重庆熙南书社	民国十三年戊辰（1924）新正月	国图
《鹦鹉记》	渝城十八梯黄寿山	清代	国图
《新刻二度梅》	万邑三元堂	清代	中心
《绣像二度梅》（上中下集）	成都古卧龙桥㴸记	清代	中心
《新编二度梅》	南充药王街善仁书店	民国三十七年（1948）	中心
《修行王氏女全本》	成都古卧龙桥杨记	清代	中心
《刻写绣像全传八仙图》	渝城十八梯森隆堂	清代	中心
《绘图柳荫记》	成都古卧龙桥㴸记	民国二十五年（1936）	中心
《柳荫记》	春发堂	清宣统庚戌（1910）岁春二月	中心
《堂记白花楼全戏》	内江荣昌堂	清代	中心
柳荫记》	内江荣昌堂	清代	中心
《重刊定国珠》（此为重刊，说明有更早之版本）	邛州刘盛兴双发堂	清光绪三十三年（1897）	中心
《五桂缘》	成都古卧龙桥㴸记	清代	中心

续表

唱书名称	刊行书坊书局	刊行时间	收藏单位
《五桂缘》	合州松林堂清	清光绪十年（1884）	中心
《新刊正八仙》	成都古卧龙桥和记	清代	中心
《后八仙》	成都古卧龙桥和记	清代	中心
《蒙正赶斋》（《新刻吕蒙正赊猪头》上卷、《新刻吕蒙正中状元回府》下卷）	万邑三元堂	清光绪四年（1878）	中心
《包公出身龙图公案》	万邑三元堂	清光绪元年（1875）	中心
《包公出身赊妖传》	叙州学院街	清同治二年（1863）	中心
《新刻大清传鲍超出世》	成都古卧龙桥杨记	民国十七年（1928）春新正月	中心
《新刻大清传打台湾》	成都古卧龙桥杨记	民国十七年（1928）春新正月	中心
《金钗记》	成都古卧龙桥湶记	清代	中心
《双插柳红灯记》（前后集）	成都古卧龙桥湶记	清代	中心
《新刻白蛇传》	成都卧龙桥双合书店、重庆新民街刘双合代售	民国	中心
《新刻安安送米三孝记》	成都古卧龙桥湶记	清代	中心
《三孝记》	渝城十八梯森隆堂	清代	中心
《烙碗记审礶子后集》	重庆金诚书局	民国三十一年（1942）	中心
《新度妻盘天河》	成都古卧龙桥湶记	民国十六年（1927）	中心
《朱三宝割耳朵后集》	成都古卧龙桥湶记	清代	中心
《闺女寡妇双上坟》	渝城十八梯森隆堂	清代	中心
《枕中记》	渝城十八梯森隆堂	清代	中心
《谋夫报》	渝城十八梯森隆堂	清代	中心

续表

唱书名称	刊行书坊书局	刊行时间	收藏单位
《观音报》	渝城十八梯森隆堂	清代	中心
《盘河桥》	渝城十八梯森隆堂	清代	中心
《新刻张四姐摇钱树全本》	培文阁	清光绪二十八年（1902）	中心
《分水珠》	夔郡嘉明镇一善合书坊	清光绪二十九年（1903）	中心
《三孝记全本》	夔郡嘉明镇一善合书坊	民国十八年（1929）	中心
《绣像安安三孝记》	重庆校场学院街文华堂书局、夔郡嘉明镇一善合书坊	民国	中心
《三孝记》	成都古卧龙桥湶记、述古斋	民国	中心
《安安送米三孝记》（六卷）	成都云雯堂	清光绪元年（1875）	中心
《蟒蛇记》	万邑三元堂	清光绪四年（1878）	中心
《目连救母报孝记》（上中下卷）	万邑三元堂	清代	中心
《新花田柳》（四卷全）	万邑三元堂	清光绪四年（1878）	中心
《新刻张孝打凤凰记全传》	汉中法慈院义兴堂	清光绪己卯五年（1879）夏月	中心
《白玉圈杀哑巴》	成都古卧龙桥湶记	清代	中心
《新刻绘图刘文龙求官升仙》（上下卷）	成都古卧龙桥湶记	清代	中心
《新刻香山记》	成都青音堂	清道光二十八年（1848）春月	中心
《八仙图》	内江小西路培文堂	清同治十二年（1873）	中心
《孟姜女哭长城》	四川源盛堂	清光绪丙午年（1907）	中心
《柳荫记》	四川桂馨堂	清代	中心

第四节　甘川陕三省交界地的陇南市康县唱书

康县隶属甘肃省陇南市，位于甘肃省东南部，是甘肃、四川、陕西三省的交界处。康县唱书在当地百姓也称为“念书”。康县唱书的唱本有《邓召传》《过巴州》《走南阳》《商雪传》《肖三姑》《蟒蛇记》等。杨万怀是康县唱书的传承人，他演唱过的书目有《沉香子劈华山》《三娘教子》《柳荫记》和《赵千金》等，唱本在康县流行较为广泛且颇受欢迎。

一、康县唱书格式

康县唱书的句式可分为三类：七字句（含莲花落）、五字句和十字句，唱词不分段，结构规整。

第一种，如杨万怀保存的《卖水记》后篇《赵千金》中：

说起我也十分苦，还比黄连苦十分。我今不是男子汉，我今也是女流人。你是皇姑我是女，怎样连你结成亲。……

这种句式在七字句的演唱中加入衬词和句尾助词，如《蟒蛇记》中：

好光阴来好光阴（哩六莲　莲花落），一寸光阴一寸金（嚯嚯嗨　嗨嗨嚯）。

失了寸金容易得（哩六莲　莲花落），失了光阴无处寻（嚯嚯嗨　嗨嗨嚯）。

第二种，如《赵千金》中：

七字来丢下，五字唱来听。小姐开言道，媒婆你且听。因为我兄弟，被人害牢中。咬在贼盗内，定成死罪名。

第三种如《赵千金》中：

他总说偷了他金银四钉，送在官问死罪现在牢中。每日里三拷打二叔难受，要金银五十两送上来京。

由句式来看，康县唱书也属于南方唱书，只是七字句受莲花落曲种影响而发生格式变化，其十字句还是唱书中严格的三三四格。

二、康县唱书抄书人

网络上有位署名“陇上种田人”的作者曾发表过《唱书》①一文，文中对唱书在20世纪70—90年代康县农村的抄写、传播、说唱环境、说唱艺人、唱书者和听众的感受、唱书形式、内容书目、父辈传承以及今日感怀等都有非常详细的记录。作者谈到，自己是农民出身，爱好文化，曾经抄写过唱书并保留着自己抄写的唱本《鹦哥记》。《鹦哥记》确实属于唱书，现仍有清代木刻本存世，讲的是宋代包公除恶扬善、有情人终成眷属的故事。这位抄书人抄书的时间是“一九九二年三月三日起抄，一九九三年正月初八才抄写完毕的”，作者的抄写时间距今已经有20多年了。1958年开始繁体字改简体字，实行义务教育，再加上自解放后开展的全民扫盲运动，农村识字人逐渐增多，特别是20世纪七八十年代出生的人群，基本上受过初中文化教育，到了90年代，和解放前相比，农村人接受的文化教育已经呈现出翻天覆地的变化。在这种情况下，唱书依然存在，说明这是一种有时代情结的曲艺活动。作者文章中反映的正是1992年他的家乡康县的唱书现象，这位会写毛笔字的农村识字人，居然用近一年的时间，以毛笔小楷字体抄了

---

① 《唱书》，http：//blog.sina.com.cn/s/blog_e32abc530102v2z5.html.

4万余字的《鹦哥记》唱书，是什么原因促使他这样做的呢？

作者在《鹦哥记》扉页上记下了他当时的心态：这本《鹦哥记》唱书是从远房亲戚家借来的，看着里面的内容，真有一种爱不释手的感觉，但是这本书并不是自己的，不久之后要还给人家，对于自己来说将再难拥有，在那个时候，普通人的家庭里有一本唱书，是一件荣幸和使别人产生忌妒的事情，所以他就“铺纸弄墨，抄将起来”。书抄好了，使他感到快乐的不是独用，而是能与乡亲们共同欣赏，传播文化，丰富乡村文娱生活。这抄书的感想，正反映了20世纪90年代之初，我国大部分偏远农村相当贫乏的娱乐生活。“那时乡村没有通电，干了一天农活，晚上在煤油灯下写字，写着写着就打起盹来，书中有多处东倒西歪变形的字和掉笔的墨团，那是我打盹的见证，记得还有不少污染严重的书页，随时都作废重抄了，在此书上已看不见了。”①没有电，还使用煤油灯，更无所谓电视电话，可见作者的辛苦和虔诚。

作者谈到最有韵味的生活情景则是“唱书是这家唱一晚，那家唱一晚，轮流调换”，当唱书人去表演唱书的时候，“轮到那一家，女主人便烧好油茶，殷勤侍候，唱的人也便越唱越有劲头。唱书都是哀婉凄楚曲折动人的故事，唱到情节高潮处，唱者声情并茂，听者泪流满面。庄稼人会借助唱书的情节，把自己内心压抑的苦水也释放出来”。

作者最后谈到，他抄好《鹦哥记》后，赶上了1993年的春节，他拿着自己抄的唱书本子和大家一起唱：“那是我从大年初一开始便加紧抄写的成果。十五元宵节之前，村庄正处于唱唱书的热潮之中，有了《鹦哥记》的加盟，唱书的热潮更热了。看着乡亲们争相唱我抄的唱书，心中有说不出的得意和幸福感。”

唱书的曲目以传统唱书为主，这些传统曲目大都属于民间艺人的集体创作，流传久远，与老百姓的社会生活紧密联系。例如这位作者提到他和父亲都喜欢唱书，其父抄写过《红娥女返长安》，借阅过《韩湘子传》《天仙配》《沉香子劈华山》《目连救母》《毛红写退亲》《张春芳》《梁山伯与祝英台》等，都是传统唱书

① 《唱书》，http：//blog.sina.com.cn/s/blog_e32abc530102v2z5.html.

中的精品。

三、康县唱书听书场景

《市级非遗康县唱书：平凡生活中的浪漫记忆》（2014年11月10日）中描写了康县唱书的听书场景：

> 四邻听到屋里的寒暄说笑声，也陆陆续续进来，屋子里更热闹了。主人忙拿出纸烟敬给每个人。老人和小孩坐在炕上，听唱书的人则围坐在锅蒲周围，双手自觉地抓起苞谷棒子交错着揉搓起来。唱书人坐在最热和又没有柴烟的地方，独自用一盏油灯，不紧不慢地从衣兜里掏出因被翻揭经年而卷曲烂页的唱本。唱本表演形式随意，一两人至六七人均可表演，完整的表演形式还要配以碰铃、木鱼、快板等节奏乐器。不一会，说笑声、搓苞谷的声音、壶水的声音、炉火的声音、马勺炒调和时的油炸声交织在一起，屋内热气腾腾，兴致盎然。①

这个热烈喧闹的听唱书场面，给予笔者很多启示：第一，可以看出民众在文艺、文化缺乏的环境之下，对带有故事性、知识性的唱书有多么渴望，听唱书已经成为干农活之余的精神享受；第二，唱书简约易学的曲调、传下来的老唱本或者新抄写的唱本、简单的搭配乐器和灵活机动的表演者，使唱书在乡村中具有非常大的生命力。

直至今天，在康县土地上，唱书表演活动还在民间活跃着，为唱书研究和受众思想研究提供了鲜活的社会调查本证。

---

① 《市级非遗康县唱书：平凡生活中的浪漫记忆》，http：//blog.sina.com.cn/s/blog_eca3c5670102v50s.html.

第十二章　清代贵州地区说唱词话

《中国曲艺志·贵州卷》记载："安顺、平坝、普定等县的汉族村寨流传着'一种说唱相间、以唱为主的民间曲艺形式'，当地人称之为'安顺唱书'或'安顺地戏'。"①根据安顺地区群众艺术馆的民间调查，多数人认为这些村寨是明代调北征南时期，朝廷在贵州屯军驻防的汉族军队、家属及其后裔建立的，所以汉族唱书也在这些村寨里流传了下来。贵州六盘水市盘县忠义乡乡民苏邹整理了一部《中国民间唱书》，他自己写了序言，著录了收藏的唱书抄本目录，去除其中不属于唱书的民间小调、杂唱、民间宗教性作品后，保存了156种唱书目录。贵州遵义市凤冈县人傅伯勇曾回忆20世纪70年代遵义农村听唱书、抄写唱书的情况，我们从网络上也购买到了20余种20世纪80年代遵义市铁笔蜡纸刻写油印的唱书，这些唱书传抄自清代、民国时期的木刻本唱书，说明自清代以来，唱书一直在这里流行，即使在"文化大革命"期间及20世纪70—90年代，也是如此。

遵义市曾经流行唱书的另一个佐证是：我们从网络上购买了20世纪80年代正安县漆树坪一部用铁笔蜡纸油印的《牙牌记》唱书，漆树坪羌寨皆姓胡，是明代从四川茂汶少数民族迁过来的羌族移民。在安顺市的平坝县（现平坝区）十字乡，20世纪90年代初，曾油印出版并销售了一批比较稀见的古代爱情唱书，这些唱书多是全篇皆用严格的三三四格十字句唱词。羌族聚集的正安漆树坪和回族、苗族聚集的平坝县十里乡，如此热衷于唱书文本的传递和表演，其原因需进一步探讨。

---

① 中国曲艺志全国编辑委员会：《中国曲艺志·贵州卷》，北京：中国ISBN中心，2006年，第44页。

第一节 安顺屯堡地名的由来

安顺，其地理位置位于古籍所载“南夷”“南中”“楚西南”等地区内，系多民族杂居地。秦汉推行郡县制，汉人逐渐进入。三国、晋、隋、唐、宋、元时期，曾置路、府、州、县管理。元朝以前，世居少数民族为多，汉人很少。明洪武年间，朱元璋为了边疆长治久安，派遣大军调北征南，实施军屯，设置屯堡，大量汉民涌入，再加上清代“改土归流”，这里才变得汉人居多，“屯堡”一词来自明代卫所兵制（明初一种兵自为食、耕战结合的军事兼养兵制度）之屯军策略。

明代卫所军队编制：每112人为一个百户所，每10个百户所为一个千户所（1120人），每5个千户所为一个卫（5600人），百户以下每50人为一个总旗，总旗以下每10人为一个小旗，这是军队最小的单位。卫所官员分为卫指挥使、千户、百户、总旗、小旗。当时安顺屯堡的设置，明朝规定60里设一屯堡，留下军队屯田。“安顺的实际屯戍情况，则是60里设一卫，息烽至关岭间两三百里共设6个卫及9个千户所，每个千户所领10屯。管必达《黔南识略》载，普定旧卫管50军屯。可知，当时明代这个地方6个卫及9个千户所，管理390军屯，按正式编制，每卫5600人，每所1120人，6卫9所有兵士43680人，即43680户，每户按4人算，军屯人数达到174720人。当时规定，军屯官兵必须携带家属（无妻的配妻），这么多的人口户数集中在这一带，自成体系，也就为保持他们原先江南的生活习俗、语音特点、传续后代，形成屯堡奠定了基础。至今，在清镇、平坝、安顺、普定、镇宁等县市，仍然以屯、堡、旗、所为村名寨名的比比皆是，可知这些地方的地名都是那时洪武军屯为守卫边疆所留下的痕迹。当然，洪武屯军也就成为安顺地区今天的屯堡形成的条件之一。”[①]

① 《安顺文史资料》（第15辑），安顺：贵州省安顺市政协文史社会联谊委员会，1994年，第13页。

第二节　安顺屯堡地戏演出的活动仪程

安顺屯堡地戏也被称为跳神戏，演出时间在每年春节期间，约20天，又被称为玩新春；另在农历七月十五前后演出5天左右，被称为跳米花神。玩新春与岁末的演戏、纳吉、驱邪活动仪式同时进行。跳米花神则与本地在稻谷扬花时袪除灾异预祝丰收有关。村民们认为这个时候祖宗魂灵返世，阴气太重，跳地戏可以袪除阴气。地戏演出一般包括：开财门、扫开场、跳神（演故事）、扫收场。

开财门。演出第一天，要选好日子上庙祀神，迎请脸子（面具）。演员戴上脸子，穿戏装列队前行，进村大门，经过水井、山林、河流时，烧香点烛、燃放鞭炮，"由正派主帅念诵纳吉、逐疫的诗文，各私宅要在堂屋摆设水果贡品，接神纳吉。一般由戏中两个红脸小童在爆竹声中手持扇帕，边舞边唱走至接神之家，站大门旁唱四句吉利话，然后由主帅行纳吉逐疫仪式，主人献食、敬茶，互祝新年大吉，史料称'装扮傩神，沿村逐疫，所至之家，必款酒食'"[①]。主帅念的诗文如下：

正月初一是新春，二位小童开财门。不开财门尤自可，开起财门有根生。此地酒食真龙地，修下牙门八九层。前头来龙三十里，后头来龙狮子形。左边来龙来现身，右边白虎来现身。此木不是非凡木，乃是梭罗树一根。张良提斧来砍倒，鲁班造成两扇门。……初一上午捡四两，初二早上捡半斤。初三初四不去捡，斗大黄金滚进来。对子好比文武榜，文武百官两下分。文官赛过诸葛亮，武官赛过关寿亭。早开金门金鸡叫，夜晚关门凤凰生。生产之人来开去，牛成对来马成群。读书之人

① 高伦：《贵州地戏简史》，贵阳：贵州人民出版社，1985年，第85页。

来开去，皇榜之上点头名。自从今日开过后，人才兴旺万年春。二位小童请回去，十八王子下教场。①

十八王子指该村演出地戏中的主帅杨六郎。之后，村民们将演地戏的人员领到空旷的坝子上，围成圆场，举行扫开场活动。还是由两个小童持扇起舞，并唱诗文：

扫开场来扫开场，扫开乌云见日光。扫条大路好跑马，扫条小路好操枪。……②

唱完诗文后，念诵：

和合二神仙，两手把住肩。有人侍奉我，金银万万千。奉请神将下教场！③

接着，作战双方各派两员大将入场，小童退场。大将入场的套子叫“朝廷”，指神将又回到人间，表演生前故事。四将起舞完毕，正戏跳神开始。作战双方的君主、主帅先坐在圆场地的营房位置，有戏上场，无戏闲坐。演员站立圆场地边沿上。演员亮相和自报角色名后，入朝叩拜君王，报告敌情，君王命将出征对敌，情节逐步展开。④演出结束后，由戴和尚、土地神面具的演员进行扫收场的活动仪式，上场念诗文：

正月十八完一年，各位神将扫收场。一扫东方甲乙木，木德金星下天庭。木精木怪扫出去，金银财宝扫进来。二扫南方丙丁火，火德金星

① 高伦：《贵州地戏简史》，贵阳：贵州人民出版社，1985 年，第 86 页。
② 高伦：《贵州地戏简史》，贵阳：贵州人民出版社，1985 年，第 87 页。
③ 高伦：《贵州地戏简史》，贵阳：贵州人民出版社，1985 年，第 87 页。
④ 高伦：《贵州地戏简史》，贵阳：贵州人民出版社，1985 年，第 87 页。

下天庭。火精火怪扫出去，牛马成群扫进来。三扫西方庚辛金，金德金星下凡来。金精金怪扫出去，五谷丰登扫进来。四扫北方壬癸水，水德星君下凡来。水精水怪扫出去，瘟瘟扫到瘟州城。老幼烧疯病咳嗽，元帅一鞭打出九霄云。和尚拜土地，年年大吉利。土地拜和尚，万年大兴旺。[①]

至此，地戏演出结束。从整个活动仪式和演出内容看，主要目的为纳吉祛害，附带娱乐功能。地戏各村每年只是演出一些最为精彩的片段，也会到其他没有地戏的村子演出，但需要在头一年预约。演员赴演途中也要头戴面具，身穿戎装，举各色旗帜，击鼓打锣，充分展示“头插鸡翎齐跃中，岁时相互祝升平”的景象。进村时，村口摆果品、糕点、茶水并燃放鞭炮。还有一个仪式是在几张大方桌上摆一些带寓意的物品来“为难”演员，这些活动全村村民都来参加。第一张方桌为接风酒，演员要念诵七字句，敬天地，祝村寨兴旺吉利。其余桌上摆放带寓意的物品，让演员猜剧名，如放一叶青菜、一块生姜，指《刘备过江招亲》；放一个斗和一块生姜，指《大江夺阿斗》等。猜谜语前，演员通常先唱几句：

我跟元帅到此屯，多承老幼来欢迎。贵君待我大仁义，十里铺毡老幼迎。八仙桌子当中摆，香茶素果桌上存。……[②]

猜谜语结束后，演员参拜颂祝该村寨的神庙、公共设施，村里招待地戏班子吃接风饭，然后开始演出地戏。地戏班子在村里可以待三五天，吃住都由村里负责，直到演出结束，村民送地戏班子走出村寨大门，演员则以地戏声腔唱七字句告别祝文：

正月里来好春光，太公颂岳要回乡。感谢某某屯亲友，热情款待情

① 高伦：《贵州地戏简史》，贵阳：贵州人民出版社，1985年，第88页。
② 高伦：《贵州地戏简史》，贵阳：贵州人民出版社，1985年，第89页。

意长。肉山酒海来招待，问寒问暖摆家常。……小孩读书多聪慧，入学中举声名扬。风调雨顺禾苗壮，鸡牲鹅鸭满池塘。做生意一本万利，做庄稼收万担粮。全屯清洁人安泰，富贵荣华日月长。①

各村寨的地戏演出人员有时还自发性地比试会演，这种会演往往在集市、场坝上进行，有时多达十多堂地戏同时开锣演出。几里外就能听到鼓锣声响，人们以观看演出人数多少来区分输赢。②

第三节　安顺地戏戏目与正戏演出体式

安顺屯堡地戏演出的主要剧目有22种，整体来看，特点非常明显。纵观表12–1，除《封神演义》《东周列国》外，大多是反映汉、唐、宋征战故事的长篇戏文，除《沈应龙征西》讲述明代征战故事外，没有其他反映明清征战故事的长篇戏文，可以看出，这些戏都和汉族王朝有关。之所以出现这样的情况，高伦认为："这一类题材内容的故事，长期以来就为我国人民群众所喜爱、所传颂，贵州历代移民，以屯军及眷属为主体，其职业特点，军中生活，使移民们推崇尚武精神"。他们"在长期演出活动中爱上了戏中人物，甚至把它们尊称为神"③。

表12–1　安顺地戏戏目总表④

安顺地戏戏目	题材内容
《封神演义》	《前封神》（从纣王女娲宫进香至姜子牙金台拜将）、《后封神》（从姜子牙登台拜将伐殷商至火焚摘星楼）
《东周列国》	东周末期列国纷争
《楚汉相争》	从项羽、刘邦结为兄弟到项羽乌江别姬、自刎乌江

① 高伦：《贵州地戏简史》，贵阳：贵州人民出版社，1985 年，第 90 页。
② 高伦：《贵州地戏简史》，贵阳：贵州人民出版社，1985 年，第 88—91 页。
③ 高伦：《贵州地戏简史》，贵阳：贵州人民出版社，1985 年，第 29 页。
④ 高伦：《贵州地戏简史》，贵阳：贵州人民出版社，1985 年，第 24—29 页。

续表

安顺地戏戏目	题材内容
《三国》	《前三国》（从桃园结义到刘备进位汉中王）、《后三国》（刘备进位汉中王至三国归晋）
《四马投唐》	《前四马》（马三保、殷开山、刘洪基、段子贤保李渊割据一方）、《后四马》（徐茂公、魏征、程咬金、秦叔宝保李世民打江山、坐江山，即从伍云召南阳关竖起反隋旗帜开始至贾家楼众兄弟起义。）
《反山东》	众英雄山东大起义，唐王李世民斩单雄信，建立唐帝国
《罗通扫北》	北番王赤壁宝康王欲取大唐江山，写战表派差官送给李世民，李世民派秦琼挂帅，程咬金为开路先锋，尉迟恭保驾亲征。太宗在北番被困，皇太子在长安比武选派二路元帅救驾。罗通以武胜秦怀玉后挂扫北之帅，到北番救驾得胜，并报了苏定芳陷害罗家之仇
《薛仁贵征东》	山西绛州府龙门县薛仁贵因和朋友跑马射箭习练武艺，家产耗尽住在寒窑，给柳员外家做工。金花小姐看上仁贵，在寒窑成婚。仁贵投军三次均被张士贵所害，后随张士贵征东攻打高丽立下战功，官拜平辽王，张士贵父子被处死，仁贵接金花同享皇恩
《薛丁山征西》	西番欲吞并唐家天下，仁贵征西被苏宝同飞刀所伤，其子丁山救父认父，并挂帅平定西番，官拜西辽王
《薛刚反唐》	薛刚正月十五闹花灯，踢死太子，惊崩圣驾，薛刚借西凉兵攻打西京，武则天逃走，中宗坐殿恢复大唐，薛刚报了家仇
《黄巢造反》	唐末黄巢起义
《粉妆楼》	罗成两公子罗灿、罗焜怒打满春园，沈千加害罗家，两兄弟挂帅平番，得以救国，并报家仇
《郭子仪征西》	郭子仪征西
《二下南唐》	赵太祖欲纳在勾栏认识的妓女素梅为西宫娘娘，不听苗信与郑子明劝谏，贬走苗信，斩杀郑子明，后又行不义征讨南唐
《三下河东》	河东刘王三年没有向宋朝进贡，宋派差官追讨，河东想报赵太祖曾进犯河东之仇，杀了差官张旦，向宋下战表。朝廷让杨六郎挂帅，带焦赞等十八员上将三次征讨河东，终获全胜
《九转河东》	杨六郎死后，河东欲报仇，进犯宋朝，杨宗保挂帅征伐，最后得胜回朝
《杨家将》	潘、杨两家恩怨不断，杨家忠勇报国，一门忠烈
《五虎平南》	南番王侬志高反叛宋朝，狄青挂帅征南
《五虎平西》	狄青征西，收复西夏
《岳飞传》	岳飞投军，枪挑小梁王，朱仙镇大破金兵
《沈应龙征西》	明代沈应龙征西

笔者认为，安顺屯堡将士和眷属将戏中人物视为神灵，并非因为演戏时间长喜爱上了这些戏中人，这从前面地戏的演出时间和祭祀祖先纳吉逐疫的演出目的即可看出。另外，戏里最为重要的道具就是脸子，当演员戴上脸子入场跳神时，“即神将已回人间，再现生前的故事”[①]。

关于地戏的来源和时代，高伦谈到，流行地戏的各村寨广泛流传着一些没有说白的唱本，都是“自从盘古分天地，三皇五帝治乾坤”的套子开头。这些唱本都是村民消磨时光唱着玩的，有时用于丧事出殡前。我们认为，这个套子应是明成化说唱词话开篇惯用的套子，洪武军屯、江南军士、地戏唱词皆为严格的七字句、十字句，种种迹象表明，地戏戏本最早不应超出明前期，如《楚汉相争》《三国》《四马投唐》《反山东》《罗通扫北》《薛仁贵征东》《薛丁山征西》《薛刚反唐》《黄巢造反》《郭子仪征西》《二下南唐》《三下河东》《九转河东》《杨家将》。明中期以后，讲史演义、英雄传奇大量出现，如《金枪全传》《飞龙全传》《南北宋传》《五虎平西》《五虎平南》《万花楼》《粉妆楼》《北宋志传》《杨家府世代演义志传》《说唐全传》《说岳全传》《东周列国》《封神演义》等，受此影响，地戏中如《封神演义》《东周列国》《五虎平南》《五虎平西》《岳飞传》《岳雷扫北》等大概是属于明中后期创作的作品。不过，地戏的剧目虽然很少更换，演出本却经常修改，所以我们从现存唱本中寻找地戏老唱本原始痕迹并非易事。

当然也有例外的情况，如地戏《杨家将》中“太宗驾幸五台山，渊平战死幽州城”这一情节与《北宋志传》和《新编全像杨家府世代忠勇演义志传》两种演义的叙述截然不同。

《北宋志传》记述大郎杨渊平保驾太宗五台山进香，被困邠州，渊平突围去代州传旨，杨家父子起兵救驾入邠阳城，渊平扮太宗，二、三、四、五郎护送，后渊平战死沙场，四郎被捉，二、三郎战死，令公、六郎、七郎护太宗城东门突围成功。

《新编全像杨家府世代忠勇演义志传》讲太宗五台山进香，被困幽州，渊平

① 高伦：《贵州地戏简史》，贵阳：贵州人民出版社，1985 年，第 87 页。

突围赴雄州传旨，杨雄、魏直带兵救驾，渊平入幽州，令公让四郎扮太宗，渊平护送出城北门假装投降，渊平射死天庆王后战死沙场，四郎被捉，二、三、五、六、七郎护太宗从南门突围。

贵州地戏《杨家将》中，太宗等到五台山进香，困于幽州，呼延显护八贤王突围，到汴梁城求救于杨家，杨家和八贤王同进幽州，令公让大郎扮太宗，二郎扮八贤王，三郎扮寇准，四郎扮潘仁美出城假降，渊平射死番王，二、三、四郎大战番兵，得胜。太宗假扮大郎，八贤王假扮二郎，寇准假扮三郎，潘仁美假扮四郎，由令公和五郎、六郎保驾，从另一方向杀出幽州。因番邦害怕杨家父子，太宗得以脱险。[①]

关于这些戏本内容特点和产生年代，帅学剑指出："都是商周以来历朝历代金戈铁马的征战故事。一条主线，都是正方和反方、正统与非正统之间的战争；一个结果，正方必胜，反方必败；正义得以伸张，奸佞必遭报应。清代贵州镇宁人余上泗曾在一首《竹枝词》中这样写道：伐鼓鸣钲集市人，将军脸子跳新春。凭谁识得杨家将，看到三郎舌浪生。诗中只记载了地戏的表演形式、剧目、时间等，而其源流未知。"[②]"笔者1992年做地戏调查时，看到安顺市西秀区双堡镇金官村送来的调查表中，在《别本来源》一栏这样写道：'古老唱本由明朝隆庆年本村严正芳抄本抄写。'由此推算，此抄本年代距今已约450年。"[③]

第四节　安顺地戏戏文与明清说唱词话的关系

2012年，贵州民族出版社出版了5册《安顺地戏》，由帅学剑整理校注，共收入21部地戏：第一册《封神榜之出五关》《封神榜之进五关》《大破铁阳》《楚汉争锋》《三国英雄志》，第二册《大反山东》《四马投唐》《罗通扫北》《薛仁贵征

① 高伦：《贵州地戏简史》，贵阳：贵州人民出版社，1985年，第31—32页。
② 帅学剑整理校注：《安顺地戏》（第3册），贵州：贵州民族出版社，2012年，第447页。
③ 帅学剑整理校注：《安顺地戏》（第3册），贵州：贵州民族出版社，2012年，第448页。

东》，第三册《薛丁山征西》《薛刚反周保唐》《粉妆楼》，第四册《初下河东》《八虎闯幽州》《二下边关》《三下河东》《九转河东》，第五册《五虎平西》《五虎平南》《精忠岳传》《王玉连征西》《岳雷扫北》。

我们从第四册中的《初下河东》正文体式来分析其特征。

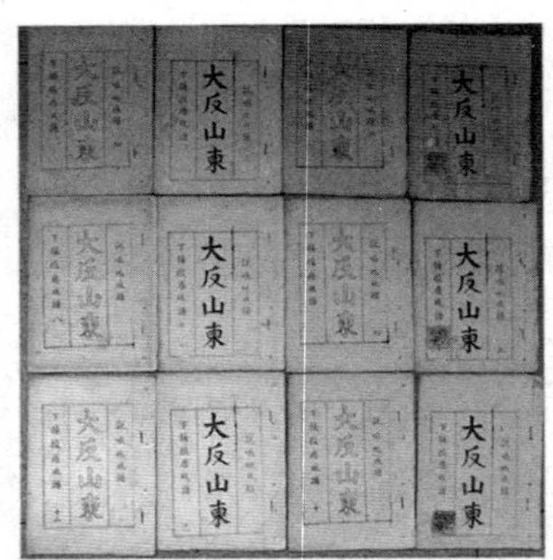

图12–1　贵州安顺地戏唱书油印本《大反山东》

开篇小段：扫开场，扫开场，二位童子开校场……

诗曰：头戴金盔凤翅招，身披铠甲龙麟飘。柴王驾下为元帅，校场里面把兵调……

白：怀德打扮齐整，便叫：安将军！你也整装打扮，准备对敌。安虎答曰：我也打扮。

紧接另三组诗曰和白，双方各两将打扮齐整后，才出现正式内容的唱、白、诗曰。

唱：二家催马来交战，遮拦不住大交兵。你说你能我也胜，我说你胜你也能。不觉一日战到晚，二家收兵转回营。自从盘古分天地，三皇五帝治乾坤。单说后周一故事，大宋流传到而今。

白：郭威取得后汉刘知远的江山，掌管一统山河。知远驾崩，世宗登了龙位，改朝为周，风调雨顺，国泰民安，难以尽叙。列位听明白，等吾回朝见驾。

诗曰：昔日先皇起义兵，残唐江山一并吞。老王一旦龙归海，文武扶孤定乾坤。

白：吾乃柴王是也，掌管乾坤至今。……朝鼓三下响，文武立丹墀。

白：匡胤出曰：吾名赵匡胤……

唱：朝廷鸣钟击鼓响，文武听得不留停。……

此后唱、白循环，一直至正文末尾。

白：匡胤回程，听得大哥病重，召集文武大臣，齐到君主房前看望，柴王曰：匡胤二弟，寡人病重也。万一孤家去世，二弟你要接我江山，掌管乾坤，不知二弟意下如何？……

唱：丢下丧事且不表，且表金殿武共文。郑恩又把二哥请，相请二哥坐龙廷。……

白：郑恩手提羊毫，走向前来，看了又看，右边也有，下边也有，只有顶上没有，等我就在顶上添上一点。曹彬一看，成了一个宋字。太祖曰：既然是个宋字，就把周朝改为宋朝。说罢已毕，传旨左右，鸣钟击鼓。文武听得鼓响，齐上金銮殿上：拜见我主，山呼万岁万万岁……宴罢，谢恩出朝。君主御驾回宫。至此，天下太平，万民乐业，干戈平息。

正是：大周柴王名世宗，汴梁让位顺天从。从此国号改大宋，众星扶保赤火龙。[①]

① 帅学剑整理校注：《安顺地戏》（第 3 册），贵阳：贵州民族出版社，2012 年，第 3—4、81—84 页。

这部地戏正文体式顺序是这样的，开篇小段，唱、诗曰、白、正式开篇唱、白（唱白循环）唱、白、末尾以“正是”引四句七言诗结束。这与明成化刊本说唱词话的七言、十言唱词加说白的正文体式相同，且七字句、十字句非常严格，十字句也是三三四格。正文说白、唱词的语言与明成化刊本说唱词话比较，有以下两点变化：

首先，正式开篇前有开篇小段，开篇小段是指地戏演出人员举行扫开场活动时，二小童所唱唱词。这段唱词唱完后，还要念诵四句诗文。这样，就能引戏中人物出场进入正题，并非地戏正式开篇。二小童扫开场后，地戏正文中出现的诗曰和白，是交战双方四位将军出场时的自我介绍，表述官职、名字、武器、穿戴打扮，戏里主要任务等内容，使观众提前了解剧情，并非正式开戏。一般是“自从盘古分天地，三皇五帝治乾坤”（《初下河东》）、“混沌初开盘古王，相传五帝并三皇”（《四马投唐》）、“盘古初开天地分，伏羲弟妹治人伦”（《八虎闯幽州》）等类句子出现时，地戏才算正式开始。

其次，正式开戏后，基本是按七字句唱词和说白、十字句唱词和说白的顺序循环至末尾，一般都以七字句唱词结束，如《三下河东》等，但也有以“诗曰”四句或直接白话结束的情况，如《八虎闯幽州》《初下河东》以“正是”引导的四句七字句唱词结束，《二下边关》以白话直接结束。

图12-2　贵州安顺唱书钢笔抄写本《四马投唐》内页

《初下河东》是贵州民族出版社出版的地戏正文体式，我们再以未整理过的地戏抄本原样为研究对象进一步展开探讨。

《四马投唐》地戏抄本，安顺县旧州镇黄腊乡黑秧村游新樵用钢笔抄写，共6册。

开篇：

混沌初开盘古王，相传五帝并三皇。唐虞以上称盛世，夏禹商汤是明王。桀纣荒淫不须表，文武有道万古扬。春秋战国多霸道，楚汉相争摆战场。历代帝王表不尽，且表高主兴大唐。起义兴兵除隋乱，四海英雄拱手降。奉天承运你为君，扫灭烟尘坐龙廷。但望上苍作默佑，皇图巩固万万春。

（白）为王来唐朝，高祖李渊是也。现在为主驾下为臣，屡屡尽忠报国，可恨隋主听信奸臣之言，要下扬州观花玩景，却被宇文化及刺死，可叹可叹，而今寡人应天为王，但望上苍默佑，受享皇恩……

（唱）高祖驾坐金銮殿，文武两班列朝门。东华门内文官去，西华门内武将临。一起同上金銮殿，分班列位拜明君。……

（白）且说高祖銮驾御花园内就上了万花楼，看见文武百官聚齐来看尉迟演功，高祖便问，那装雄信的人到此，元吉说，父王到此多时，高祖就令秦王茂公先去御花园游玩。

（唱）二人传旨把楼下，茂公开言叫主公。今日御园去演武，随带刀儿在手中。王云不是盖男子，仔细提防要小心。秦王答应我晓得，定唐刀儿手中存。君臣跳上逍遥马，到了假山上面存。……①

结尾：

（唱）：高祖坐在龙案上，半想思量莫认真。便叫敬德来跪下，封你总管在朝廷。敬德谢恩将身起，高祖銮驾转回程。尉迟忙把衣服穿，保驾主公坐龙廷。

图12–3　贵州安顺钢笔抄写本唱书《四马投唐》

① 游新樵：《四马投唐》（第 1 册），贵州安顺，钢笔抄写本，第 1—2 页。

二位大人来迎接，迎接坐下说言因。殷齐二王奸贼子，高祖大骂狗畜生。贤妻忠心扶圣主，安享荣华得太平。①

游新樵在末尾写道："这部书是按旧的底子来复写的，此书底子亦系历有年深矣!"②

关于地戏唱本的流传问题，帅学剑在《安顺地戏》的前言中写道："地戏剧本因其纯属农民的艺术，不可讳言过于通俗而少文采，向来不为大雅君子所称道，也不为文人秀士所注目，它的传承全由农村中的'土秀才'用白皮纸手抄而代代相传。现今流传下来的地戏谱书具体形成于何时何村，是何人何时所写，因无史料可查，难以溯源追根，仅知道这'军中戏，家族神'是'老辈人'传下来的。然而，令人遗憾的是，这一部部当初戏班出重资礼请'识文断字'的先生一笔笔抄写而成的戏谱，也同上万个面具一样难逃那一场不该发生的文化浩劫，被付之一炬，侥幸留存下来的极少且不完整。20世纪80年代恢复跳戏以后，在苦于无剧本的情况下，有的戏队就在偷偷保存下来的残本基础上，凭借惊人的记忆力重抄而成；有的戏队则从几位'土秀才'用钢板刻印成册出售后购得。本书收录的戏谱，部分是戏队所提供，其余则来自20世纪80年代以来编者收购及购自集市地摊上的刊刻油印本。"③

《安顺地戏》戏本，无论是帅学剑整理的《安顺地戏》，还是当地民众的世代传抄本，基本的正文体式就是开篇、结尾都是七字句唱词（个别是以"正是"加四句七言诗结束），正文体式则是七字句、十字句唱词（三三四格）和说白组成，未见全篇为纯七字句的作品，这种体式与明成化刊本说唱词话中一种正文体式完全相同；安顺地戏唱词使用第三人称，说白交叉使用第一人称和第三人称，这也和明成化刊本说唱词话完全相同。所以笔者认为，安顺地戏的这些戏目、戏文，依据其创作传承年代的考证，应分别属于明代或清代说唱词话。

① 游新樵整理校注：《四马投唐》（第 6 册），贵州安顺，钢笔抄写本，第 11 页。
② 游新樵整理校注：《四马投唐》（第 6 册），贵州安顺，钢笔抄写本，第 13 页。
③ 帅学剑整理校注：《安顺地戏》（第 4 册），贵阳：贵州民族出版社，2012 年，第 2 页。

第五节　安顺屯堡地戏演出的具体形式

安顺屯堡地戏演出的活动每年两次，一在春节期间玩新春时举行，一在农历七月十五跳米花神时举行。玩新春是岁终新正的聚戏活动，与纳吉和逐疫仪式一起进行；跳米花神则是与劳动生产和逐疫仪式结合进行。演出时，演员要戴脸子，身穿演戏服装。

地戏表演场地不在舞台或庙台上，一般是在空旷坝子上的小圆场地（直径3米即可）进行。场地分东南西北四个方位，“北边放置神柜（面具箱）和一张方桌，放置杂物。神柜左面是鼓、锣的位置。东北、西南方位是双方军营或金銮殿、山寨等，各以一张小长凳来表示，君王、主帅等人以这个小长凳为坐，演员顺序站立两边，自然形成两个半圆，观众在演员后面围观看戏。演员表演时往场中心行戏，下场时退回原来的地方。场地外靠神柜方位，以四米左右的竹竿挂上三角月牙状彩旗，有的要立三四根竹竿，挂上几面这种旗帜，称为军旗。……远处看去，具有军旗招展的气势”①。

高伦曾谈到小圆场的问题，他认为，小圆场地演戏娱乐这种方式，应该很古老。在此之后，才过渡到看棚和勾栏。地戏之所以习惯在野外小圆场上进行，一方面和屯军战争有关，一方面和面具有关，演员“面容装扮是面具，如果面具把脸部护住，演员的唱白声音不能有效地传达给听众，必须把面具戴在额头上，把嘴的部位留出来，以便声音的传播；如果在舞台上表演，观众从下往上看，就不易看清面具的形貌了。它和我国唐代假面歌舞戏《踏摇娘》的圆场行戏，有相似的地方”②

演员使用的文本以第三人称叙述为主，如年节时表演的《薛仁贵征西》，戏

---

① 高伦：《贵州地戏简史》，贵阳：贵州人民出版社，1985年，第82页。
② 高伦：《贵州地戏简史》，贵阳：贵州人民出版社，1985年，第83页。

开始先是扫场子，两个小童戴着面具，一红脸一蓝脸，手持扇帕起舞跳跃，在锣鼓声中开唱：

（唱）扫开场来扫开场，扫开乌云见日光。扫条大路好跑马，扫条小路好操枪。扫个大场卖牛马，扫个小场卖猪羊。扫个文场卖笔砚，扫个武场卖刀枪。

（二童子唱完后念）：和合二神，两手把住肩，有人侍奉我，金银财宝万万千。

（薛仁贵出场念）：两位小童请回去。

（小童答）：奉请元帅下校场。

（薛仁贵吟诗，出马门动作）蛾眉两道志气豪，罗成转劫第二朝。因与青龙结下恨，保驾征东有功劳。征东平辽班师转，官封一字并肩王。

（吟诗结束，白）：却说，吾乃薛仁贵是也，因跨海征东有功，蒙主上施恩，又挂帅征西，今与辽兵对敌，本帅亲自上阵，结束已毕，便叫驸马爷，您也打扮一番，好与辽军作战。

（秦怀玉上场，白）：怀玉得令，连忙整顿，看看看，我怀玉怎披挂，怎打扮，盖世英雄真好汉。赞：头戴金盔凤翅招，斗大红缨顶上飘。身穿白银甲一副，内衬一件衮龙袍，左绣龙来右绣凤，二龙抢宝锁中央，雄赳赳，气昂昂，摆开双锏鬼神降，若问吾的名何姓，姓秦怀玉驸马郎。①

且说，苏宝同见唐将十分威武，连忙整装披挂。

“且说”这一句，是第三人称话语出现在第一人称的说白中。

（苏宝同，白）（吟赞）：威风凛凛志气高，青龙降生下天朝。金凤

① 高伦：《贵州地戏简史》，贵阳：贵州人民出版社，1985年，第48页。

山上学法宝，随带飞刀乱唐朝。辽王殿前为元帅，要报祖仇把恨消。且说，本帅苏宝同也，宝同打扮已毕，便令黑连度总兵，你也打扮一番，好与唐贼作战……

（薛仁贵，白）：仁贵骂道，辽贼少要卖弄威风，放马过来，见个高低。

（薛唱）：二家放马来交战，（苏唱）：各凭本事定输赢。

（薛唱）：看看战上三五合，（苏唱）：宝同心下自思想。

（苏宝同，白）：且说，宝同叫道，唐贼休得逞能，今日天色已晚，明日与你决一死战。

（苏宝同，唱）：宝同说罢勒转马，收转二郎马共兵。仁贵也不去追赶，各自收兵转回营。[①]

此处第三人称话语出现在第一人称的说白中。

（薛唱）：一夜话文都休唱，次日五更天又明。[②]

以上戏文由说白和七言唱词两种形式组成，演员在第一人称叙述过程中往往将第三人称连带进去。

如果我们看戏的话就会发现，一边在看薛仁贵和苏宝同说唱表演，一边又好像在听说唱艺人以第三人称叙述。

《杨家将》中宋太宗有一段唱词：

春风动来海水潮，架上金鸡把翅摇。猛风吹动金铃响，正是君王设早朝。闲言闲语且丢下，把话分开别有因。不唱前朝和后汉，且唱宋朝有道君。一夜话文都休唱，不觉金鸡报五更。五更三点王登殿，聚齐三

① 高伦：《贵州地戏简史》，贵阳：贵州人民出版社，1985 年，第 49 页。
② 高伦：《贵州地戏简史》，贵阳：贵州人民出版社，1985 年，第 50 页。

台八位臣。东华门打龙凤鼓，西华门撞景阳钟。文听鼓响朝皇帝，武听钟响拜明君。东华门里文官进，西华门里武官行。正阳门下无人进，只见皇亲国丈行。文武两班朝天子，掌扇分开臣是君。拜王二十单四拜，三呼万岁口称臣。拜罢起来分班立，等候君王降敕文。[①]

这段唱词中宋太宗既是戏中人物，又是说唱艺人的身份，明明在演出，却唱出“闲言闲语且丢下”“一夜话文都休唱”，故事情节正式展开前的第三人称话语，皆是宋太宗在唱。

《杨家将》中的另一段说白和唱词：

（呼延显念）：诗曰：阵前金鼓响，二匹马相交。延显男子汉，二将把名交。

（韩元寿念）：诗曰：二将交锋战，大家不相饶。两条龙戏水，一对虎相交。

（呼唱）：一回二回无胜负，（韩唱）：三回四回无输赢。

（呼唱）：五回六回龙争宝，（韩唱）：七回八回虎翻身。

（呼唱）：九回好似山摇动，（韩唱）：十回猛虎下山林。

（呼唱）：看看杀得多一会，西方坠落太阳星。

（韩唱）：元寿今日输了阵，（呼唱）：丕显精神长十分。[②]

这段戏词，角色一边打一边唱，场内外还有各种叫好声、鼓锣声，其他演员站在圆场上不断唱和七字唱词的后三字，场面极其热闹。

使用说唱词话文本，戴面具的角色表演说唱，第一人称中夹杂第三人称，这种地戏模式，实际上是由曲艺向戏曲过渡的中间环节模式，演员既是戏中人物，又是戏外叙述者。可以说在安顺地戏的文本和表演形式中，蕴含着一种古老的历

---

① 高伦：《贵州地戏简史》，贵阳：贵州人民出版社，1985 年，第 50 页。
② 高伦：《贵州地戏简史》，贵阳：贵州人民出版社，1985 年，第 52 页。

史社会记忆，也可以说，产生自元明，传递于明清民国，留存至今的安顺地戏，不仅是一种明清说唱词话，而且和安徽贵池傩戏一样，是呈现中国曲艺向戏曲过渡状态的活化石。

第六节　盘县的《中国民间唱书》

1980年，贵州盘县忠义乡乡民苏邹在其整理的《中国民间唱书》序言中提道："在广大的民间存在着一种边说边唱的书籍。内容主要是通过说唱来讲述我国古今的故事、民族民间故事、民俗民风等。这些书籍在不同的时段、不同的地方，称法也有所不同。盘县民间称它为'唱书'。"

《中国民间唱书》为我们了解唱书在贵州地区的流传情况提供了可贵的信息。目录分为唱书230种、民间小调24种、孝歌7种、民间杂唱5种，山歌未收录具体作品，共5类266种。

266种中，很多不属于说唱词话，有43种属于民间宗教类宝卷，如《十二圆觉》《伏魔记》《无生老母十指家书》《金刚科仪》《科仪记》《龙华真经》《念佛龙华经》《天机秘密》等，有41种属于北方鼓词、南方弹词，如《孔明借箭》《借东风》《火烧战船》《华容道》《古城会》《刘备过江招亲》《关公送貂蝉出家》《单刀赴会》《柳荫记鼓词》《麻姑菩萨》《龙凤配》《四下南唐》《蝴蝶杯》《玉连环》《再生缘》《天赐花裙》《拗碎灵芝》《琥珀凤钗》《双凤骑仙》《日边洪杏》《明珠宝剑》《梅李争花》《黑徒羞恨》《洋烟自欢》《刘生叹五更》《潘宝海棠》《还金镯》《梅花戒》《周氏反嫁》《三生石》《珍珠塔》《三世化生》《赵素真》《骂阎罗》《玉蜻蜓》《六月雪》《双珠凤》《龙凤锁》《长坂坡》《三劈刀》《珍珠衫》。

除了以上84种外，去掉一些重复曲目，笔者确认有155种属于我们所研究的唱书，列目如后：《金铃记》《蟒蛇记》《柳荫记》《乌金记》《大孝记》《二度梅》《凤凰记》《西京记》《红灯记》《鹦哥记》《卖花记》《三姑记》《纱灯记》《雪山记》《求婚记》《滴水珠》《谋夫报》《摇钱树》《小乔哭夫》《割肝救母》《双上坟》

《水打蓝桥》《唐王游地府》《吴汉杀妻》《十里坪》《玉带记》《耗子告猫》《梭罗木》《三元记》《孟姜女》《鲤鱼精》《八宝鸾钗》《百花台》《碧玉簪》《雌雄杯》《打虎记》《姊妹花》《再生花》《黄糠记》《回郎记》《兰英记》《落金扇》《蜜蜂记》《琵琶记》《十美图》《王月英》《双蝴蝶》《雷祖记》《地藏记》《孝灯记》《香山记》《回文记》《目连记》《三茅记》《玉英记》《东岳记》《庚申记》《黄氏记》《雷峰记》《李青记》《梁皇记》《刘香记》《龙王记》《罗通扫北》《牙痕记》《血湖记》《眼光记》《玉皇记》《灶君记》《梓潼记》《药王记》《鱼篮记》《释疑记》《双仙记》《真空记》《三阳记》《灵山记》《度阴记》《达摩记》《关帝记》《唐僧出身对趾》《花名记》《延寿记》《十王记》《十里亭》《劝世文》《土地记》《财神记》《双玉玦》《双玉燕》《地母记》《东厨记》《还乡记》《花笺记》《何仙姑》《东岐记》《丹经记》《双凤记》《杏花记》《训女记》《金锁记》《梁山伯与祝英台全史》《山伯歌》《龙图记》《救苦记》《药茶记》《洛阳桥》《西厢记》《五圣记》《陈世美》《普陀记》《韩湘记》《众喜记》《化意记》《升仙记》《花灯记》《红罗记》《食斋记》《秀琼记》《太子记》《悉达太子》《金钗记》《回家记》《欢喜记》《真修记》《唐僧记》《因果记》《节义记》《赵素真》《针心记》《花锏记》《李三娘》《立愿记》《双贵记》《王氏女》《云香记》《刺心记》《倭袍记》《希奇记》《荼薇记》《平安记》《鸡鸣记》《惜谷记》《彩楼记》《妙英记》《双花记》《忠良记》《铡美案》《金乐菊》《沉香太子》《乌盆记》《白塔记》《金龙记》《红楼镜》《卧龙太子》。

这些唱书多改编自传统历史故事或清代发生在沿江其他省份的事件，未见涉及清代贵州或盘县地区事件或故事改编作品。从这一点来看，虽然贵州盘县地区存在唱书现象，但应该是清代由周围省份传入的。

第七节　遵义地区的唱书

一、凤冈县的唱书表演及遵义市刻印的唱书文本

网络上有一篇《回忆听父亲唱书的时光》文章，作者是贵州遵义市凤冈县人傅伯勇，写作时间是2015年9月10日。[①]在文章中他谈到家乡凤冈县早年相关唱书的情况。据傅伯勇回忆，20世纪70年代他所在的农村，没有电视、电脑，收音机都很稀奇。晚上父亲的唱书，便成为他和小伙伴们当时“最好的精神食粮”了。作者谈到唱书“通常是将一些英雄故事或者神话传说改编成七言句或者五言句，一大段结束后，又有一段‘话说’引领，是语言参差不齐的白话，完了又是一段七言句或者五言句，如此反复，唱书人以一种一成不变的拖音调子，进行说唱，待接续‘话说’的白话时，又转为念读”。至于唱书的曲目，作者谈到其父当时保存有很多唱书，有《蟒蛇记》《龙王记》《铡美案》《凤凰记》《救苦记》《鹦哥记》《白塔记》《孟姜女》《柳荫记》《目连记》等20部，这些书目都是其父“劳作之余，一笔一画抄写的”。其父经常在秋冬季节的晚上，坐在火堆旁，给大伙讲自己的唱书，由于唱书的内容局限在那20部，所以人们往往就记住了其中的某些句子，每当其父“昂扬顿挫的声音唱到那儿时，他们也会跟着唱几句，感觉自豪和惬意极了”。在作者的童年记忆里，这些唱书语言通俗易懂，朗朗上口，情节曲折，人物形象生动，极易打动和感化人，劝人向善，教育功能很强，是他人生中最好的启蒙教育。

傅伯勇的文章印证了20世纪70年代，遵义市凤冈县地区存在着唱书艺人和表演活动，并流传着手抄的唱书文本和广泛的唱书受众人群。作为旁证，我们亦从

① 《回忆听父亲唱书的时光》，http://blog.ifeng.com/article/37394354.html.

遵义地区收集到一批20世纪80年代铁笔蜡纸油印的唱书文本。这批文本都是小32开本，用订书针钉好，再用蓝线二针装订，其中《雕龙宝扇》3册，上册末尾有油印字“雕龙宝扇上卷终，一九八一年于遵义刻印”；中册末尾有油印字“雕龙宝扇二卷终，一九八一年春”；下册末尾有油印字“雕龙宝扇全传终，一九八一年春季于遵义市刻印”；《鹦哥记》4册，第一册末尾有油印字“鹦哥记上卷，一九八零年庚申岁年冬季牧童刻印”；第二册末尾有油印字“鹦哥记二卷终，一九八零庚申年冬季刻印”；第三册末尾有油印字“鹦哥记三卷终，一九八零庚申年冬季翻印，牧童刻”；第四册末尾有油印字“鹦哥记全传终，一九八零庚申年冬季牧童刻印”；《二度梅》3册，第一册末尾有油印字“二度梅一卷完，一九八零庚申年牧童刻印”；第二册末尾有油印字“二度梅二卷终，一九八零年农历冬季刻印”；第三册末尾有油印字“二度梅一二三卷终，一九八零庚申岁月冬季牧童刻印”。此外，没有记载刻印年代，且同前面3种同样装帧形式、同一种油印纸张、同时购自同一书摊的唱书还有13种：《朱寿昌寻母记》1册、《卖水记》2册、《五美图》2册、《梭罗记》2册、《元龙太子》2册、《珍珠塔》2册、《女儿知事》2册、《四言八句》1册、《杨门女将》2册、《卖花记》1册、《孟姜女》2册、《蟒蛇记》2册、《大孝记》2册。

这些唱书的大量出现，大大加速了遵义当地唱书的传播速度，不仅为唱书人提供了文本，也为更多人阅读唱书提供了方便，为当时民众提供了一种新鲜的文化娱乐方式。从这批唱书的文字看，几乎和清代、民国时期的木刻本、手抄本、石印本内容一样。可见这些唱书是根据长期保存下来的原始刻本、抄本重新刻写翻印而成，一直传流到今天。从这些唱本在1980年后的再次出现，说明清代、民国、共和国时期，唱书曾在遵义地区流行传播。

二、正安县漆树坪《牙牌记》唱书

《牙牌记》，咸丰年间刻本，封面书牌页黄色，竖三栏，右“唱沈平玉”，中“牙牌记”，左“万顺堂新刻”。正文半页10行，行23字。边题“沈平玉牙牌记”，开头：

历代帝王转口流，胜者为王败者休。世事还是依古旧，尧汤禹舜夏商周。战国诸王多有道，几朝无道帝王君。也有为国安邦将，也有亡家败王臣。说起明朝朱太祖，他是真正紫微星。[①]

《牙牌记》另有油印本，上册末刻有“新刻牙牌记　上本终结”“贵州正安县笨笔试刻”“一九八三年五月　漆树坪”，下册末刻有“贵州省正安县笨笔试刻”。

正安县漆树坪羌寨，1983年属遵义市管辖，现归江口县桃映乡管辖，江口县现属铜仁市管辖。漆树坪在江口县桃映乡最北端，距县城约50公里，这是贵州地区唯一聚族而居的羌族村寨。村寨皆胡姓，祖籍四川茂汶，现阿坝藏族羌族自治州。其祖先明代时已从茂汶迁到这里，历十几代人500余年。这里还保留着过羌年的风俗习惯，每到农历十月初一，全寨人聚集在一起欢度节日。当羌年来临的时候，杀猪宰羊，制作豆腐、粉条、糍粑，家家户户门上还要贴对联，晚上挂灯笼。大家穿着民族服装，在村中选一处宽敞的地方（平坝）设祭坛，随祭师按仪程操作，大家鞠躬祭拜祖先神灵，一起喝咂酒和跳舞唱歌，最后全寨的人聚集一处吃宴席，恭贺羌年，盛况非常。

此《牙牌记》油印本开篇：

盘古初开分天地，三皇五帝治乾坤。几朝君王多有道，几朝无道帝王君。有道君王人安乐，无道昏君损国民。也有为官多清廉，也有欺君害国臣。奸臣常把忠良害，清正为官反受灾。恶人自有恶人报，冤仇相报难分开。只有贫穷才自在，洪水朝天不怕灾。不信但把古人看，富贵高官不安然。永乐皇帝登龙位，风调雨顺万民安。[②]

① 佚名：《牙牌记》，清咸丰年间万顺堂刻本，第 1 页。
② 佚名：《牙牌记》，贵州正安县漆树坪，油印本，1983 年，第 1 页。

这与《牙牌记》刻本的开篇略有不同，可知一部唱书，随着频繁抄写与口头表演，其语言内容也在逐渐发生变化。

《牙牌记》讲述了沈香保、沈平玉、沈三魁的故事传说，文本篇幅较长，分上下两本，情节一波三折。“永乐皇帝登龙位，风调雨顺万民安。朝廷有位沈香保，官封国公在金銮。”沈香保生一子沈平玉，一日平玉在府内闷倦，去山里打猎时射中了一只千年得道狐狸的左眼。狐狸带伤逃回家中，告知女儿：“今日为父中此箭，沈家之仇记心间。我儿快快去打扮，同父入朝去报冤。为父把你来打扮，进献皇王结良缘。”从此胡妃进宫，惑乱永乐帝，沈家连遭大难，沈香保夫妇被杀，沈平玉出逃，等待时机为沈家报仇。

沈平玉逃往河间府，受神灵庇佑与唐小姐成亲，但仍被朝廷追杀，险象环生，只得再次逃亡，准备去荆州湖广省“去看姑爷胡总兵”。妻子唐月英已有身孕，沈平玉留言，若生男儿名三魁，若生女儿贤妻做主。月英拿出青铜宝镜破为两半，若日后相会，破镜重圆为凭。平玉转眼来到彰德府，遇到父亲好友李员外，娶其女李三春后，再次动身去湖广。临行，三春赠平玉牙牌一副，乃是外祖母所传。左为“长命百岁”，右为“金玉满堂”，剖开牙牌各人拿半边，作为日后夫妻相会之记号。平玉至荆州，见了姑爷与姑娘，姑爷思忖：“我想留得你来，又怕走漏风声，若不留你，沈家又断了后，我左右为难，现在最好把你的姓名都改了，日后再作道理。”遂让平玉改姓胡。此地知府有女白素珍，白知府夜里梦见“应招女婿沈平玉，他是天朝白虎星，夏历腊月初三正，黄道吉日好成亲”，情节至此，上本结束，下本多为整齐七字句，一气呵成至收尾。

此后，平玉三位妻子分别为他诞下三元、三从、三魁、三凤四子，兄弟四人分处各地，各擅文武，因缘际会下与父亲相认相识，并合力同心助父亲铲除胡妃，为朝廷立功，受永乐封赏：

> 四方蛮雷齐打下，五方电火齐来临。个个妖精难逃生，应声倒地在埃尘。三魁三从来拿住，绳索捆绑不非轻。妖精抬到城楼上，口吐人言说分明。伏望我主行正道，封赠沈家一满门。打开城门忙接进，免得百

姓受灾星。永乐听了传皇令，推出狐妖问斩刑。平玉报仇雪了恨，当时下拜谢神灵。再说永乐及忠臣，开门迎接沈家将，口口声声叫忠臣。你今报了仇和恨，当封官职在朝廷。永乐迎接沈家将，超度祖宗众亡魂。平玉听了君王话，全家俯伏圣主人。皇王御手来扶起，孤今封你一满门。

话说君王言道，沈平玉领兵报父仇，乃子对父之孝，封父职，加封双国公，又降狐妖，乃国家祯祥，封爱卿免朝腾驾，三子有功，封为镇国大将军，三妻封为一品夫人，沈家父子叩头谢恩。

皇王开口亲封赠，父子谢恩出朝门。依然回到国公府，打发人役接亲人。湖广去接白氏女，差人火速不留停。一路行程多快往，到了荆州知府门。把书呈上胡爷看，喜坏二老一双人。今日方把冤仇报，可见苍天有眼睛。一家欢言表不尽，差人唐府接父亲。又接兵部二双老，差人去到陕西城。报与白爷得知信，两家老小来高厅。落难之时施仁政，要报几家养育恩。正在堂前摆酒宴，新科状元到来临。状元就是三凤子，门前等候见双亲。沈爷听说状元拜，整顿衣冠出来迎。平玉当时心高兴，双手扶起状元身。大堂拜见生身母，喜煞夫人白素珍。再拜大娘二娘面，弟兄相拜喜盈盈。平玉全家重相会，个个同享受皇恩。吩咐大堂摆酒宴，高点明灯谢神灵。国公府庭重修整，富贵荣华万万春。①

两种版本的《牙牌记》，正说明直至20世纪80年代，唱书文本或表演形式仍然在这个地区流行，为贵州遵义或铜仁地区从清代、民国直至共和国时期的唱书现象提供了一个很好的佐证。

① 佚名：《牙牌记》，贵州正安县漆树坪，油印本，1983年，第38—40页。

第八节 安顺平坝县十字乡留存的古代稀见爱情唱书

十字乡位于安顺市平坝县城北7公里处，与本县夏云镇、城关镇、乐平乡、齐伯镇毗邻，辖21个行政村，3万多人，有耕地近3万亩，是一个以回族、苗族为主的民族乡。笔者收集到一批20世纪90年代此地油印的古代稀见爱情唱书，这批资料均为红色纸封面，唱书正文前印有“十字乡文明村民行为规范”，内容如下：

1. 坚决贯彻执行党的十一届三中全会以来的路线方针政策，坚持四项基本原则，坚持改革开放的总方针，搞好两个文明建设。

2. 按时按质按量完成国家粮油订购任务，按时按量缴纳统筹、提留和各项税款。

3. 坚决执行计划生育法规和政策，自觉施行计划生育，做到晚婚晚育，优生优育，不搞违法婚姻。

4. 按时按量积极完成乡、村分配的义务工和劳动积累工。

5. 赡养老人，家庭和睦，邻里团结，正确教育子女。

6. 自觉服从乡、村建设规划，不强占乱占宅基地。

7. 不偷盗、不赌博、不打架斗殴，不酗酒闹事，不听、不看、不传淫秽音像及书刊。

8. 爱护公共措施，不损坏、盗伐集体林木，不在公路、生产路旁和可耕地内挖土。

9. 自觉遵守交通规则，不在公路上打场晒粮，堆放物料。

10. 讲究卫生，预防疾病。

11. 坚持移风易俗，不搞封建迷信，自觉施行火葬，不搞土葬，婚丧嫁娶不大操大办。

12. 自觉维护社会秩序，发现坏人坏事，敢于揭发、报告和斗争。

13. 按时参加村里组织的各种会议、学习和其他集体活动。

14. 加强对家禽、牲畜的管理，做到自觉圈养。①

"坚持改革开放的总方针，搞好两个文明建设"是20世纪90年代初的口号，这些唱本应是那个时期印刷的。唱书自解放以来至"文化大革命"，基本上是禁止阅读和表演的，从20世纪80年代开始，这些唱书逐步被解禁，表演活动也在这些地区恢复和开展。

笔者收集到的这些唱书共10种：《秦雪梅吊孝》28页、《韩湘子度妻》5页、《梁山伯与祝英台》39页、《潘必正与陈妙常》42页、《武松打店》6页、《朱买臣休妻》8页、《小公子拜年》（小段）4页、《两头忙》（小段）3页、《老汉叹》（小段）7页、《老来难》（小段）2页。

除了《秦雪梅吊孝》是全部七字句唱词外，其他9种基本上是三三四格十字句唱词，《潘必正与陈妙常》兼有唱书、鼓词两种句式。唱本皆为32开，铅字排版，竹纸印刷。

如《秦雪梅吊孝》开篇：

雪梅小姐逛花园，暗把父亲怨一番。因为商郎家贫困，读书在俺家里边。一个女婿半个子，不该爱富把贫嫌。当初秦商同保主，两家有势又有权。将奴配给商公子，全凭父亲作主观。现在商家遭不幸，失火水淹官司贫。多亏母亲心肠好，给咱丈夫读书篇。郎到奴家三月正，雪梅未来问温寒。夫妻相隔百尺地，如同相邻一座山。②

---

① 佚名：《秦雪梅吊孝》，贵州安顺市平坝县十字乡，油印本，第1页。

② 佚名：《秦雪梅吊孝》，贵州安顺市平坝县十字乡，油印本，第4页。

正文：

公子安身咱不讲，秦府来带女亲生。一次二次她不去，三次四次枉费功。秦母也来七八次，母亲次次空回程。商家无财又无势，少吃无烧太贫穷。多亏雪梅勤纺线，织布卖钱持家庭。……[①]

结尾：

后来儿子状元中，雪梅爱玉受皇封。商秦两家都高兴，两双父母无病终。儿子孝顺两位母，雪梅吊孝传万冬。[②]

另如唱书《潘必正与陈妙常》，以白云庵相会、潘必正偷诗、陈妙常害相思、陈妙常追舟等六节，将在民间流传甚广的爱情故事《玉簪记》以唱书形式重新演绎。

《潘必正与陈妙常》将潘、陈二人相识相恋的过程描摹得非常精彩，系民间说唱作品中难得的精致语言，如：

陈妙常闻听此言深色变，她这才哀哀恰恰那住声。俺只说兄妹闲居情意好，谁料你一点差错任薄情。说罢了掩面悲啼流痛泪，潘必正从从容容笑脸生。走近前手扶香肩呼贤妹，你何必信以为真动愁容。这不过我于妹妹说戏话，我岂肯无故操刀斩芙蓉。况且是今朝佳期良难得，这才是孤鸿嗷嗷回孤鸿。从来说翔鸾喜的丹山落，真正是彩凤从来栖梧桐。想你这明珠岂如沉海底，你看那花开那有几日红。[③]

更值得注意的是，作品第一节白云庵相会，是三三四格十字句：

---

① 佚名：《秦雪梅吊孝》，贵州安顺市平坝县十字乡，油印本，第 5 页。
② 佚名：《秦雪梅吊孝》，贵州安顺市平坝县十字乡，油印本，第 28 页。
③ 佚名：《潘必正与陈妙常》，贵州安顺市平坝县十字乡，油印本，第 12 页。

陈妙常一听说假变粉脸，霎时间只气得满脸通红。怒冲冲启朱唇开言就骂，说这话无道理真是畜生。读圣贤万卷书谈今论古，你不知周公礼放荡胡行。想当初你来时谁不尊敬，是师父亲侄儿兄妹相称。奴只说一家人全无避忌，不把你当外人另眼看成。也说好也说歹作乐取笑，奴把你当兄妹一母所生。①

但在潘必正偷诗等其他几节中，十字句则大都是三四三格，如：

言的是奇花芬芳春意浓，那一些夭桃嫩柳度和风。看不尽花香触物物皆动，有许多景色感人人尽同。慢说那天涯路途多游子，纵就是禅房静修也动情。昔日里有个陈氏姣莲女，只因为兵荒失散骨肉情。……②

陈妙常追舟一节：

言的是必正偷情费寻思，老观主明知故意推不知。只得是教训侄儿加倍亲，时刻的考取功课步难离。心思相皇王金秋开科场，急速的温习往日旧诗词。万一的我儿夺魁把名忠，那时节光耀寒门庆有余。③

潘必正荣归一节：

言的是才子佳人最多情，真正是好事有始又有终。每逢那寂寞回思欢乐少，好叫人良宵虚度叹无常。闷悠悠满腔忧郁难消遣，只落得低声无语没话云。昔日里有个妙常怜才美，她在那碧纱窗下念多情。④

① 佚名：《潘必正与陈妙常》，贵州安顺市平坝县十字乡，油印本，第 8 页。
② 佚名：《潘必正与陈妙常》，贵州安顺市平坝县十字乡，油印本，第 25 页。
③ 佚名：《潘必正与陈妙常》，贵州安顺市平坝县十字乡，油印本，第 33 页。
④ 佚名：《潘必正与陈妙常》，贵州安顺市平坝县十字乡，油印本，第 25 页。

《潘必正与陈妙常》共六节，每节可拈出作为相对独立的小故事。第一节是唱书的正文体式，其他五节则是北方鼓词的三四三格十字句，这种文体结构在唱书中十分罕见。

第十三章　清代云南地区说唱词话

云南唱书起源何时何处？黄林的《〈昭通唱书〉调查纪实》完成于20世纪80年代，据当时的一些年长者回忆，道光、咸丰年间昭通地区已有唱书存在。

昭通唱书，主要流行于云南省昭通专区所属昭通、鲁甸、彝良、永善、大关、盐津、镇雄、威信等县。这些县从清代、民国直至今天都有唱书文本和表演存在，但是从现存唱书曲目来看，它们应都来自四川和长江流域其他地区，并无呈现云南本地特色的唱书。云南保山地区现在还有唱书在流行，笔者在这个地区留存下的唱书中发现了与明成化刊本说唱词话同源同内容的唱书手抄本、翻印木刻本等。另外，民国时腾冲唱书人“虚混子”尹家显编撰的《雪耻记》唱书中明确言道：“鄙人生居腾冲县，祖籍源流是四川。始祖从戎征边远，世袭千户指挥官。安居乐业腾冲县，到腾洪武第二年。子继孙承廿代远，至今流传数百年。”[①] 说明保山地区唱书的来源很可能与明初洪武时期调北征南军屯现象有关。这里需要探讨的问题是：昭通地区是否属于洪武调北征南经过地区，是否与军屯现象有关？如果有关，为什么没有形成贵州屯堡地戏那样的说唱词话？

第一节　清代云南地区流行的昭通唱书

一、清道光、咸丰年间云南地区流行的昭通唱书

昭通在云贵川交界处，曾是三省交通要道和地区政治、经济、文化的中心。唐属南诏乌蒙部，宋封乌蒙王，元置乌蒙路，明设乌蒙军民府，清雍正五年

---

① 尹家显：《雪耻记》，腾冲：宏文印社，石印本，1944 年，第 20 页。

（1727）改乌蒙为昭通府，其名始于此。昭通四周为山，中间是盆地（坝子），西部五连山，东部乌蒙山，洒渔河、五寨河等向北流入大关县，汇入金沙江。

“昭通唱书，作为一种说唱曲艺，主要流行于云南省昭通专区所属昭通、鲁甸、彝良、永善、大关、盐津、镇雄、威信等县。在昭通县境内的广大农村最为盛行，又以讲唱整本的传奇故事书（俗称‘小说书’）为主，故称为‘昭通唱书’，简称‘唱书’，曲靖地区所属各县也很流行，比之昭通毫不逊色。”①

据昭通县东风公社北坡生产队第五队的王开德和在昭通居住的熊庭献两位老人回忆：“我们的老爹一辈就有唱书流传了。”昭通卷烟厂曹吟葵也这样谈：“唱书的历史，起源于何时已不可考。据昭通戴敬明先生说，昭通李短褡唱书很感人，他唱《清风亭》唱到武穆父子被害，男女老幼无不感叹唏嘘。李短褡是清代咸丰时候人，出身铁匠，1859年和兰大顺率领烟帮起义，距今已经有120年了。”②

二、昭通唱书的唱本来源

据昭通县人吴义昌回忆，他家里在新中国成立前收集有近百种讲故事的唱书。这些唱书大都来源于两个渠道：一是从昆明买来，这种唱本大都是石印，所以叫作洋本子；二是逢年过节，四川高县、筠连的行商运来卖的，他们把各种书的样本用线穿系在一个竹架上，这种竹架可以扛在肩上四处行走，招徕顾客。这种唱本多数是木刻本，人们叫土本子，装订也很简陋，一本书只穿一二根纸针，买来后自己还要加书皮，用的纸也是高县一带出产的。

这里出现了被称为洋本子的石印本和被称为土本子的木刻本，石印术在近代传入中国广州、上海的时间约是同治、光绪年间，昆明出现石印本唱书的时间最早也应在同治年间，所以如果是照洋本子来说唱的唱书，应该是在同治年间或之后出现的现象；木刻本的出现应该比较早，现在发现的长江流域各省唱书的木刻

① 黄林：《〈昭通唱书〉调查纪实》，昆明：云南省群众艺术馆，油印本，1983年，第22页。
② 黄林：《〈昭通唱书〉调查纪实》，昆明：云南省群众艺术馆，油印本，1983年，第22页。

本最早有嘉庆、道光年间的，如果李短褡在咸丰年间表演唱书，那么昭通唱书应是在道光、咸丰年间就已出现在这个地区并开始流行了。

三、昭通唱书文本正文体式

在昭通采访期间，笔者曾见过一位唱书人保存的两部唱书文本，一部是《孟姜女》，一部是《金铃记》，两部皆是“云南鑫文书局（昆明市正义路152号）民国三十七年（1948）秋季新版”本，均系鑫文书局据市面上流行的唱书重新抄写上版的石印本，均为32开。

《孟姜女》开篇：

> 自从盘古分天地，三皇五帝治乾坤。巢燧轩羲神农继，虞夏商周及嬴秦。魏蜀与吴号三国，梁唐晋汉五代称。炎帝太祖受周禅，南北相混元灭金。明至崇祯群盗起，一统江山归大清。……休说君王多有道，且说一个好奇文。始皇即位登天下，四方扰乱不安宁。……[1]

正文：

> 话说孟公与夫人说道，老夫昨夜偶得一梦，有一白胡老者说道，你我二老至今无儿子，只有一个女儿孟姜，你我二老欲招门婿，以防不测之事，明日定有一男来到你家中借宿，年方二八，你可与他谈起，必定成就，吾神去也。……[2]
>
> 女自幼在娘边未曾出外，谁知道今日里出外而行。上无亲下无眷凄凄切切，孤单单独自自好不伤情。看山水好稀奇丹青难画，巧丹青画不尽古怪图形。抬头望雾腾腾昏昏暗暗，一重重一叠叠直透青云。往前行

① 佚名：《孟姜女》，云南鑫文书局，石印本，民国三十七年（1948），第1页。
② 佚名：《孟姜女》，云南鑫文书局，石印本，民国三十七年（1948），第2页。

黑沉沉茫茫渺渺，过一岭又一岭无影无形。一沟沟一山山寒风刺耳，一弯弯一曲曲冷气侵人。……[①]

结尾：

巡城吩咐方毕了，击鼓推入后堂中。姜女将尸来背起，啼啼哭哭路上行。……[②]

《孟姜女》开篇和结尾均是七字句唱词，正文由七字句唱词、三三四格十字句唱词兼说白组成，是典型的说唱词话。

《金铃记》分上下两卷，上卷卷首边题“新编绘图金铃记上卷”，开篇：

自从盘古分天地，三皇五帝治乾坤。几朝君王多有道，几朝无道帝王君。君王有道民安乐，天作雨来地作池。人在中间如鱼样，恐防阎王作钓竿。阎王放下金钩钓，不知钓早与钓迟。为人还是行善好，那有恶者做好人。不信请看此件事，起心用心害自身。善恶到头终有报，只争来早与来迟。闲言几句且丢下，把话分开别有因。听说不要多说话，犹恐听得不分明。此书名为金铃记，大宋年间到如今。……

却说河南有个海子，海中有座玲珑寺，乃是龙王所居，又有一座千重宝塔，上吊着三千七百个金坠银铃，乃是作定鱼兵虾将、巡海夜叉，不得妄化，反乱朝纲，忽然，天摇地动，把那个千重宝塔金坠银铃都冲得不见了。……[③]

下卷结尾：

① 佚名：《孟姜女》，云南鑫文书局，石印本，民国三十七年（1948），第 17 页。
② 佚名：《孟姜女》，云南鑫文书局，石印本，民国三十七年（1948），第 30 页。
③ 佚名：《金铃记》（上卷），云南鑫文书局，石印本，民国三十七年（1948），第 1—2 页。

一代传代是根本，自宋流传到如今。知音君子买一本，消愁解闷过光阴。善男善女唱他听，改改心田把善行。老的听得增福寿，少的听得添子孙。听书要明书中意，莫言声音唱好听。若还听得不明理，再请先生唱分明。此书名为金铃记，万古流传作话文。①

《金铃记》正文体式也是由七字句唱词、三三四格十字句唱词兼说白组成，属于典型的说唱词话。

四、昭通唱书的演唱形式与唱本曲目

昭通唱书的演唱形式十分简便，一人讲唱，以唱为主，不用乐器伴奏。唱书人都是业余爱好，不以唱书为业，只要有一定文化，可以读通唱书又会唱的都可以表演。唱书者也不收报酬，但是按一般习惯邀请者要备茶招待，听众围坐听唱。

昭通唱书多在农历正月期间和农闲季节演唱。婚丧嫁娶或平常闲暇也有唱的，但是讨亲嫁娶和丧亡祭葬讲唱的内容、唱腔都有较为严格的区别。办婚事时多讲唱歌颂美好姻缘和坚贞爱情的内容，如《柳荫记》《摇钱树》等；办丧事时多讲唱宣扬忠孝节义等伦理道德方面的内容，如《大孝记》《三孝记》《二十四孝》《曹安杀子》等。另外，也可以从其他唱本中选唱这类内容的片段，如《大孝记》中的《董永卖身》、《柳荫记》中的《英台送妹》、《三国演义》中的《桃园结义》等。办丧事时唱的唱书，唱腔悲切忧伤，其他场合一般都不这样演唱，因而有人把这部分内容不列为唱书范畴，单独称之为唱孝歌（亦称为送亡孝歌）。

黄林在昭通地区收集到的唱书曲目有《柳荫记》《蟒蛇记》《鹦哥记》《卖花记》《红灯记》《三孝记》《金铃记》《八仙图》《罗衫记》《滴水珠》《纱灯记》《香山记》《朱砂记》《三元记》《龙牌记》《白鹤传》《修真传》《清官图》《富贵图》《凤凰记》《元龙太子》《小乔哭夫》《目连救母》《包公出身》《摇钱树》等。这些

① 佚名：《金铃记》（下卷），云南鑫文书局，石印本，民国三十七年（1948），第31页。

唱本中大多数是宣扬“善恶到头终有报”（见《鹦哥记》）、“行好之人终须好，行恶天也不容人”（见《罗衫记》）、“有忠有孝女佳人……忠孝双全万古名”（见《罗衫记》）、“忠孝节义为仁义，十恶不善祸临身”（见《鹦哥记》）等因果报应、忠孝节义思想，以及“吃人一点清泉水，必当涌报滴水恩”（见《罗衫记》）、“真人面前不说假，假人面前不说真”（见《鹦哥记》）等处世哲理，所以当地民间常流传有“看戏长智，听书识理”的谚语。

据昭通东风公社北坡生产五队的王开德老人说：“喜爱听书的人家，家庭和睦，尊老爱幼，家风也好。”可见，年长者常把听书看作是对青年人进行伦理道德教育和增长知识的一个重要方面，所以在《罗衫记》中有这样的唱词：“半耕半读家声振，闲将小说启朦胧。愿得世人依书对，家齐国治好安身。”①

从以上情况可以看出，云南昭通的唱书活动与民众日常生活的关系非常密切。

五、昭通唱书的唱词和唱腔

昭通唱书唱词主要是七字句和十字句两种，七字句为二二三格，十字句为三三四格，有时两种句式混用，如《罗衫记》：

> 众贼日日在饮酒，徐用含笑看他们。这时刻你们告大家欢喜，我只怕继祖要回来杀人。②

大段落中，十字句变为七字句或七字句转十字句时，常常用两个唱句加以说明，类似传统戏曲表演中的叫板。

（一）七字句转十字句

《鹦哥记》：

① 黄林：《〈昭通唱书〉调查纪实》，昆明：云南省群众艺术馆，油印本，1983年，第27页。
② 佚名：《罗衫记》，云南昭通，石印本，第5页。

且将七字来丢下，转成十字接前因。七字头上添三字，攒成十字说分明。[1]

七字头上添三字，从头一二震声威。[2]

《罗衫记》：

独自一人英惨伤，且将十字哭夫君。七字头上添三字，凑成十字好诉情。[3]

（二）十字句转七字句

《鹦哥记》：

且将这十字句收住不论，又将那七字句再接前音。且将这十字句收音停顿，重把那七字句又接前音。[4]

全书收尾处以及正文唱完一部分要暂告一段落时，常常像章回小说或评书一样，对听众有所交代。

（三）中间衔接部分

《罗衫记》：

此书说到这里止，请听下卷表根生。[5]

《鹦哥记》：

① 佚名：《鹦哥记》，云南昭通，石印本，第 3 页。
② 佚名：《鹦哥记》，云南昭通，石印本，第 9 页。
③ 佚名：《罗衫记》，云南昭通，石印本，第 7 页。
④ 佚名：《鹦哥记》，云南昭通，石印本，第 10 页。
⑤ 佚名：《罗衫记》，云南昭通，石印本，第 17 页。

要知鹦哥安身事，再听二卷接前音。要知二人寨中事，三卷上面说分明。[①]

（四）全书的末尾

《鹦哥记》：

此书名叫鹦哥记，自古流传到如今。愿得世人依书对，家齐国治好安身。[②]

《罗衫记》：

罗衫全书到此止，奉劝世人莫欺心。[③]

昭通唱书正文句子所使用的七字句、十字句非常严格，没有多字句或少字句，属于标准的唱书文本。

昭通唱书的基本唱腔也和唱词一样，主要有七字调、十字调（又名叠十字）两种。另外，孝歌和莲花落是两支专用唱腔，莲花落只在《蟒蛇记》中叙述兄妹二人唱莲花落度日时才用，孝歌只在丧葬时用。

以上资料中出现的昭通唱书都是在长江流域各省流行的作品，没有涉及昭通本地内容或本地创作的唱书，从这一点看来，唱书应是在清道光年间由周边省份传入昭通并逐渐流行起来的。

① 佚名：《鹦哥记》，云南昭通，石印本，第 11 页。
② 佚名：《鹦哥记》，云南昭通，石印本，第 26 页。
③ 佚名：《罗衫记》，云南昭通，石印本，第 25 页。

六、昭通地区的威信唱书

威信，位于云南省东北部昭通地区云贵川交界处，是一个多民族聚居的地方。元属芒部路军民总管府强州，隶云南行中书省；明芒部隶属四川布政司，嘉靖五年（1526）改芒部为镇雄，置威信长官和安静长官司；清雍正五年（1727）“改土归流”后隶属云南布政司，同时设威信州判署；民国设威信行政公署，后行政公署迁扎西，改威信行政委员会为设置局，民国二十二年（1934）设威信县。

2007年曹阜金写的《威信唱书》一文，谈到他的家乡威信有唱书，唱得像模像样。唱书活动是在农闲时分进行的。老年人让读过书的年轻人来一段唱书，年轻人就拿着一本唱书唱了起来。唱书的书目有《蟒蛇传》《柳荫记》《白蛇传》《薛仁贵征东》《薛丁山征西》《梁山伯与祝英台》等。这些本子都是油印的，是乡民们在赶场时候买来的，可见当时赶场时就有人卖油印本唱书。唱书不是随意唱，“唱书是有规律的，从起唱到收唱，音长音短、音低音高，都是有规矩的”①，尽管这样，对于完全是一个套路重复演唱的唱书，听别人唱得多了，也能够无师自通学会唱。从那些唱书里，听众能听到、学到许多历史知识。

在这里唱书被认为是“元杂剧的遗脉”，因为“唱书传唱的大多是隋、唐、宋以来的爱情故事、英雄故事，体现了人世间的人情世故”。同时，“唱书有很强的生命力，是因为唱书承载着中国几百年来发生在民间的脍炙人口的故事，老百姓喜闻乐听，又是随口道来，而且不需要什么道具，所以流传甚远传唱甚广”。

对于唱书今天的处境，曹阜金仍然是乐观的，虽然在农村电视已走入千家万户，但唱书依然被人喜爱，随着识字人的增多，唱书已经从手抄本变成了油印本，内容也发生了一些变化，但唱书表演的形式依然如同昨日，唱书的听众也依

---

① 《威信唱书》，http://blog.sina.com.cn/s/blog_75b20a360100tlc1.html.

然没有减少。

七、曲靖地区的者海唱书

者海镇属于曲靖市会泽县，在会泽东南部，距县城40公里。者海，意为坝子中的湖水，据说，这里原是一个当地有钱人家放牧的地方，故称者家海，简称者海。清代为者海巡检司驻地，民国为者海镇，新中国成立后为者海区，1965年归会泽县，1984年为者海区。

网上曾有一篇长沙芙蓉园的博客文章《唱书》，内文中提到了者海地区的唱书。作者因读到王先金《青山依旧如梦来："尖兵"往事》后产生一些联想与回忆，1976年，他搬到者海居住，"在者海农村的说书，说通俗点就是唱书。说书人拿一本发黄的古书，哼着一成不变的调子，把书里的内容唱出来，一本书的开头通常是这样的'自从盘古（么）开天地，三皇五帝（么）到如今。……'说书人这种腔调让人有这种感觉：或许古人吟诗就是这个味道。因为唱书是采用唱的方式，所以一个晚上可能就唱一点，听完一本书需要很长时间，也意味着要跟着唱书人跑很多家。听唱书的时候，屋里屋外挤满了人，大家热切地等待着唱书的开始。唱书中把中国古老的神话、传说以及历史都融汇进去，这些知识随着唱书进入山民的记忆中，山里人没有上过学，依靠唱书理解了中国的神话、传说、英雄、美人等，也有将自己家族的历史编成唱书，由家中德高望重的老人讲给年轻人听。老人们的讲述虽然时间不确切，但是其脉络与历史一致。他们提及当地人的先祖们是明代从南京随军南征云南而来，但取得胜利后，立下汗马功劳的臣子们只有狡兔尽走狗烹的下场。幸亏那个'乞丐皇帝'鞭长莫及，数万名的南征将士就地军转民，屯兵云南，永远留在云南垦荒戍边"。由此说明曲靖唱书与安顺唱书一样，是戍边军士和家属遗留下来的文学与文艺现象。

唱书随着农村环境的变化也在不可避免地发生变化，今天的唱书逐渐退出了农村舞台，但那些真实场景却永恒地保留在了这些被采访者、追忆者的心中。

第二节　清代云南地区流行的保山唱书

一、保山唱书形成的历史地理文化环境

保山市位于云南省西南部，外与缅甸山水相连，内与大理、临沧、怒江、德宏四州毗邻，辖隆阳区、高黎贡山度假旅游区、腾冲市、施甸县、龙陵县、昌宁县，唱书主要流行于腾冲市、龙陵县，尤以腾冲为盛，故也被称为腾冲唱书。

腾冲县位于云南省西部边陲，高黎贡山西麓，为古西南丝绸之路的咽喉，西南国防的重镇，又是著名的侨乡和历史文化名城。东临保山（原保山县），南接龙陵县，西南与梁河县、盈江县相连，东北与泸水县接壤，北部和西北部与缅甸毗邻，国境线长148.075公里，呈北高南低、东高西低、山坝相间的地势。

作为我国西南边防重镇，腾冲为历代兵家必争之地。元明两朝400多年，都有重兵驻守。元至元十四年（1277）始行军屯，军人“七分耕种，三分差操”。明正统年间，明王朝为维护国家统一与巩固边防，曾派王骥先后率15万大军三征麓川，均以腾冲为战略要地。明正统十年（1445），为防御外敌入侵，在腾冲建造了一座石城，号称“极边第一城”。万历年间刘綎、邓子龙率领大军，道经腾冲，粉碎了缅甸洞吾王朝的入侵。[①]

明正统年间自沿江一带三征麓川的15万大军，成了今天许多腾冲人的先祖。在笔者采访唱书的过程中，有几位当地民众的先祖就是随大军南征者。如腾冲文化馆陆国民，祖籍河南，先祖由南京随军南征，成为大明正六品百户，世袭至清，在腾冲已传至第二十三代；界头镇何晓晓，家堂牌位上就写着先祖来自南京。南征大军不仅给西南边陲带来了大明王朝的天威，同时也带来了纯正厚重、

① 腾冲县志编纂委员会：《腾冲县志》，北京：中华书局，1995年，第3页。

以儒家文化为主导的汉文化、先进的物质生产技术、精细的生活理念和生活方式，且世世代代在这块土地上相传，绵延不绝。

腾冲乡土学者李光信谈到腾冲的文化特征时，也这样说："'三征麓川'和万历年间'刘邓大军'之后，吴、楚、川、湘、赣军民大批进入腾冲，使直接来自中国腹地的汉族人口急速增加，而带来了纯正的汉文化以至民间习俗、文艺、巫术和各种技艺。"[①]李光信还提道："腾越文化的特征，首先是汉文化的纯正性。"[②]"许多在中国腹地早已绝迹或濒于消亡的民间文艺品种如茶灯、仙灯、鱼灯、小背龙、清戏、皮影戏、歌舞说唱《大舜耕田》（后演化为傣族歌舞《使春牛》）等，均在腾冲——腾越延续保存。"[③]

二、保山唱书民间藏本书目及文本特征

保山唱书流行区域主要是龙陵县，目前在民间查访到的唱本已有78种，其中绝大部分已被保山市文广局扫描收藏，重新装订。这78种唱本分别是《凤凰记》、《柳荫记》、《王玉莲西京记》、《三孝记》、《湘子传》（又名《白鹤传》）、《张四姐下凡》、《八仙图全集》、《孟姜女寻夫》、《金铃记》、《梁山伯与祝英台》、《目连传》（又名《目连救母》）、《大孝记》、《小乔哭夫》、《卖花记》、《肃宗案》、《采莲船》、《二十四孝全本》、《二十四孝三十六孝》、《清官图》、《摇钱树》、《十二月拜佛》、《新刻白马驮尸刘文英还魂玉带记》、《秦香莲》、《掉银记》、《乌金记》《月姑显魂》、《三姑记》、《香山记》、《合同记》、《劝姑吵嫁》、《修真宝传》、《白莺哥》、《十二圆觉》、《轮回宝传全卷》、《韩湘子度妻》、《赵琼瑶四下江南》、《新刻纱灯记》、《二十四孝案证》、《最新十八奇》、《蟒蛇记》、《达摩宝传》、《重订雪耻先声》、《牙牌记》、《卧隐山房》、《梅花金钗记》、《红灯记》、《孝歌》、《水打蓝桥》、《弥陀宝传》、《金钗记》、《元龙国》、《新抄万莲归宗》、《唐天子归师》、《南楼梦》、《金玉良言》、《富贵图》、

① 李光信主编：《腾越文化研究》，昆明：云南教育出版社，2001年，第79页。
② 李光信主编：《腾越文化研究》，昆明：云南教育出版社，2001年，第80页。
③ 李光信主编：《腾越文化研究》，昆明：云南教育出版社，2001年，第81页。

《雪耻记》、《王玉连征西》、《女儿经》、《知世录》、《血染衣》、《卧隐草堂》、《劝世贤文》、《买花口》、《坤道芳规》、《汉相辞朝》、《双抱记》、《黄氏女念金刚》、《法戒录》、《玉堂春》、《新抄南海进香记》、《丝带记》、《金玉良言》、《八仙过海》、《马治龙鸣哥记》、《救命船》、《富贵图》、《大破天门》，内容涵盖汉至民国各个时期。

与其他地区的唱书相同，保山唱书也是以唱为主，间以道白。唱词多为七字句与三三四格十字句，七字句和十字句经常出现在同一部书中，在句式转换时会有相应的转换语。另外，在保山唱书的开头，依然是南方唱书惯用的开篇语，结尾也往往发人深思，总结道理，如七字句（选自保山唱书《富贵图》）：

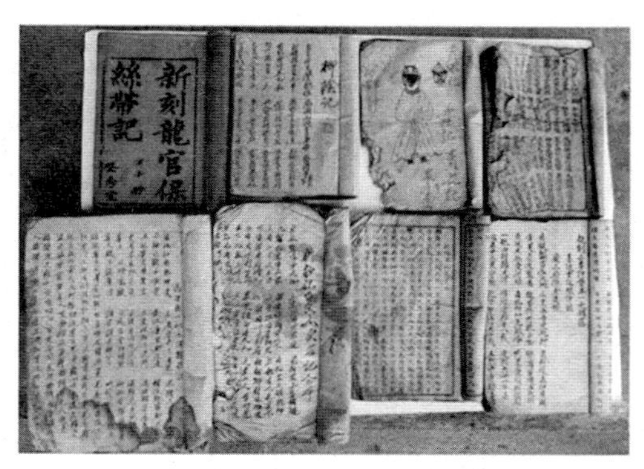

图13–1　云南保山腾冲唱书人收藏的部分唱书

江南有个宁州府，富阳村内是家门。祖父有名开基业，我父开德传我身。我家孝义年深久，二十九代不曾分。①

十字句（选自保山唱书《八仙图》）：

闻言语骇得我魂飞魄散，不由人这一阵气被喉咽。三表兄读书人鳌头独占，休得要把此事放在心间。去扬州快把你礼物追还，把庚帖交还我休想姻缘。②

开篇（选自保山唱书《凤凰记》）：

① 佚名：《富贵图》，云南腾冲，旧刻本，第 1 页。
② 佚名：《八仙图》，云南腾冲，旧刻本，第 7 页。

自从盘古分天地，先定山河后定人。几朝君王多有道，几朝无道帝王君。前朝后汉都不唱，专说湖广行孝人。[①]

结语（选自保山唱书《富贵图》）：

若能学得开家做，世世代代永不分。奉劝世人孝双亲，举头三尺有神灵。莫道上天无报应，善恶自有祸福临。[②]

三、保山唱书中的现代唱书《雪耻记》

作为一种流传久远的曲艺形式，保山唱书在民间代代相传，唱本也辈辈传承，成为珍贵的文献资料。保山唱书内容主要涉及明清时期的历史事件，但也不乏现代内容。如保山唱书人艾先生处保存有一部记录1942年腾冲沦陷至1944年9月收复过程的唱书。这本唱书名为《雪耻记》，由腾冲唱书人尹家显于收复腾冲后的1944年10月撰写完成初稿，并由腾冲县宏文印社于当年11月石印出版。这部唱书正文形式是唱词与白话相间，唱词皆为七字句。卷首有《新编雪耻先声叙》，系由“虚混子”（尹家显笔名）1944年10月10日“序于腾冲飞凤山之光复楼”[③]。《雪耻记》内容虽为当代战争事件，但其行文格式与明成化刊本说唱词话相类似，保留着传统唱书固有的风貌。

① 佚名：《凤凰记》，云南腾冲，旧刻本，第 4 页。
② 佚名：《富贵图》，云南腾冲，旧刻本，第 17 页。
③ 尹家显：《雪耻记》，腾冲：宏文印社，石印本，1944 年，第 2 页。

表13-1　《雪耻记》①与明成化刊本说唱词话《花关索传》②行文格式

名称	《雪耻记》	《花关索传》
开篇	自从混沌初开后，三皇五帝治人伦。尧舜为君公天下，选贤举能大同春。形容虽逝神犹在，浩然正气满乾坤。虽只一代为君主，赢得芳名万古存。夏商以来私国政，征诛篡夺起纷争。尤以列国人心紊，五霸七雄乱纷纷。……沦陷二年民遭困，逃往四方万万人。寻亲访友去逃命，眼望国军早降临。…… （白）话说腾冲难民扶老携幼远远而逃…… （唱）再把难情表一表，各位同胞听根苗	自从盘古分天地，三皇五帝夏商君。周朝伐纣兴天下，代代相承八百春。周烈（厉）王时天下乱，春秋烈（列）国互相吞。秦皇独霸诸侯城，焚典坑儒丧圣文。西建阿房东填海，南修五岭北长城。……关西反了黄巾贼，魏蜀吴割汉乾坤。…… （白）关张刘三人结为兄弟，在姜子牙庙里对天设誓。…… （唱）张飞当时忙不住，青铜宝剑手中存
正文	（白）却说倭奴屡次出发，难以渡过怒江，我军防备甚严…… （唱）丢下国难且不表，又将国军表一遭。 中央命令发下了	（白）忽一日，丘衢山班石洞花岳先生…… （唱）当时家中都欣喜，孩儿扮作索童身
结尾	（唱）我国从此胜利伟，收回失地显军威。……雪耻先声书名讳，写至此处且停挥	（唱）救了一日并一夜，死了花关索一人。……唱尽古今名列传，召得少年英雄将。重扁（编）全集新词传，有忠有孝后流传

两部作品开篇均以七字句唱词叙述历史，正文先为白话叙述，后用唱词重复白话内容。《雪耻记》卷首题名“新编雪耻记全本”，明成化刊本说唱词话卷首题名多有“新编”字样，如《新编全相说唱足本花关索出身传》（前集）、《新编全相说唱足本花关索认父传》（后集）、《新编足本花关索下西川传》（续集）、《新编全相说唱足本花关索贬云南传》（别集）等。《新编全相说唱足本花关索出身传》（前集）末有“成化戊戌仲春永顺书堂重刊”，说明此本初刊时间在此之前。

总的看来，《雪耻记》行文格式基本等同于明成化刊本说唱词话《花关索传》，应属于现代说唱词话或民国说唱词话。

《雪耻记》正文记录了从1942年5月10日（农历三月二十六）腾冲沦陷，至

① 表中原文均引自尹家显：《雪耻记》，腾冲：宏文印社，石印本，1944年。
② 表中原文均引自朱一玄校点：《明成化说唱词话丛刊》，郑州：中州古籍出版社，1997年。

1944年9月14日（农历七月二十七）中国远征军全剿日军收复腾冲的过程。具体内容涉及日军占领前城中百姓避乱逃难情况，日军占领后百姓的悲惨遭遇；远征军预备二师在腾冲沦陷后留此地继续坚持抗战、恢复县级政府乡镇组织、毙杀日军野战司令、抢运抗战物资、救助难民、成立抗日联合中学、建立抗日干部训练班、协助抗日部队开展游击战争等历史事件，远征军集中六个师的兵力从1944年7月6日（农历五月十六）至9月14日（农历七月二十七）围城两个月收复腾冲等情况。

腾冲收复战是抗日战争滇西缅北战役中的一场大战，腾冲由此成为抗日战争以来中国军队收复的第一个有日军驻守的县城。霍揆彰率领的中国远征军第二十集团军，在兵力占绝对优势与盟军空军的支援下，付出重大牺牲，取得歼灭日军6000余名、收复腾冲县城的重大胜利。

（一）《雪耻记》唱书中描述的战前氛围

《雪耻记》唱词中，对于日军占领腾冲前百姓逃难的情况叙述得极为生动，紧张的战前气氛呼之欲出。

> 倭奴发兵又南进，后方改作前方行。新加坡地多繁甚，也被兽兵来吞并。仰光瓦城一股进，我国开出第五军。……
>
> 我国华侨遭蹂躏，万贯资财似水倾。广福大商更受损，损失万万更伤心。空拳赤手来逃命，妻儿子女顾不赢。流离失所往外奔，沿途告化当难民。不久又犯腾冲境，一矢未发就进城。沦陷二年民遭困，逃往四方万万人。寻亲访友去逃命，眼望国军早降临。①

上述场景并非杜撰，有真实的历史记载作为佐证：“自5月8日夜起，腾冲出城的各条大道上人流慌乱拥挤，妇幼悲号，风声鹤唳，惨不忍睹。……尽管到10日上午11时许，留在城内的士绅还在做最后的努力，在商会开会，商讨安定人心，

---

① 尹家显：《雪耻记》，腾冲：宏文印社，石印本，1944 年，第 6—7 页。

维持地方秩序，安置从缅甸陆续退下来的远征军部队伤兵和难民……有些难民伤兵吃了饭后继续赶路，有些拖儿带女的老人妇女希望就地留住，士绅们只能告知敌军将至，含泪劝慰大家起身慢走。午后2时左右，倪家铺方向预警的枪声响起，这些好心的腾冲人也赶紧赶回家带着老小向农村疏散了。”①

这些难情且不表，只把国事表一遭。不久预备二师到，扎住三连挖战壕。便衣游击常常到，遇着倭奴打一遭。政府界头也设了，县长张公把政挑。练达老成学问饱，百姓沾恩似火高。催促搬家告示到，富者收拾往上逃。贫者无力没法了，听天由命且观瞧。倭奴此次逞势耀，兵发界头施威豪。张姓崇仁为人好，逼迫伪营心不朝。早通消息即知道，退过怒江双虹桥。②

1942年5月10日，日军占领腾冲后，蒋介石亲命预备第二师渡过怒江，深入敌后展开游击战。6月5日，在预备第二师副师长洪行主持下，曲石江苴腾冲县临时县务委员会成立并代行县务，刘楚湘主持筹办训练班，组织民众武装，抢运抗战物资，共同收复失地。不久，国民政府任命张问德（字崇仁）为少将执法官兼腾冲县长。张问德上任后，发动群众，经历了四次反“扫荡”，曾六渡怒江，八越高黎贡山，把抗日县政府的旗帜一直牢牢插在敌后。“逼迫伪营心不朝”句，是指日军田岛派人送来劝降书信，张问德大智大勇，回复一封《答田岛书》，这封信不久被转呈中央政府，登载全国各报，陈诚赞誉“全国沦陷区五百多个县县长之仁杰楷模”，蒋介石称其“不愧为富有正气的读书人”③。

① 腾冲县政协文史资料编辑委员会：《腾冲文史资料选集》（第1辑），昆明：云南人民出版社，1988年，第85页。

② 尹家显：《雪耻记》，腾冲：宏文印社，石印本，1944年，第15页。

③ 腾冲县政协文史资料编辑委员会：《腾冲文史资料选集》（第1辑），昆明：云南人民出版社，1988年，第35页。

（二）《雪耻记》唱书记载的远征军收复腾冲之战

丢下国难且不表，又将国事表一遭。中央命令发下了，调来国军似水潮。名正言顺恩威浩，仁义之师好名标。买卖公平交易好，百姓沾恩似天高。英美协助同盟好，誓灭倭奴不放饶。美国军器多奇妙，越出越奇甚高超。空中飞机多活跃，纵横世界威名标。[①]

以上唱书内容，记载的正是收复腾冲之战的一些具体过程：1944年5月11日，中国远征军第二十集团军（辖第五十三、五十四军，共5个师，预备第二师、一九八师、三六师、一一六师、一三〇师）实施腾冲反攻收复之战。5月11日黄昏后，全军强渡怒江成功，次晨开始仰攻高黎贡山，经9日血战，击毁敌五十六师团一四八、一四六联队的防线，又经10余日战斗，进至腾北马面关、界头、瓦甸、江苴附近，日寇调一一三、一一四、一四六、炮五十六、搜五十六等5个联队增援，我远征军经22日血战，歼敌半数，攻下腾北桥头、江苴，并沿龙川江南下，扫清固东以北至片马、龙川江两岸残敌，形成迫近腾冲、合围腾冲之势。

7月26日，远征军在盟军空军掩护下，以优势兵力猛攻来凤山，经3日血战，攻占来凤山。8月2日起开始攻城，至9月14日，攻克腾冲城。历时127天，大小战役40余次，毙敌6000余名，远征军伤亡18309名（官佐1234名、士兵17075名）。

9月27日，腾冲军民于城郊东营举行联欢大会庆祝胜利。会后，枪毙了腾冲伪县长钟镜秋等10名汉奸，一时大快人心。[②]《雪耻记》作者尹家显特意作联云：

打高黎贡战马面关夺飞凤阵喜吾国国纪严明竟扶起将危社稷，
征老草坡剿象鼻岭取腾越城钦我军军威大震能挽回已陷河山。[③]

---

① 尹家显：《雪耻记》，腾冲：宏文印社，石印本，1944 年，第 18 页。

② 中国人民政治协商会议云南省委员会文史资料研究委员会：《云南文史资料选辑》（第 27 辑），昆明：云南人民出版社，1986 年，第 154 页。

③ 尹家显：《雪耻记》，腾冲：宏文印社，石印本，1944 年，第 19 页。

《雪耻记》是目前云南保山地区记载历史事件最晚的一部唱书，是对腾冲收复之战的真实复原。在当时新闻传播不是很发达的情况下，此类唱书对战争实况的记述，不仅为我们保留了真实全面的战争材料，也是对腾冲社会历史记忆的重要构建。

（三）保山唱书说唱传承的历史来源

《雪耻记》作者尹家显，曾这样叙述自己的家世：

> 鄙人生居腾冲县，祖籍源流是四川。始祖从戎征边远，世袭千户指挥官。安居乐业腾冲县，到腾洪武第二年。子继孙承廿代远，至今流传数百年。父生母育恩不浅，寒窗苦读十多年。我师教诲本不倦，切磋琢磨学规严。一心提拔去游泮，鹏程万里丹桂攀。①

尹家显家族在明洪武二年（1369）就随军来到腾冲定居，至今已有650多年的历史。现在保山唱书人保存的唱书文本大多属于清代翻刻、抄写自明代说唱词话的本子，从中可以看到明代说唱词话的历史痕迹。除了《雪耻记》，还没有发现其他和腾冲本地有相关内容的本子，这些本子的来源，大致有以下两方面：一是唱书人代代传抄留存下来，如有些抄本末尾就写着“大清某某年某某月某某人抄写完毕”字样，最晚的还有20世纪90年代抄写的本子；二是如前文所述昭通地区的吴义昌回忆，清代和民国时期，本地人从四川行商或昆明购买来的本子。②

四、保山唱书的艺人调查

保山唱书是真正活着的唱书，民间仍然有唱书人在表演，现在已经进入保山市级非物质文化遗产保护名录。这些民间唱书人都是当地农民，他们继承了祖辈唱书的传统，依然在田间瓦舍、戏台书场等地手持唱书文本，一字一句用古老的

① 尹家显：《雪耻记》，腾冲：宏文印社，石印本，1944年，第20页。
② 黄林：《〈昭通唱书〉调查纪实》，昆明：云南省群众艺术馆，油印本，1983年，第25页。

腔调深情演唱。腾冲男女老少都爱听唱书，据腾冲市文化馆馆长段应宗回忆：“儿时常听母亲唱，不知不觉便记住了。”唱书传承人、腾冲人黄正芬回忆：“小时候自己喜欢唱歌，也经常听祖父唱唱书，听得时间长了，自己也就会唱了。”如今，黄正芬正在培养自己的儿女、徒弟学唱唱书。过年时节，全家人围着火盆，聆听唱书，古韵悠悠，其乐融融。保山地区的唱书艺人有多位，每个人会唱的书目也不一样，笔者对其中一部分艺人进行了调研：

黄正芬，女，1967年生，汉族，云南省保山市腾冲市人，师从父辈，其父师从祖辈。会唱的曲目有：《小乔哭夫》、《孟姜女寻夫》、《西厢记》、《玉堂春》、《采莲船》、《玉钗记》、《唐王游地府》、《毛洪记》、《王华买父》、《游冥宝传》、《轮回宝传》、《十二圆觉》、《姻缘记》（又名《掉银记》）、《金铃记》、《卖水记》、《卖花记》、《王玉莲西京记》、《杨香打虎》、《二十四孝》、《八仙图》、《柳荫记》、《目连救母》、《十二大愿》、《岳山救母》、《清官图》、《赵琼瑶四下河南》（又名《滴水珠》）、《韩湘子度妻》（又名《白鹤传》）、《张四姐下凡》、《修真宝传》、《蟒蛇记》、《马潜龙走国》、《十二月拜佛》、《黄氏女念金刚》、《摇钱树》、《三十六孝》、《白莺哥行孝》、《凤凰记》、《苦节图》。

李瑞海，男，1944年生，汉族，云南省保山市腾冲市人，师从父辈，其父师从祖辈。会唱的曲目有：《金铃记》《黄氏女念金刚》《八仙图》《柳荫记》《韩湘子》《游冥宝传》《修真宝传》《十二圆觉》《马潜龙鹦哥记》《王玉莲西京记》《莺哥行孝记》《轮回宝传》

李金莲，女，1972年生，汉族，云南省保山市腾冲市人，师从黄正芬。会唱的曲目有：《十二大愿》《十二月拜佛》《西京记》《柳荫记》《金铃记》《十二圆觉》《八仙图》《黄氏女念金刚》《谋夫报》等。

黄枝尧，男，1959年生，汉族，云南省保山市腾冲市人，师从父辈。会唱的曲目有：《王玉莲西京记》《卖花记》《金铃记》《目连救母》《张四姐下凡》《纱灯记》《柳荫记》《百合传》《八仙图》等。

刘志美：女，1958年生，汉族，云南省保山市腾冲市人，师从其公公赵生国。会唱的曲目有：《金铃记》《黄氏女念金刚》《八仙图》《柳荫记》《韩湘子度妻》

《马潜龙鹦哥记》《花明小调》等。

吴兴翠，女，1950年生，云南省保山市腾冲市人，师从其父。会唱的曲目有：《八仙图》《卖花记》《四下河南》《修真宝传》《十二圆觉》《莺哥记》《蟒蛇记》《柳荫记》等。

胡定山，男，1951年生，云南省保山市腾冲市人，师从其父。会唱的曲目有：《韩湘子度林英》《红灯记》《苦节图》《八仙图》等。

黄菊会，女，1973年生，云南省保山市腾冲市人，师从黄正芬。会唱的曲目有：《王玉莲西京记》《马潜龙走国》《柳荫记》《二十四孝》《张四姐下凡》等。

赵定金，男，1966年生，云南省保山市腾冲市人，师从胡定山。会唱的曲目有：《八仙图》。

杨青，女，1989年，云南省保山市腾冲市人，师从其母黄正芬。会唱的曲目有：《王玉莲西京记》《张四姐下凡》等。

杨晓晗，女，1994年生，云南省保山市腾冲市人，师从其母黄正芬。会唱的曲目有：《王玉莲西京记》《马潜龙走国》《掉银记》等。

黄小云，女，1967年生，云南保山市腾冲市人，师从黄正清。会唱的曲目有：《王玉莲西京记》《八仙图》《百合传》等。

第三节　清代云南地区唱书的表演及印刷售卖活动

《中国曲艺志·云南卷》记载："云南唱书，又称为'念书'，流布于全省各地城乡的汉族地区及少数民族地区，是云南民间普及面最广的一个曲艺曲种，唱书的表演没有乐器伴奏，只要识得文字，口齿清楚，即可手持唱本，用'七字调''十字调''叠字调'等曲调诵唱，间有说白。唱书的表演坐站自由，不受时间及场所的限制，无论室内室外，天边地角，乃至山民的火塘旁边，皆可进行。唱书的唱词合辙押韵，通俗易懂，唱词有五字句、七字句（其中又分顺七字和倒七字两种）、十字句三种（个别唱本中也有十三字句及长短句），在有些曲目里，因故事情节需要，还可以唱【莲花落】曲调，如在《蟒蛇记》中，金哥银妹沦为乞丐时即唱此调，如果表演者熟悉花灯说唱曲调，在叙述一些悲苦情节时，也可以穿插使用【五里塘】【十二属】【全十字】等曲调。”[①]

图13-2　清光绪年间云南荣焕堂说唱词话木刻本《张孝打凤凰记》卷首图

云南地区的唱书虽然是从外面传来的，但在流传过程中艺人们加入了自己的表演特色，如上文提到的个别唱本中出现了“十三字句及长短句”以及“因故事情节需要，还可以唱【莲花落】曲调”等，这对于云南地区唱书的本土化和长远流行起到了十分重要的作用。

至于云南唱书出现的时间和来源，据艺人口传，云南唱书是清代中叶自中原传来，楚雄民间即藏有清嘉庆十三年（1808）刊印的木刻云南唱书唱本《目连宝传》。[②]笔者认为，以这个唱书版本来证明云南唱书的传入时间，并不合理，因为收藏版本和唱书的传入互不关联，如果这个版本是楚雄本地书坊或者云南地区书坊刊行，才可以作为唱书已经在这个地区出现或传播的证据。现在能够见到的有滇省荣焕堂清同治十二年（1873）刻本《报恩记》（又名《目连救母传》，发行40

① 中国曲艺志全国编辑委员会：《中国曲艺志·云南卷》，北京：中国ISBN中心出版，2009年，第66页。

② 中国曲艺志全国编辑委员会：《中国曲艺志·云南卷》，北京：中国ISBN中心出版，2009年，第66页。

册）、清光绪三十一年（1905）刻本《张孝打凤凰记》（又名《新刻青龙山全本》，发行40册），这两种由云南本地书坊刊行的木刻唱书出现在同治和光绪年间，同史料中提到昆明地区的木刻书坊“到同治以后，又以翻印各种唱本为主”互相印证，说明同治、光绪年间，唱书已经在云南存在并在城乡民众间广泛流行。

云南唱书文辞通俗近口语，其内容多从民间传说故事改编而来。清末民初的不少曲目就是从劝世文和宝卷中移植改编的。云南地区唱书的印刷售卖首先从省会昆明开始，当时唱本的销路几乎遍及全省各地，甚至贵州省也有来昆明批购唱本的。唱本中以《蟒蛇记》《金铃记》《柳荫记》《谋夫报》《孝琵琶》等最受欢迎。到清末为止先后出版过以下唱本：《朱砂记》（又名《李旦走国》）讲述汉阳王李旦被害而逃到外邦避难、流落做帮工时与胡员外的女儿胡凤娇相爱成婚的故事；《盘真认母》（又名《萱房会》）讲述状元徐元宰在法华庵盘查，识出了生身之母王志贞的故事；《游地府》（又名《李翠莲上吊》）讲述李翠莲被丈夫威逼上吊，唐王的妹子也在同天死去，唐王魂游地府质问阴司的故事；《八仙图》讲述铁拐李、曹国舅、蓝采和、何仙姑、吕洞宾、汉钟离、韩湘子、张果老游北海的神话故事；《破碗记》（又名《定生打碗》）讲述小孩定生遭后母迫害的故事；《二度梅》（又名《杏元和番》）讲述陈杏元被奸臣诈害去和番的故事；《柳荫记》讲述梁山伯与祝英台的故事；《汉相辞朝》讲述汉相萧何不愿做宰相而辞别汉王的故事；《大孝记》讲述董永卖身葬父及七仙女下凡的故事；《孟姜女》讲述孟姜女与万喜良的悲惨故事。

另外，还有《卖水记》（又名《火焰驹》）、《鹦哥记》、《普劝善言》、《滴水珠》、《龙牌记》、《西京记》、《救命传书》、《摇钱树》、《后八仙图》、《三元记》、《富贵图》《修真传》、《卖花记》、《白扇记》、《谋夫报》、《二十四孝》、《凤凰记》、《韩仙宝传》、《红灯记》、《目连救母》、《金铃记》、《三孝记》、《纱灯记》、《取西川》、《出门苦情》、《十二圆觉》、《元龙太子》、《苦节图》、《碧玉簪》、《醒闺编》、《张氏女劝夫》、《孝琵琶》（又名《蔡伯喈和张广才》）、《弥陀宝传》、《醒人篇宝传》、《黄氏三宝传》、《普救慈航》、《达摩宝传》、《通仙桥》、《乌江渡》（又名《楚汉相争》）、《孔圣枕中记》、《如意宝球》、《五桂缘》、《金钗记》、《何仙宝传》、《包公出身斩妖传》、《四言八句》、

《女儿哭嫁》、《流年图》、《白莺哥行孝》、《血染衣》、《耗子告状》、《蓝桥汲水》（又名《水打蓝桥》）、《白兔记》（又名《水边认母》）、《白扇记》、《三字经告状》、《恶婆婆》、《劝大嫂》、《王大娘补缸》、《盘天河》。①

清末书店有务本堂及友谊堂两家，出售四书五经以及适应科举需要的书，务本堂也印行戏本。与此同时，已有租书铺出现，名为崇文堂，设于今华山南路，专门出租四川出版的各种说部、唱本。每到春节，男人多去借些小说，念给妻子听。每本租三天，二文制钱，并缴纳一些押金，开设者为姚家。②

清雍正以后，昆明的印刷业虽有很大发展，但一直都是木板雕刻，还未使用石印。当时，昆明各学堂出版的书多系翻印四书五经等，到同治以后，又以翻印各种唱本为主，还有供竹琴伴奏演唱及读唱的各种唱本，另外还出版一些本地及外地传来的有关针灸等医学和水利农田的书刊。当时昆明的各书店比较集中，主要分布在五华山附近的几条街道上，其中以马市口、三牌坊为最多，当时比较著名而且规模比较大的书堂有马氏口的务本堂，华山南路的鸿文堂、文雅堂、文渊堂，庆云街的荣焕堂等。③

民国时期，随着唱书活动在云南民间的广泛普及，唱本需求量越来越大。省会昆明先后出现了多家印刷出版发行唱书的书局，如新滇文化书店、文雅堂书局、云南鑫文书局、云南鸿文堂书林等。其中，仅云南鑫文书局出版发行的石印唱书就有40种之多，加上其他3家出版的唱本，唱书种类不少于100种。抗日战争时期，纸张匮乏，唱书采用土造毛边纸印刷，不仅在本省的各州县销售，同时还远销到四川、贵州、广西等地。

中华人民共和国成立后，因没有反映新时代生活的内容，且文化娱乐形式渐趋丰富，民众已不满足唱书原本比较单调的表演形式，云南唱书也逐渐被人们

① 昆明志编纂委员会编纂室：《昆明历史资料汇辑（草稿）》（第2编下册），1963年，第358—359页。

② 昆明志编纂委员会编纂室：《昆明历史资料汇辑（草稿）》（第2编下册），1963年，第359页。

③ 昆明志编纂委员会编纂室：《昆明历史资料汇辑（草稿）》（第2编下册），1963年，第359页。

遗忘，只有少数人自唱自娱。1965年，云南省举办曲艺现代曲目观摩演出大会，昭通地区根据一位山村女教师的实际工作素材，采用唱书的艺术形式，创作了《红梅》等新曲目参加了演出。结合前文所述诸多相关回忆文章，至迟在20世纪七八十年代，云南地区仍有唱书艺人在活动。

第十四章　清代说唱词话的抚慰功能与思想特色

清代说唱词话能够流传数百年而不衰，其深层原因何在？若从文本形式与语言看，是因其本身语言通俗，正文体式简洁，容纳方言，编撰形式固定不变。说唱词话从明成化刊本算起，至今已有近560年的历史，但开篇词“自从盘古分天地，三皇五帝治乾坤”从成化年间开始在百姓中传唱，至今依然保留在云南保山市级非物质文化遗产唱书传承人黄正芬的说唱表演中，至于这句唱词为什么要做说唱词话的开篇词，她并不明白，只觉得顺口上调，即使在她新编的唱书中，也将这句唱词再次使用。笔者认为说唱词话的这些优点并不是它传递数百年流行不衰的主要原因，其中存在的“民间的风俗习惯宗教信仰以及民众们脑中的历史”①才是更重要的，“民间的风俗习惯”指的是说唱词话的抚慰功能，“宗教信仰以及民众们脑中的历史”则是指说唱词话的思想特色。

第一节　清代说唱词话的抚慰功能

说唱词话在清代，无论是文本内容还是表演形式，都达到了鼎盛期，流溢其中的抚慰功能，则代表了说唱词话从唐宋至清代民国的核心价值。

说唱词话的抚慰功能主要体现在与其文本内容、表演形式形影相随的怀念祖先、崇拜神灵等祭祀仪式中。

---

① 姚逸之编述：《湖南唱本提要》，广州：国立中山大学语言历史研究所，铅印本，1929年，第1页。

一、安徽贵池傩戏的抚慰功能

元代说唱词话的文本和表演与宋元时期的冬至密切相关。元代史料中记载的“至元十一年十一月二十六日”在顺天路束鹿县镇头店村发生的“聚约百人，自搬词传，动乐饮酒”并“攒钱置面戏”的事件，就是在这一年冬至期间发生的。宋代的冬至，被认为是一年中最为重要的节日，皇帝要祭天祭祖，民间也要备办饮食享祀先祖，祈祷添岁，其规模内容更胜于唐代。到了元代，皇帝仍然祭祖祭天，虽然是异族统治，但民间祭祀冬至活动仍然同前，不过这时的祭祀先祖、祭拜神灵又有了特殊意义。

作为元代说唱词话活化石的安徽贵池傩戏，在演出正戏之前，依然保留着元代冬至祭祀仪式，不过随着时代推移，其表演和说唱已不在冬至，而是在离冬至很近的腊月、正月年节期间举行（其具体傩事活动的祭祀仪式详见本书第二章第二节）。这些傩事活动最重要的目的有两点：一是祭祀祖先，二是崇拜神灵，戴着面具演出的傩舞和正戏是傩事活动的核心与高潮。

安徽贵池傩戏的傩事活动在正月初七至十五期间举行，年前腊月二十四，各家将祖先亡灵迎接回家，到正月十五，各家将祖先亡灵送走，并举行送别仪式，称送祖。仪式在正月十五全部傩舞和傩戏演出后举行。旧社会，有祠堂的宗族，还要在族长主持下，按长幼辈分之序，在祠堂举行送祖仪式。……从前，在祠堂的正后堂有一巨大的神龛，神龛内安放着各代祖宗的牌位，牌位是按世系和辈分高低层层排列的，每一辈分为一层。它被看作是祖先亡灵的载体，在祭祖时的作用，与面具有些相似，供人顶礼膜拜，接受人间的香火，所以又称神位。……太和章村戏台是搭在祠堂大门内面向祖先牌位的方向，明确是面向祖神演出。一年一度在祠堂内演戏敬祖，强调了血缘的认同。①

---

① 何根海、王兆乾：《在假面的背后：安徽贵池傩文化研究》，合肥：安徽大学出版社，2000 年，第 149—150 页。

群体祭祀神灵的仪式以面具作为媒介全面展开。面具是傩事的核心，失落了面具，便意味着傩戏的消亡。傩戏面具正月初六被迎下，正月十六被送走，从正月十六到次年正月初六这一期间，便在阁楼上"坐堂"或"坐殿"，有人管理，如同庙堂神像，接受村人烧香许愿。王兆乾、何根海这样谈到说唱词话表演中的戴面具问题："傩戏表演者们的戏剧观念与观赏性戏剧演员的戏剧观念迥乎不同，他们深信，经过降神仪式后，面具已有神灵依附，舞蹈和戏剧表演便成了神灵或古人的现身和演述故事。这里所谓的'故事'，不是指戏剧、小说里的'情节'，而是指'从前的事'。……因此，在这里降神禳灾求福是第一性的，舞蹈娱人是第二性的。"①

安徽贵池傩戏属于说唱词话，其功能是降神禳灾求福。村民们也许只有在这个神灵、祖先、今人一起狂欢的时刻，才能得到一种最富有虚幻意味的思想上的抚慰。

二、贵州安顺地戏的抚慰功能

无独有偶，贵州安顺一带也一直流行着戴面具的唱书表演，具体地域包括贵阳、清镇、贵定、都匀、开阳、广顺、平坝、镇宁、安顺、普定、紫云、罗甸、望谟、六枝、水城、毕节、大方、黔西、盘县、郎岱、兴义、凯里、玉屏等地。唱书在这些地区的流行最晚从明嘉靖年间算起，至今也已流行了550多年，如果从洪武年间调北征南算起，流传时间则更早，由此我们可以得出反证：唱书在明清时期主要流行于沿长江流域，贵州地区是没有唱书的，大批江南将士及其眷属的到来，才将唱书文本和表演带到了这里。

安顺地戏的存在功能，高伦这样说："在封建社会里，地戏（跳神）这一艺术，是文化生活极端贫乏的山区村民的精神支柱。村寨的兴旺与衰落、吉祥与灾害，都和地戏联系起来，不演出地戏，村寨就不会平安，农业收获就会受到影

① 何根海、王兆乾：《在假面的背后：安徽贵池傩文化研究》，合肥：安徽大学出版社，2000年，第36页。

响。”[①]“村民们不知道穷苦的真正原因，把希望寄托于老天爷的恩惠，把罪恶归罪于精怪，祖辈就流传下来了演出地戏的习俗，给精神上带来极大的安慰。”[②]

安顺地戏开财门和扫收场的唱词中，充满了纳吉驱害的内容（详见本书第十二章第五节），演出场地一直保持着小圆场地行戏的特点（详见本书第十二章第五节）。笔者认为，小圆场保持了古朴的形式，但地戏总是选在空旷野外演出，其中蕴含有特殊的纪念意义。

明洪武年间调北征南战争激烈，阵亡将士并不在少数，按照风俗习惯，阵亡者属于非正常死亡，不能进入村庄，是否埋葬在寨子外面，村寨里是否有避讳，这一点需要进一步调查分析。地戏既然不能在祠堂进行演出，那就选在他们曾经战斗过的野外山岗、空旷场地进行演出。

安顺地戏剧目没有公案戏和生活小戏，只有征战故事，表演方式和文本形式模仿沿长江流域唱书，唱腔系江南弋阳腔或贵州本地民歌，表演动作系对征战的模拟。面具以军队中出现的人物形象为主（大将、少将、女将、军师、帝王、差官、小童、小军、道士等）。地戏表演的核心是跳神，戴着面具的演员被视为神灵的代言人，跳神即演绎神生前之故事（过去的战事），再现过去的功绩，这里的神灵应指祖先神、征战神。

三、江西修水夜歌书的抚慰功能

江西修水夜歌书的主要功能是抚慰孝家、祝赞亡人（详见本书第七章第一节）。歌郎往往一边唱，一边帮助孝家装殓亡者，用一系列“赞”敬祝亡人登仙，如赞灯：“一盏照天天星朗，一盏照地百草青。家神面前照一盏，照得人家福绵绵。奈何桥上照一盏，九幽十狱罪免除。亡人面前照一盏，逍遥快乐往西天。”赞汤：“一好侍奉宾客，二好侍奉姑嫜，三好敬奉亡者，逍遥快乐往西天。”赞茶：“八十公公吃一盏，面上容颜展少年。七十婆婆吃一盏，赛过桃园洞里仙。”赞

---

① 高伦：《贵池地戏简史》，贵阳：贵州人民出版社，1985 年，第 84 页。
② 高伦：《贵池地戏简史》，贵阳：贵州人民出版社，1985 年，第 85 页。

果："灵前果子般般有，那见亡者拈个尝，逍遥快乐往西天。"

再如一系列"赞"后的《宁州八乡歌头》：

> 宁州乡风表不尽，再等歌郎起歌场。锣鼓打得响沉沉，便把夜歌叹亡灵。梁上点灯灼灼光，照见堂前一柜丧。孝子伴丧哀哀哭，合门亲朋个个悲。千年万载不相逢，要若相逢在梦中。亡者一心登仙去，尽在今晚做风光。人生似鸟同林宿，大限来时各自飞。孝子用心去持孝，道士如仪来奉经。唱得亡者心欢喜，逍遥快乐往西天。①

而情节曲折的长篇唱书《说唱周学健》被放在《夜歌书》末尾，主要是为了抚慰孝家在亡人即将返山的夜晚不要太痛苦。另外，在闹丧的这个夜晚，歌郎也是在赞扬怀念乡贤，感叹他最终得到了公平圆满的结局。据史料记载，周学健并没有得到彻底平反，编撰者将他们所希望的圆满结局写进《夜歌书》，是对周学健及其家人的一种精神抚慰。

四、广西桂北闹丧歌、长歌的抚慰功能

广西桂北地区兴安、全州等地闹丧风俗习惯由来已久，至晚在清代已流行。闹丧歌俗名孝歌，又名号歌，是歌手在陪灵守丧时唱的歌（详见本书第十章第一节）。闹丧歌除了长歌外，还有短歌，短歌内容广泛，有传播文字知识的排字、拆字，有互相谦让的赞词，有互相问答的盘歌，有专用顶真修辞格的连环句式等。②

长歌是闹丧歌最为重要的一环，不仅歌手要挑最好的，而且严格讲究说唱节奏和唱词韵律，长歌唱到天快亮时，通常由一位最有权威的老歌手唱一段散歌堂：

---

① 佚名：《夜歌书》，清乾隆年间抄本，第 24 页。

② 龚大钊编辑整理：《桂北民俗选本·灵堂闹丧歌·丧葬礼仪》，排印本，2018 年，第 1—2 页。

打鼓擂边歌转音，月亮落西星不明。鸡叫五更天要亮，奉送歌师早起程。犹恐日长夜晚短，天光歌师路难行。大户人家放牛马，小户人家忙营生。趁早斟酒把师敬，薄酒三杯敬师尊。孝家焚前来答谢，五方歌师请领情。……一望保佑孝家好，二来保佑唱歌人。今夜劳神走黑路，孝家叩礼表恩情。此处坛头拆了伙，别处相遇再感恩。送过一村又一村，纸槽过去到茅村。翻过一岭又一岭，上塘下去石枧坪。一路走过黄茅界，歌堂不请莫登临。保佑孝家百事顺，村寨老幼享太平。①

歌手唱长歌前，还要唱些小段，小段包括白言（即兴歌唱，有请歌和盘歌的性质，也有吊唁亡者、安慰家属的唱段），另有一些属于陪灵歌，多是唱家人在亡者生前已经尽到孝道，死后更要兄弟姐妹和睦，互相帮助，如：

说真情来道真情，可叹亡者命归阴。自从那日得了病，儿女时刻不离身。日在床边走几转，夜则床边问几声。谨防口渴无茶饮，煨药煎汤费苦心。吃尽灵丹医不好，用尽妙方药不灵。一口气塞闭了眼，儿喊女叫数十声。父母在世多敬重，四两清汤已领情。胜过死后猪羊祭，胜过死后哭烂心。如今父母去了世，兄弟姐妹更相亲。父子相合家兴旺，一家相合万事成。②

陪灵歌唱后，主家请大伙吃半夜饭，鼓声停歇，吃完饭歇一歇，才又重新开始打鼓唱歌。这时候唱的才是正式的长歌（详见本书第十章第一节），往往会出现歌手抢着唱长歌或互相接续唱同一部长歌的情况，这些唱本往往是从《水浒传》《西游记》《三国演义》《说唐》等改编而来，唱本中也有劝禁赌博、洋烟、

① 龚大钊编辑整理：《桂北民俗选本·灵堂闹丧歌·丧葬礼仪》，排印本，2018年，第253页。

② 龚大钊编辑整理：《桂北民俗选本·灵堂闹丧歌·丧葬礼仪》，排印本，2018年，第235页。

贪淫、劝诫不要溺死刚出生女婴等内容的故事。①

五、清代唱书抚慰功能的变异与转移

（一）《西乡反》：带有补史功能的自我抚慰唱书

1958年，在浙江文物部门工作的周中夏，在天台县普查文物时发现了一部手抄本《西乡反》，这是一部典型的清代说唱词话，全文180行，行14字，共2520字，从头到尾为严格的七字句唱词，无分段。内容反映的是清同治十三年（1874）发生在浙江省天台县西乡地区的一起农民起义事件。光绪《台州府志》、民国《天台县志稿》中虽对此有官方记载，但只是概说事件过程，而且地方志代表官方观点，其中许多重要的历史原貌被避讳、修改，甚至全部抹去。民间艺人或中下层知识分子为了发泄悲愤，从另一个角度进行创作，揭示历史原貌，其中虽也有夸张性或倾向性，但这种唱书的传播，对起义者起到了自我胜利的抚慰作用，同时也起到了重要的补史作用，这种世代传递下来的民间第一手口述资料，为后代研究这段历史提供了珍贵的原始文献。

1.《西乡反》唱书内容

> 正月元旦是新春，同治万岁坐龙廷。满朝文武同心保，万里江山定太平。不料奸臣来扰乱，扰乱天台不安宁。不唱别州并别县，单唱天台加粮人。要知加粮哪一个，多叫加粮姓是丁。一到天台坐一任，日夜思量把粮升。②

《西乡反》的故事发生在清同治十三年（1874）正月，随后按照月份推移展开情节，其中不乏出现一些对天台地区典型季候特征的描述，如正月是新春、二

① 龚大钊编辑整理：《桂北民俗选本·灵堂闹丧歌·丧葬礼仪》，排印本，2018年，第302—304页。

② 佚名：《西乡反》，旧抄本，第7页。

月倒插杨柳、三月清明、四月蔷薇花开、五月黄鹂叫稻青、六月荷花水上红、七月新秋蝉声、八月中秋桂花开、九月菊花开重阳、十月小阳春、十一月向阳青、十二月冷冰冰等，发挥起兴作用，很好地融入了情节。

正月里，丁澍良上任，想从全县百姓头上增加粮税，先和城里缙绅商量，城里缙绅愿将书院银子（田租等收入）捐县里1000两，替百姓出增加的粮税，丁澍良嫌太少不同意。

二月里，丁澍良又去找缙绅余迪清商量，余告他“天台加粮要小心”，他又和张华地、陈允中等结为兄弟，让他们协助，准备加粮税。

三月里，天台县开始在全县征收增加的粮税，“钱粮本有七万整，又加两万有余零”，这样做的目的是丁澍良卸任后，好带上贪污的银钱携家眷转家门。告示贴出后引起民愤，百姓认为丁澍良“征多缴小欺君罪，横征暴虐罪非轻。上司若还来知道，斩绞徒流命居阴”。

四月里，丁澍良让差人带兵上门催逼，这些人不仅收粮税，还要牌钱和吃饭有酒肉，贫苦人家因“一时无钱来完纳，典妻卖子实可怜”。

五月里，百姓和缙绅举人们商量，“家家户户兜钱文”，准备到府台、抚台那里去告状。

六月里，缙绅余秉锡带其孙岁贡生余鲁才和王作新去府里代表全县百姓递呈，连告三张都不准，又去杭城抚台衙门去递呈。

七月、八月里，“抚台批发让府审，遇到抚台杨大人。告抚恨抚仰府审，牵羊喂虎命难存”。丁澍良给知府1000两银子，府台审讯告状的余秉锡、王作新、余鲁才，余秉锡申诉：“清朝到今数百载，顺治坐起到如今。知县八就六年征，多少糊涂多少清。到今无有加粮事，即有丁公摆粮升。荣维一言来告禀，可恨本府太无情。知县本是你主仆，若不训告害万民。”余鲁才也说：“你同知县来结党，结党加粮罪非轻。你若不把粮来减，做张状纸告你府。”知府将三人关进大牢。

九月里，牢里三人写信给家乡亲人：“若要三人来相见，黄泉路上再相逢。”不久，余鲁才在县里大牢中被药毒死，激起民愤，“写帖万邦叶明有，放帖修正梅胡龙。鹅毛合帖飞鹅报，火烧信纸便起身。一时通县兵起尽，刀枪铳炮乱纷纷。

青山冷岙多来到，呵风呐喊杀官兵。出门打将无口食，各带粮草三日零”。

十月里，后岸武举陈邦先带兵去了张思村，又到了平镇，丁澍良的同伙陈允中、张华地慌忙逃走，大兵攻入西门和北门，“丁公发勇来抵敌，杀倒官兵数百人。幸得缙绅保县主，乱枪刺死叶文林。文林上前来代死，留到知县一命根。奶奶衣衫多脱尽，出身露体游四门。私放牢间犯具可，火烧县堂不留情。师爷少爷多杀尽，小姐抢到上曹村。百姓即刻收兵转，不累城内半毫分”。

十一月里，丁澍良上省求发兵，府台面前把本奏：“牢间县堂都烧尽，一百亲兵杀完呈。满门家眷多受辱，皇粮拿得一扫空。若无文林代我死，我无身命见大人。”府台下令“浙江省下调五镇，大兵纷纷到台城。百姓看见魂飞散，魂飞魄散九霄云。大大小小多逃命，天涯海角多逃生。家有官兵如牛马，不知何年转家门”。

十二月里，“毛墙屯兵海门镇，本府扎住八阁亭。多蒙恩官王叶镇，来到天台安万民。本府面前来解劝，解劝本府要留情”。府台查的是潢水后岸张家弄起的兵，且“三村百姓多逃散，多在岸背歇安身。府台下了一道令，深夜带兵破岩门”。李司带兵进潢水，俞大人破的是岩门。遇上一场大雪，来到岩门天未明，上了岩背百姓不知晓，“男男女女皆逃散，出身露体逃起身。火烧茅篷如白日，绫罗缎匹满山红。粗布衣衫多不要，金银宝贝抢完呈”。陈邦照跑到府台那儿告密，府台派兵将叶明有、梅胡龙捉拿斩首，“四乡冤恨多报尽，杀了多少无过人”。转眼快过年节，大兵回杭城，“家家户户做贺喜，留条性命到明春”。新上任的刘大人收缴军器，并让大家捐银起官厅，“大大家财捐一半，小小家财劈半分”。丁澍良为代死的叶文林穿白吊孝，赠了叶家1000两银子。“万民百姓多安乐，还有两人在牢中。”

光绪元年来大考，六邑童生会递呈。学台面前把本奏，奏得学台气形形。私加皇粮千刀罪，论起王法罪非轻。老丁充军三千里，本府削职转家门。秉锡又同王作新，复还原职转家门。[1]

《西乡反》结语：

加粮新文能好唱，大大小小仔细听。后代儿孙高官做，切莫加粮害万民。做官若有加粮事，一代做官九代贫。天台四乡多安乐，可怜二人坐牢中。四亲九眷皆安乐，可怜鲁才一个人。[2]

2. 西乡反事件在地方志中的官方记载

民国《天台县志稿·职官表》知县栏："同治十二年，丁澍良，是年三月复任，十三年十一月罢。同治十三年十一月，李诗，是年十一月代理。光绪元年，刘引之，十三年十一月署，二年三月去。"[3]

民国《天台县志稿·前事表》："同治十三年甲戌，大西乡以增加粮税事，聚集万余人入城，包围衙署，焚毁内堂、花厅等处，杀死兵士及官属数十人，褫剥丁令，并裸辱官眷，生员叶树椿以县官故，大言禁止，为乱民挞枪断颈而死，众始渐渐退散。徐郡守闻知，闭城防堵，遂毙余翰芳于狱中，而加以土霸王之名。余翰芳者，岁贡余秉锡之孙，为粮税上控，将质于郡狱者也。"[4]

清光绪《台州府志》："十一月，天台知县丁澍良以加赋激民变。澍良以缺瘠议加赋，岁贡生余秉锡控诸省，省檄知府徐士銮[5]鞫之，秉锡抗辩，士銮怒禁锢之，天台士民闻而大哗。澍良又以他事下武举于狱，于是众怒益盛，甚乃纠集乡民自六十以下、十六以上者，皆荷锄来拥入城。先是，澍良虑民变，预请诸府派

---

① 佚名：《西乡反》，旧抄本，第 15 页。

② 佚名：《西乡反》，旧抄本，第 15 页。

③ 李光益、金城修、褚传诰等：《天台县志稿》，油印本，1915 年，第 49 页。

④ 李光益、金城修、褚传诰等：《天台县志稿》，油印本，1915 年，第 25—26 页。

⑤ 徐士銮（1833—1915），字苑卿，一字沅青，天津人。清咸丰八年（1858）举人，咸丰十一年（1861）内阁中书，累迁侍读、记名御史；同治十一年（1872）知台州府；光绪七年（1881）引疾归里，归乡后潜心著述，有《敬乡笔记》《蝶坊居诗文钞》等存世。

勇百余人以自卫，是日，适至屯县署，民不敢逼寻，有逾署后垣入纵火，守兵乱，民戕杀之，执辱澍良姬妾子女，澍良以救，遁出城。诸生叶树椿以护澍良背戕。省中闻变，檄诸暨知县刘引之至台招抚，枭为首者十数人，澍良革职，秉锡褫衣巾，事始息。”①

官方视角下的西乡反事件，其脉络是这样的：同治十二年（1872）三月，丁澍良到天台任知县，十三年（1874）十一月“以缺瘠议加赋”，岁贡生余秉锡赴省城杭州控告丁澍良后，抚台檄令台州知府徐士銮审问余秉锡，遭余秉锡抗辩，徐士銮发怒将余秉锡禁锢。此时，丁澍良又以他事将武举人陈邦照下狱。于是众怒益盛，陈邦照的兄弟，武举陈邦先等纠集乡民60岁以下、16岁以上者万余人，扛锄头蜂拥入城。丁澍良预先恐有民变，请台州府台派兵士百余人以自卫，这些兵士当日到县并驻扎县署，众人不敢追逼，但趁机逾越县署后墙纵火，守兵大乱，丁澍良的姬妾子女被抓住侮辱，丁澍良逃出城去，诸生叶树椿因保护丁澍良而被杀。抚台闻天台民变，檄令诸暨知县刘引之速到台州上任并处理善后事宜，最终斩首这次起事首领十数人。丁澍良当月被革职，余秉锡被革除功名，民变至此平息。

3. 西乡反事件在《西乡反》唱书中的记载

（1）西乡反事件的直接原因

结合民国《天台县志稿・前事表》的记载，《西乡反》唱词中百姓所说“药死鲁才”一事应可信。

《西乡反》唱词中提到余鲁才在徐士銮审讯过程中，用激烈言辞抗辩，徐士銮则怒言“我到天台闻你名，若不治你害别人”，所以审讯后不久，徐士銮就药死了余鲁才。光绪《台州府志》未提此事，民国《天台县志稿》将余鲁才的死放在大西乡民众起事之后，这些官方记载实际都回避了一个重要的事实——徐士銮将余鲁才药死是致使西乡反起事的直接原因，唱词中民众在余鲁才死后群情激

① （清）赵亮熙修，（清）王彦威、王舟瑶纂，王佩瑶校订：光绪《台州府志》，杭州：台州旅杭同乡会，铅印本，1926年。

愤，可知余鲁才之死是直接的导火索。

地方志中之所以要回避或者改动事件中的这一内容，是因为民国《天台县志稿》是直接引用自光绪《天台县志》未刊行稿，光绪《台州府志》修撰于光绪二十年（1894）赵亮熙任知府时，徐士銮虽已卸任，但他去世于民国四年（1915）。府志修撰者绝不会对原本有政声的前任台州知府有任何微词，而且徐士銮在西乡反事件后并未受牵连，依然稳坐知府任，直到清光绪七年（1881）才引疾归里，并在家乡天津安度晚年。

（2）西乡反事件的起事经过

《西乡反》唱词在叙述起事过程时，较地方志等官方记载增加了一些情节，如后岸武举陈邦先带兵先去张思村找到陈允中，陈允中说了软话后就被放了，又到平镇，张华地逃跑了，所以这两个人在起事后都躲过了民众的报复，最后到了清溪镇，城内缙绅和起事首领说情未果，后面内容和民国《天台县志稿》中记载的基本一致。且据地方志记载，丁澍良是在当年十一月被罢官革职，按唱词中提到的“十月本是小阳春，后岸邦先去带兵”“十一月节向阳青，丁公上省去发兵”，西乡反事件发生的具体时间确实在阴历十月至十一月间。

（3）西乡反事件的善后处理

光绪《台州府志》记载了此事件的善后处理，但民国《天台县志稿》关于善后处理未涉一字。

《西乡反》则分为几部分娓娓道来。首先，丁澍良去省城告状，他回避了真正的民变原因，只是强调“结党”“强人”“烧牢监县堂”“抢皇粮”，所以“奏得抚台气形形，可恨天台无能人。杀了官兵还且可，烧了县堂是欺君。抢了皇粮该当罪，皇法迢迢罪非轻”。抚台调了五镇兵，去镇压这些乡间“强人”。

其次，百姓逃难与官兵破岩门，百姓看见大兵到台城后，吓得赶紧逃难，知府徐士銮亲自偷偷去察访，起兵主要是三个村，潢水、后岸、张家弄，这些百姓“多在岸背歇安身”，并了解到“岸背可比牛头山，山上茅篷百个零”。于是发令各将领深夜带兵破岩门，起事以失败而告终。

再次，刘知县善后处理，到了十二月，快过年节了，参与起事的乡民在担惊受怕中等待明春，民国《天台县志稿》载："刘引之，同治十三年十一月署，光绪二年三月去。"刘引之正是在西乡反事件发生的十一月上任的，《西乡反》唱词中唱道："天台军器多缴尽，要捐银子起官厅。"知县刘引之上任后，除了让百姓交出起事中所拿军器外，还让乡民们捐银子重新盖官厅。

最后，余秉锡与王作新被释放。笔者认为，这两人极有可能是在清光绪元年（1875）大赦时被释放的。西乡反事件发生在清同治十三年（1874）十一月，十二月初五同治皇帝崩于养心殿，光绪皇帝于次年正月二十在太和殿正式即位并大赦天下，余秉锡、王作新因此被释放回家，且身份没有变化。

六邑童生将控告丁澍良的奏本递呈给学台，再由学台上奏皇帝，此事地方志中没有记载。童生要经过县试、府试、院试三关通过，才能进学，成为秀才。院试是每三年举行两次，由皇帝任命的学政到各地主考。辰、戌、丑、未年的称为岁试，寅、申、巳、亥年的称为科试，清光绪元年（1875）是乙亥年，是科试年。《西乡反》唱词中"光绪元年来大考"，即六邑童生集中在杭州贡院进行院考。此外，光绪《台州府志》和民国《天台县志稿》提到了丁澍良被罢官，徐士銮则没有受到任何牵连，民国《天台县志稿·粮》中还提道："同治十三年，丁令澍良，激起民变，焚署辱官，上宪檄令引之复任。事平之后，定谷价每两收钱二千零六十文，时乡增钱二百二十文。"民变后，原先丁澍良增加的粮税又减回到原先税额水平，侧面说明这次民变是胜利了。

4.《西乡反》唱书中自我抚慰的民众胜利观

方志记载中，徐士銮带兵马杀死起事首领与众多无辜百姓，导致乡民在冰天雪地中受冻挨饿，无家可归；刘引之上任后，让百姓捐一半家财重修官厅，但在《西乡反》唱词中，民众依然是最后的胜利者。

从整体来看，创作于清光绪元年（1875）稍后的《西乡反》，作者应是天台大西乡籍，有一定文化水平且亲历这场起事或对此了解颇深。

"丁澍良充军三千里，本府削职转家门"两句唱词与实际情况不符，创作者之所以这么写，无疑是秉持了一种自我胜利这样的虚拟结局，对民众是一个较圆满的交代。

清代说唱词话中类似《西乡反》的唱书还有许多，如《钟九闹漕》（发生在清道光年间的湖北崇阳农民起义）、《田思群起义歌》（发生在清同治年间的湖北长阳农民起义）、《双挖堤》（发生在清咸丰年间的湖北荆州农民血案）、《枯蒿记》（发生在清光绪年间的湖北黄梅农民起义）、《告坝费》（发生在清乾隆年间的湖北黄梅大水灾事件）、《茶客珠宝案》（发生在清光绪初年湖北武昌、山东沂水两地的劫匪灭门大案）、《柳秉元十三款》（发生在清同治年间湖北荆州地区的农民告状事件）等，这些唱书都源于真实的历史事件，都从民间角度出发，利用口头说唱来传播。这些历史事件在官修的地方志乘中很多都不被记载，即使略有记载，对敏感内容也采取了回避手法并带有官方视角。

这类唱书有些是依照艺人或传承人口述唱词整理而成，有些是当时的人创作后以手抄本流传至今，它们都有一个共同特点——叙述视角与官方相反，如柳如梅通过艺人李荣楷、李荣会的口述整理的《柳秉元十三款》开篇唱词为“同治年儿皇帝妖婆听政，普天下起义军清朝不稳。结下了朝廷事我且不说，单表那沔阳州一黉门生”，这样的文句是官方记载不可能出现的。

（二）清代宜昌唱书：由抚慰功能向纯娱乐功能的转化

据湖北学者陈鸿儒回忆，清末民初时，宜昌保留着一种打丧鼓的丧葬习俗，老人去世后，灵前要放置大鼓一面，几个人围坐在鼓的四周击鼓而歌。这种习俗可能来源于庄子妻死鼓盆而歌的传统。打丧鼓要从燃灯开始，要唱一通宵。唱的是吟叹调，尾音拖长音，音韵低沉凄婉，很感人。唱词用七字句和三三四格十字句，第一句往往是“进孝堂/见血灵/珠泪滚滚”，以此来表示对死者的哀悼和对生者的慰问。除了仪式用的小段唱词外，主要是唱“本头”大书，宜昌打丧鼓总是《秦雪梅吊孝》《祝英台哭坟》一类的本子。有时击鼓人在“本头”大书中间休息时分，唱上一段随意自编的唱词，如“对门山上一只鹤，口含仙草念弥陀。要得人死还阳转，除非日头向西落”。打丧鼓打到深夜，人静月隐，凄凉的丧鼓，催人泪下，启人哀思。[①]

另一学者荣祜也曾回忆湖南打丧鼓的细节："在旧社会，中产以下的人家死了人，没有足够的经济力量像上述那样讲排场。但因受封建礼仪的影响和束缚，加上社会舆论的压力，也有适当的形式，那就是'打丧鼓'。这个习俗大概是来源于庄子鼓盆歌的故事。在棺材前放一面大鼓，由两人各持一对鼓槌对面敲打，唱一些长篇的前朝后汉古今兴亡得失的歌，以悼念死者并激励生者，也有即兴将死者的生平编成歌词的。参加打丧鼓的多是街邻和亲友，除了专职打鼓的人即称'打鼓匠'需要一点招待外，其余全是义务性质。这种仪式既热闹又庄严，丧鼓直打到丧出了始罢。"[②]

宜昌地区打丧鼓中出现的唱书，其主要功能无疑是祭奠亡者，抚慰生者，有助于生者释放哀恸情绪，避免过度哀伤。

清末民初时，宜昌城市里还流行一种唱本子表演活动（详见本书第九章第三节），常唱的作品有《朱氏割肝》和《安安送米》两种。《朱氏割肝》讲述朱氏婆婆对朱氏十分苛刻，经常任意打骂她。婆婆得病，医生开的药方要人肝为药引子煎药才能有效，朱氏把自己的肝割下来一块给婆婆煎药吃。婆婆病好后又开始打骂朱氏，朱氏告诉婆婆真相，婆婆很感动，后来就善待朱氏了。因为朱氏的孝顺，人们把她居住的地方叫作朱氏街。《安安送米》讲的是东汉有个大夫叫姜诗，乳名安安，其家世居江南一岩石上。姜诗在宜昌城里读书，到了冬天，他担心父母没有食物，就背着米一直送到岩石上。后人将其父母所居住的岩石叫作孝子岩，岩壁上刻有"东汉姜诗"字样，在岩石的附近建了一座庙，叫安安庙。

陈鸿儒还记得，当时还有其他唱书文本如《十二寡妇征西》《刘金定杀四门》《穆桂英打破天门阵》等，这些唱书都是七字句、十字句，句子没有诗那样严格，

---

① 中国人民政治协商会议湖北省宜昌市委员会文史资料研究委员会编：《宜昌市文史资料》（第5辑），宜昌：宜昌市文史资料研究委员会，1986年，第155页。

② 中国人民政治协商会议湖北省宜昌市委员会文史资料研究委员会编：《宜昌市文史资料》（第5辑），宜昌：宜昌市文史资料研究委员会，1986年，第237页。

但都是押了韵的，说唱起来郎朗上口，非常动听。[1]市民们在闲暇时用这些唱书进行自我娱乐，这种方式已与抚慰拉开了距离，开始向纯娱乐方向靠拢。

安徽贵池傩戏、贵州安顺地戏、江西夜歌、广西桂北长歌在体现抚慰功能时，演出者都是男性，宜昌唱本子的表演者与表演内容却多集中于女性，女性的参与，充分显示出唱书从带有仪式感的抚慰形式，向更加广阔的纯娱乐方式转化这一事实。唱书的纯娱乐功能从它产生起就与抚慰功能并存，但不被人们所关注。到了清代，唱书的纯娱乐功能逐渐发展，并随着时代的推移，越来越显示出它的实用性与普及性。同时，也进一步扩大了唱书的传播范围。

（三）清末民初贵州、云南地区唱书呈现纯娱乐功能

云南昭通唱书的表演与贵池傩戏、安顺地戏呈现出的年节抚慰功能，江西夜歌、湖北打丧鼓、广西桂北闹丧歌呈现出的丧葬抚慰功能截然不同（详见本书第十三章第一节）。昭通唱书在丧葬仪式中并不是必须出现的，唱书的表演时间也不局限在婚丧嫁娶和年节，充分呈现出一种纯娱乐功能。

曹阜金也谈到昭通地区威信唱书的情况，认为唱书承载了太多的中国民间传统故事，老百姓喜欢听，说唱不需要道具，所以能够从中原一直唱到边疆，将群众性和娱乐性发挥到了极致。

总之，湖北、云南、贵州地区的唱书从清代至今，除了保留带有仪式性的抚慰功能之外，还呈现出向纯娱乐功能转化的趋势。这种转化，不仅在当时为唱书开辟了更为广阔的表演空间，而且对唱书的存留起到了长久的促进作用。

清代唱书的纯娱乐功能包括唱书人的自我欣赏和听唱人的听唱欣赏。此外，还应包括唱书人与普通识字人群的阅读、抄写欣赏，这些环节本身就有抚慰功能包含在内。清末上海地区唱书的出版与销售，曾经极大地助力了唱书的阅读欣赏。清末，随着印刷技术的快速发展，上海成为中国传统文化典籍的一个集散流通地，上海书铺为了在商业竞争中取胜获利，将沿长江流域地区木刻、手抄、口

① 中国人民政治协商会议湖北省宜昌市委员会文史资料研究委员会编：《宜昌市文史资料》（第5辑），宜昌：宜昌市文史资料研究委员会，1986年，第142—143页。

传的各种唱书文本都收集记录下来，稍加整理编辑后重新制版，并采用石印的方法大量印制，再通过发达的销售网络（沿江地区、其他地区甚至国外分店）销售这些仿旧新制的唱书，这一现象为各地唱书爱好者提供了精神食粮，为唱书的二次传播提供了文本条件，也为唱书留存后世奠定了深厚的基础。正因如此，百余年后的今天，我们才能从各种渠道收集到大量历经沧桑的上海石印本唱书文献。

第二节　清代说唱词话的思想特色

顾颉刚在《湖南唱本提要》序言所指出的“宗教信仰以及民众们脑中的历史”，即为唱书最主要的思想特色。

一、清代说唱词话民间宗教信仰体系之建构

清代说唱词话的思想特色，是通过其中的民间宗教信仰体系来向普通民众传播和宣扬某种思想。

民间宗教信仰体系有传承渊源，并非在清代才出现。明成化刊本说唱词话，传承自唐五代宋的词文、元明说唱词话，从形式和内容上说来，清代说唱词话和元明说唱词话有着更为紧密的承接关系。元明说唱词话中已经出现了民间宗教信仰体系的雏形，清代民间宗教信仰体系在元明说唱词话基础上有了进一步的完善和发展，进而成为一个成熟的、被清代中下层民众认可的体系。这一体系通过说唱词话的编撰、刻印、口传、手抄、听唱和相关仪式渗透到民众思想中，并具有了精神抚慰和现实娱乐的功能。

清代说唱词话中的民间宗教信仰体系不仅和本土宗教道教关系密切，也受到外来宗教佛教的影响，同时更是以中国封建社会传统的儒家伦理道德为基础。

如图14-1所示，清代说唱词话民间宗教信仰体系可分为三个层面：

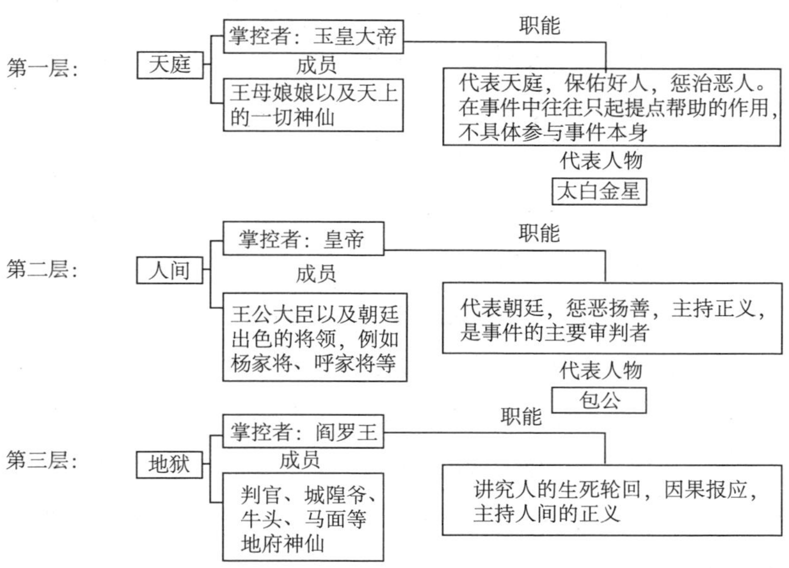

图14-1　清代说唱词话民间宗教信仰体系图

人间作为第二层面，代表现实世界，对普通民众的心理抚慰功能主要是靠第一层面和第三层面来达到的。

二、民间宗教信仰体系在元代说唱词话中的运用

（一）元杂剧中的民间宗教信仰体系

元初杂剧家史九散人编撰的杂剧《老庄周一枕蝴蝶梦》[①]中出现了民间宗教信仰体系中的第一层——天庭，玉帝、太白金星及其率领的蓬壶仙长、风花雪月四位仙女、庄周梦中的蝴蝶仙子等。

杂剧情节大致如下：大罗神仙要升玉京上清南华至德真君，就到玉帝前谢恩，没想到因他“在玉帝前见金童玉女，执幢幡宝盖”时，不觉失笑，玉帝发

① 本节中杂剧原文均引自（元）史九散人：《老庄周一枕蝴蝶梦》// 王季思：《全元戏曲》（第2卷），北京：人民文学出版社，1999年，第2681—2711页。

怒，他被贬下凡间，成为“庄氏门中一男子，名为庄周”。太白金星先派蓬壶仙长率风花雪月四位仙女下凡在杭州“化聚仙庄一所，卖酒为生。着四位仙女化为四位妓者，等候庄周来时，先迷住他”。庄周来后，蓬壶仙长热情招待他，并让四位妓者陪伴他，庄周与四位妓者吹拉弹唱饮酒作乐后昏昏沉沉睡着了。太白金星扮作一位老人偷偷来到聚仙庄，不料惊醒了睡梦中的庄周。蓬壶仙长介绍这位老人是杭州城富户，对我有恩，现在贫穷了，常来这里讨酒喝。庄周就请老人坐下一起喝酒，老人劝导庄周去修行，两人首次会面，话不投机不欢而散，老人被庄周赶出门外。庄周在酒色财气中再次入梦，见到蝴蝶仙子，“两翅驾东风，五百处名园一扫一个空。难道风流种，唬杀寻芳蜜蜂。轻轻飞动，把一个卖花人，扇过桥东”。庄周把老人叫进来求教。老人这次送了庄周一个花盆，只要种花马上结果，果实能吃，庄周感慨“我悲这花开六遭，如流年相似”，“今日是一个青春年少子，明日做了白发老仙翁，万事转头空？”老人向庄周讲述修行做神仙的好处，庄周再次入睡。

庄周醒来，太白金星扮作道士带庄周云游，半途中自己骑鹤升天。庄周来到一座大宅舍，上书“李府尹宅”，叫门开后，太白金星扮的李府尹出现，请庄周进来。两人吃饭饮酒，庄周说有个老人送给他花盆种果能吃。李府尹说我这里有的是这样的花盆，果然如此。李府尹让家中女子见庄周，一女携琴上让其戒酒，一女携棋上让其戒色，一女携书上让其戒财，一女携画上让其戒气。李府尹对庄周说，他要到洛阳去做官，家中无人，让庄周在这大宅中管理一年半载家事，四个女子侍候庄周。李府尹走后，庄周让四女陪伴，饮酒作乐，昏昏睡去。

玉帝又令金母殿前再差四个仙女点化庄周，让他酒中得道，花中遇仙。庄周醒来，四女皆不见。春夏秋冬四仙女作为桃柳竹石来迷庄周，庄周和她们喝酒炼丹。太白金星知庄周炼丹已成，“当正果朝元”。三曹官奉玉帝敕旨去下方捉拿四位仙女，并数落庄周怜香惜玉。

太白金星真神来到李府尹宅，要庄周还家私房屋人口来。庄周看是太白金星，才省悟过来，请求太白金星奏准玉帝，“领我玉京上清牌来”。“金童玉女幡盖赍玉京牌”出现，庄周跪受东华仙宣旨后，谢过太白金星，回宫管事上任。

末尾【收江南】:“呀，今日是花里遇神仙，快牢拴意马与心猿。岂知道洞中别有一重天，风如介犬，这的是庄周一梦六十年。”

史九散人编撰的杂剧《老庄周一枕蝴蝶梦》是劝人修行做神仙，这一现象与元代不重文治的社会环境关系密切，读书人对前途没有任何希望，只能将自己的未来托付给乌托邦似的天庭、太白金星以及其他神仙。

这一杂剧主角是庄周，为了说明庄周最后结局是成仙，开场就点明天上的大罗神仙因无意错误被玉帝贬到人间，到了一个姓庄的人家才有了庄周这一名字。庄周“窗前十载用殷勤，多少虚名枉误人。只为时乖心不遂，至今无路跳龙门”，但他最终悟出科举与做官都是虚名，大多数读书人和他境况一般——“至今无路跳龙门”（这一现象有两种解释：一种元代科举之路不平坦，科场对于汉人和作为统治者的蒙古人也明显待遇不同，所以汉人时乖无路，追求科考不现实；二是因为考中举人当状元的人毕竟是极少数，受名额限制所以至今无路），这样的经历与虚名耽误了多少人的人生。

庄周在剧中说：“在学中读书，晚上睡不着，但思想人有生死，不能逃的。小生前岁往岭南探亲，及至回家，与小生送别的朋友，一半死了。”全剧笼罩着一种消极厌世的宿命论思想，同时出现了完整的天庭建构和天庭代表人物太白金星，可以说明民间宗教信仰体系在元初就已经出现在说唱艺术中了。

（二）安徽贵池傩戏中出现的民间宗教信仰体系

表14–1　安徽贵池傩戏《刘文龙赶考》中的生物民间宗教信仰体系①

安徽贵池傩戏名称	民间宗教信仰体系
《刘文龙赶考》	第三出“出玉帝”：出现“玉帝登殿”“长幡宝盖”场面，先后出现天庭的马、赵、温、岳四将，天、地、水三官，南、北二斗，雷公、电母、仙官、梵天将、文曲星梓潼。 天将马：劝人为上莫为下，一念未行我先察，善者多赏恶者罚。 天将赵：劝君行仁莫行暴，一念未举先知道，善者有容恶不饶。 天将温：劝君只为用好心，一念未行我知闻，善者福之恶者刑。 天将岳：劝君为善莫为恶，一念未行我知觉，善者善报恶者恶。 南斗仙官：我是南斗撍注生，人间善恶自分明。加福加寿我为尊，劝君只推用好心。 北斗仙官：我是北斗撍注死，大恶小恶须凭此。减福减寿毫不失，劝君休做莫好事。 仙童仙姬：善似青松恶似花，有朝一日严霜下，只见青松那见花。 天官：严考核，报应公，我是天官赐福神。 地官：检过恶，自分明，我是地官赦罪神。 水官：凡遇厄，急相救，我是水官解厄愁。 玉帝：朕乃三十三天之上兜率宫玉皇是也，天地水阴众等神祇，一切公案在此查考，善恶在此定夺，今吩咐仙官、梵天将等大开三天门，许一切神祇上奏。 三官同白：今日玉帝大开天门，我等将凡间善恶一一奏上，今有定州南阳县刘世德七代行善，有子文龙，饱学多才，当中状元，不知今年天榜如何？我等先将此事一一奏上。 二斗同白：殿下何卿？有本者奏，无本者退朝散班。 三官同白，臣有本旨奏。 二斗白：奏来当殿批宣。 三官同白：容奏。臣本敕封三官名，今日特上奏天廷。闻察刘家屡行善，请帝降旨步梯云。为臣三官是也，特奏汉朝今有定州南阳县刘世德七代阴功浩大，所生一子名曰文龙，磨穿铁砚。启奏玉帝，当何以报之

① 王兆乾辑校：《安徽贵池傩戏剧本选》，台北：台北财团法人施合郑民俗文化基金会，1995年，第8—54页。

续表

安徽贵池傩戏名称	民间宗教信仰体系
《刘文龙赶考》	玉帝白：仰执管为善公案仙官，将刘世德行善等事一一查考。 南斗白：查过世德之子文龙，今科已注天榜状元。 玉帝白：令敕下，天榜一道，仰三官张挂三天门外。 三官白：领旨，将榜文挂出。 玉帝白：今善案已定，仰执管为恶公案仙官，将恶案一一查考。 北斗白：查过恶案报已定。 玉帝敕令雷公、电母、风伯、雨师“善者天佑，恶者一一击之”。 北斗宣读“十打”：一打朝臣卖国、二打边外叛民、三打不孝儿女、四打劫掳强人、五打贪官污吏，六打纵欲奸淫，七打无端骗害，八打欺世瞒世，九打忤逆公姑，十打不敬丈夫。 三官又奏：文龙既注天榜状元，但文思未睿。 南斗白：令梓潼帝君，大开毛塞，检剔灵心。 三官白：又恐妖魔侵害。 南斗白：当方土地朝夕护持。 三官又奏：萧氏为何有十八年之苦？ 南斗白：他本蓬莱仙女，思凡堕落人间，故有十八年之苦。 三官白：宋中谋娶虽不得遂，其恶罪大，不知当受何报？ 南斗白：他终日发入酆都，永受其苦。 三官又奏：吉婆巧言如此，挑唆是非，不知当受何报？ 南斗白：他本降在邪魔，后来一刀两断，变作黄鳝。 三官又奏：文龙能略能韬，未操武略，后来匈奴寇边之日，恐误兵机，仰叩殿下。 南斗白：临期发九天玄女教他兵书武艺，可胜大任。 玉帝白：所奏等事，一一依卿所奏。 玉帝白：湛湛青天不可欺，未曾举意我先知。劝君莫作亏心事，古往今来放过谁。 第四出“攻书”出现了文曲星梓潼、魁星、土地神和狐狸精。 梓潼：我是文曲梓潼，今日特报文龙。开文机，喜相逢，天聋、地哑何在？来此状元书馆，不可惊动于他。我将文曲灵心换了他的凡心出来，再将题目七个一一指点于他，所换已毕，状元醒来，牢记，牢记。 魁星：我本天上一魁星，一首执笔一手斛。 九尾狐狸：我是九尾狐狸，今日特来调戏。借状元，偷灵气。 土地神：我是当方土地，今日特来护持，忙忙走，打狐狸。 九尾狐狸：我是文龙表妹，特来看他，莫将好意反成恶意。 土地神：明明戏弄状元是实。……你若不去，我叫小鬼将你锁在这里，待我上天奏上玉帝，再来与你说。 九尾狐狸：鸡鸣矣，吾事难成，炼丹三年，等第二科状元便了。

续表

安徽贵池傩戏名称	民间宗教信仰体系
《刘文龙赶考》	第九出“玄女演武”出现了九天玄女。 玄女（带二仙女）：我是玄女在九天，玉帝命我护状元。阴符宝剑亲手付，助君征剿凯歌旋。神女何在？听我吩咐。……状元今晚在此宿堂，你可先烧阴符，命遣天将二人教他武艺…… 玄女：状元已睡，我将天书阴符说与他知。状元听着，凡为将者以智仁勇三字为主……今赐你天书一部，宝剑一口，依灵符上用之，自然大胜…… 第十六出“出观音”出现了韦驮、观音、金童、玉女。 韦驮：三洲感应咱为尊，护法韦驮是咱名。降福降魔凭此杵，救苦救难观世音。我乃韦驮是也，娘娘登台，在此伺候。 观音：善哉，善哉！苦事难挨。吾今不救，等待谁来。我乃大慈大悲救苦救难灵感观世音菩萨是也，善才，龙女。 金童、玉女：阿弥陀佛。 观音：响动云铙，听我说法。 观音：云头观见，世间为恶者多，为善者少。女人行孝天下最难。今有定州南阳县刘文龙之妻真心行孝，今日午时割股救公，孝感天地。念他仙体凡身，欲命善才、龙女召请拐李大仙借他仙丹二粒，一粒敷在股口上，一粒和股肉中吃下，可保延寿二纪。 第十七出“拐李启程”出现了铁拐李、观音、金童、玉女。 拐李：才离了碧云霄，又来到龙华会上。别了仙班驾云端，犹如鹤飞翅展。这拐儿，钻破了十八重地狱；这葫芦，包罗了三十三天。我把酒色财气都灰烬，荣华富贵且比着。如露如霜，如露如霜…… 观音：我差童子去请拐李大仙，怎的不见回来……大仙请坐，听我道来。我今观见凡间萧氏割股救公，孝感天地。借你仙丹二粒，一粒和股肉煎服吃下，可保延寿二纪；一粒敷股口之上，立时复原…… 第十八出“卖药割股”出现了铁拐李、土地神。 拐李：说话之间不觉到了刘家门首，不免唤出当方土地，土地哪！ 土地：福德正神，我本有威灵，隐恶扬善，好事奏天廷，大仙在上，土地叩见。 拐李：你乃下界之神，我也不计较与你，站立一傍，听我吩咐。今日午时萧氏割股救公，孝心感动天地，我奉娘娘之命特来救他，我付你灵丹一包，你可敷在他股口之上…… 土地：娘子醒来，醒来……

续表

安徽贵池傩戏名称	民间宗教信仰体系
《刘文龙赶考》	第二十三出“锦团圆”出现了太白金星。 文龙等：今朝喜得团圆、团圆，大家拜谢苍天、苍天。谢菩萨保平安，谢菩萨保平安。 太白金星：吉婆过来。吉婆，你的嘴快舌条尖，东边有话西边讲，西家有话东家说，说得两家来相打，你在中间做好人。你今犯了违条法，一刀两断做黄鳝。从今改过方为善，吉婆依旧做良媒。刘公二老过来，刘公，刘公，你家七代未行凶，我今付你灵丹药，你今随我赴罗天。萧女过来，你本蓬莱洞里仙，思凡堕落在人间，玉帝命我来收你，你今随我赴罗天。状元过来，状元，状元，你家供祝我神仙，我今与你灵丹药，你今随我赴罗天。身穿是龙衣，脚踏是蛇皮。轻轻敲打动，神仙归洞时

安徽贵池傩戏《刘文龙赶考》中出现了比较完整的天庭、人间、地狱的民间宗教信仰体系，这一体系完全是围绕着人间的主角刘文龙来建构的。第三出中三官向玉帝禀报人间善恶情况，玉帝代表天庭所下的各种敕令，内容均紧扣人间儒教的价值理念。

虽然刘文龙还没有去参加科考，但天庭已经对他的未来有了完整设计，如同在导演一场穿越未来的大戏。由此可以看出，说唱词话内容中涉及的民间宗教信仰体系在当时民众的思想中起着一种什么样的作用，它几乎涉及普通人一生的所有方面。《刘文龙赶考》的最后结局，是以道教的最好出路收尾的，在太白金星的指引下，两人身穿龙衣，飞往神仙洞。需要我们注意的是，在萧氏割股救公的第十八出，出现了观音菩萨，同时还加上了八仙中铁拐李的葫芦丹药，为什么不是太白金星？这在很大程度上与观音菩萨在民众心目中救苦救难、普度众生的形象有关，整体来看，民间说唱中，凡是以割股方式救助亲人的场面，最终多是观音菩萨出现，给予受众极大的心灵抚慰。

三、民间宗教信仰体系在明成化刊本说唱词话中的运用

明成化刊本说唱词话中，《石郎驸马传》《包待制陈州粜米记》《仁宗认母传》《莺哥行孝义传》四部作品未见相关民间宗教信仰体系，《开宗义富贵孝义传》主

要涉及佛教内容，其余七种作品均出现了民间宗教信仰体系。

《包待制出身传》中，太白金星出现两次：第一次，包太公差遣包三郎（包公）去南庄使牛耕水田，若是水田晚上耕不完，不得转庄门。三郎肩上驮犁牵着牛去了南庄，看着大片田地不由得眼泪纷纷落下来。耕田耕累就在田塍上睡着，太白金星在云中看见后差神下界替他干活。三郎醒来发现活已经干完，心想一定是大嫂找人帮他耕的。第二次，三郎牵牛回去的路上碰到一位卖卦先生，问他“这里到庐州多少路”，三郎答“百八十里”，然后说了自己的生辰八字，这位卖卦先生给他算卦：“卅二上濠州为县宰，卅四上陈州治良民。□□上治开封府，日断阳间夜判阴。”三郎无钱，送给卖卦先生一条手巾，许诺将来自己得官时，可拿手巾来兑现。卖卦先生“辞了三郎行数步，乘云去步上天门”，高声告诉包三郎，“我不是凡人□□□，我是南方太白星”。

《包待制出身传》中还出现了地狱中的城隍大王。三郎到了东京找不到店安身，惊动了城隍大王，他叫来使者：“文曲星来求官，东京无人肯着他歇，你引去烟花巷张行首家歇。”这位使者就将三郎引至庐州同乡张行首家歇息。张行首也是淮西人，两人认了姐弟亲。三郎想家，张行首告诉他汴河桥上有淮西客人，可帮他带家书。三郎在汴河桥上捡到了送书承局的天符牒，就在那里等着。承局去城隍殿前寻找，千里眼、顺风耳告诉他汴河桥上白衣秀才拾得。承局来到汴河桥见了三郎要文牒，三郎要打开才给，承局不允，说是上界送给庐州保信军的要件，但无奈之下只好打开，上书：“第一状元身及第，家住庐州保信军。”果然，包三郎状元及第。

《花关索出身传》中，关羽妻子胡金定在娘家生下儿子，长到7岁，正月元宵节看灯时走失，被索家收养。9岁时，丘衢山班石洞道士花岳先生收他为弟子，成为一名小道童，习学武艺与韬略，学取炼丹之功，改名花关索。他给师父用盂舀水时发现盂内有九条小蛇，喝了下去，顿增神力。

《花关索下西川传》中，张飞和周霸对战，周霸“口中念动火刀法，火须刀下焰纷纷。平地火焰高三丈，照得通天彻地明。抡动火须刀一把，烧得张飞没走门”。关索和周霸对战，周霸又“敲动火须刀一口，念动天□咒数声。刀头火焰纷纷出，火光炎炎去烧人。少年关索心中怒，通红变了面皮门。手执宣花念动咒，猛风吹气向前行。猛风冷气吹人面，冲回火焰自烧身”①。

《薛仁贵跨海征辽故事》中薛仁贵被困天仙谷，张士贵不救，眼看山的四面被苏文兵将所封，四下火起之时：

> （说）有千里眼、顺风耳观见张士贵使奸狡心，放火烧山，要烧死白袍，那千里眼、顺风耳疾走如飞，上奏玉帝曰："如今有个狡心张士贵封了天仙谷口，放火要烧死西方白虎神。"玉帝圣旨，便吩咐九江八河、五湖四海、四金刚、八菩萨、山神土地，一齐助力。
>
> （唱）霹雳一声空中响，一朵乌云来救人。空中众神忙不住，四海龙王往前行。太白星官都来救，来救西方白虎神。哪吒九江擎瑞气，十个仙女走如云。一切神祇都来到，推倒天河往下倾。
>
> （说）火正烧中间，只见乌云暴雨，下了多时，火都灭了。且说那白袍兄弟几个，看了多时，无寻出路，怎生奈何，只听得半空中雷响一声。山神土地前开路，救出西方白虎神。②

《包待制断歪乌盆传》中杨宗富赶考被害，变成旋风告状，包公让衙役潘成去勾风神大王。潘成在十字街头勾神，风神吹走了批文，批文带潘成来到孙二歪乌盆那里，潘成为娘买下歪乌盆。当夜潘婆用歪乌盆时，歪乌盆开始说话。潘成询问歪乌盆原委，第二天带歪乌盆去见包公。歪乌盆向包公诉说了自己的被害经过，包公使人抓获耿一、耿二和窝藏财物的耿公，为歪乌盆报了仇，最后将金银还回杨家，杨家请僧做道场超度了儿子宗富。

《包龙图断曹国舅传》中袁文正和妻子张氏、儿子到东京赶考，被两位国舅

---

① 朱一玄校点：《明成化刊本说唱词话丛刊》，郑州：中州古籍出版社，1997年，第46页。

② 朱一玄校点：《明成化刊本说唱词话丛刊》，郑州：中州古籍出版社，1997年，第103页。

骗到家中，袁文正和儿子被杀，张氏被霸占。包公下朝回来，州桥上“就地一阵狂风起”，“左转三遭不住停”，包公派衙役去追赶狂风，狂风将衙役领到国舅府。包公问公人：“你两个胆大，勾得甚人？”王兴、李吉言：“相公，上界勾不得玉皇大帝，下界勾不得阎罗天子，西山勾不得猛虎，东海勾不得老龙，只除这等，不问皇亲国戚，朝官宰相，军民百姓，僧尼道士，尽皆勾得。”[①]当天晚上，包公果然勾到了旋风鬼袁文正。袁文正求包公为其申冤后魂归地府。大国舅听说这件事后命二国舅杀死张氏，二国舅让公公将张氏推落井中，公公救了张氏，张氏五更跑出国舅府，不知如何是好，“妇人正在忙忙哭，惊动上方太白星。此人不是凡间女，他是蓬莱洞里仙。太白金星遥观见，化作凡间一老人。羊头车儿推一辆，路旁迎见妇人身”。这位老人推着妇人便走，“城隍土地尽催行”，一会儿就来到了东京城，“云头放下裙钗女，太白金星不见踪”[②]。张氏告状后，包公假装生病在家，拿下了来探病的两位国舅，君王、皇后、朝官来保，包公坚持斩了二国舅，皇上宽赦了大国舅，为张氏报了仇，包公给了她盘缠，让其回家转门。

《张文贵传》中，西京溪水县城张百万的儿子张文贵到东京赶考，路经太行山，遇强人静山大王赵太保，被捉往山寨，准备第二天取出心肝当下酒菜。第二天静山大王出去有事，张文贵被静山大王女儿青莲公主看中，背着父亲当夜与张文贵进了红罗帐。天亮后公主给了张文贵青丝碧玉带、逍遥无尽瓶、温凉盏三件宝物和一些金银并放他离开。张文贵来到东京，在杨店主的客店安歇。晚上取出三件宝物试看，杨店主知道后杀死张文贵，埋于后花园中。皇后娘娘得病，正阳门前有黄榜招医，杨店主揭榜并用张文贵的宝物救了娘娘，被封八十四州都元帅，妻子封了夫人位，一家欢喜在京城。张文贵的龙驹马在杨元帅园中频嘶叫，无人知得事和因。“每日园中常下泪，声声只哭姓张人。你在此间遭屈死，使头家内望回程。”“玉帝便差星官看，看见园中屈死人。乃是西京张文贵，半年屈死吃艰辛。”“玉皇大帝传宣敕，急宣上界众神兵。众神此时蒙宣召，下方去救姓张

① 朱一玄校点：《明成化刊本说唱词话丛刊》，郑州：中州古籍出版社，1997年，第195页。

② 朱一玄校点：《明成化刊本说唱词话丛刊》，郑州：中州古籍出版社，1997年，第204页。

人。风伯雨师归下界，雷公电母便行程。兴动黑风并黑雨，刮地翻沙吹倒人。大山吹得摇摇动，小山吹得一齐平。屋上瓦飞如燕子，大树连梢要见根。大风猛雨皆不住，东京人亦尽受惊。”[①] 大风大雨将张文贵的尸身吹了出来，龙驹马驼上尸身送到包公那里，包公想起杨店主曾用宝物救了娘娘，决定使个计策骗出宝物救尸身。包夫人经过一番周折借到宝物，包公把宝物系在尸身腰内，一个时辰后张文贵“三魂七魄再临身”，将杨店主恶行告诉包公。包公假说病好还愿，请圣上和百官来府中同庆，饮酒中捉住了杨元帅，拷问令其招供。张文贵找回了三件宝物，皇上封他为八十四州都元帅，并招安了静山大王，封为无忧王子，妻子封为护国大夫人，青莲公主封进宝大夫人，皇上亲自做媒人，张文贵与青莲公主正式成亲。

《包龙图断白虎精传》中，富豪沈百万的儿子沈元华去东京赴考，路过宝云山一座庙，见到一位女佳人，就在庙里成亲，第二天两人一同赶路程。路上遇到一位观师，观师悄悄告诉元华他的娘子是白虎精。白虎精当夜就到天庆观吃了观师，驾云返回宝云山。天庆观道士到包公那里告状，秀才也写了状子去告观师摄走其妻子。包龙图让张龙、赵虎去勾白虎精，果然在宝云山勾得一位妇人，并将狗血倒浇淋。包公在金甲将军帮助下认出了白虎精，将其斩于法场。

《师官受妻刘都赛上元十五夜看灯传》中，西京河南府棋盘巷师官受的娘子刘都赛去东岳庙进香、看灯途中，被赵皇亲看上，带到家中做了“共枕人”，每天珠泪落纷纷。太白金星下到人间来救刘都赛，他化作虫儿，将刘都赛裙袄多咬碎，赵皇亲让人去西京找织机匠，找来的是师官受。赵皇亲发现刘都赛、师官受两人在一起，拿住师官受和四个匠人全斩了，又派人去杀了师姓全家，并追杀在外的师家二舍人师马相。师家下人张院子去东京找包公告状。包公晚上去城隍庙祷告后回到家中，假装生病，让夫人告诉圣上自己死了，圣上封御弟赵皇亲坐开封，但是包公迟迟不出殡，赵皇亲不能上任，来到包公棺材前喝骂，包公出来将赵皇亲抓获。经拷问，“认做违条犯法人”，皇上封师马相为西京主，带着张院子

---

① 朱一玄校点：《明成化刊本说唱词话丛刊》，郑州：中州古籍出版社，1997 年，第 239 页。

和刘都赛上任去了。

明成化刊本说唱词话中的民间宗教信仰体系，与元代说唱词话和元杂剧中的有何不同？笔者认为，后者主要围绕庄周厌烦科举和刘文龙科举充满了天庭保护色彩两个主题展开并收尾，这样的情节设计给读者一种感觉——元代读书人在那个社会环境中科举无望，他们的出路只有隐逸、成仙、避世。

明成化刊本说唱词话中，《花关索传》中关索为道童，学习炼丹、习武、韬略、咒语，后运用于作战，此外再未出现民间宗教信仰体系。《薛仁贵跨海征辽故事》也是如此，仅出现一处玉帝、千里眼、顺风耳、太白金星救助薛仁贵解困天仙谷的情节。其他五部明成化刊本说唱词话则是另一种雷同的故事模式：包公“日判阳间不平事，夜间点烛断孤魂”，铁面清官，为民除害。值得我们思考的是，为什么在这些作品里，避世成仙的思想倾向有所淡化？

《包龙图断曹国舅传》《包待制断歪乌盆传》《张文贵传》《包龙图断白虎精传》四部说唱词话都是书生在赶考时遇难，说明科考途径恢复正常后，元代那种避世成仙的思想已经不是明代读书人追求的目标，明代是继汉、唐、宋之后又一个大一统的汉家王朝，统治时间长达200余年，尽管北部边疆时有战事发生，但社会相对平稳，经济发达，人口增加。这几部说唱词话对当时的社会经济和民众日常生活均有具体描述，如《包龙图断曹国舅传》中：

> （袁文正）望见城头高十丈，进了三重铁裹门。长街市上投南走，花花世界锦乾坤。东市接连西市上，南街人看北街人。卖布铺对缎子铺，茶坊门对酒坊门。生药铺兼熟药铺，买花人叫卖花人。夫妻贪看城中景，不觉红日落西沉。[①]

《张文贵传》中：

> （张文贵）在路行程经数日，前边来到凤凰城。远望皇城高隐隐，

① 朱一玄校点：《明成化说唱词话丛刊》，郑州：中州古籍出版社，1997年，第190页。

顺风吹动管弦声。龙驹马行如箭发，当时来到帝王城。官人入进城里去，六街三市看虚真。红锦织成花世界，和风摆就锦乾坤。叠叠高楼藏贵子，层层画阁隐仙人。东市接连西市闹，南街歌唱北街听。打从酒店门前过，酒旗高挂接青云。造成春夏秋冬酒，货与东西南北人。量酒佳人能窈窕，收钱美女更妖娆。身着红罗衫一领，腰间兰带使金销。头上好花插一朵，脚下弓鞋绣彩云。盏托尽是金银器，茶瓯桌器使金箱。打从傀儡门前过，勾栏内面说贤人。生药铺连熟药铺，打金银铺闹吟吟。碾玉铺连珠翠铺，茶坊相对酒坊门。四百军州为第一，七千□县打头名。果见东京多富贵，除却天堂何处寻。①

着力渲染出了一派城市繁华景象，后文张文贵晚上寻店住宿时，在竹竿巷看到一个招牌，门外白粉壁上写着“有房安歇往来人”，他询价后入住，老板连忙给文贵讨了三杯酒，安排了夜饭，并安置他住在头等房内，张文贵进去一看：

玛瑙桌儿排定器，犀皮交椅两边分。真草隶书南北挂，张僧山水在当中。一只平床能平净，双层帐幔一齐新。床上尽铺绫锦被，枕头上面百花新。夜饭了时茶便到，安童点烛入房门。②

虽然说唱艺人不乏夸张演绎，但也可以整体传递出当时京城百姓富足、国家平安、商业兴隆、歌舞升平的祥和气象。

《师官受妻刘都赛上元十五夜看灯传》中的师员外，街坊称他为师百万，他家：

岸上开张罗缎铺，河内舟船不住停。前后厅堂一十路，门楼高大好惊人。□□五谷般般有，库里金银缎帛新。高砌院墙周围饶，外头不见

① 朱一玄校点：《明成化说唱词话丛刊》，郑州：中州古籍出版社，1997 年，第 232 页。
② 朱一玄校点：《明成化说唱词话丛刊》，郑州：中州古籍出版社，1997 年，第 233 页。

里头人。东边水阁雕梁栋，五彩装成走马亭。前有饭堂屋一所，终朝设饭济贫人。别人没的他家有，来借之时不阻人。半城使的师家钞，师家能养半城人。出入安童骑坐马，使唤梅香耳戴金。[①]

河南府“偏州小县”的一个员外富有如斯，也从侧面反映出当时社会安定、百姓富足。

以上五部作品中的主人公均非穷人，除刘都赛看灯外，都是在科考路上遇到盗贼和灵怪，创作者在说唱词话中寄托的希望不外乎以下几点：一是希望交通便利，二是希望治安环境有所改善，三是若遇到人身伤害或其他不法事件时，希望能有更多包公这样为民主持公道、不畏权势的清官廉吏出现。

另外我们不难发现，说唱作品中的包公破案，不是依靠逻辑推理，而是十分依赖鬼神、魂灵、宝贝、天庭的示意以及他本身与天庭、人间、地狱相联系的特异功能，他通过以上这些手段来满足或实现百姓的质朴愿望，这类说唱词话结尾的唱词也非常类似：

湛湛青天不可欺，未曾举意早先知。劝君莫作亏心事，古往今来放过谁？[②]

这些唱词，成为说唱词话受众战胜困难、继续生活的精神抚慰剂，令他们相信向天庭神灵许下的愿望终究能实现。在这一抚慰过程中，主要情节更多是和人离世前最临近的事物挂钩，比如人死—鬼魂—向包公申冤、人死—带灵性马儿—向包公申冤、人死—可还魂的宝贝—向包公申冤。笔者将这一模式与元代说唱词话进行比较，后者往往将情节设计为由天庭来管理指挥人间的一切，明成化刊本说唱词话则更相信和重视地狱的屈死鬼魂，由它们来充当替普通人申诉冤屈的最好媒介，可以说明成化刊本说唱词话极为重视地狱鬼神，而不是天庭神仙。此外，《包待制出身传》中出现了地狱系统的东岳庙、判官、监殿使者、承局、天

---

① 朱一玄校点：《明成化说唱词话丛刊》，郑州：中州古籍出版社，1997 年，第 264 页。
② 朱一玄校点：《明成化说唱词话丛刊》，郑州：中州古籍出版社，1997 年，第 222 页。

符牒，其中判官掌握着人间每个人的生死簿，这与元代说唱词话中天庭的三官类似。

四、民间宗教信仰体系在清代说唱词话中的运用

清代说唱词话继承了元明民间宗教信仰体系，但清代说唱词话中下层民众的思想更多关注的是天上、人间、地狱三层关系中的第二层——人间关系。

（一）清代说唱词话民间宗教信仰体系中常见的神灵角色

清代说唱词话的民间宗教信仰体系中，作为天庭代言人的太白金星以及地狱代言人的城隍形象频繁出现，而且在角色演绎上更加逼真生动，更加富有人间气息。

1. 湖北说唱词话《掉银记》中的太白金星、城隍土地

安徽青阳县钱家庄钱秀才之子钱英在学中读书，三月十五放了假，在桃树下歇凉。一位骑着高头大马的先生路过此地，也下马歇凉。先生走后，钱英见树下有一包袱，内装300两雪花银。他抱着包袱等到很晚，那位先生才回来寻找，钱英将包袱交给失主，还拒绝了对方用来表谢意的150两银子。先生告诉钱英，他家在扬州东门外离城15里的祝家村，姓张名士美，进士出身。临别时，给钱英一枚戒指做纪念。当晚，钱英因此事被父亲赶出家门，无奈暂时在一小庙安身：

> 公子睡到五更鼓，城隍土地显神通。开言便把公子叫，吾神有话对你明。你若要寻安身处，扬州城内遇贵人。神祇说罢他去了，公子醒来着一惊。适才有人对我讲，醒来如何不见人。想是神祇来保佑，神人搭救难中人。[①]

钱英醒来拜谢神祇后，离开庙堂沿官塘大路奔往扬州，由于肚中饥饿，“倒

① 洪昶收集整理：《掉银记》，武汉：中国民间文艺研究会湖北分会，铅印本，1980年，第6页。

在尘埃不作声”：

> 不唱公子饿煞了，且表太白李金星。太白金星云中看，文曲仙官又难星。金星急忙来变化，变成凡间一老人。当时来到荒郊外，唤醒公子姓钱人。仙丹一粒拿在手，放在公子口内存。我今将你来救活，快到扬州去安身。[①]

《掉银记》创作者的主旨非常明显：无论天上、人间或是地狱的神灵，对于人间的好人好事是支持并给予无私帮助的，但凡行好事的人，天庭、人间、地狱三层都会给予他好的回报；相反，做了坏事的人，必然会得到应有的惩罚和可悲的下场。

2. 湖南说唱词话《三打玉林班》中的太白金星

湖南说唱词话《三打玉林班》中，戏班良善之人被强盗追杀时：

> 平空现出帮人手，打救天罗地网人。
>
> 白：我乃太白金星，我想玉林班被强盗所害，我不免变一木船，将他拖到公安县，是有贵人搭救。说变又变，本身不现；三变四变，木船出现。他戏子五人来在江边，一看现有木船在此，不免上木船投生去罢。[②]

此处太白金星的心理活动描写细微，和人间的普通人没有什么两样，无论创作者还是受众都能感到亲切，使得太白金星形象更加贴近民间。

3. 广西说唱词话《韩云贞》中的太白星君

《韩云贞》中，太白金星共出现三次，第一次是王玉麟将韩云贞画像挂在自

---

① 洪昶收集整理：《掉银记》，武汉：中国民间文艺研究会湖北分会，铅印本，1980 年，第 14 页。

② 佚名：《三打玉林班》，清光绪二十年（1899）益阳文元堂刻本，第 37 页。

己书房里，太白金星看到后斥责为什么不祀奉正神正佛而要祀奉你妻子，且因此事将二人婚姻拆散三年，还用一阵狂风将韩云贞画像吹到金銮殿上。第二次是韩云贞将要被九丈高棚火烧死之际，太白金星降云水将火熄灭，又是一阵狂风吹走或是救走韩云贞。第三次是韩云贞被太白金星救到山里后，再次陷入困境，在她被毛王抓住受虐打时，太白金星暗中帮忙，后来韩云贞要跳江时，太白金星命江里的神明护救她。

在这部作品里，太白金星主宰着人间百姓的全部祸福，他是矛盾的制造者，也是灾难的化解者，他掌控着人的生死命运，俨然就是民众潜意识中玉帝的代言人。可见在民众的生活中，对神道的崇拜，是他们化解生活中苦难的一种寄托。从韩云贞的遭遇也可以看出，如果百姓能够以虔诚的态度祀奉正神正佛，那他们就能够得到幸福；如果不能，灾难必然降临。韩云贞没有选择婚姻的自由，她与王玉麟相爱并立有盟誓，但君王、将军、盗贼均可以随意将她抢走，若没有太白金星这类天庭神灵的保护，韩云贞的自由爱情前景堪忧。说唱词话的创作者用这样的事例来巩固深化民间宗教信仰体系在中下层民众心目中的地位。

4. 广西说唱词话《凤凰记》中的玉帝与太白金星

广西说唱词话《凤凰记》中有两处情节中出现了玉帝与太白金星：

第一处：

> 太白星君云中看，看见夫妻行善人。烧香求嗣三年满，惊动玉皇不安宁。……即差太白星君领旨，将金童送下凡尘与张家为子。
>
> 太白星君领了旨，即驾祥云就起身。变化一时来落下，坐中那到半时辰。在路行程来得快，张家不远面前存。还要星君当下界，且表张家那夫人。李氏二更得以梦，梦见仙桃口内吞。夫人不知其中意，不觉有孕在其身。[①]

① 黄永邦、姚源星收集：《凤凰记》，桂林：广西民间文学研究会，1984年，第1—2页。

第二处：张礼去青龙山找包公要求代兄去死，包公认为这样的孝子天下少有，吩咐王朝、马汉拿来还魂枕，去地府查看是哪位神人下凡。

> 包公此时回言道，有所不知这事情。只见凡间一孝子，乃是天空金童星。玉帝不忍将他赦，叫臣将来请香焚。化一毛人替他死，不枉世上行孝人。带他回朝封官职，加封官职不住停。老君听得如此话，便拿真香与包臣。包爷接得香在手，辞别老君起了身。下了三十三天界，三魂渺渺又还魂。①

《凤凰记》中玉帝和太白金星的出现，彰显的仍是玉帝和太白金星主宰着人间的一切事物和民众的生死历程。故事的结局非常圆满，但特别的一点是：包公在这部作品里被塑造成了一个跳梁小丑，一个完全不同于在明成化刊本说唱词话以及其他清官故事中的形象，并非人们心目中联系人间帝王、天庭以及地狱的全能官员。

清代说唱词话中民间宗教信仰体系与明成化刊本说唱词话相比，相异之处体现在以下两个方面：首先，这些作品里也出现了包公形象，但包公的作用不再是为民做主破案，而主要是为了完成人间帝王宋仁宗交给他的任务，如《凤凰记》中，仁宗登基时向天神许诺斩杀24个人头，其中第二十四个人叫张孝，是个孝子，包公为了这个孝子不被斩杀，才到天庭和地狱奔走求救，在笔者看来，与包公相关的内容是《凤凰记》中游离于主题之外的情节，若无这段，故事在打凤凰后就应结束。

类似的清代说唱词话还有一部《张四姐大闹东京传》，大致情节如下：张四姐是玉皇大帝的第四个女儿，未经王母娘娘同意就偷偷下凡，和穷苦书生崔文瑞结为夫妻。由于奸人王员外的忌妒加害，崔文瑞被捕入狱。张四姐与抓她的官员兵将大战，救出崔文瑞和监狱众人，放火烧了监狱和衙门，杀了王员外和他全

---

① 黄永邦、姚源星收集：《凤凰记》，桂林：广西民间文学研究会，1984年，第26页。

家。包公带张龙、赵虎和兵士来抓，也被打败，并被张四姐活捉。在崔文瑞劝解下，张四姐放了包公。包公告了仁宗，派杨家将、呼家将捉张四姐，又被张四姐打败。包公去地狱未能查明张四姐来历，又去了天庭查，才发现她是玉皇大帝的第四个女儿，最后王母娘娘将崔文瑞（老君仙童）和他母亲（月里婆婆）以及张四姐带回天庭。

包公内容在《张四姐》中也无实质作用，他在这部作品里并未为民请命。笔者认为，尽管包公还是“日判阳间夜判阴”，还是人间帝王的代言人，还是天庭、地狱与人间互相之间联系的媒介，但他在清代说唱词话中的影响力已不可避免地衰落了。清代说唱词话更接近民众真实的日常社会生活，太白金星只有在人们遭受苦难、走投无路的情况下，才会如救世祖一般出现，在解决问题后又神奇消失，类似佛教中观音菩萨的角色。

（二）清代说唱词话对民间宗教信仰体系的逆反与批判

值得注意的是，清代说唱词话文本中的民间宗教信仰体系，并不像元明说唱词话那样频繁出现，除了部分作品如《张孝打凤凰记》《张四姐大闹东京传》《韩云贞》等中出现较多外，在其他作品中出现较少，如《掉银记》《三打玉林班》等作品大部分内容不涉及民间宗教信仰体系，甚至还出现了针对这种体系的一种逆反和批判现象，这是清代说唱词话思想特色的变化，与当时的社会环境、时代风气有着紧密联系。

清代湖北说唱词话《双合莲》就是典型代表，其大致情节如下：湖北崇阳西乡桂树泉有个年轻读书人胡三保，妻子亡故后，他无心上学。一次，他到郑家湾去钓鱼散心，看见一位名叫郑秀英的少女在三源港下清水边洗衣。秀英回家他跟着去了，到了人家中堂，假说是讨杯茶喝。秀英也对他有意，三保告知秀英，他父母早亡，兄弟分家，妻子病故，就只一人；秀英告他幼时双方大人已为她订婚，父亲亡故，只有妈妈在身边，订婚男人叫夏春福，“三寸辫子吊在肩，六根有些不周全”。胡三保劝说“夫妻本来前生定，不由人来只由天。”秀英感慨：“夫妻不和是冤家，按倒鸡婆难抱崽。烂泥田中怎种花，今生不吃夏家茶!”偶然的机缘下，两人“挽进红罗帐”，“鸳鸯枕上宿金鸡，天长地久不改移！”秀英拿出一尺绫，将两人生辰八字写上边，中间画的莲花朵，各拿一边做把凭。两人辞别，约定八月中秋节再相见。中秋节二人相见，一见三保，郑妈妈就骂强盗，要叫人把三保捆起来，但终究心疼女儿，问询三保情况，并说一女不能嫁二夫，古来多少结冤仇。三保劝郑妈妈，若是秀英配了我，夏家自然要退婚，但是郑妈妈说要与族人说清楚。三人一起喝了酒，三保秀英又入红罗帐。此后，三保就在这里待了大半年，秀英的事情在郑家湾传开后被族长知道，秀英将三保赶紧送走，若是被撞见，“先打板子后剥皮，性命都在手中提”。三保走后，母女两个“害怕的心也少了”，谁知二更天时分，祠堂里吵得乱喧喧，族长让族人把母女两个抓起来“打得命难逃”，“娘女两个草狗婆，还不跪下又如何？你把家法看轻了，它比王法大得多，小心教训你娇娥”。

族长决定早点把秀英嫁到夏家去，夏家有所耳闻，写了退婚书不要秀英。族长听夏家说他郑家“门风差”，就要“把这贱人卖了她”，所有郑家人都嚷嚷着卖秀英，族长让媒人将秀英卖到刘家庄，得纹银100两，“轿夫一喊就动身，秀英房中哭淋淋。合屋男女都来劝，一路抬到刘家村”。连着几夜，秀英“一声天来一声娘，三顿茶饭都不想。一连几日不梳妆，每夜不肯脱衣裳”，“秀英有话不能论，烈女不嫁二夫君。不爱刘家富又贵，不爱宇卿好相公，宁可去死不能从”，既然秀英不能从，刘家也要顾门风，“宇卿气得拍了胸，楠竹板子拿手中。贱人脱衣又来打，皮破血流一片红，看你依从不依从”，秀英“宁可去死不能招，变猪不与你同槽！”刘宇卿“手中竹鞭似钢刀，上身打得下身紫。皮破血流在今朝，要你性命也难逃”。刘家兄弟叔侄来商议，“贱人想配胡三保，要等来世投个胎”，“秀英房内叹命薄，晓得把我怎么磨。若要卖我远方去，好人少来恶人多，不如早死见阎罗”。刘家发现了秀英内衣里藏着的双合莲婚约，更决心卖她去远方，找到媒人万人魁，出价100两银子，但“不能卖与胡道生，万两银子都不能！”万人魁和胡三保是好朋友，秘密商议移花接木，万人魁带上三保的同年丁四元去假装接亲，用100两银子买了秀英。轿夫抬到桂树泉，谁想路上有人吵嚷嚷，秀英一定是嫁了胡三保，刘家听见后“大屋场上一声呵，都拿铁尺和钢刀。一路赶到彭家岭，大喊一声杀气高”。刘家抢回轿子，秀英口吐鲜血，慢慢才又还了阳。刘家高兴得喝酒吃肉，“今日行凶也无妨，人财两送到了手。礼信拿在我手掌，我今还要谨提防”。刘家“骂妻好似骂鸡婆，拷拷打打常常有。好人少来恶人多，后来把她来折磨”，秀英“生死要嫁三保哥，指望出了这罗网。谁知又落开油锅，一心去死见阎罗”。三保还在家等着秀英拜祖宗，结果到头一场空，“当时大喊一声天，口吐鲜血不能言”。

秀英果然吊死在刘家，郑家族长派了八人把秀英的棺材抬到山上安埋，还高兴地嘱咐刘家，“千事万事过了身，大家都要顾门风”。刘宇卿又拿着卖秀英的100两银子去告胡三保，三保拿出双合莲婚约，刘家将秀英的一半给了县官，县官“字字行行看分明，合画一个莲花朵。不用媒人自成婚，男女两个一般同”。太爷一看，“骂声三保听分明，强奸幼女第一个，私造合同第二宗。息退生婚第三宗，郑家秀英死不从。女子为奸吊死了，六条罪恶都不轻”，“一个慈悲好县官，都使百姓我心寒”。定了命案，三保被投进黑牢房，文书下到武昌又回到崇阳。“冬月坐牢苦难挨，风信传到耳边来。新皇登基坐龙台，指望皇恩大赦开”，腊月里三保大赦回家，正月十六死在床，哥嫂和亲戚将他埋葬上山林，墓上立了个碑，“人生一世不还阳，只留姓名在崇阳”。

《双合莲》这一悲剧故事发生在清代道光末年，自咸丰初年开始，这个故事就一直在崇阳广为流传，直至今日仍有受众。整部作品中没有出现任何关于民间宗教信仰体系的内容，没有任何天地神仙来主持公道，作品整体上是以儒教的忠孝节义、三纲五常为思想核心。《双合莲》的作者是郑秀英的一个族人，人们叫他铁匠郑四爷，他青年时期，读过私塾，爱唱山歌，爱听民间故事和《水浒传》一类的梁山好汉故事，他曾目睹了胡三保和郑秀英两人相爱惨遭杀害的事情，愤愤不平，每日打铁之余，用说唱词话体式编成《双合莲》，用山歌调和民间小调演唱。他把抄本封进竹筒里，不断丢进隽水河顺流而下，抄本便传到了蒲圻、嘉鱼、武昌等地，不仅在鄂南，且在湖南、江西两省也有流传。20世纪80年代，崇阳地区40岁以上的人，多能诵唱出《双合莲》中的部分内容。

清代说唱词话中的民间宗教信仰体系和思想特色与儒教紧密联系，但随着时代的推移，民间宗教信仰体系的内容逐步呈现出一种被淡化、不再被接受，甚至开始被批判的倾向。《湖南唱本提要》91种清代说唱词话中，仅有23种有民间宗教信仰体系；《湖北民间叙事长诗唱本总目提要》121种清代说唱词话中，仅有31种有民间宗教信仰体系，说明这一体系已成为束缚民众思想的枷锁，而清代说唱词话中的内容，更加接近现实中民众的思想观念。

结　语

从现存史料和实物文献中，我们可以初步勾勒出中国古代说唱词话在由唐五代至清代存在与流传的轨迹，它们之所以能够流传，具备以下两个基本条件：一是它们的文本与表演具有被后世认可接受的抚慰功能，二是得益于口传与印刷的有机结合。

唐五代至宋时期的词文类作品，有的也称作变文。笔者认为，此处“变”字或许有改变之义，昭示人物已变、事件已变；“文”则指故事。变相则是指这些已经不在人世间的人物和过去的事件的图像。唐五代宋时期留下的这些变文、变相是否与庙宇里为丧葬而举行的祭祀仪式有关，现在还未有确凿证据，但有一点很清楚，这些变文、变相都蕴含着一种带有纪念意义的抚慰功能，因此与佛教有关的《目连救母》说唱词话能够流传下来，许多说唱词话却湮没在了历史长河中。此外，抄写刻印使得说唱词话的流传得到延续，抄写刻印的前提是撰写，而撰写的前提是口传，如果没有抄写刻印，前人的东西不会留存至今，我们也就不会看到真实的明成化刊本说唱词话。从唐五代至宋时期开始，雕版印刷虽被逐渐推广，但清代时南方长江流域流行的木刻本说唱词话数量十分有限，每种文本一般印刷二三十册，多者一二百册，最多不超过三四百册，能存留至今者非常珍贵，那些因各种原因逐渐消失的说唱词话的数量不在少数。我们现今能看到许多存世的石印说唱词话，需要感谢上海石印技术的引进与发展，以及当时书局主人为了刊刻盈利而去收集并大量翻印原先木刻、手抄、口传在民间的说唱词话，正是以上这些的结合，才使得清代及其以前的许多说唱词话作品能够流传至今。

伴随着网络化的方兴未艾，我们今天收集的这些文献只可能保留在网络空间，但网络一旦删除，我们将一无所得。另外，随着说唱词话抚慰功能的逐渐减弱与乡村城镇民众生活娱乐方式的改变，它们的文本和表演形式将不可避免地消失，到时候我们只能在这些留存下来的说唱词话文本、录像中去感受这些曾给予先民快乐的作品之旧日魅力。

本书即将告一段落，但古代说唱词话带给笔者的感受与体验是无法磨灭的，每一部说唱词话都存在着一种精神，这种精神体现在故事情节中，更体现在那些节奏鲜明、通俗真实而又充满激情的语言表达中。

参考文献

专著

[1] （宋）李昉，等.太平广记[M].北京：中华书局，1961.

[2] （宋）王溥.唐会要[M].上海：上海古籍出版社，2006.

[3] （宋）江少虞.事实类苑[M]//（景印）文渊阁四库全书（第847册）[M].台北：商务印书馆，1986.

[4] （宋）孟元老,等.东京梦华录（外四种）[M].上海：上海古典文学出版社，1956.

[5] （宋）郑思肖.心史[M] //北京图书馆古籍珍本丛刊（第90册）[M].北京：书目文献出版社，1998.

[6] （元）佚名.沈刻元典章[M].北京：中国书店，2010.

[7] （元）佚名.大元通制条格[M].台北：文海出版社，1984.

[8] （元）佚名著，札奇斯钦译注.蒙古秘史新译并注释[M].台北：联经出版事业公司，1979.

[9] （元）佚名.全相平话五种[M].杭州：浙江人民美术出版社，2017.

[10] （明）宋濂，等.元史[M].北京：中华书局，1976.

[11] （清）赵亮熙修；（清）王彦威，王舟瑶纂；王佩瑶校订.光绪台州府志[M].杭州：台州旅杭同乡会，铅印本，1926.

[12] （清）承霈修；杜友棠，杨兆崧纂.新建县志[M].清同治十年（1871）刻本.

[13] （清）行彪，等纂修.濂溪周氏宗谱[M].清光绪二十一年（1895）光霁堂刻本.

[14] （清）行彪，等纂修.重修社林支谱[M].清光绪二十一年（1895）刻本.

[15] （清）董文焕著，李豫点校.砚樵山房诗稿[M].太原：山西古籍出版社，2007.

[16] （清）彭玉麟著，梁绍辉整理.彭玉麟集（上册）[M]，长沙：岳麓书社，2003.

[17] （清）陈端生.再生缘[M].长沙：湖南文艺出版社，1986.

[18] 清实录（第13册）[M].北京：中华书局，1986.

[19] 胡宗虞，等修；吴命新，等纂.临县志[M].台北：成文出版社，1968.

[20] 李光益，金城修，褚传诰纂.天台县志稿[M].油印本，1915.

[21] 孙奂仑修；韩坰，等纂.洪洞县志[M].台北：成文出版社，民国六年（1917）.

[22] 姚逸之编述.湖南唱本提要[M].广州：国立中山大学语言历史研究所，铅印本，1929.

[23] 傅惜华编.白蛇传集[M].上海：上海出版公司，1955.

[24] 中央音乐学院中国音乐研究所编.河曲民间歌曲[M].北京：音乐出版社，1956.

[25] 叶德均.宋元明讲唱文学[M].北京：商务印书馆，2015.

[26] 赵景深.曲艺丛谈[M].北京：中国曲艺出版社，1982.

[27] 中国大百科全书总编辑委员会《戏曲曲艺》编辑委员会.中国大百科全书·戏曲曲艺[M].北京：中国大百科全书出版社,1983.

[28] 潘重规.敦煌变文集新书[M]，台北：文津出版社，1983.

[29] 李骞.话本论文集·敦煌变文[M].沈阳：辽宁大学中文系，油印本，1984.

[30] 高伦.贵州地戏简史[M].贵阳：贵州人民出版社，1985.

[31] 路工.梁祝故事说唱集[M].上海：上海古籍出版社，1985.

[32] 中国人民政治协商会议云南省委员会文史资料研究委员会.云南文史资料选辑（第27辑）[M].昆明：云南人民出版社，1986.

[33] 王重民原编，黄永武新编.敦煌古籍叙录新编（第17、18册）[M].台北：新文丰出版社，1986.

[34] 腾冲县政协文史资料委员会.腾冲文史资料选集（第1辑）[M].昆明：云南人民出版社，1988.

[35] 腾冲县志编纂委员会.腾冲县志[M].北京：中华书局，1995.

[36] 朱万曙.包公故事源流考述[M].合肥：安徽文艺出版社，1995.

[37] 黄征，张涌泉校注.敦煌变文校注[M].北京：中华书局，1997.

[38] 朱一玄校点.明成化说唱词话丛刊[M].郑州：中州古籍出版社，1997.

[39] 高国藩.敦煌俗文化学[M].上海：生活·读书·新知三联书店，1999.

[40] 王季思.全元戏曲[M].北京：人民文学出版社，1999.

[41] 何根海、王兆乾.在假面的背后：安徽贵池傩文化研究[M].合肥：安徽大学出版社，2000.

[42] 李光信主编.腾越文化研究[M].昆明：云南教育出版社，2001.

[43] 张鸿勋.敦煌俗文学研究[M].兰州：甘肃教育出版社，2002.

[44] 李豫，等.中国鼓词总目[M].太原：山西古籍出版社，2006.

[45] 中国曲艺志全国编辑委员会.中国曲艺志·贵州卷[M].北京：中国ISBN中心，2006.

[46] 任罗乐，王选贞.河津民俗文化[M].北京：中国楹联出版社，2008.

[47] 康云祥编著.说说唱唱没个完：康云祥曲艺作品选[M].太原：北岳文艺出版社，2009.

[48] 中国曲艺志全国编辑委员会.中国曲艺志·云南卷[M].北京：中国ISBN中心，2009.

[49] 汪耀华编.上海书业名录（1906—2010）[M].上海：上海书店出版社，2011.

[50] 沈津.书丛老蠹鱼[M].北京：中华书局，2011.

[51] 帅学剑整理校注.安顺地戏（第3、4册）[M].贵阳：贵州民族出版社，2012.

[52] 张鸿勋.陇上学人文存·张鸿勋卷[M].兰州：甘肃人民出版社，2015.

[53] 李丽.彭玉麟传[M].北京：北京时代华文书局，2016.

[54] 龚大钊编辑整理.桂北民俗选本·灵堂闹丧歌·丧葬礼仪[M].排印本，2018.

[55] 任二北.敦煌曲校录[M].太原：山西人民出版社，2018.

[56] [美]保罗·康纳顿.社会如何记忆[M].纳日碧力格译.上海：上海人民出版社，2000.

[57] [瑞典]多桑.多桑蒙古史[M].冯承钧译.北京：中华书局，2004.

[58] [日]荒见泰史.敦煌变文写本的研究[M].北京：中华书局，2010.

[59] [意]马可·波罗.马可·波罗游记[M].苏桂梅译.北京：中国对外翻译出版公司，2012.

说唱词话原始文本资料

[1] 佚名.秦雪梅宝卷[M].清道光十九年（1839）抄本.

[2] 佚名.龙袍记[M].清咸丰八年（1858）刻本.

[3] 佚名.征东传鼓儿词[M].清光绪四年（1878）盛京会文山房袖珍刻本.

[4] 佚名.薛仁贵征东记[M].清光绪十五年（1889）中湘杨文星堂刻本.

[5] 佚名.王化买父[M].清光绪十五年（1889）刻本.

[6] 佚名.绣针记[M].清光绪二十五年（1899）中湘杨文星堂刻本.

[7] 佚名.三打玉林班[M].清光绪二十五年（1899）益阳文元堂刻本.

[8] 佚名.三姑记[M].清中湘总文星堂刻本.

[9] 佚名.张孝打凤凰[M].清刻本.

[10] 佚名.夜歌书[M].清乾隆年间抄本.

[11] 佚名.阮淮川[M].清江西唱书抄本.

[12] 佚名.摇钱树[M].清四川叙府荣昌堂刻本.

[13] 佚名.大孝记[M].清四川叙府荣昌堂刻本.

[14] 佚名.龙牌记[M].清四川叙府荣昌堂刻本.

[15] 佚名.包公出身除妖传[M]. 清叙州学院街刻本.

[16] 佚名.五美图[M]. 清中湘三元堂刻本.

[17] 佚名.八美图[M].清嘉庆年间抄本.

[18] 佚名.八仙图[M].清巴州十八梯森隆堂刻本.

[19] 佚名.梁祝姻缘[M].清湖北抄本.

[20] 佚名.吴燕花[M].清江西唱书刻本.

[21] 佚名.七层楼[M]. 清中湘杨文星堂刻本.

[22] 佚名.彭大人私房湖北[M].清中湘同华堂刻本.

[23] 佚名.佛说仁宗认母归源宝卷[M].清山西介休抄本.

[24] 佚名.新刻李彦贵卖水记[M].清光绪年间刻本.

[25] 昆明志编纂委员会编纂室.昆明历史资料汇辑草稿（第2编下册）[M].昆明：昆明志编纂委员会，1963.

[26] 饶学刚.《双合莲》各种版本汇编[M].武汉：中国民间文艺研究会湖北分会，1980.

[27] 黄林.《昭通唱书》调查纪实[M].昆明：云南省群众艺术馆，油印本，1983.

[28] 佚名.双合莲[M].清湖北唱书抄本.

[29] 佚名.山伯访友[M].民国广州五桂堂机器板.
[30] 李肇隆，蒋太福收集整理.张氏卖花记[M].桂林：广西民间文学研究会,1984.
[31] 李肇隆，蒋太福收集整理.三姑道情歌[M].桂林：广西民间文学研究会，1984.
[32] 凌火金收集整理.韩云贞[M].桂林：广西民间文学研究会，1984.
[33] 黄永邦，姚源星收集.凤凰记[M].桂林：广西民间文学研究会，1984.
[34] 陈克.唐山戏曲资料汇编（第1集）[M].唐山：唐山市戏曲志编辑部，1985.
[35] 中国民间文艺研究会湖北分会编.湖北民间叙事长诗唱本总目提要[M].武汉：中国民间文艺研究会湖北分会，内部印刷，1986.
[36] 中国人民政治协商会议湖北省宜昌市委员会文史资料研究委员会.宜昌市文史资料（第5辑）[M].宜昌：宜昌市文史资料研究委员会，1986.
[37] 俪凤楼主编.馒头庵鼓词[M].上海求石斋书局，石印本，民国十二年（1923）.
[38] 尹家显.雪耻记[M].腾冲：宏文印社，石印本，1944.
[39] 佚名.金铃记[M].云南鑫文书局，石印本，民国三十七年（1948）.
[40] 佚名.孟姜女[M].云南鑫文书局，石印本，民国三十七年（1948）.
[41] 洪昶收集整理.掉银记[M].武汉：中国民间文艺研究会湖北分会，铅印本，1980.
[42] 湖北武昌盲人唱书组.十二月花名[M]，铅印本，1980.
[43] 湖北武昌盲人唱书组.十劝家庭和[M]，铅印本，1980.
[44] 湖北武昌盲人唱书组.奉劝全家贤[M]，铅印本，1980.
[45] 湖北武昌盲人唱书组.新劝家庭和[M]，铅印本，1980.
[46] 湖北武昌盲人唱书组.白扇记[M]，铅印本，1980.
[47] 湖北武昌盲人唱书组.梁祝姻缘[M]，铅印本，1980.
[48] 湖北武昌盲人唱书组：劝世文[M]，铅印本，1980.
[49] 龚发达.土家英雄田思群[M].政协长阳土家族自治县文史资料委员会编印，1984.
[50] 佚名.荷包记[M].清上海燮记书庄，石印本.
[51] 柳如梅整理.乾隆皇帝游南京[M]，石印本，1985.
[52] 柳如梅整理.柳秉元十三款[M].铅印本，1988.
[53] 安顺文史资料（第15辑）[M].安顺：贵州省安顺市政协文史社会联谊委员会，1994.
[54] 王兆乾.安徽贵池傩戏剧本选[M].台北：台北财团法人施合郑民俗文化基金会，1995.
[55] 柳如梅整理.茶客珠宝案[M].铅印本，1996.
[56] 湖北省汉川市政协学习文史资料委员会编.善书案传[M].铅印本，2006.
[57] 田农.孝歌集锦[M].油印本，2017.
[58] 游新樵.四马投唐（第1、6册）[M]. 贵州安顺，钢笔抄写本.
[59] 佚名.罗成全集[M].油印本.
[60] 佚名.珍珠塔[M]贵州遵义，油印本，1980.
[61] 佚名.新造狄青上棚包公出世全歌[M].清代潮城府前街王生记刻本.

[62] 佚名.牙牌记[M].清咸丰年间万顺堂刻本.

[63] 佚名.富贵图[M].云南腾冲，旧刻本.

[64] 佚名.八仙图[M].云南腾冲，旧刻本.

[65] 佚名.凤凰记[M].云南腾冲，旧刻本.

[66] 佚名.潘必正与陈妙常[M].贵州安顺市平坝县十字乡，油印本.

[67] 佚名.秦雪梅吊孝[M].贵州安顺市平坝县十字乡，油印本.

[68] 佚名.牙牌记[M].贵州正安县漆树坪，油印本，1983.

目录、期刊、报纸等资料

[1] （清）鄂容安.奏为遵旨访查周学健弟周学伋家中情形[B].清乾隆十七年（1752）十二月二十二日,档号:04-01-38-0040-004.

[2] 大成书局.大成书局图书目录[G].民国十四年（1925）.

[3] 大成书局,大成书局图书目录[G].民国二十年（1931）.

[4] 上海环球社编辑部.图画日报[N].1909-08，第178号.

[5] 吴兴文.从现存最早的营业书目谈起[N].新京报，2006-02-01，D06.

[6] 宣稼生.一辈子收购古旧书[N].新民晚报,2007-04-22.

[7] 刘孝昌.卧龙桥大卖消寒图[N].华西都市报（成都），2014-12-21，A13.

[8] 俞子林.明成化永顺堂刻本说唱词话的发现与研究[J].出版史料，2010（01）.

[9] 冯文开.声音的再发现：《捉季布传文》知识考古[J].民俗研究，2010（01）.

[10] 唐友波.关于“成化说唱词话”收购及归藏时间的考订[J].上海文博论丛，2013（02）.

[11] 李雪梅，李豫.新发现元刻本《包公出身除妖传》说唱词话考论[J]，民族文学研究，2013（06）.

[12] 于红，刘沛林.晋陕黄河大峡谷山西沿岸俗文化的旅游价值[J].经济地理，2016（10）.

学位论文

[1] 关瑾华.木鱼书研究[D].中山大学，2009届博士论文.

[2] 于红.清代南方唱书研究[D].山西大学，2016届博士论文.

网络视听资料

[1] 威信唱书[OL]：http：//blog.sina.com.cn/s/blog_75b20a360100tlc1.html.

[2] 唱书[OL]：http：//blog.sina.com.cn/s/blog_e32abc530102v2z5.html.

[3] 回忆听父亲唱书的时光[OL]：http：//blog.ifeng.com/article/37394354.html.

[4] 市级非遗康县唱书：平凡生活中的浪漫记忆[OL]：http：//blog.sina.com.cn/s/blog_eca3c5670102v50s.html.